LA BOUBOULINA

MICHEL DE GRÈCE

LA BOUBOULINA

Roman

PLON
76, rue Bonaparte
PARIS

© Librairie Plon, 1993.
ISBN : 2-259-02707-5

From M. to M.

Chapitre Premier

C'était à Hydra, cette petite île montagneuse et prospère, piquée dans la mer à l'est du Péloponnèse. Mon père possédait plusieurs navires de commerce. Il était un karavokirio, un « maître de bateau ». Il avait épousé deux ans plus tôt la fille d'un autre karavokirio. Ils étaient jeunes, ils étaient riches, ils étaient heureux. Ils venaient de s'installer dans la maison qu'ils s'étaient fait construire au-dessus du port. En ce début de printemps 1771, ma mère Skevo venait d'atteindre ses dix-neuf ans. Elle était enceinte de moi. Les journées étaient encore fraîches et elle ne bougeait pas de la maison. Elle attendait patiemment ma naissance. Elle attendait avec beaucoup moins de patience mon père, parti depuis une dizaine de jours pour affaires à Constantinople. Assise près de la fenêtre, elle se laissait chauffer par les rayons du soleil traversant la vitre et surveillait les arrivées du port, guettant le navire de mon père. Elle reconnut un capitaine de ses amis qui montait vers la maison. Malgré son état, elle courut à la porte pour lui ouvrir. L'air grave du marin l'alerta. « Ton mari a été arrêté par les autorités turques. C'est ce que j'ai appris à Constantinople. » Elle resta un instant sans voix, puis déversa un flot de questions. Mais le capitaine ne savait rien d'autre. Il se détourna et ma mère, pétrifiée sur le seuil de sa maison, le vit dévaler les hautes marches.

Elle ne perdit pas la tête. Elle n'eut qu'une idée : sortir mon père des griffes turques. Elle commença par réaliser la plupart de ses biens car elle savait que l'or serait l'arme la plus efficace contre les autorités de Constantinople. Elle vendit donc à perte maisons et couvertures de velours brodées d'or qu'elle avait reçues en dot. Puis elle força un capitaine qui avait fait escale à Hydra de l'emmener avec lui. Le navire n'étant pas équipé pour les passagers, elle n'eut droit qu'à une soupente. Enceinte de sept mois, elle fut constamment malade malgré le cordial que lui administrait le capitaine. Dans les moments d'accalmie, elle s'accoudait au bastingage et réfléchissait.

Tout souriait à mes parents lorsque la voix de la Grande Sirène s'était fait entendre. La Grande Sirène, c'était Catherine, l'impératrice de toutes les Russies. En cette année 1769, ses agents s'étaient répandus à travers la Grèce, promettant des soldats, des armes pour aider les Grecs à se soulever et à chasser les Turcs qui nous occupaient depuis trois cents ans. A vrai dire, ils n'étaient pas très gênants. Mais quelque accommodement qu'on trouvât, leur domination restait insupportable. Alimentée par les vieux souvenirs d'abominables massacres, la haine des Turcs coulait dans notre sang, s'ancrait dans notre âme, des siècles de cohabitation l'avaient endormie, mais l'espoir de se débarrasser d'eux se réveillait à la première incitation.

Les agents russes, dédaignant la Grèce continentale

étouffée par la misère et les Turcs, opéraient au Péloponnèse, dans le Mani [1], en particulier où les Turcs n'avaient jamais mis les pieds, et dans les îles actives et prospères où la présence turque demeurait quasi inexistante, c'est-à-dire chez nous. Mon père était patriote, il avait la fougue de la jeunesse, mais surtout il voulait s'imposer aux yeux de sa nouvelle épousée. Il entra dans le complot.

Les Turcs en eurent vent. Ils surent que quelque chose se préparait mais n'obtinrent aucune précision. Ils s'affolèrent, conscients de leurs faiblesses, et virent le danger partout. Apercevant au loin une assemblée d'hommes, ils les prirent pour des insurgés. Ils fondirent sur eux et massacrèrent jusqu'au dernier. Il s'agissait de paisibles paysans revenant de la foire de Patras. Toute la région retentit d'un hurlement de vengeance au moment même où, sur les côtes, se profilait la flotte russe de Catherine II, commandée par le frère de son amant, Alexis Orlof.

Mon père mit joyeusement la main à la pâte, armant les volontaires de ses deniers, transportant les troupes sur ses navires. Malgré ses appréhensions, ma mère, folle de son héros, l'encouragea. Les Turcs se laissèrent déborder dans le Péloponnèse, mais en Grèce continentale ils gardaient d'immenses renforts qui foncèrent vers le sud. Alors les Grecs, comme souvent en pareille circonstance, daignèrent découvrir la réalité. Les Russes ne leur avaient envoyé que quelques centaines de soldats et quelques caisses de fusils rouillés. Une misère. Les Turcs n'étaient pas encore en vue qu'Orlof rembarquait, laissant les Grecs se débrouiller.

1. Région située au sud du Péloponnèse. (Habitants : les Maniates.)

11

Il avait d'ailleurs parfaitement réussi sa véritable mission d'opérer une diversion car, au même moment, d'autres escadres russes sur d'autres mers remportaient victoire après victoire sur les Turcs. Tant pis si des milliers de Grecs, floués par les promesses de la Sémiramis du Nord, se faisaient massacrer dans le Péloponnèse.

Dans la répression, les Turcs, avec leur sauvagerie, restaient méthodiques. Ils avaient leurs informateurs et je rougis d'avouer que la plupart étaient grecs. Ils accumulaient les renseignements et n'étaient pas pressés de frapper.

Mon père n'avait pas été inquiété, aussi ma mère et lui avaient-ils eu tout le temps de se rassurer. Mon père avait repris ses activités, qui l'avaient conduit à Constantinople. L'annonce de son arrestation fut d'autant plus rude pour ma mère.

Constantinople, capitale de l'empire turc, au moment où elle débarqua était une ville grecque. Les Grecs « tenaient » plusieurs ministères, une grande partie de l'administration, de hauts postes à la Cour. Peuple en principe assujetti, ils possédaient leurs privilèges, leurs fortunes ainsi que leur quartier, le Phanar. Ma mère se logea dans une maison d'hébergement. Elle avait des lettres de recommandation mais toutes les portes restèrent fermées devant elle, même celle du patriarche grec, un des notables les plus considérables de l'Empire. Le clergé grec, avec un réseau infini et un entregent incomparable, avait beaucoup de pouvoir. Un prêtre cependant se laissa émouvoir par ma mère. Il l'informa, après avoir enquêté, que mon père était enfermé au château des Sept Tours, lieu d'incarcération des prisonniers politiques dont le seul nom faisait trembler. Nombreux en effet étaient ceux qui y entraient, mais personne n'en sortait jamais vivant. Le prêtre lui indiqua aussi le nom d'un des nombreux fonctionnaires grecs de la Sublime Porte [1]. Corrompus, ils l'étaient tous, encore fallait-il en trouver un qui se montrât adroit et efficace. Celui-ci, dûment arrosé par ma mère, sut à son tour trouver un des secrétaire idoines du Grand Vizir. La réserve d'or de ma mère avait fondu lorsqu'elle reçut enfin le firman l'autorisant à rendre visite à mon père en prison. Elle se demandait où elle trouverait l'argent pour le délivrer, mais elle avait déjà fait un grand pas, et la perspective de le revoir la stimulait. Elle savait que, dès qu'elle aurait eu la chance d'être dans les bras de son aimé, elle saurait puiser l'énergie, l'imagination, les ressources pour le sortir du château des Sept Tours.

Après une nuit sans sommeil, elle se leva dès l'aube. Elle emprunta un fiacre et dut traverser la ville. La voiture bringuebalait sur les pavés inégaux des vieilles rues et à chaque sursaut la douleur fulgurait dans son ventre énorme. Au bout du quartier pauvre de Imrahor, les masures faisaient place à une sorte d'esplanade au bas de laquelle scintillait la mer de Marmara. Par la porte de la ville percée dans les murailles byzantines, ma mère pouvait apercevoir des faubourgs prolongés par la campagne verdoyante. Devant elle se dressait le château des Sept Tours, un mur aveugle, immense et flanqué de grosses tours. Lorsqu'elle arriva, la prison était encore fermée. Elle s'était attendue à trouver une foule venue voir des parents emprisonnés. Il n'y avait personne, même pas de sentinelles. La réputation du château des Sept Tours suffisait à en éloigner qui-

1. Palais du Grand Vizir et, par déformation, nom usuel du gouvernement ottoman.

13

conque et à en assurer la protection. Ma mère fit le pied de grue dans le jour levant avant d'avoir l'autorisation d'y pénétrer. A l'intérieur prévalait le côté fonctionnel de l'administration turque d'alors. Des bâtiments longs et bas peints en jaune s'alignaient autour d'une minuscule mosquée de bois, comme des vêtements trop grands autour d'une ossature fragile.

De nouveau, ma mère ne trouva personne, à croire que le château des Sept Tours était entièrement déserté. Un garde qui apparut en bâillant lui indiqua vaguement le bureau du commandant de la prison. Ce dernier la reçut sans bouger, lut le firman, aboya un appel. Un autre garde à la vareuse déboutonnée se présenta. Le commandant lui donna des ordres et d'un geste nonchalant de son chasse-mouches indiqua à ma mère de le suivre.

Elle pénétra dans un bâtiment et l'odeur la prit à la gorge, un mélange de sueur, d'urine, de crasse, d'oignons, l'odeur même de la souffrance. Dehors c'était le soleil, la mer, les arbres en fleurs ; ici c'était l'enfer, un enfer badigeonné à la chaux. Ma mère suivit le garde le long d'un couloir qui lui parut interminable. Il ouvrit une porte de métal dont le vantail résonna longuement, elle entra dans la cellule. Une étroite fenêtre aux gros barreaux laissait pénétrer un maigre jour. Elle distingua deux formes couchées sur deux grabats. D'instinct, elle sut que son mari était celle de gauche. Il devait dormir profondément car il ne bougea pas à son entrée. S'approchant doucement, elle reconnut sa chevelure qui dépassait de la couverture dégoûtante dans laquelle il était enroulé. Elle lui toucha légèrement l'épaule, il ne remua toujours pas. Alors, doucement, elle le retourna... et recula d'un bond. Les yeux de mon père, voilés d'une taie, regardaient sans voir et sa bouche était grande ouverte sur un cri qui ne sortait pas. « Il est mort hier matin », expliqua son compagnon de cellule qui venait de s'éveiller, et tout de suite de fournir les explications que ma mère n'avait ni l'esprit de demander ni le courage d'écouter.

Mon père avait été torturé plusieurs fois. On lui avait, selon la méthode turque, battu la plante des pieds pour qu'il avoue sa participation à l'insurrection du Péloponnèse. Voyant qu'il ne dirait rien, ses gardiens l'avaient abandonné mais la fièvre s'était déclarée. Le manque de soins et d'air, la faiblesse de son organisme, la nourriture insuffisante, la saleté s'étaient combinés pour aggraver son état. Dans son délire il n'avait cessé d'appeler ma mère. Alerté par son voisin de cellule, le commandant de la prison avait dûment enregistré sa mort, mais l'inertie turque aidant, personne ne s'était encore occupé d'enlever son cadavre.

Ma mère ne bougeait pas, ne parlait pas, les yeux, la bouche grands ouverts comme ceux du cadavre. Le voisin de cellule de mon père se présenta : Panayotis Bourzinos, un Grec du Mani, un chef local. Lui aussi avait participé à l'insurrection du Péloponnèse. Il y avait rencontré mon père et il l'avait retrouvé en prison. Bourzinos était certain que tous deux avaient été trahis. Son propre frère, emprisonné avec eux, venait de mourir de mauvais traitements quelques jours avant mon père, dans la cellule voisine. Piètre consolation pour ma mère, qui poussa enfin un cri, un seul, terrible. Bourzinos crut que le chagrin la rendait folle. Mais c'étaient les premières contractions. Le choc provoquait un accouchement prématuré. Tout de suite

15

Bourzinos paniqua. Ma mère se tordait de douleur sur le sol pisseux de la cellule. Bourzinos appela le garde. Lorsque celui-ci surgit, son premier mouvement fut de prendre ma mère et de la jeter dehors, mais une sorte de terreur instinctive le retint.

Ma mère eut assez de présence d'esprit pour demander de l'eau chaude que le garde courut apporter. Puis, entre les spasmes et les gémissements de souffrance, elle réussit à donner des indications à Bourzinos qui les exécuta en tremblant. Le garde et lui s'affairèrent dans la semi-obscurité, partagés entre leur instinct paysan d'aider une naissance et leur pudeur devant la femme qui gesticulait à moitié dénudée sur les dalles. Aussi aidaient-ils en détournant la tête, priant ensemble pour que ça finisse au plus vite, et jamais le prisonnier grec et le geôlier turc ne furent si proches que dans leur anxiété commune. C'est ainsi que, le 11 mai 1771, je vins au monde sur le sol maculé d'une prison. Avec pour sages-femmes un chef maniate et un Anatolien. On ne trouva pour m'envelopper que la couverture immonde qui servait de drap mortuaire à mon père.

Ma mère appartenait à une race de durs à cuire. Elle reprit rapidement ses esprits et elle exigea que je fusse baptisée incontinent. L'accouchement ayant duré plusieurs heures, la garnison avait eu le loisir d'être informée du sensationnel événement. Soldats et sous-officiers emplissaient le couloir, dévorés de curiosité et en même temps saisis d'un respect viscéral car chacun pensait à sa femme, à sa mère. Ma mère m'allaitait lorsque le commandant de la prison choisit de faire son apparition. D'un regard impérieux il balaya la cellule et constata que tout était rentré dans l'ordre. Ma mère lui demanda de faire venir un prêtre. Sans mot dire il partit satisfaire sa requête. Il fallut aller chercher jusqu'aux ruines du fameux couvent du Studium, transformé depuis en mosquée, où un vieux moine continuait à habiter dans une chapelle à demi écroulée. Celui-ci n'eut que le temps d'emporter une étole et une croix. Les soldats qui se pressaient à la porte de la cellule suivirent la cérémonie en gardant un silence déférent, tant il est vrai que, s'ils pouvaient se montrer cruels envers les Grecs, ils manifestaient aussi une étonnante tolérance religieuse. Le gardien, adouci par la pièce d'or que lui avait glissée ma mère, s'empressait. Il faisait l'important devant ses camarades, et grâce à lui le chaudron habituellement réservé à la cuisson des fayots me servit de fonts baptismaux. Il se tenait à la porte de la cellule, presque attendri, et, conscient de son importance, repoussait ses camarades qui s'approchaient de trop près pendant que le moine oignait d'huile sacrée mon front, mes lèvres, mes paumes et mes pieds.

Ma mère demanda à Bourzinos d'être mon parrain parce qu'il avait été le dernier compagnon de mon père, parce qu'il venait de perdre son frère dans les mêmes circonstances, parce que, enfin, il m'avait mise au monde. Bourzinos tint à me donner le prénom inhabituel de Laskarina, qui avait été celui de sa mère, la seule femme qu'il eût jamais respectée.

Lorsque les mains tremblantes du vieux moine me laissèrent tomber dans l'eau froide, je me mis à hurler avec une telle violence et une telle ténacité que les autres prisonniers, alertés, ne sachant ce qui se passait, se mirent à taper à l'unisson contre les portes de leurs cellules. Le geôlier, retrouvant en un instant sa brutalité naturelle, houspilla ma mère et le moine, et les jeta presque de force hors de la prison. Ma mère, malgré sa faiblesse, ne songeait qu'à fuir ce lieu maudit et, trébuchant sur ses jambes tremblantes, elle s'éloigna avec son paquet vagissant.

Elle revint avec moi à Hydra. Lorsque, épuisée par le voyage et l'épreuve, impatiente de toucher au havre, elle pénétra chez elle, elle trouva la maison occupée par les sœurs de mon père. Celles-ci s'excusèrent : il avait bien fallu garder la maison et la tenir pendant les semaines qu'avait duré son absence. Lorsqu'elle les pria de déguerpir, elles se rebiffèrent. Arguant d'une filandreuse histoire d'héritage jamais partagé, elles déclarèrent que la maison appartenait à toute la famille.

Après la vente de ses propres biens, il était resté à ma mère quelques terrains, à Hydra même et sur le continent en face. C'était bien peu, le revenu en était minuscule, mais pour une veuve ruinée, c'était mieux que rien. Alors les beaux-frères entrèrent en lice. Mon père leur aurait emprunté de grosses sommes qu'il ne leur aurait jamais rendues. Certains terrains étaient hypothéqués, d'autres en indivis. J'imagine ma mère se défendant bec et ongles, non pas tellement pour elle-même que pour moi. Je la vois grande, élancée, blonde, les yeux sombres devenus presque noirs de rage, argumentant, contre-attaquant, infatigable, inébranlable. Elle avait reçu une éducation soignée mais je suis sûre qu'elle retrouva la verdeur du vocabulaire populaire pour confondre sa belle-famille. Mais que pouvait-elle faire, seule contre une meute déchaînée par l'intérêt ?

Alors ma mère alla trouver son père, le vieux Kokkini, un des hommes les mieux nantis de l'île. Il avait toujours eu un faible pour cette fille aînée qui lui ressemblait et se montra prêt à l'aider lorsque intervint la sœur de ma mère, une harpie comme feu ma grand-mère. Elle avait épousé Andréa Koundouriotis, le chef d'une autre richissime famille de l'île. Elle avait toujours jalousé ma mère. Apprenant que mon grand-père allait la soutenir, elle courut chez lui et se lança dans de violents reproches. Ma mère, lors de son mariage, avait déjà reçu sa dot. Tant pis si elle l'avait dilapidée, elle n'avait qu'à prendre métier, travailler, ça lui ferait le plus grand bien. Mais lui donner d'autre argent serait une injustice vis-à-vis d'elle, la cadette, et de ses enfants. Les Koundouriotis assiégèrent mon grand-père, ils s'en prirent même à ma mère pour lui faire lâcher prise. Lorsqu'elle me parlait de cet épisode, elle restait volontairement évasive, mais le seul nom des Koundouriotis la faisait blêmir. Finalement mon grand-père, pour retrouver la paix, céda à sa cadette comme il l'avait toujours fait à sa femme. Il annonça à ma mère qu'elle ne devait pas compter sur lui.

Ils se réunirent tous chez mon grand-père, sous prétexte de trouver un accommodement. En fait, pour achever de dépouiller la fille chérie, l'épouse bien-aimée, qui, du haut de sa jeunesse, de sa beauté, de sa richesse, de son bonheur, les avait nargués et qui n'était plus que la veuve d'un condamné. La réunion eut lieu dans la salle de la grande maison Kokkini où ma mère avait passé son enfance. Ils étaient assis en rang sur le divan bas qui courait le long des murs. Seule ma mère se tenait debout, au milieu de l'arène, entourée des fauves. Sachant la partie perdue, elle leur lança sa tirade finale qu'elle aimait à me répéter. A sa belle-famille, à son père, à sa sœur, aux Koundouriotis, à ces notables de Hydra, elle cracha que les Hydriotes étaient des lâches. Lors du soulèvement contre les Turcs, ils avaient été les seuls à ne pas se joindre aux insurgés, préférant leur sécurité à leur honneur. De toute l'île, mon père avait été un homme digne de ce nom. Il était mort debout, alors que les autres pourrissaient couchés. Puis solennellement elle les maudit, un par un, et jura qu'elle ne remettrait plus les pieds de sa vie à Hydra. Elle tint parole.

Ma mère me reprit sous le bras et nous partîmes. Nous n'allâmes pas loin. Sur un coup de tête, elle se décida pour l'île voisine de Hydra, mais aussi sa rivale, son adversaire irréductible, Spetsai. Elle soutenait que nos ennemis ne pourraient pas nous accueillir plus mal que nos amis. Au moins, à Spetsai, parlait-on arvanitika, c'est-à-dire albanais, notre langue. Ma mère, mon père, moi-même étions en effet grecs sans l'être. Grecs de cœur, d'esprit, de religion, d'idéal, certes, grecs de sacrifice puisque nous donnions notre vie pour la Grèce, mais non pas grecs de sang selon les historiens puristes. Je suis en effet une Arvanitissa, une Albanaise. Notre race, depuis les temps immémoriaux qu'elle existe, a porté différents noms. Sommes-nous des Pélasges, des Illyriens? Notre langue est-elle directement dérivée du sanscrit comme le soutiennent les experts? Je sais seulement que nous sommes arrivés dans les Balkans il y a des millénaires et que nous nous sommes dispersés en colonies un peu partout en Grèce. Hydra est albanaise, Spetsai est albanaise.

Lorsque le caïque nous eut déposées sur le quai du petit port de Spetsai, ma mère réalisa soudain l'abîme dans lequel elle avait plongé. Elle, dont la vie s'était déroulée jusqu'alors dans l'aisance et le bonheur, se retrouvait chargée d'un bébé en terra incognita, seule au monde, sans argent, sans soutien. Même le désespoir ne lui tira pas une larme. Elle s'assit sur son maigre bagage et commença par m'allaiter. Les vieilles du village qui, avides de curiosité, accourent au port à chaque arrivée de bateau, sous le fallacieux prétexte de chercher une éventuelle connaissance, avaient bien entendu repéré ma mère dès le moment où celle-ci avait débarqué. Elles s'approchèrent de cette femme jeune, belle, bien mise, qui paraissait complètement abandonnée. Elles ne résistèrent pas à lui poser cent questions sur son identité, son origine, les raisons de sa venue, et ce fut moi qui sauvai notre situation car personne ne résiste à un bébé. J'attendris les vieilles et l'une d'elles nous offrit le gîte et le couvert, c'est-à-dire un taudis et un plat de fèves.

La pauvreté appelle la solidarité. Nous en fîmes l'heureuse expérience car Spetsai, notre terre d'accueil, se trouvait dans le même triste état que nous. Trois ans plus tôt, les Spetsiotes, au contraire des perfides Hydriotes, avaient participé avec enthousiasme à l'insurrection anti-turque. Ils avaient commencé par passer à la broche le chef des Arvanites musulmans qui opprimait la région, car arvanites chrétiens eux-mêmes, ils haïssaient plus que tout leurs frères de race de confession opposée. Puis ils s'étaient empressés de rejoindre les rangs des insurgés. La réaction s'était fait attendre mais elle avait été impressionnante. Les Turcs avaient l'habitude de laisser faire, prétendant être assoupis, puis bondissaient et tapaient comme des sourds. Une armada turque avait débarqué à Spetsai avec des milliers de soldats qui se transformèrent en bourreaux. Les hommes furent égorgés, les femmes envoyées dans des harems. Les Arvanites musulmans employés par les Turcs se montrèrent les plus ignobles. Ils avaient le talent de débusquer les habitants de l'île, cachés dans des grottes marines ou dans des anfractuosités de rochers. Ils s'amusaient à les traquer comme du gibier, inventant mille ruses pour les faire sortir, afin de mieux les tuer avec des raffinements cruels. « Je veux qu'il ne reste pierre sur pierre ni oiseau sur arbre », avait ordonné le Capitan Pacha [1]. Tous les bâtiments de l'île furent brûlés, les arbres arrachés et du sel répandu sur les champs. Les Turcs, en repartant, laissèrent derrière eux un désert de cendres.

Après cet exemple, le Sultan autorisa les Spetsiotes survivants qui s'étaient réfugiés à Cythère, à Hydra et dans d'autres îles à revenir et à rendre la vie à leur terre morte. Lorsque nous y débarquâmes, Spetsai commençait à peine à renaître. L'île était complètement chauve. Les arbres à peine replantés n'étaient encore que de jeunes pousses. Les habitants avaient reconstruit quelques poignées de maisons dans le vieux quartier de Kastelli.

Spetsai, à l'époque, vivait uniquement d'une agriculture misérable mais il n'était pas question que ma mère travaillât aux champs. Elle ne l'avait jamais fait, elle n'avait pas l'endurance nécessaire. Elle se mit à la broderie, couvrant de figures stylisées et de dessins géométriques bleus ou rouges des coussins, des tapis de table, des serviettes. Son habileté multiplia les quelques clientes que la pitié lui avait attirées au début. Très vite elle réussit à gagner suffisamment d'argent pour assurer notre subsistance et notre indépendance. Nous vivions dans une masure peinte à la chaux, tout

1. Le Grand Amiral turc.

en haut de Kastelli près de l'église de la Sainte-Trinité encore en construction. Notre seul luxe était la vue sur la mer, les îlots et les montagnes lointaines du Péloponnèse. Ma mère faisait régner propreté et netteté dans notre intérieur comme dans notre vie. Nous ne manquions pas de l'essentiel mais nous ne possédions rien de plus que le minimum. Je n'ai donc pas connu la faim, et la vie rude que menait ma mère et les habitants de Spetsai m'a endurcie au point que je me demande parfois si je serais devenue celle que je suis si j'avais été élevée dans les superbes arkondiko [1] de Hydra, auxquels la naissance m'avait destinée.

Ma mère ne souffrait pas de la dégradation de sa condition, car tout le monde était pauvre à Spetsai. Tout le monde se connaissait, tout le monde y était plus ou moins parent. On y menait une vie simple, patriarcale. Les agriculteurs, de retour de leurs champs, s'asseyaient à même le sol pour faire leurs comptes, pendant que leurs femmes préparaient le frugal brouet du soir. Par contre les Spetsiotes étaient beaucoup plus gais que les Hydriotes. Ils buvaient d'imposantes quantités de vin résiné et chantaient fort avant dans la nuit... Deux points où depuis j'ai appris à les imiter.

1. Maison patricienne.

Chapitre 2

J'avais cinq ans lorsque Dimitri Lazarou apparut dans notre existence. En fait, il tournait autour de ma mère depuis plusieurs mois. J'étais trop petite pour comprendre qu'il lui faisait la cour, mais instinctivement je saisissais qu'elle tenait à lui. C'était un grand garçon, élancé, au corps harmonieux, à la peau mate, aux traits fins. Ses larges yeux liquides avaient un regard voilé qui leur donnait une extraordinaire douceur. « Il a des yeux de mouton », glissais-je à ma mère. La ressemblance ovine ne s'arrêtait pas là : « Il a une voix de chèvre », ajoutais-je, car, surtout dans l'émotion, son organe n'était pas sans évoquer des bêlements. Bref, j'en étais jalouse. Regard de mouton ou pas, le charme de Dimitri Lazarou opérait. Non seulement il appartenait à une des plus respectables familles de l'île, mais il fut un des premiers à comprendre que le vent de la fortune tournait. La culture des arbres fruitiers et même celle du blé rendaient peu sur la terre aride de Spetsai. Avec quelques autres, Lazarou devina que la marine marchande représentait l'avenir et que l'île lui offrait tous les avantages naturels. Je me rappelle les premiers navires issus des chantiers navals de fortune édifiés de bric et de broc, au fond de ce qui allait devenir le Vieux Port, là où de nos jours nos grosses unités sortent d'imposants bâtiments. Ils étaient à peine plus gros qu'un caïque de pêche. Cela suffisait à Lazarou pour aller commercer avec la poule aux œufs d'or de l'époque, la Russie. La paix qu'elle avait arrachée aux Turcs à coups de victoires, les conditions humiliantes qu'elle leur avait imposées transformaient littéralement nos mers en bassin commercial russe.

Entre deux expéditions dont il revenait alourdi d'or, Lazarou demanda la main de ma mère. Par respect envers la mémoire de mon père, elle se fit quelque peu prier. Elle rayonnait car elle voyait s'achever ces années d'incertitude, d'angoisse, de pauvreté. Elle n'aurait plus à essuyer l'impalpable mépris ou la pitié trop affichée envers les veuves démunies. Elle retrouverait son statut de femme mariée et de femme riche. Elle me déclara néanmoins qu'elle n'avait accepté d'épouser Lazarou que dans mon seul intérêt, pour assurer mon avenir. S'il n'avait tenu qu'à elle, elle serait restée fidèle à la mémoire de mon père. Elle signifiait qu'elle s'était sacrifiée pour moi. Tant il est vrai que toutes les mères grecques, même la généreuse Skevo, tiennent à enraciner chez leurs enfants un sentiment de culpabilité envers elles.

A l'occasion du mariage, je reçus une robe neuve. J'en fus comblée mais je me gardai bien de le montrer. La cérémonie eut lieu dans l'église de la Sainte-Trinité enfin achevée. L'iconostase flambant neuve brillait de ses ors. Ainsi qu'ils me l'avaient demandé, je portais le grand cierge blanc orné d'un nœud blanc et je me tenais à côté d'eux. Sans cesse ma mère se penchait vers moi, me caressait, me chuchotait quelques compliments, m'embrassait. Je restai de glace. La cérémonie fut brève car elle eut lieu à la sauvette. Lazarou appartenait à une famille de femmes qui désapprouvaient ce mariage. Mère et sœurs avaient rêvé pour leur homme d'une union avec une riche héritière, et voilà que cet insensé s'était choisi une veuve désargentée nantie d'un enfant. Seule une sœur s'était aventurée à l'église, les autres avaient trouvé les prétextes les plus fallacieux pour s'en dispenser. Quant à la mère, elle avait refusé d'y paraître.

Nous quittâmes notre masure en cortège de mules portant la maigre dot de la mariée, c'est-à-dire quelques rares belles robes brodées, souvenirs de son premier mariage. Nous descendîmes vers le nouveau quartier prospère de Spetsai s'étendant au sud du Vieux Kastelli. Nous arrivâmes à l'arkondiko récemment achevé des Lazarou. Dans la grande salle du premier étage nous attendait un tribunal de jugement dernier, la mère et les sœurs assises en rang, sans un mot d'accueil, sans un sourire, et de noir vêtues. La mère et l'une des sœurs avaient perdu leur mari, les autres étaient nées veuves. Ma mère, avec son jupon et sa chemise brodée d'or, son boléro de velours rouge sombre bordé de fourrure et sa ceinture éclatante de satin rouge, avait l'air d'un oiseau de paradis égaré au milieu des corbeaux. Suprêmement belle et élégante, indifférente aux regards noirs, elle s'assit sur une chaise dure à dossier très droit. Je m'agrippai à elle et Lazarou disparut sous prétexte d'avoir quelque affaire à régler dans le quartier des hommes au rez-de-chaussée. Personne ne nous adressa la parole. Les sœurs de Laza-

26

rou chuchotaient dans un coin, la mère trônait tout en surveillant son petit monde. Ses lèvres s'agitaient dans un mouvement convulsif comme si elle suçait un bonbon. De temps en temps elle croassait de sa voix de sourde : « Mais que dites-vous donc? » sans attendre une réponse que d'ailleurs personne ne lui donnait.

Je jetais des regards furtifs autour de moi. Malgré les tentures brodées, les tapis à ramages et quelques miroirs de Venise qui témoignaient de la fortune des Lazarou, la demeure restait impersonnelle et austère. Chez nous, il n'y avait que des meubles fonctionnels, des objets utilitaires, mais des vases pleins de fleurs et des pièces inondées de soleil. Ici, ni lumière ni fleurs. Mais une atmosphère pesante. Les enfants sont plus sensibles que les adultes et j'avais flairé l'hostilité avant même d'entendre le ricanement et de sentir le regard mauvais posé sur moi. J'avais à peine remarqué des enfants dans un coin : les petits-fils, les petites-filles, les neveux de la vieille. A peine l'un d'eux bougeait-il qu'il se faisait rabrouer, mis à part une ravissante petite fille aux yeux verts qui paraissait avoir tous les droits, allait et venait, câlinait la grand-mère dont la bouche s'ouvrait alors sur un sourire édenté. Elle me regardait fixement et, avant même de connaître son prénom, Maria, je sus que j'étais déjà pour elle une intruse et qu'elle me détestait. Ce soir-là je regrettai notre masure, nos voisines, les femmes du peuple rieuses, chaleureuses. A voix basse je suppliai ma mère de lever la séance. Elle me répondit dans un murmure que c'eût été avouer que les autres étaient plus fortes. Et la séance dura jusqu'à ce que la vieille, tapant le sol de sa canne d'ébène, eût signifié qu'elle allait se coucher.

27

Que de fois fus-je condamnée à subir de semblables soirées, que de fois ai-je étouffé dans la grande maison Lazarou que la vieille gouvernait d'une main de fer! En ces temps anciens où les serviteurs étaient rares, il y avait bien quelques domestiques, mais le gros du travail était effectué par la famille – les filles, la belle-fille, c'est-à-dire ma mère, les enfants, les cousines plus ou moins proches, plus ou moins pauvres – la vieille assignait à chacune sa tâche, à la cuisine, au lavage, à l'entretien de la maison. Elle avait instauré une hiérarchie du labeur selon l'affection, l'âge ou la fortune. Les plus appréciées surveillaient les autres, qui faisaient plus ou moins office de bêtes de somme. A cause de Lazarou, la vieille n'avait pas osé nous placer aux tâches domestiques les plus basses. Grâce à son ancien métier, ma mère avait été chargée de l'entretien du linge et des étoffes. Lorsque je fus en âge de participer aux travaux, la vieille me confia la vaisselle. Bientôt, avec la prospérité, les grossières terres cuites locales furent remplacées par les faïences fleuries des manufactures turques de Kutaya. J'ai dû passer des heures à laver les grands plats vernissés.

Lazarou et les autres karavokirides rapportaient de leurs lointaines expéditions des usages jusqu'alors inconnus dans notre île et qui bouleversaient notre mode de vie. J'en fus la victime. Pour moi comme pour la grande majorité des Grecs, l'école se résumait aux leçons d'un vieux papas, un prêtre qui nous apprenait à lire en ânonnant quelques textes religieux, savait à peine mieux écrire que ses très jeunes élèves et nous faisait interminablement réciter nos prières. Puis des livres étrangers commencèrent à arriver. Livres français, anglais, italiens, allemands, et les Spetsiotes s'enhardirent à apprendre d'autres langues pour étendre leurs talents commerciaux. Leurs navires déversèrent ensuite un essaim de précepteurs qui s'insinuèrent dans les grandes maisons. J'eus droit à des cours privés, censés transformer la sauvageonne que j'étais en jeune fille de bonne famille. Avouons-le : je fus une bien mauvaise élève, mais à l'encontre des assertions de mes ennemis qui m'accusent d'illettrisme, je ne suis pas inculte et je suis très fière de mon écriture, régulière, élégante même.

Pendant que j'étudiais, ma mère, elle, accouchait à un rythme bien plus accéléré que mes progrès scolaires. Elle donna six fils et deux filles à Lazarou. A chaque naissance, l'écart entre le nouveau-né et moi-même s'accentuait. Eux étaient des enfants de riches, moi j'étais une fille de pauvres. Bien sûr, ma mère et Lazarou s'ingéniaient à atténuer les différences, mais aux fêtes, à Pâques, les autres recevaient beaucoup plus de cadeaux, brimborions et colifichets de l'étranger que leur offraient leurs opulents oncles et cousins. La douairière raffolait de ses petits-enfants qu'elle gâtait outrageusement. Quand elle ne m'ignorait pas, c'était pour me punir. Pendant les longues absences en mer de Lazarou, quand les enfants de la maisonnée se chamaillaient, c'était toujours moi la coupable, et ma mère, pour ne pas envenimer l'atmosphère, osait rarement me défendre.

Une fois pourtant la vieille n'avait pas eu tout à fait tort. Mes jeunes demi-frères m'agressaient constamment, pas vraiment méchamment d'ailleurs. Plus âgée qu'eux et plus robuste, je les repoussais aisément. Mais un jour, sans s'être concertés, ils tombèrent tous ensemble sur moi. Je me défendis à coups de poing et de griffes, couvrant leurs bras et leurs jambes de bleus et d'égratignures. Leurs hurlements firent accourir la famille au grand complet. La vieille, avec une vigueur que je ne soupçonnais pas, m'attrapa par les cheveux et avec sa canne d'ébène m'administra une volée avant de me jeter hors de la maison. La rage étouffa mon chagrin. J'errai dans les rues du village en lui souhaitant toutes les avanies que je pouvais inventer, la mort en étant la moindre, pendant que ma mère me cherchait partout. Puis la fatigue et la faim ramenèrent mes pas vers la demeure. Mais au lieu d'y entrer je m'assis par terre, dans la rue, adossée au mur du jardin. L'heure du dîner était passée lorsque mes demi-frères qui m'avaient repérée par la fenêtre vinrent subrepticement m'apporter un peu de nourriture qu'ils avaient chapardée. L'énormité de ma punition les avait fait basculer dans mon camp. Depuis, une sorte de neutralité s'établit entre nous, non dénuée de respect de leur part et d'affection de la mienne. Sauf avec Théodose, le troisième : un visage de chérubin mais sournois comme pas deux. Je lui reprochais surtout d'être l'esclave de la cousine Maria. Avec les années, sa haine contre moi s'épanouit. Sa beauté aussi. Fière de ses immenses yeux verts, de son teint pâle et de ses longs cheveux noirs, elle puait la coquetterie. Enfant, elle jouait déjà à la femme adulte. Elle avait asservi le petit Théodose et le chargeait de me faire toutes les méchancetés qu'elle pouvait inventer. La vieille les absolvait tous deux. Lorsque ma mère me voyait, au sortir d'empoignades, revenir à la maison couverte de bleus et d'égratignures, cramoisie, ébouriffée, les vêtements déchirés, elle levait les bras au ciel :

« Où donc va-t-on pouvoir te trouver un mari si tu

ne t'arranges pas un tout petit peu? – Je ne me marie-
rai jamais. – Et que feras-tu dans la vie? – Je serai
capitaine de vaisseau. »

Une femme commander un navire! Ma mère écla-
tait d'un rire joyeux. La mer, pourtant, m'attirait
comme un aimant.

Bien qu'une « demoiselle » ne se promenât pas sans
chaperon, je parvenais souvent à me faufiler hors de la
maison et à courir au port. Là, comme sur une scène,
se déployait au mieux ce talent qu'ont les Grecs pour
transformer le moindre incident, le moindre instant en
aventure merveilleuse. Autour de cet épicentre gravi-
taient les voyageurs, les marchandises, les dernières
nouvelles. Un guetteur armé d'une longue-vue se
tenait en permanence sur la plus haute colline de l'île.
A peine apercevait-il une voile qu'il dévalait la pente
pour annoncer une arrivée imminente. Le petit peuple
sortait en courant des maisons basses. Les karavokirides suivaient avec toute la dignité que leur conférait
leur fortune. Mêlée aux badauds, juchée sur une
borne, je dévisageais avec envie les voyageurs qui
débarquaient, tâchant de déchiffrer sur leur visage
leurs impressions, et ce n'était jamais sans un pincement de cœur que je voyais un navire lever l'ancre.
Avant même que je l'aie touchée, la mer était mon
élément.

Je devais avoir treize ans. Un jour où le meltemi [1]
soufflait avec violence, je remarquai, débouchant sur la
Dapia, une agitation inhabituelle. Les gens couraient
en tous sens, les navires levaient l'ancre. Je me retournai. Au sommet de l'île brûlait un immense bûcher. Je
reconnus le signal...

1. Vent du nord particulier de la mer Égée, surtout en été.

Bien que la Grèce fût occupée, à Spetsai ni colons turcs ni représentants de l'administration turque ne résidaient dans l'île et les derniers soldats de la maigre garnison étaient partis après la rébellion de 1770. Une fois l'an seulement, le Capitan Pacha venait récolter l'impôt. Le plus souvent, il se contentait de dépêcher un de ses chaouchs [1]. Les gens grognaient – en Grèce il ne faut jamais avouer qu'on est satisfait – même si l'impôt restait bien léger. Plus douloureux était l'impôt en hommes. Chaque année, Spetsai, comme les autres îles, devait fournir son contingent de marins à la flotte turque. Et s'ils n'étaient pas trop maltraités, recevant même un semblant de solde, l'enrôlement forcé de ces jeunes garçons représentait pour les familles un véritable déchirement.

Les Spetsiotes avaient mis au point un stratagème. A peine le guetteur, en haut de la colline, apercevait-il le navire amiral qu'il allumait un feu de buissons. Les navires sortaient alors du port, et pleines voiles dehors allaient se cacher dans les baies désertes de la côte du Péloponnèse. Lorsque le Turc débarquait, il ne se trouvait plus de navires... ni de marins à Spetsai. « Désolé, ce sera pour l'année prochaine », s'excusaient les édiles. Et le Turc, après une fouille bien inutile, repartait bredouille.

Malgré sa menace, l'arrivée du navire amiral constituait néanmoins un spectacle qui attirait le village. Je le vis ancrer en face de la Dapia car il était trop gros pour entrer dans le port. Une grande chaloupe amena jusqu'au quai le chaouch du Capitan Pacha. Contrairement à son habitude, il repoussa brutalement nos édiles venus le recevoir. Nous comprîmes tout de suite

1. Subalternes.

qu'il y avait du nouveau. Sans vouloir écouter boni-
ments ou explications, il ordonna à ses soldats la
fouille la plus sévère. Pendant qu'ils se répandaient
dans les ruelles, nous restâmes tous figés sur le quai,
contemplant le chaouch qui, l'air furibond, marchait à
grands pas de long en large. Je me rappelle parfaitement le meltemi déchaîné, le soleil éclatant, les habitants pétrifiés, ce dignitaire en uniforme rutilant rouge
et or, l'image même de la fureur, et je me demandais
comment le vent n'emportait pas son énorme turban.
Ses soldats, contrairement aux années précédentes,
revinrent avec une trentaine de jeunes gens qui
n'avaient pas réussi à s'embarquer et qui se cachaient
chez eux. Enchaînés comme des déserteurs, piteux, ils
courbaient la tête, houspillés sans trop de brutalité par
leurs gardes. Un groupe de mères, de sœurs, de fian-
cées les suivaient, pleurant, gémissant, les appelant,
demandant grâce, suppliant, images de la tragédie
grecque. Je remarquai surtout une très vieille femme,
qui s'accrochait aux basques d'un garde, hurlant d'une
voix beaucoup plus forte que son âge ne l'aurait laissé
supposer : « Mon fils, mon fils, mon fils. » Agacé, le
garde la repoussa avec violence. Elle tomba à terre
devant moi. Je me précipitai pour l'aider. Malgré mes
efforts, elle ne put se relever. Elle resta à genoux, le
visage couvert de poussière et de sang mêlés, bredouil-
lant : « Je vais mourir. Je ne le reverrai jamais. Rendez-le-moi, mon Dieu, rendez-le-moi. » Jamais je n'ai
oublié cette scène et la douleur de cette vieille.

Au bout de quelques années, nos marins devaient
rentrer au bercail, sains et saufs, même le fils de la
vieille femme. Mais elle était morte, comme elle l'avait
prédit. Elle ne l'avait pas revu.

Si la mort de mon père dans les geôles turques ne m'inspirait qu'une haine abstraite, en revanche, le souvenir vivace de cette mère anonyme dont j'avais vu la souffrance inscrite sur son visage souillé, ensanglanté, fit monter en moi une haine tangible, ineffaçable. Ce jour-là je jurai de chasser le Turc hors notre Grèce.

En dépit des années qui passaient, je ne désarmais pas contre Lazarou, restant glaciale avec lui, refusant ses caresses, grondant lorsqu'il s'approchait de ma mère. Il avait pourtant du mérite de me traiter comme un de ses enfants. Il n'était pas souvent là, toujours en mer, toujours loin, toujours s'enrichissant. Je croyais être jalouse de lui alors qu'en fait je lui reprochais ses désertions.

Un jour, entre deux expéditions, il me prit avec lui. Le chemin qui serpentait entre les jardins clos nous conduisit au bord de mer. Nous suivîmes le sentier qui séparait de la plage les prairies où paissaient les moutons. Nous contournâmes le monastère de Saint-Nicolas, tout nouveau, tout blanc, surmonté de son clocher maigrichon, et nous atteignîmes le Vieux Port entouré de ses collines parsemées d'oliviers, au fond duquel les arsenaux ne cessaient de s'agrandir. Lazarou me fit sautiller sur les rochers jusqu'à un minuscule caïque qui se balançait mollement sur l'eau. A peine plus grand qu'une barque à rames, il possédait un petit mât et une voile de la taille d'une grande serviette de table : « Voilà pour toi. Tu as seize ans, l'âge de devenir une vraie Capetanissa. » Dans sa sollicitude, il avait deviné mon attrait pour la mer. Les poupées, les colifichets, je m'en moquais, mais un bateau concrétisait le rêve que je caressais depuis longtemps. Je me contentai de l'embrasser légèrement, mais ce jour-là il me conquit instantanément, ou plutôt il acheva de me conquérir. Ma mère ne protesta pas, ce qui me remplit d'admiration pour elle. Au contraire des mères grecques qui tremblent de peur à chaque instant pour leur nichée, elle tenait à ce que je m'aguerrisse. La vie l'avait assez meurtrie pour qu'elle sache que les enfants devaient être capables de lui résister.

Les vieux marins qui traînaient sur le rivage, amusés par mon enthousiasme, m'instruisirent à qui mieux mieux et, en un rien de temps, j'appris à manœuvrer seule mon bateau que j'avais nommé l'*Agamemnon*, ce héros dont mon précepteur m'avait appris les hauts faits. Gorgée de fierté, j'évoluais chaque jour dans le Vieux Port. J'allais de plus en plus loin, contournant l'île, ancrant dans la baie des Saintes-Anargyres, poussant même jusqu'à Agia Paraskevi. Je m'enhardis et m'élançai jusqu'à l'îlot rocheux de Trikeri, au nord de Spetsai, en direction de Hydra. Des semaines durant, je méditai mon escapade. J'hésitais, je reculais, puis un jour je n'y tins plus. C'était un dimanche, je n'avais pas cours. Je me levai à l'aube, sortis subrepticement de la maison, montai à bord de l'*Agamemnon*. Je levai l'ancre, sortis du port et mis le cap droit sur Hydra. C'était une folie, car au moindre coup de vent mon esquif risquait de se retourner. Ce jour-là, la mer garda ce calme incomparable du printemps grec, et seule une légère brise gonflait ma voile. Au milieu de la mer, je me sentais bien fragile, mais l'ivresse de la liberté étouffait toute appréhension. J'avais l'impression que le monde attendait que je le conquière. Hydra, avec ses hautes montagnes escarpées, émergea de l'eau gris-bleu telle une île enchantée. Du matin au soir les Spetsiotes

35

disaient pis que pendre sur les Hydriotes, leur reprochant leur amitié pour les Turcs, et ne leur pardonnant pas leur lâcheté pendant la Grande Insurrection. Ce vilipendage avait naturellement allumé ma curiosité. Un sentiment plus fort me poussait cependant vers Hydra. Je voulais connaître l'île où étaient nés, où avaient vécu mes parents. Le fait que ma mère mît tant de réticence à m'en parler ne faisait qu'attiser ma curiosité.

Je longeai les rochers rougeâtres qui surgissaient de la mer, des pics apparemment inaccessibles d'où dévalaient jusqu'au rivage des forêts de pins accrochés, Dieu sait comment, aux rocs. La ville m'apparut au détour d'une falaise, une sorte de demi-entonnoir bordé de grandes maisons se rétrécissant jusqu'au port. A peine eus-je sauté sur le quai et commencé à déambuler dans les rues que je fus éblouie. Hydra était beaucoup plus ancienne, beaucoup plus riche que Spetsai. Des Arvanites comme nous la peuplaient mais des Arvanites bien plus aristocratiques que les Septsiotes. Les hommes que je croisais arboraient des ceintures de soie au lieu de nos ceintures de laine pour tenir leur pantalon bouffant. Je vis pour la première fois des bas de soie et des escarpins. Quant aux femmes, aucune Septsiote n'aurait eu l'audace de porter dans la rue ces boléros de velours richement brodés d'or, ces foulards en brocarts, ces broches en diamant. Chez nous, ces somptueux atours, seules quelques familles qui se comptaient sur les doigts de la main en possédaient, et encore ne les sortait-on que pour les grands jours. A Hydra, le luxe vestimentaire s'étalait quotidiennement, et les belles Hydriotes se moquaient pas mal des lois somptuaires que le Sultan avait édictées à leur seule intention. J'avais beau être un garçon manqué, je rêvais de porter ces jupes chatoyantes, ces soies multicolores, ces broderies d'or, ces boucles d'oreilles scintillantes.

Les maisons me surprenaient, beaucoup plus spacieuses, beaucoup plus hautes que celles de Spetsai. L'une d'elles dominait les autres par sa grandeur. A droite du port, elle se dressait orgueilleusement sur un promontoire face à la mer. Elle avait la taille d'un véritable palais, et le faîte des palmiers dépassait le haut mur de pierres grises de son jardin. Un pêcheur m'apprit que c'était la maison Koundouriotis. N'était-ce pas le nom du beau-frère de ma mère? Je montai la rue en escalier qui y conduisait. Le grand portail était ouvert. J'entrai dans une cour inondée de soleil, bordée d'élégantes arcades. Debout sur la marche du puits central, un petit garçon me toisa. Il devait avoir cinq ou six ans, gras, le visage long, de grands yeux clairs. Il portait fièrement un très haut tarbouch rouge. La morgue en personne malgré son jeune âge, il me demanda qui j'étais, ce que je voulais : « Je suis Laskarina Pinotsis et je voudrais voir le Kirios [1] Koundouriotis. – Il est absent et je le remplace. Je suis son fils aîné, Georges Koundouriotis. »

Je connaissais déjà cette race affreuse de gamins insolents et capricieux que leurs parents, gâteux de bonheur d'avoir enfin pondu l'héritier tant attendu, élevaient le plus mal possible. Doucement je lui expliquai que j'étais sa cousine germaine, la fille de la sœur de sa mère : « Tu n'as rien à faire ici, va-t'en ou je te fais jeter dehors. » Je n'ai jamais été renommée pour ma patience. Je me précipitai sur lui le bras levé.

1. Monsieur.

37

D'une voix stridente, il appela à l'aide. Les serviteurs apparurent entre les arcades, accoururent, nous séparèrent. « Battez-la, fouettez-la, jetez-la dehors », hurla le petit hystérique. Les serviteurs ne me firent subir aucun sévice, mais ne me jetèrent pas moins dehors, sans brutalité mais fermement. Mon cousin trépignait, insultait les serviteurs pour leur mansuétude.

Je m'éloignai le plus dignement possible et ce ne fut qu'hors de vue que je laissai couler mes larmes, de rage, d'humiliation. La leçon avait été concluante. Je n'irais pas frapper à la porte de mon grand-père ou de mes tantes. Je savais désormais ce que ma mère avait enduré. Toute la joie, toute l'excitation de cette expédition avait disparu. Je me sentais lourde, abattue. La nuit tomba sans que je m'en aperçoive. Il était trop tard pour rentrer à Spetsai. Je ne voulais rien demander à qui que ce fût. Je trouvai à côté du quai un rocher un peu moins inconfortable que les autres et j'y passai la nuit, recroquevillée sur moi-même.

Je dormis peu mais la fatigue m'empêcha de bouger. A l'aube, fourbue, moulue, je repris la mer sur mon esquif. Le temps me fut aussi clément que la veille. Arrivant à la maison à l'heure du déjeuner, je tombai dans la grandiose tragédie suscitée par ma disparition. Prévoyant la réception qui m'attendait, j'étais entrée par une porte de service et, sans être vue, j'avais gagné la galerie du second étage, dont les fenêtres à vitraux colorés donnaient sur la grande salle. La famille entière y était réunie. Ma mère, blême, ravagée, décoiffée, se tordait les mains. Lazarou tâchait, sans succès, de la consoler. La grand-mère qui, de sa vie, m'avait complètement ignorée, sanglotait bruyamment, s'arrachait les cheveux, effondrée dans les bras de ses amies accourues aux nouvelles. Les sœurs de Lazarou rapportaient chaque rumeur, faisaient entrer la dernière personne à m'avoir vue. Les servantes embrouillaient encore plus la situation, offraient des mouchoirs frais qu'on ne leur demandait pas, remportaient des tasses de café turc avant qu'elles ne soient finies, renversaient des verres d'eau de fleur d'oranger. Dans un coin, les enfants jubilaient d'excitation. La cousine Maria exultait visiblement, m'imaginant bientôt durement châtiée ou, mieux encore, morte.

Je pris mon courage à deux mains. Je redescendis et apparus sur le seuil de la grande salle. Aussitôt, le silence le plus total fit place à la cacophonie. Personne ne bougea de sa place mais toutes les têtes se tournèrent vers moi. Ma survie démentait le dénouement macabre que prévoyaient avec délectation la vieille et ses filles. La surprise et la déception les tinrent coites. Lazarou s'approcha de moi, me regarda tristement : « Tu as fait beaucoup de peine à ta mère. Viens l'embrasser. » Ma mère me serra contre elle en pleurant : « Pourquoi m'as-tu fait tant de mal ? » Je m'étais attendue à des diatribes, des gifles, des punitions, voire à la confiscation immédiate de l'*Agamemnon*. Ce reproche enrobé de clémence me poignarda.

Chapitre 3

Le remords me rendit insupportable. Je tenais sans cesse tête à ma mère, et je prenais comme à plaisir le contrepied de ce qu'elle disait. J'accumulais les insolences contre Lazarou. Tous les défauts que les Grecs reprochent aux Arvanites ressortaient en moi. Je me montrais grossière, violente. Ma voix trop forte assourdissait, cette voix qui bien plus tard devait tant me servir à commander des hommes... Pour l'instant, j'irritais les adultes et me détestais. J'avais découvert le miroir, la grande glace à pied en bronze rapportée de Russie par Lazarou qui se dressait dans la chambre de ma mère : il m'attirait irrésistiblement, alors que j'aurais voulu le fuir car il me rappelait mes imperfections ; j'en prenais conscience et me transformais en oursin. Toutes épines dehors, toujours prête à piquer surtout la parea [1], le groupe de garçons et de filles demi-frères, amis, cousines, avec lesquels nous traînions chaque soir. Solitaire dans l'âme, je n'avais jamais été proche d'aucun d'eux. Plus j'étais odieuse,

1. Littéralement : la compagnie.

plus je m'accrochais à eux, me rendant antipathique même à mes rares partisans.

Je connaissais Dimitri Bouboulis depuis toujours. Plus âgé que moi, un corps puissant, les yeux de feu, la bouche carnassière, les dents trop longues, mieux que beau, il était irrésistible. Sa voix portait loin et son rire était contagieux. Karavokirio comme Lazarou, il était beaucoup plus riche que lui, car plus aventureux. Courageux et audacieux jusqu'à l'inconscience, il représentait l'espoir des mères et le désir secret des filles, mais plutôt que de jeter le mouchoir aux dindes gloussantes de la parea, il préférait courir les bars et les demoiselles de petite vertu avec son inséparable Yanouzas.

Je le voyais fréquemment dans quelque réunion ou mieux encore dans la rue qui restait le véritable salon de Spetsai. Un matin, je le rencontrai hors de chez moi comme je l'avais fait si souvent. Nous fîmes un bout de chemin ensemble. Il prit de mes nouvelles avec cette chaleur qu'il mettait même dans la phrase la plus banale. Nous échangeâmes quelques propos insignifiants, puis nous nous séparâmes, lui se dirigeant vers le port et moi vers le marché. Je me découvris folle amoureuse de lui. Je me collai donc à la parea pour pouvoir le voir chaque soir. En effet, à la tombée du jour la jeunesse se retrouvait sur le port. Les garçons, assis à la terrasse de l'unique café ou sur le muret qui surplombait l'eau, parlaient très fort et prétendaient pouvoir avaler sans dommage rasades sur rasades d'alcool. Les filles passaient et repassaient devant eux en lâchant des rires de gorge, toujours par brochettes de quatre ou cinq, chaperonnées par une cousine un peu plus âgée et un peu plus laide. Garçons et filles

41

prétendaient se remarquer à peine mais ne faisaient que s'observer, s'évaluer, se prendre ou se rejeter par le regard. C'était le « nymphopasaro », le « bazar aux nymphes », la foire aux amours. L'apparition de Bouboulis faisait monter la tension de quelques crans. Il marchait rapidement, flanqué de Yanouzas, son ami souffre-douleur, son aide de camp in partibus. Il saluait les unes et les autres, faisant battre les cœurs. Je n'imaginais pas une minute qu'il tomberait amoureux de moi et pourtant lorsque son regard rencontrait le mien, ses yeux me déshabillaient et je frissonnais.

Ma cousine Maria, ignorant l'adoration muette de mon demi-frère Théodose, avait jeté ses filets sur Bouboulis, sans les minauderies des autres mais avec une maîtrise de femme déjà endurcie. Assez belle pour qu'il en fût flatté, il lui offrait le bras qu'elle s'empressait d'accepter, déchaînant les commérages. Une fille au bras d'un garçon, toutes en mouraient d'envie, mais seule cette effrontée l'osait.

Un soir, plus sombre et silencieuse que d'habitude, je marchais bras dessus, bras dessous avec d'autres filles gigotantes et roucoulantes lorsque j'entendis soudain derrière moi un éclat de rire tonitruant. Je me cabrai comme piquée par un serpent et me retournai. C'était Bouboulis qui s'esclaffait à l'apparition de la cousine Maria. Elle s'était dessiné au charbon des sourcils à l'horizontale et, vêtue d'une de mes robes, elle marchait, bras et jambes écartés, singeant un soldat à la parade. La ressemblance s'avérait, hélas, frappante. Les autres se tordaient de rire. Je me ruai sur elle. Nous nous empoignâmes. Lui ayant arraché sa perruque, je tirai sur ses longs cheveux autant que je pus. Elle hurla. Théodose, mon demi-frère, qui n'était jamais loin de sa bien-aimée, se jeta dans la bagarre. Il réussit à me séparer de Maria. Nous continuâmes tous les deux à nous battre à coups de poing. J'eus raison de ce gringalet, mais, prise d'une rage aveugle, je m'acharnai sur lui. Il avait le visage tuméfié, ensanglanté, lorsque je me sentis enserrée entre deux bras puissants et tirée en arrière. « Laisse-le, tu vois bien que tu es la plus forte. » C'était Bouboulis. Ma rage se retourna contre lui. Je ruai, je griffai, il riait et ne me lâchait pas. La lassitude me submergea et brusquement je restai inerte entre ses bras. Théodose disparut clopin-clopant, un œil au beurre noir, suivi de Maria qui sanglotait, la robe déchirée. Les autres spectateurs me tournèrent le dos et se dispersèrent. Bouboulis me garda encore prisonnière quelques instants pour être certain que j'étais bien calme avant de me lâcher, et avec un sourire amusé s'éloigna. J'avais certes vaincu, mais je me retrouvais seule, isolée par ma propre faute, triste à en mourir, amoureuse sans espoir.

Depuis cet incident, j'étais redevenue moi-même et, pour montrer à ma mère mon affection et ma soumission, je passais avec elle d'interminables et mortelles soirées familiales qu'elle se faisait un devoir de ne pas manquer et qui la mettaient au supplice. Je me tenais sagement assise sur ma chaise et je rêvais que je partais loin en voyage sur la mer.

Un soir, au beau milieu de ces expéditions imaginaires, je revins sur terre pour remarquer un fait extraordinaire. Aucun des jeunes de la famille ne se trouvait dans le salon. Ils étaient rarement tous présents mais dans cette société patriarcale, ou plutôt matriarcale, il eût été impensable que chaque soir il n'y eût pas une demi-douzaine d'adolescents qui attendaient, morfondus mais accoutumés, que le temps passât. Ce soir-là, la vieille et ses filles ne semblaient pas s'étonner de leur absence collective. Indice qui m'alerta et me fit soupçonner rapidement quelque chose de louche. J'eus une prémonition : mon bateau était en danger! Je bondis brusquement et renversai ma chaise qui, en tombant, fit autant de bruit qu'une détonation. Je dévalai les escaliers et courus dans les ruelles désertes, faiblement éclairées par de rares fanaux accrochés aux carrefours. Je coupai à travers champs, trébuchant sur les cailloux, m'accrochant aux ronces, sautant comme un étalon les murets délimitant les propriétés. Haletante, j'atteignis le coin du Vieux Port où d'habitude l'*Agamemnon* était ancré. Toute la parea était réunie juste en dessous de l'ancien Limenarkio [1] turc. Pas un ne manquait. Théodose avait creusé un large trou au fond de mon bateau, et tous regardaient l'eau s'engouffrer. Je me précipitai. « Arrêtez-la », ordonna la cousine Maria. Quatre bras, six bras, huit bras me retinrent. Je me débattis en vain, puis, assommée par le chagrin, je me figeai. Eux non plus ne bougeaient pas. Silencieux, immobiles, éclairés par la vague luminosité de la nuit sans lune, ils contemplaient l'œuvre de destruction, statues ténébreuses debout sur les rochers, réunies pour quelque liturgie funèbre venue du fond des âges. Lorsqu'il n'y eut plus que le bout du mât à se dégager de l'eau, je sortis de ma transe et me remis à hurler. Ils me retenaient et m'assenaient des coups de poing un peu partout. « Lâchez-la », ordonna une voix forte et calme. La surprise leur fit tomber les bras. « Lâchez-la », répéta l'homme. Je reconnus Yanouzas. Il se tenait très droit, très grand sur un rocher. Il était seul car Bouboulis, je

1. Bâtiment de l'autorité portuaire.

le savais, était parti en expédition. Il n'y avait rien d'étonnant à ce qu'il se promenât nuitamment près du Vieux Port, et pourtant son apparition en cet endroit, à ce moment-là, me parut un cadeau de la Providence. Il s'approcha tranquillement et, avec la même fermeté, il leur ordonna de déguerpir. Ils ne se le firent pas répéter. Même Maria ne protesta pas.

Yanouzas me prit dans ses bras : « Console-toi, Capetanissa, je promets de te le remplacer, ton bateau. » Alors, seulement, je pleurai. Je pleurai à chaudes larmes sur l'*Agamemnon* coulé, sur la méchanceté d'autrui, sur mon amour sans espoir, je pleurai sur moi-même. Yanouzas me caressait doucement les cheveux et paraissait avoir la nuit devant lui. Lorsque enfin mes hoquets se calmèrent, il me prit par les épaules, et lentement nous nous dirigeâmes vers la maison. Yanouzas ne disait rien, se contentant de me serrer contre lui. Passant sous un quinquet, je jetai un coup d'œil furtif. Bien bâti, le cheveu court, le visage plein et rose, les traits réguliers, sa beauté me frappa. Il me raccompagna jusqu'à la maison. Au moment de nous quitter sous la lanterne du porche, je levai les yeux et rencontrai son regard. Une seconde à peine car vite je baissai les paupières, mais l'expression que j'y avais lue avait suffi pour m'inonder de chaleur. Étais-je folle ou avais-je bien vu l'Amour dans le regard de Dimitri Yanouzas posé sur moi ?

Les jours suivants, je baignai dans une excessive nervosité. Je n'osais attendre, je n'osais croire ni espérer. Mes doigts tremblants lâchaient tout ce qu'ils tenaient. Je partais sans raison dans des fous rires inextinguibles, ou alors la tension trop forte me faisait tomber dans l'abattement. Une vieille fille, parente pauvre des

Lazarou, vint rendre visite à ma mère. Les habitants de l'île savaient que c'était une des grandes prêtresses du « proxenio », c'est-à-dire l'art des négociations matrimoniales. Ce soir-là, ma mère me regarda d'un drôle d'air, où l'étonnement se mêlait à l'incrédulité, mais elle ne me dit rien.

Un après-midi, je prenais ma leçon de musique que ma mère considérait indispensable à notre statut social. Un pauvre et jeune Italien, maigre à faire peur, échoué Dieu sait comment à Spetsai, tentait désespérément de m'apprendre à jouer sur une épinette rustique, un des deux seuls instruments de ce genre à exister à Spetsai. Je chante d'une voix plutôt juste mais lorsque je touche un piano, je fais fuir les êtres humains et même les animaux. Mon professeur s'arrachait les cheveux lorsque la servante de ma mère apparut. J'étais demandée dans la salle principale. J'y trouvai ma mère, Lazarou et Yanouzas, raides et compassés. Yanouzas sauta de sa chaise en me voyant et d'une voix qui se voulait assurée prononça : « Je t'avais promis de remplacer l'*Agamemnon*. Je t'offre mes bateaux. Je suis venu demander ta main. Ils me l'ont accordée à condition que tu le veuilles aussi. »

Je dus prendre une expression si stupide que Lazarou vola à mon secours : « Prends ton temps mon enfant avant de répondre. Rien ne presse. » Le temps cependant passa et je restais toujours coite. Je revois encore la scène. La lumière de cette fin d'après-midi pénétrant par les vitraux haut placés jetait des taches de rouge, de vert, de jaune, sur les murs, sur le sol. Ils étaient debout devant moi, me dévisageant en silence. Les servantes entraient à tout bout de champ, amenant le « gliko tou koutaliou [1] », de nouveaux cafés, des verres d'eau, des liqueurs. Se doutant bien de ce qui se passait, elles observaient la scène en tendant l'oreille. En vain, car personne ne bougeait ni ne parlait. Finalement, ma mère, de sa voix la plus suave, se mit à vanter Yanouzas. Non seulement c'était un homme accompli, doté de grandes qualités de cœur, mais il avait du bien et son ardeur au travail lui promettait d'en avoir encore plus. Ma mère craignait mon refus et tâchait de me faire entendre que Yanouzas était un bon parti. Il était maître de bateau, mais à très petit échelon. Orpheline et pauvre, je ne pourrais cependant trouver mieux. Pour un peu, elle aurait insinué que son offre était déjà inespérée. Elle se trompait sur les raisons de mon silence. En fait, je ne pouvais croire à mon bonheur. La preuve! Ma voix de stentor les fit sursauter tous les trois : « Yanouzas, j'accepte de devenir ta femme. »

Je retournai devant la psyché et je découvris une femme bien différente de l'adolescente disgracieuse que j'avais pu naguère y voir. Grande et élancée, je me tenais naturellement très droite. L'ossature sculptait fermement mon visage. Le teint mat, la bouche charnue, le nez accusé, l'abondante chevelure de jais me donnaient du caractère. Mes yeux restaient ma principale parure, des yeux de ténèbres et de feu surmontés de deux arcs noirs. Malgré les libertés que mon physique prenait avec la beauté classique, ou peut-être à cause d'elles, j'avais plu, je plaisais.

---

1. « La douceur de la cuillère », sorte de fruit confit qu'on présente aux visiteurs sur une cuillère.

Chapitre 4

La marieuse arrangea les détails, reçut le fruit de ses efforts en pièces d'or et le mariage se fit très vite. C'était en 1788. J'avais proposé à Yanouzas d'attendre le retour de Bouboulis, son inséparable ami. Il m'étonna en me répondant que cela n'était pas nécessaire. Les Lazarou, fiers de leur fortune, cherchaient à adopter les mœurs de l'étranger, mais les Yanouzas, beaucoup plus humbles, exigeaient le maintien des traditions ancestrales et populaires. Aussi mon trousseau généreusement constitué par Lazarou dut être promené à travers le village à dos d'âne (meubles, draps, robes et même dessous féminins) pour être admiré.

Ma mère aurait voulu me faire faire une robe inspirée des modes occidentales en vogue, mais je m'obstinai pour la tenue nationale qui, je le savais, me seyait beaucoup mieux : la jupe et le boléro de velours, l'ample chemise et le voile brodés. Ma mère s'étonnait de mon calme. J'étais heureuse mais je ne défaillais pas d'émotion. Ma mère et Lazarou avaient tenu à ce que la cérémonie eût lieu dans l'église de leur mariage, celle de la Trinité. S'il y eut peu d'assistants au leur, autant on s'étouffa au mien dans le désordre et la bonne humeur. L'aïeule, qui avait refusé d'assister au mariage de ma mère, daigna paraître. Elle avait même rajouté un collier de diamants sur son éternelle robe noire, heureuse d'être débarrassée de moi. La noce revint, qui à pied, qui à dos de mule, à la maison Lazarou. La grande salle de l'étage ne pouvait contenir le trop-plein d'invités, parents vrais ou faux à force d'être éloignés, amis, amis d'amis, commensaux, employés, notables, parasites, bref tous ceux qui se sentaient conviés de droit. Le glendi, la fête, avait lieu dans la cour et la chaleur de l'ambiance suppléa à la fraîcheur du temps. Aux agneaux rôtis à la broche et aux énormes consommations de résinés succédèrent chants et danses jusqu'à l'aube. La vieille et ses filles firent la fine bouche devant ces excès mais je m'amusai sans restriction. Malgré les froncements de sourcils de ma mère et sous les encouragements de la parea, je poussai la chansonnette, je pirouettai, je voltigeai, ne manquant pas une figure. Yanouzas et moi fûmes les derniers à nous retirer. Pas question de voyage de noces. Nous allâmes tout simplement nous installer dans la maison qu'il s'était fait bâtir quelques années plus tôt. Il empêcha de sacrifier à la coutume exigée par ses parents de voir le lendemain de la nuit de noces, pendus au balcon de la chambre conjugale, les draps ensanglantés par le sacrifice de la vierge.

La rumeur du village, cette source d'information plus rapide que l'éclair, m'apprit le retour de Bouboulis. Sa première visite fut pour nous. Le revoir ne me procura aucune émotion. En réalité je ne l'avais jamais aimé. Ayant appris notre mariage au cours de son voyage, il nous rapportait de somptueux cadeaux, un collier d'émeraudes pour moi, et pour Yanouzas une paire de pistolets damasquinés d'or, dernière création de l'industrie britannique. Mon mari disparut chercher une bouteille à la cave. Bouboulis attaqua : « Pourquoi t'es-tu mariée ? Tu es bien trop jeune. » Stupéfaite de cette entrée en matière, je protestai : « Comment trop jeune ? Je vais sur mes dix-huit ans, et à cet âge, la plupart des filles sont déjà mariées, ou celles qui ne le sont pas le regrettent amèrement. » Bouboulis hochait la tête. Il semblait chercher ses mots. « Pourquoi l'as-tu épousé ? — Tout simplement parce que je l'aime. — Ce n'est pas vrai, tu crois seulement l'aimer. » Je comprenais de moins en moins. Je me demandais même s'il ne se moquait pas de moi. Il semblait vouloir rabaisser Yanouzas. « Mon mari n'est-il pas ton meilleur ami ? — Et il le restera toujours. — Tu n'approuves pas son choix, tu ne me trouves pas assez bien pour lui ? » Il ne répondit rien. Bouboulis était jaloux comme seuls peuvent l'être les Grecs dans un genre d'amitié qui ne peut éclore qu'entre eux. Il n'y avait aucune équivoque dans ses liens avec Yanouzas, mais celui-ci demeurait sa chose, moins son esclave que sa possession. Plus intelligent, plus riche, plus fort caractère que lui, Bouboulis en faisait ce qu'il voulait. Fini désormais le Yanouzas à disposition nuit et jour, fini les virées ensemble, fini les discussions interminables sur les mérites comparés de leurs maîtresses respectives et éphémères. Bouboulis ne me pardonnait pas de lui avoir enlevé son compagnon et il ne pardonnait pas à Yanouzas de s'être marié sans sa permission. Je compris alors la hâte de Yanouzas à convoler avant le retour de Bouboulis. N'y avait-il cependant dans les reproches de Bouboulis que la « trahison » d'une amitié? La scène qu'il m'avait faite tranchait avec son caractère et je m'interrogeai longuement sur ses raisons...

Peu après Bouboulis se maria à son tour. Sa famille lui avait trouvé un parti avec pedigree et fortune. Une fiancée en adoration devant lui, si falote que son nom ne mérite même pas d'être rapporté dans ces Mémoires. Puis ce fut ma cousine Maria qui accorda sa main à un Botaris, issu d'une des plus considérables familles de l'île, qu'elle transforma vite en esclave. Elle n'eut pas à regretter Théodose qu'elle gardait dans son sillage, toujours plus bêlant et soumis. Ma mère jubila lorsque quelques années plus tard ce même Théodose décrocha une opulente héritière, une Koutsis. Le père de la jeune fille, Christodoulos Koutsis, se montrait d'une âpreté sans limites. Il s'abstint des services de la marieuse et discuta lui-même de la dot avec Lazarou. Il marchanda sur chaque sou, sur chaque pièce de lingerie et de vêtement et menaça vingt fois de rompre les fiançailles. Lorsque son lourd regard se posa sur moi, je sentis d'abord la méfiance puis le mépris. Le mépris d'une grosse fortune envers une quantité insignifiante.

A Spetsai, la forme des maisons indiquait le rang social fondé sur la fortune. Celles en forme de gamma grec indiquaient un très grand confort financier, seules deux demeures avaient les honneurs du P grec, celle du richissime Mexis et... celle de Bouboulis. Les familles modestes se contentaient d'une maison carrée comme la nôtre. Pour moi c'était le plus beau palais du monde, la première demeure où je me sentais chez moi. Nous possédions la seule grande maison de ce quartier au nord du village qui se développait le long

51

de la mer. Nous vivions pratiquement en commun avec les familles peu aisées qui s'entassaient dans les demeures exiguës autour de la nôtre, et je retrouvais la chaleur, la gaieté de nos débuts à Spetsai, avant que nous ne déménagions dans les froideurs de la maison Lazarou. Je m'appliquais à tenir impeccablement notre intérieur. Les tâches les plus rudes ne me répugnaient pas. J'aimais y travailler, en toute liberté, sans la surveillance désagréable de la vieille.

Yanouzas recevait parfois ses amis, ses camarades, des capitaines au long cours. Alors je me cloîtrais à l'étage car l'usage voulait que la femme n'apparût pas devant les hommes avant le soir. Je le regrettais car j'aurais tant voulu écouter leur récit, vivre avec eux la vie de la mer, découvrir les contrées lointaines auxquelles je rêvais.

Je n'étais pas frivole mais coquette et, le sachant, Yanouzas me couvrait de cadeaux vestimentaires. Spetsai était trop petite pour posséder des magasins de luxe mais des navires de commerce en transit déversaient des marchands ambulants qui proposaient leurs marchandises à la maison. Devant mes yeux gourmands, ils déployaient leurs étoffes dans la salle commune. Je commençais à aimer les productions de l'Occident, je délaissais les lourdes étoffes turques, velours épais, brocarts surbrodés pour les légères soieries à raies ou à fleurs de France et les cotonnades multicolores d'Angleterre. Je devais arrêter Yanouzas qui m'encourageait toujours. Venait ensuite la couturière que les matrones de Spetsai s'arrachaient. Les essayages duraient des heures, suivis avec attention par quelques voisines qui, comme par hasard, se trouvaient là au bon moment et regardaient avec ébahissement ces étoffes dont elles n'auraient osé rêver. J'aimais me parer avec un soin particulier pour aller le soir retrouver nos voisines ou nos parentes. Une fois prête, je prenais la petite lanterne et partais à pied pour les beaux quartiers. En chemin je croisais les lanternes d'autres promeneurs qui se balançaient dans l'obscurité. On buvait du café à la turque, servi dans des tasses sans anse qui nous brûlaient les doigts mais qu'il était bienséant de tenir avec élégance. Parfois l'une d'entre nous lisait dans le marc l'avenir des autres, au milieu des soupirs et des éclats de rire. On dévorait des sucreries, caquetait et cancanait avec animation et je me demandais parfois pourquoi j'avais passé tant d'heures à me parer pour en arriver à étouffer un bâillement.

Je tombai enceinte. J'étais radieuse, même si mon embonpoint grandissant restreignait ma liberté. A l'accouchement je souffris énormément. Après Yanno, ce fut Yorgo, puis Maria. Je leur étais viscéralement attachée au point qu'à la moindre toux, à la plus petite blessure mon cœur s'arrêtait, mais les petits m'intéressaient peu et j'acceptais mal l'esclavage auquel ils me soumettaient involontairement. Leur naissance m'avait enchaînée à la maison et je ne supportais pas la perspective d'un avenir consacré exclusivement aux soins domestiques. Ma mère et les épouses respectables de l'île avaient subi sans broncher, avec plaisir, ces mêmes contraintes, mais leur exemple ne m'inspirait pas. Les traditions, je les aimais et je m'en faisais le porteparole, les conventions je les vomissais.

Nous entrions dans la dernière décennie du XVIII\e siècle lorsqu'un soir Bouboulis nous rendit une visite inopinée. Il débordait de gaieté, d'enthousiasme, et ce fut comme s'il nous avait touchés d'une baguette magique. Comme tous les Grecs, Bouboulis n'avait que le nom de Lambros Katsonis sur les lèvres. La tsarine russe, Catherine II, était partie une nouvelle fois en guerre contre les Turcs et avait encore besoin d'une diversion. Elle dénicha Katsonis, un vétéran, un rescapé de la rébellion de 1770 qui avait coûté la vie à mon père, et l'encouragea de mille façons, surtout financières. Ayant armé une flotte à Trieste, il commença à descendre le long des côtes turques de l'Adriatique, remporta victoire sur victoire et son armée grossissait en proportion de ses succès militaires. Il incitait les Grecs à se joindre à lui pour chasser les Turcs. Les Spetsiotes faisaient la sourde oreille, échaudés par la rébellion de 1770 et ne croyant plus aux promesses de la tsarine. Ils jugeaient l'aventure hasardeuse.

Depuis toujours Bouboulis haïssait les Turcs, sans réfléchir, sans analyser ce sentiment viscéral. Il brûlait d'en découdre et Katsonis lui offrait une occasion inespérée. Il partit avec plusieurs de ses navires le rejoindre. Sa complicité avec Yanouzas en un instant ressoudée, il lui demanda de l'accompagner. Yanouzas accepta sans hésiter. Je ne pipai mot. La femme, l'épouse ne doit pas avoir d'opinion, répétaient quotidiennement les hommes, et surtout les mères qui, elles, ne s'en privaient pas. Je n'en pensais pas moins. J'étais fière de la décision de Yanouzas, qui me restituait mon héros, mais avant tout je les enviais. J'aurais aimé partir avec eux, voguer au loin, me battre.

Bouboulis nous laissa car nous devions nous rendre à la maison Lazarou pour le dîner familial hebdomadaire, corvée que rien au monde n'eût pu nous éviter. Ce soir-là, lorsque Yanouzas annonça jovialement son départ, ce fut comme s'il avait laissé entrer la muse de la tragédie elle-même. A la consternation suivit un déluge de protestations horrifiées, de reproches, d'intimidations. Comment osait-il abandonner son travail, négliger ses intérêts et ceux de sa famille? Comment osait-il abandonner femme et enfants pour cette folle aventure sans espoir? Jamais je n'avais vu ma mère aussi en colère. Lazarou, le doux Lazarou, ne mâchait pas ses mots. Yanouzas n'était qu'un irresponsable, un égoïste. Même la vieille s'en mêla, ravie une fois de plus de lâcher son fiel, craignant peut-être de voir Yanouzas mort au combat, sa veuve et ses enfants revenir chez elle. Sous cette avalanche, Yanouzas ne répondit rien. Puis le flot s'étant tari, un morne silence s'installa dans la grande salle qui dura jusqu'à la fin du dîner.

Sur le chemin du retour Yanouzas resta muet, pensif. Arrivé à la maison, il me déclara qu'il allait trouver Bouboulis. Je compris alors qu'il renonçait à partir. Ce n'était pas par lâcheté, car je le savais aussi courageux que Bouboulis, mais par amollissement. Les coups de tête de la jeunesse avaient laissé place au goût du confort que lui offrait la vie maritale. Les maris grecs ont tendance à s'empâter physiquement. Yanouzas gardait sa beauté juvénile mais s'était épaissi intérieurement, à cause de l'existence que je lui ménageais, à cause de moi. Je mesurai alors combien j'étais peu faite pour le rôle que je jouais.

Je m'ennuyais. Comme la lune ne brille qu'éclairée par le soleil, Yanouzas ne donnait le meilleur de lui-même qu'en présence de son alter ego, de son démiurge Bouboulis. Il se montrait alors un séducteur vif et rieur, maniant la plaisanterie et le compliment.

Bouboulis parti, Yanouzas redevenait un homme limité, sans grande imagination, fort peu divertissant. Faible, dominé depuis l'enfance par Bouboulis, il avait inconsciemment cherché dans le mariage une autre domination, la mienne, mais il s'avérait aussi foncièrement bienveillant, généreux, humain et il m'était difficile de lui en vouloir.

Bouboulis resta absent plusieurs mois. L'absence de nouvelles sur l'expédition Katsonis m'inquiétait pour lui, et lorsque nous en recevions, fragmentaires, avec retard, je vibrais à l'unisson. Il revint. Je l'appris au moment même où il ancrait. Je me retins de courir chez lui car je ne voulais pas lui manifester un intérêt exagéré. Ce fut lui qui nous rendit visite avant le dîner comme à la veille de son départ. Nous l'accueillîmes comme un grand frère que nous aurions manqué perdre. Il exultait. Il s'était follement diverti.

Il décrivit les combats féroces, les flottes anéanties, les massacres de Turcs, les victoires tournées en défaites et les défaites tournées en victoire comme s'il se fût agi du jeu le plus passionnant. Vingt fois, il s'était cru perdu, vingt fois il avait récidivé, au point de faire trembler le Turc : « Te rends-tu compte que le sultan, pour avoir la paix, est allé jusqu'à offrir plusieurs Cyclades à Katsonis, qu'il a refusée. – C'était donc un héros que ce Katsonis. – Pas du tout, c'est une baudruche, mais il nous a donné une belle occasion d'en découdre avec le Turc. » Catherine la tsarine, selon son habitude, avait lâché les Grecs en pleine insurrection pour s'entendre avec les Turcs. Et là Katsonis avait eu une belle réaction : « Si l'impératrice a signé la paix avec les Turcs, je n'ai pas encore signé la mienne. » Le sultan, aux abois, était allé jusqu'à chercher l'aide de la marine de guerre française. Il n'était rien resté de la flotte de Katsonis ni de celle de Bouboulis. Tous les deux avaient manqué d'un cheveu d'être pris par les Turcs. Ils n'avaient dû leur salut qu'à un certain Kolokotronis. Un klephte, un de ces bandits d'honneur agrippés aux montagnes inaccessibles du Péloponnèse dont les Turcs ne parvenaient pas à les déloger. Ce Kolokotronis avait fait grande impression sur Bouboulis par son audace et son courage. Ses hommes ressemblaient aux pires assassins de grands chemins, mais ils savaient se battre comme personne. Grâce à eux Katsonis était passé en Grèce continentale, d'où il avait gagné la Russie. Il sortait de l'Histoire alors que Kolokotronis y entrait.

Bouboulis ne rêvait que de revanche. Sa témérité ne frisait pas l'inconscience, elle y baignait. L'aventure s'était quand même soldée par une défaite : « Quelle défaite ? Nous avons copieusement tapé sur les Turcs, nous recommencerons bientôt, et la prochaine fois, nous les jetterons dehors. » Son magnétisme animal était ressorti au souvenir des épisodes palpitants qu'il avait vécus. Yanouzas, hypnotisé, ne paraissait pas cependant regretter un instant d'avoir fait faux bond à son ami. Quant à moi, j'étais emportée par le conte et par le conteur.

Chapitre 5

Spetsai se transformait à vive allure. Non seulement les maisons se multipliaient mais elles étaient chaque fois plus grandes, plus somptueuses. Des produits de l'Occident ou de l'Asie se déversaient en abondance sur notre port, ouvrant sans cesse de nouveaux horizons, perfectionnant luxe et confort.

Longtemps la France avait été l'alliée bien-aimée des Turcs qui la favorisaient outrageusement en la laissant presque exclusivement commercer dans leur Empire. Mais la France subissait une révolution. En proie à l'anarchie depuis la chute de Robespierre, ses élites décimées, sa monnaie dépréciée, menacée sur tous les fronts, elle ne pouvait plus tenir ses routes ni ses engagements commerciaux. Les Turcs, bien trop enfoncés dans la torpeur de leur décadence, ne pouvaient saisir les rênes qui tombaient des mains de leur alliée traditionnelle. Alors les Grecs, les Grecs albanais de Spetsai, de Hydra, de Psara, de Galaxidi, grignotèrent petit à petit la place de la grande puissance commerciale en Méditerranée. Encore nous fallait-il des navires plus légers, plus rapides, capables d'emporter plus de fret. Nous apprîmes à construire nous-mêmes des bricks, des schooners de quatre cents tonnes, avec des équipages de cinquante, de soixante-dix hommes. A ce régime, les karavokirides, Bouboulis en tête, décuplaient leur fortune. Tous, sauf Yanouzas. Mêmes navires, même parcours, mêmes profits, il ne bougeait pas. Il n'évoluait pas. Il ignorait l'initiative.

Un soir, après le dîner, je me décidai à lui parler, après des semaines d'hésitation. Il était assis dans la grande salle, silencieux, le regard vague, tellement perdu dans ses pensées qu'il n'avait même pas songé à allumer son tsimbouk [1]. Je desservais sans qu'il fasse attention à moi. Lorsque je lui touchai l'épaule, il sursauta. Pourquoi, lui demandai-je, ne modernises-tu pas ton entreprise, pourquoi refuses-tu le progrès qui enrichit tes amis? Il me répondit que les tracasseries de l'administration turque et l'avidité de ses employés corrompus l'empêchaient de le faire. « Mets donc tes bateaux sous pavillon étranger, lui rétorquai-je, comme ton ami Bouboulis qui voyage sous pavillon russe. » La tsarine en effet, peut-être pour se faire pardonner de nous avoir si souvent laissé massacrer par les Turcs, avait pris notre flotte commerciale sous sa protection, et son ambassade à Constantinople obtenait des Turcs le berath, le permis d'arborer leur pavillon. Mais cela coûtait cher car ses diplomates se montraient gourmands. « Jamais nous ne trouverons la somme nécessaire pour acheter notre berath », soupira Yanouzas.

Je m'assis à côté de lui et lui pris la main : « Je veux t'aider, Yanouzas. Laisse-moi essayer. Laisse-moi venir avec toi. » De mémoire de Spetsiote, jamais femme de capitaine n'était montée à bord. L'épouse restait au

1. Longue pipe turque dont le fût repose à terre.

foyer pour s'occuper des enfants, de la maison, de la cuisine. Je guettais anxieusement la réaction de Yanouzas. « Veux-tu vraiment m'accompagner ? » finit-il par articuler timidement. Il avait les larmes aux yeux. Je le serrai dans mes bras. En un éclair, je réalisai que durant ces semaines, ces mois, la réussite de ses collègues l'avait rongé. Pour les rattraper, il était prêt à pactiser avec le diable ou pire pour un mari grec, avec sa femme. J'avais perdu un mari, gagné un enfant, mais atteint mon but.

J'avais assisté à d'innombrables départs de navires mais aucun ne me parut plus émouvant que celui qui eut lieu en ce matin de mars. Je ne fus pas longue à faire mes paquets tant je craignais de manquer l'heure. J'évitai les regards de reproche de mes trois enfants que je laissais pour la première fois, et je quittai la maison avec une impression de définitif. Je courais, je volais derrière Yanouzas qui marchait à grands pas. Les quais de la Dapia étaient noirs de monde, les terrasses couvertes de femmes qui agitaient leurs châles criant des encouragements aux maris, des adieux aux amants. Une chaloupe débordante de papas, toutes voiles noires dehors, voguait de navire en navire apporter des bénédictions. Lorsqu'ils montèrent à notre bord, nous nous agenouillâmes devant l'icône de la Panayia [1] installée sur la proue, entourée de fleurs et de cierges. Lorsque, après le cérémonial, ils cinglèrent vers le rivage, tous les navires levèrent l'ancre d'un même élan. Le grincement de la chaîne me parut la plus belle musique du monde. Au moment où les voiles se hissaient, les cloches de l'île se mirent à tinter ensemble. Nous nous éloignâmes lentement, longtemps poursui-

1. Vierge Marie.

60

vis par les zitos [1] hurlés par la foule. Jamais je n'oublierai le bonheur que j'éprouvai à cette minute. Ma liberté d'adolescente, je l'avais trouvée en m'enfuyant à Hydra un matin de printemps. Ma vraie liberté, ma liberté d'adulte, je la conquis ce matin d'hiver, en comblant enfin mon vœu le plus cher.

Je passai le voyage à dialoguer avec la mer. Je restai de longues heures accoudée au bastingage. Je la contemplais, je l'écoutais, je la sentais, je la découvrais comme ma véritable mère. Même lorsqu'elle devenait agressive avec ses nuages bas et lourds, balayée par le vent, et qu'avec des vagues grises, mauvaises, elle assaillait notre navire, elle ne me faisait pas peur. Je savais qu'elle m'aimait et qu'elle me protégeait.

L'équipage admira mon pied marin, ignorant que j'avais eu tout loisir de m'entraîner avec mon modeste *Agamemnon*. Ils n'avaient marqué aucun étonnement ni posé aucune question en me voyant monter à bord. Je partageais la cabine de Yanouzas, la seule à bord, ce qui me laissait une certaine intimité. Hormis ce privilège, la démocratie régnait à bord. Par nature les Grecs sont égalitaires, mais en mer ils le deviennent encore plus. Les marins avaient, par quelques tentatives maladroites, cherché à améliorer mon confort, mais je refusais ces passe-droits. Je partageais avec Yanouzas leurs rations frugales, des biscuits, des olives, de la feta, des sardines séchées. Chacun avait amené sa réserve personnelle de provisions amoureusement préparée par une mère ou une épouse. Des sucreries, du tabac, et bien que ce soit rigoureusement défendu, une petite bouteille d'alcool, généralement un épouvantable tord-boyaux. A la tombée du jour, à l'heure de la mélanco-

1. Vivats.

lie fugitive et des souvenirs, alors que Yanouzas tenait la barre, j'allais à l'avant du navire échanger mes propres victuailles avec celles des marins. Nous étions plusieurs assis ainsi en rond à même le pont. Chacun ouvrait sa musette et extrayait son viatique qui disparut d'ailleurs au bout des premiers jours de voyage. J'échangeai ainsi le meilleur bordeaux que j'avais emporté contre un raki si fort qu'on aurait pu y faire fondre une cuillère. Chaque détail de la vie à bord m'intéressait. Je questionnais longuement les hommes sur leurs tâches. Ils riaient de ma naïveté, de mon ignorance, mais acceptaient de me répondre. Ils commencèrent par m'apprendre le nom de tous les instruments, et de chaque élément du navire. Puis ils m'enseignèrent à manier le compas, à mesurer la position des étoiles, à reconnaître les côtes et les mers. Cet apprentissage n'était pas dicté par la volonté de les séduire, mais par mon intérêt sincère et profond pour la navigation. Ils le ressentirent et m'adoptèrent.

Certains soirs, lorsque le temps était calme, Yanouzas et moi nous les écoutions chanter. L'apparition des étoiles semblait délier leurs langues. Cithares et violons sortaient des sacs et les chants montaient vers la lune qui guidait notre chemin. Je me serrais contre Yanouzas. J'étais heureuse, j'étais amoureuse.

En cette fin d'hiver, une brume épaisse recouvrait Constantinople, au point que nous dûmes naviguer très lentement au jugé. La ville était toujours invisible lorsque nous entrâmes dans la Corne d'Or. Une noria de navires y étaient ancrés côte à côte et, au milieu de cette forêt de mâts, je me sentis en famille. La matinée avançant, le voile de brume se leva brusquement, et d'un coup je découvris les minarets, les tours, les mosquées, les palais, les murailles et les jardins de Constantinople. Jamais je n'aurais pu imaginer ville aussi immense.

Nous allâmes au Palais de Russie qui se trouvait dans le quartier chrétien de Pera. Je trouvai un drogman [1]. Il était grec comme la plupart de ses confrères des autres ambassades. Je lui confiai notre affaire sans oublier de marchander ses services. Je jouai avec lui la carte de la fraternité nationale qui ne manque jamais son effet : entre Grecs il faut bien s'aider. En quelques jours nous eûmes notre berath non pas pour dix mille piastres comme il avait demandé au début mais pour huit mille. Pour les régler j'avais vendu mes bijoux, ceux que m'avait offerts Lazarou pour notre mariage, et même le collier d'émeraudes de Bouboulis. Sans regrets. Mes vrais bijoux seraient nos navires.

De retour à Spetsai, nous mîmes en chantier un, puis deux, puis trois bricks. Les arsenaux du Vieux Port que j'avais vu naître s'étaient développés au point que nous n'eûmes point besoin de les commander à l'étranger. Après notre retour de Constantinople lorsque Yanouzas repartit en expédition, je n'hésitai pas. Je fis ostensiblement mes paquets. Il ne manifesta aucune surprise. « Votre père a besoin de moi », déclarai-je à nos enfants que je confiai à ma mère, enchantée de son rôle.

A bord, les marins firent comme si de rien n'était. J'étais devenue une habituée sinon une habitude. Désormais je suivis Yanouzas partout. Nous formions une parfaite équipe. Yanouzas, marin hors pair, connaissait mieux la navigation que quiconque. Il se

1. Fonctionnaire d'ambassade à Constantinople, chargé des relations entre les diplomates étrangers et les autorités ottomanes.

révélait aussi un excellent capitaine, sachant faire régner l'ordre et la discipline sans que personne remette en cause son autorité. Enfin, il se montrait le plus avisé des commerçants, décelant l'affaire juteuse dans la jungle de l'offre et de la demande, négociant et marchandant pour acheter et vendre dans les meilleures conditions. Mais ce n'était pas un financier. J'avais moi-même négocié auprès des banquiers de Pera un emprunt afin d'armer nos nouveaux navires. Ensuite, après avoir convaincu Yanouzas de ne plus travailler à la commission, j'allai emprunter de quoi acheter nos cargos aux banquiers grecs de Smyrne, de Trieste, d'Odessa. Je n'avais pas de connaissances particulières mais il me suffisait de compter sur la bêtise humaine. Les riches banquiers grecs ne brillaient pas toujours par leur intelligence. J'arrivais sans difficulté à leur en imposer. Je les persuadais à tort de notre énorme fortune, de l'honneur que nous leur faisions de bien vouloir accepter leur argent. Enfin, pour les rassurer, je leur demandais toujours des sommes immenses. Leur aurais-je emprunté des sommes dérisoires qu'ils se seraient méfiés.

Je convainquis Yanouzas de partager les profits entre les marins pour les intéresser directement. Nous mettions de côté le capital et son revenu, les dépenses du voyage et l'entretien du navire. Les marins demandaient de réserver un pour cent du profit pour les charités ou les dons à la Panayia qui nous avait protégés. Puis nous divisions en parts égales nonobstant l'âge, l'expérience ou le rang. Nous en étions arrivés à gagner du deux cents à trois cents pour cent.

Nous vendîmes en Espagne, en Italie les produits que nous achetions jusqu'au fin fond de la mer Noire.

64

Nous échangeâmes à Marseille des blés grecs contre des soieries de Lyon, et à Carthagène des vins de Malaga contre du caviar. Les contrées lointaines que je découvrais me plaisaient pour les possibilités qu'elles nous offraient. Mais au bout du monde je regrettais toujours un peu Spetsai. En vérité, je n'étais heureuse qu'en mer. Nous voguions sur un lac grec. Une fois même, nous nous retrouvâmes à quatre cents navires grecs en mer Noire. Il nous arrivait de croiser aux antipodes Bouboulis ou d'autres amis spetsiotes. Avec eux nous passions une soirée joyeuse et fort arrosée dans quelque taverne d'un port inconnu. Au milieu des rires et des libations chacun de nous faisait le même calcul, et le lendemain à l'aube, c'était la course à qui lèverait l'ancre le plus tôt afin d'arriver le premier à l'étape suivante, de rafler un maximum de cargaison et de gagner plus d'argent que les autres. L'enthousiasme juvénile que nous mettions au labeur remplaçait l'expérience et la patience.

Notre innocente prospérité ne pouvait rester longtemps impunie. Depuis des siècles les pirates barbaresques écumaient la Méditerranée, à partir de l'Algérie, de la Tunisie, de la Tripolitaine, en principe possessions du Sultan, mais sur lesquelles il n'avait en fait aucune autorité. Un commerce ralenti les avait quelque peu endormis mais l'importance nouvelle de la Méditerranée les éveilla et notre enrichissement les jeta sur nous comme des essaims de guêpes d'acier. Nos navires disparaissaient sans laisser de trace. Nos karavokirides protestaient auprès de la Sublime Porte. Les Turcs s'excusaient, promettaient, assuraient, ils étaient totalement impuissants. A tel point que le Capitan Pacha lui-même nous envoyait des messages pour nous signaler telle route particulièrement dangereuse, ou nous mettre en garde contre telle bande de pirates.

Avec Yanouzas, nous empruntions les routes les plus sûres, au risque de perdre des bonnes affaires. Jusqu'au jour où un capitaine de notre connaissance vint nous annoncer la perte d'un de nos navires. De Messine où il faisait relâche, il avait été attaqué par deux navires pirates, et après un court engagement, emmené par ceux-ci. Ce n'était pas tant notre bien, notre cargaison que je regrettais que le sort réservé à l'équipage. Ces marins avec qui j'avais voyagé, avec qui j'avais partagé nos provisions et échangé des plaisanteries, que j'avais entendus chanter, seraient amenés enchaînés comme des bêtes sur les marchés aux esclaves d'Afrique du Nord et vendus aux enchères. Jamais ils ne reviendraient, jamais ils ne retrouveraient leur famille. Contourner l'obstacle ne servait à rien, il fallait l'affronter.

J'envoyai Yanouzas dans les grands ports de l'Italie et de l'Espagne acheter des armes de fabrication prussienne ou anglaise. Simultanément je chargeai mon demi-frère aîné, Nicolas Lazarou, auquel nous nous étions associés, d'entraîner nos hommes à leur maniement. Je me joignis à eux et j'appris ainsi à tirer au pistolet dans un terrain vague en dehors du village. Je devais avoir un don inné car j'acquis rapidement une dextérité qui me flattait. Mes deux garçons et même la petite Maria applaudissaient à tout rompre à mes exploits. Je les voulais dès l'enfance entraînés au fracas des détonations et à l'odeur de la poudre. Les oisifs du village vinrent suivre les exercices. Au début, ils se gaussèrent de cette femme qui imitait les hommes mais lorsque mes balles emportèrent le bonnet rouge de plusieurs d'entre eux, ils détalèrent pour ne revenir que timidement et admirativement.

Nous ne reprîmes la mer que lorsque nous fûmes fin prêts. Plus que jamais j'étais décidée à suivre Yanouzas, très fière de moi. Ma mère s'éleva contre les risques que je prenais mais, ravie de garder mes enfants durant mes absences, elle n'insista pas. Nous empruntâmes la voie la plus dangereuse, la route du sud. Inlassablement, je scrutais la mer infinie et déserte, avec appréhension certes mais aussi avec une sorte d'attente nerveuse qui n'était point désagréable. Yanouzas gardait le mutisme le plus total, prêt à affronter le pire, l'envisageant et le mesurant. Je me pris à regretter l'absence de Bouboulis qui, dans son inconscience aurait trouvé l'entreprise excitante. Les marins accomplissaient leur travail sans entrain, en silence. Pas de guitare ni de chants pendant ce voyage, comme s'ils avaient craint que leurs voix puissent alerter l'ennemi.

Au quatrième jour, nous nous trouvions en pleine mer, entre le sud du Péloponnèse et les Pouilles. L'après-midi tirait sur sa fin. La brise fraîchissait légèrement. Tout n'était que calme et harmonie quand la vigie annonça une voile. Agglutinés au bastingage, nous vîmes le point à l'horizon grossir, prendre forme, faire apparaître un détail après l'autre. Yanouzas distingua à la longue-vue le pavillon de Karali, le Pacha de Tripoli. Les vieux marins frissonnèrent, car ils connaissaient la réputation de ce tyran, le plus féroce de la Méditerranée. A coups de somptueux cadeaux distribués au Sultan et à ses conseillers, les membres de cette sinistre famille avaient obtenu la souveraineté héréditaire, mais ils avaient tendance à s'entre-tuer allégrement pour s'asseoir sur un trône de plus en plus ensanglanté.

Le navire tripolitain ne semblait pas foncer sur nous mais simplement suivre la même route. Yanouzas n'était pas certain qu'il eût de mauvaises intentions, car les Barbaresques commerçaient tout autant qu'ils pirataient, et lorsqu'on les rencontrait en mer, on ne savait jamais si on avait affaire à un concurrent ou à un assassin. Le Tripolitain se rapprochait insensiblement, sans paraître s'intéresser à nous. Mon instinct me disait pourtant qu'il s'agissait de pirates. Notre navire probablement plus rapide pouvait leur échapper. C'est ce que Yanouzas voulait tenter. Mais je le suppliai de virer de bord et de foncer sur eux, l'attaque surprise nous donnant bien plus de chances que la fuite. Il hésitait car s'il se révélait qu'il s'en était pris à d'innocents marchands, il se serait mis hors la loi. Nos hommes étaient partagés. Les uns, dont certains parents ou amis avaient été emmenés en esclavage, brûlaient d'en découdre, les autres préféraient la prudence.

Les deux voiliers poursuivaient leur course parallèle dans le soir superbe. Toujours aucun signe d'hostilité de la part du Tripolitain. Je crus m'être trompée lorsque Yanouzas commanda soudain de virer de bord. Nos hommes comprenant ce que cela signifiait coururent chercher leurs armes. Nous foncions désormais droit sur le navire de Karali. A quelques encablures du navire, Yanouzas donna l'ordre de tirer. Les Tripolitains ripostèrent et se défendirent comme de beaux diables, mais cela, je ne le vis point. Sous prétexte de prendre nos armes, Yanouzas m'avait fait descendre dans la cabine et m'y avait enfermée. « Je ne veux pas que tu risques ta peau », avait-il crié à travers la porte. Précaution que je ne devais jamais lui pardonner. Je manquai donc l'abordage dont je pris conscience par le choc des deux navires. J'entendis au-dessus de moi les piétinements sur le pont, les détonations, les hurlements. L'odeur grisante de la poudre entrait par le hublot ouvert. Je bouillais de rage, je défaillais de peur, j'étais surexcitée. J'aurais tout donné pour être sur le pont.

Après une demi-heure de vacarme et de combats, l'incertitude fut trop forte. Mon regard tomba sur mes pistolets. Je tirai dans la serrure, m'élançai sur l'échelle et débouchai sur le pont, l'arme à la main. Trop tard, le combat s'achevait. Les Tripolitains se rendaient à nos hommes, maîtres de leur navire. En un éclair, je vis les voiles déchirées, les cadavres, le sang, j'entendis les râles, les rires de la victoire. Autour de cette scène de carnage la mer mauve s'étendait à l'infini.

J'aurais voulu frapper Yanouzas mais sa joie et celle de nos marins calmèrent ma fureur. Le capitaine tripolitain n'était autre qu'un neveu de Karali Pacha, par hasard échappé aux hécatombes familiales. Il prétendait n'être qu'un honnête commerçant et protestait contre l'acte de piraterie que nous venions de commettre. Les autorités turques en seraient instamment informées et nous apprendrions à nos dépens les rigueurs de la loi. Le capitaine poursuivit sa diatribe d'une voix de plus en plus aiguë. Nos durs à cuire qui tenaient en joue ses marins, impressionnés malgré eux par sa virulence, commençaient à se sentir mal à l'aise. Honteux, ils baissaient les armes. Au moment où je me demandais si je n'avais pas fait commettre une erreur fatale à Yanouzas, un des nôtres, descendu dans les cabines fouiller notre prise, réapparut sur le pont. Il tenait à pleins bras des vêtements apparemment usagés. Je crus qu'il les avait volés, mais non, l'homme était blême et il tremblait. Il jeta aux pieds de Yanouzas des gilets de soie, des culottes courtes, des bas blancs, des jupes, des fichus, même plusieurs petites robes d'enfants, des vêtements d'Européens, des vêtements de Grecs. Beaucoup portaient des taches sanglantes. Preuve implacable qui dénonçait le Tripolitain. Peu s'en était fallu que ce pirate nous fasse subir le même sort que nos infortunés compatriotes, massacrés ou déjà vendus sur les marchés aux esclaves.

Nos marins remirent nos ennemis en joue, la vengeance au cœur. Le capitaine pirate ne baissa pas les yeux, ne courba pas la tête, il cracha aux pieds de Yanouzas, aboyant un « Maudit chrétien ». Il avait probablement lancé la même insulte aux hommes, aux femmes, aux enfants promis à l'esclavage ou à la mort et dont les vêtements jonchaient le pont. « Que faire d'eux ? me glissa Yanouzas. – Jette-les à la mer pour qu'ils ne puissent plus faire le mal. » La sentence fut acclamée par nos marins. Ce fut vite accompli. Je ne détournai pas les yeux, je regardai ces hommes mourir l'un après l'autre. Quelques-uns se débattirent, crièrent miséricorde. La plupart se laissèrent faire et entonnèrent la prière « Allah akbar, Dieu est grand, Dieu est victorieux ». Nos hommes leur donnaient un coup de crosse sur la tête puis les jetaient par-dessus bord. Seul le capitaine, bien qu'entravé, réussit par un prodigieux effort à sauter de lui-même dans la mer. L'exécution achevée, nous transportâmes à notre bord le butin, ou plutôt les rapines du Tripolitain. Puis nous fîmes sauter son navire. De loin je vis les flammes s'élever au-dessus de la mer calme, puis décliner et disparaître. « C'était eux ou nous », répétai-je à Yanouzas.

Et nous avons récidivé. Nous ne voulions de mal à personne, nous ne cherchions pas la querelle, mais lorsque nous apercevions un navire suspect, nous attaquions. Comme me le répétait un vieux marin de la Dapia qui en avait vu d'autres : « Tirez d'abord et ensuite criez halte. » Nous avons pillé, nous avons tué. Pour ne pas être pillés, pour ne pas être tués. Il nous est arrivé de commettre des erreurs, d'arrêter des marchands innocents. Alors, nous tâchions de réparer : « Eux ou nous », me répétais-je inlassablement. La culpabilité ne m'effleura pas, malgré l'horreur de cette violence. Je vivais dans l'excitation de l'instant présent. Conduits ainsi à tâter de temps à autre à la piraterie, nous continuions à nous enrichir. Nous pûmes ajouter une aile à notre maison, lui donnant la forme du gamma, symbole spetsiote de réussite sociale.

Yanouzas avait sans effort repris la direction de notre ménage. Avec sang-froid, fermeté et courage, il commandait nos expéditions. Il montait à l'abordage et jugeait les pirates avant de partager leur butin. A mes yeux, il était le plus merveilleux, le plus convaincant des capitaines d'aventure. Je le secondais avec tout le zèle possible. Vivre à ses côtés était un choix exaltant qui me comblait.

Nous projetâmes un jour une expédition à Smyrne pour prendre du grain d'Anatolie et le transporter à Lisbonne. Une semaine avant notre départ, à la mi-octobre, les visages de nos trois enfants se couvrirent simultanément de pustules. La variole. Une de nos voisines, une vieille qui faisait office de devineresse, assura que quelqu'un avait jeté le mauvais œil sur la famille. Elle insista, à mon intense agacement, pour procéder au rite de désenvoûtement, jeta de l'huile sainte dans toutes les pièces, aspergea chacun avec des branches de basilic chargées d'eau bénite, alluma maintes bougies devant l'armoire aux icônes, haut placée dans la salle commune, et murmura des incantations. Nos enfants ne s'en sentirent ni pire ni mieux. Leur état demeurait stationnaire. Yanouzas me pria de rester pour veiller sur eux. J'acceptai sans trop discuter, sentant poindre en moi le regret de les avoir si souvent abandonnés.

Le jour de l'appareillage, je me réveillai en même temps que lui alors qu'il faisait encore nuit. Je l'aidai à préparer son sac. Je l'accompagnai sur le pas de la porte. L'aube rosissait le ciel. Dans notre rue, les ténèbres faisaient place à une luminosité grise. J'entendais, tel un appel irrésistible, le bruit du ressac. Les oiseaux chantaient avec entrain. Yanouzas me regarda longuement avec une expression indéchiffrable. « Que ferais-je sans toi ? Tu es toujours ma bonne étoile », murmura-t-il légèrement. « Ta bonne étoile te suivra de loin », lui répliquai-je en effleurant ses lèvres. Il s'éloigna sans entrain. Il renâclait à l'idée de partir sans moi. Et moi j'aurais bien aimé prendre sa place.

Plusieurs semaines s'écoulèrent au cours desquelles je surveillai la guérison de nos enfants. Cet automne 1797 fut particulièrement humide mais en Grèce même la pluie n'arrive pas à être triste. La mer, le ciel et la terre étaient gris, de ce gris épais si différent du gris léger des premières journées de printemps. Je me sentais enveloppée d'un cocon gris. Je ne pensais à rien, je n'éprouvais rien. La pluie fine créait une humidité qui perçait les os et les cœurs. Ce jour-là, après le déjeuner, je me sentis désœuvrée, triste sans raison. Le froid était tel dans la maison que je me mis au lit, tâchant de trouver un peu de chaleur sous les couvertures moites. Je m'étais à demi assoupie lorsqu'on tambourina vigoureusement à la porte. A peine rhabillée je courus ouvrir. Bouboulis ruisselant de pluie, mouillé jusqu'aux os, avait les larmes aux yeux. « Yanouzas ? » criai-je. Il n'eut pas la force de parler. Il se contenta d'acquiescer en baissant la tête. Impatiente, impérieuse, je l'agrippai et le tirai à l'intérieur. « Raconte-moi tout », lui intimai-je. Mon calme lui rendit le sien. Il avait appris la nouvelle par d'autres capitaines de passage à Spetsai. Yanouzas voguait au sud de l'Espagne lorsque trois gros vaisseaux battant pavillon de Karali Pacha de Tripoli étaient apparus, fonçant droit sur Yanouzas. Ils l'avaient encerclé et avaient ouvert le feu avec des canons. Yanouzas n'avait eu aucune chance. Ils n'avaient pas pratiqué l'abordage, commis aucun pillage et n'avaient pas emmené nos marins en esclavage. Ils avaient envoyé hommes et marchandises par le fond. Ce n'était pas le hasard mais bel et bien un traquenard froidement calculé. De toute évidence, ils avaient surveillé, guetté, attendu Yanouzas. Karali Pacha, qui commandait en personne l'expédition, avait voulu se venger de nous, se venger de notre vengeance.

Le visage de Bouboulis était cireux. Son corps tremblait d'émotion et de froid. Bien que l'après-midi soit peu avancé, il faisait sombre dans la pièce glaciale. Le feu était éteint dans l'âtre et la table portait les reliefs du déjeuner que je n'avais pas desservi. La pluie frappait les carreaux et, au-dessus de nous, les enfants, énervés d'être retenus à l'intérieur par le mauvais temps, se disputaient bruyamment. « Maintenant, Bouboulis, laisse-moi, je veux être seule. » Il obtempéra, si pressé de vider les lieux qu'il négligea de fermer la porte. Je fixais, hypnotisée, le rideau de pluie qui obstruait ma vue. C'était moi qui avais tué Yanouzas, c'était moi qui l'avais incité à massacrer le neveu de Karali et son équipage et l'avais poussé dans la piraterie. Je me sentais seule responsable de sa mort. Le remords me rendit instantanément l'amour démesuré qui avait flambé en moi la nuit où il m'avait tirée des griffes de la parea, cet amour que les années avaient non pas terni mais parfois décoloré. Je revis mon libérateur, beau comme un archange, debout sur son rocher, prêt à m'emporter vers le bonheur...

Le service funèbre pour Yanouzas et ses marins eut lieu comme le voulait la coutume au monastère de Tous les Saints, situé à côté du cimetière. Jamais ne s'y dresseraient leurs monuments funéraires. Ils avaient la mer comme tombeau. Un long serpent noir de familles en deuil sinua entre les oliviers d'argent. Mes cadets, Yorgo et Maria que je tenais par la main, pleuraient à chaudes larmes. Yanno, mon aîné, mon préféré dans le secret de mon cœur, gardait les yeux secs. Je sentais chez cet enfant de huit ans la détermination d'un adulte. En une nuit le malheur l'avait mûri. A la fin du service, sortant de la chapelle du monastère, je m'arrêtai pour contempler longuement la mer qui s'étalait au pied de la colline. L'avenir se fermait devant moi. Alors, je me rappelai un curieux incident. Un soir, quelque temps avant son départ, Yanouzas était allé embrasser nos enfants endormis. Au sortir de leur chambre, il était venu me dire : « S'il m'arrivait quelque chose, élève-les comme je l'aurais voulu. Je souhaite que tu trouves un bon mari pour notre fille et que nos deux fils suivent ma carrière... » Je ne me souvenais pas de ce que j'avais répondu, probablement quelque banalité rassurante, mais sans aucun doute Yanouzas avait anticipé sa fin. Dans le vide présent de mon existence, il me restait le devoir d'exécuter ses volontés. A défaut de naviguer moi-même, je le ferais par mes fils interposés.

Le destin voulut que peu de temps après mourut la femme de Bouboulis. De faible constitution, elle avait toujours été anémique et personne ne s'en étonna. Bouboulis était venu au service funèbre de Yanouzas, j'allai à l'enterrement de sa femme. Le sort des trois enfants en bas âge qu'elle laissait m'émut car il évoquait celui des miens. Au sortir de l'église, je glissai à Bouboulis, en guise de condoléances, que j'étais prête, s'il le désirait, à m'occuper d'eux.

Le soir même, il frappa à ma porte. Il refusa mon invitation à entrer, il n'avait pas le temps. Bouboulis était toujours pressé et courait d'un endroit à l'autre. Abandonnant son débit généralement haché, nerveux, il semblait ce soir-là hésiter sur les mots. Il regardait la pointe de ses bottes et son audace, que même la mort de sa femme n'eût pas entamée, l'avait déserté. Je voulus l'aider : « Tu veux me parler de tes enfants, n'est-ce pas ? » Il ne répondit pas directement : « J'ai réfléchi. Je veux t'épouser. Mais dépêche-toi de me donner ta réponse, je pars demain à l'aube. » L'incongruité de cette proposition, l'inopportunité du moment me firent éclater de rire. Ce fut vraiment mon premier accès de gaieté depuis la mort de Yanouzas. « Allons, Bouboulis, sois sérieux. Tu n'as pas besoin d'épouser la gouvernante de tes enfants. » Les sourcils froncés, sombre, concentré, il murmura : « Je te veux, Laskarina. — Allons, Bouboulis, tu as simplement pitié de moi, tu ne veux pas abandonner à son triste sort la veuve de ton meilleur ami, et quelque part tu veux épouser en moi son souvenir. — Pourquoi l'as-tu accepté, pourquoi l'as-tu épousé? C'est moi que tu aurais dû choisir dès le début. Je t'ai toujours voulue. » Je ne l'avais jamais vu dans un tel état. Rageur, grondant, il me faisait presque peur. Mais il se trompait. Ce n'était pas lui que j'aimais ou que j'avais aimé, c'était Yanouzas. « Tu n'y penses pas, Bouboulis. Imagines-tu le scandale? Cet homme et cette femme à peine veufs qui convolent. On va nous accuser d'avoir expédié nos conjoints. » J'avais trouvé la pauvre excuse du qu'en-dira-t-on qui m'allait si mal, mais en vérité j'étais trop interloquée pour imaginer autre chose. Je vis la colère, presque la haine, luire dans ses yeux. « On en reparlera », cracha-t-il avant de tourner les talons.

Le lendemain matin il s'embarquait, à la poursuite de profits de plus en plus énormes. Depuis plusieurs mois en effet notre Méditerranée s'agitait de nouveau. On y avait vu défiler la flotte française, puis anglaise. Bonaparte avait débarqué en Égypte. Les Anglais l'y avaient poursuivi. Des batailles navales eurent lieu dont les noms résonnèrent dans l'Europe entière, et les eaux calmes se couvrirent de débris de navires et de cadavres. Les voies commerciales de l'Orient et de l'Occident que les belligérants, le canon pointé, surveillaient se fermèrent. Le danger attirait Bouboulis comme un aimant. Sous prétexte que le blocus lui permettrait de gagner beaucoup plus d'argent, il se précipita dans l'aventure.

Chapitre 6

Je m'installai dans mon rôle de veuve. Je licenciai nos équipages, vendis nos navires. Je m'occupais de l'éducation de mes enfants, surveillant leurs leçons, passant au crible leurs professeurs. Je tenais la maison scrupuleusement, je faisais les comptes, je cousais et brodais comme ma mère me l'avait appris du temps où elle exerçait ce métier. Je lisais faute de mieux, bien que cette occupation n'eût jamais mes suffrages. Bref, je réalisais ce que j'avais évité de faire pendant ces années de cabotage marital. Les mois passèrent. Ma mère m'incitait vivement à l'imiter et à me remarier. Lazarou m'y encourageait. Ils me répétaient que mes enfants avaient besoin d'un père. Particulièrement d'un père riche. Je répondais que le pécule que j'avais mis de côté leur suffirait amplement. Je vivais dans le souvenir de Yanouzas.

A vingt-six ans, je végétais en état d'hibernation. Je ne m'ennuyais même pas car j'avais l'impression de me situer hors de la réalité, dans des limbes cotonneuses. Je refusai d'emblée de participer à ces réunions de veuves qui se tenaient tous les soirs chez l'une et chez l'autre, et où chacune à tour de rôle énumérait ses malheurs sans écouter une minute ceux des autres. La solitude me convenait. Et puis il me restait mes longues marches à travers l'île. Je l'ai si souvent arpentée que je crois en connaître chaque buisson, chaque rocher. Je me gorgeais de lumières, de parfums, de sons, de couleurs dans les longues allées de cyprès, dans les vergers d'amandiers, dans les garrigues de laurier et de thym. De la forêt de pins qui couronnait la ligne de crête, je pouvais voir la mer dans sa séduction et son infini. Les souvenirs me revenaient mais surtout les rêveries m'emportaient.

C'était un midi d'août, heure privilégiée pour mes errances car je risquais peu de rencontrer qui que ce soit. Je suivais le chemin de terre poudreuse qui sinuait entre les pins en haut de l'île. La chaleur écrasante avait tout figé. Pas un souffle d'air, pas un mouvement. La mer paraissait de l'or liquide. Au loin, îles et montagnes baignaient dans une légère brume dorée. Cachés sur chaque branche ou dans chaque infractuosité de tronc, des milliers de grillons formaient un concert grinçant et assourdissant. Je croyais voir à chaque instant des flammes sortir des rochers ou du sol. Je suffoquais, la sueur coulait par rigoles sur ma peau, imbibant mes vêtements, mais cette outrance de la nature m'exaltait. Dans cet embrasement, je connus une sorte d'illumination qui se concrétisa par une constatation terre à terre. Je m'avouai mon inutilité. Je laissais croupir à la fois mon ardeur, mon désir, mon argent. Je me rappelai la scène de mon enfance où les gardes turcs avaient brutalement repoussé la malheureuse mère qui tâchait d'empêcher son fils d'être enrôlé de force. Pourquoi m'exaspéraient-ils en ce midi d'août, pourquoi évaluais-je mon contentieux contre eux? Ils avaient tué mon père, leurs complices avaient tué mon mari, ils mettaient en danger Bouboulis, ils opprimaient mes compatriotes, mes frères du continent, ils planaient au-dessus de nos existences comme une menace, lointaine mais précise. Il n'était plus possible de les supporter, de les accepter. Alors je décidai tout simplement d'en débarrasser la Grèce, les Grecs. Moi, Laskarina, veuve solitaire et oubliée, je partis ce jour-là en guerre contre l'empire turc qui couvrait trois continents, embrassait des dizaines de royaumes et des centaines de provinces. Armée de ma seule paire de pistolets, j'allais défier les milliers de régiments de janissaires de cette armée qui avait fait trembler le monde.

Trois ans s'étaient écoulés depuis la mort de Yanouzas. Trois ans d'attentisme qui débouchaient sur cet engagement saugrenu, lorsqu'un jour un homme vint à la maison et demanda à me parler. La servante introduisit un quadragénaire corpulent, au visage frappant, aux traits puissants. Je le dévisageai, tâchant de me souvenir où j'aurais pu rencontrer cet inconnu. Il sourit : « Je doute que tu te souviennes de moi car la dernière fois que je t'ai vue, tu étais âgée... d'une heure, une seule. Je suis Bourzinos, ton parrain, celui qui t'a baptisée dans la prison où tu es née. » J'organisai en son honneur un festin au cours duquel je pus constater l'ampleur démesurée de son appétit. Il vida tout jusqu'à la dernière miette, jusqu'à la dernière goutte, appréciant en particulier mon vin de Bordeaux dont plusieurs bouteilles suffirent à peine à étancher sa soif. Pendant qu'il engouffrait, il raconta. Il avait été finalement libéré du château des Sept Tours, ce qui avait coûté à sa tribu une jolie somme. Revenu chez lui dans la petite ville de Kardamili dans le Mani, il avait fait enquêter sur notre sort. Il avait appris notre passage à Hydra, retrouvé notre trace à Spetsai, et depuis s'était tenu minutieusement au courant des péripéties de notre existence. Il n'avait pu se déplacer en personne car ses activités — sur lesquelles il ne s'étendit pas — exigeaient des soins constants et les deux cents Maniates qu'il commandait, une surveillance de tous les instants. De loin il avait pris part à nos joies, à nos peines. Enfin, un voyage d'affaires lui avait donné l'occasion de faire escale à Spetsai et de venir nous voir. Je lui demandai comment il avait trouvé ma mère. Il n'avait pas eu le temps de lui rendre visite et n'en aurait pas le loisir, devant partir incessamment. Du coup, je doutai de la fortuité de cette visite. Nous étions assis côte à côte sur le divan bas qui courait le long du mur. Devant nous, le mangal, le brasero faisait rougir ses braises. Il fumait lentement le narguilé que je lui avais préparé en vidant verre après verre de mon meilleur raki. J'attendais patiemment qu'il m'expliquât le but de sa venue : « Tu n'aurais pas dû repousser Bouboulis », lâcha-t-il. Je m'étais attendue à tout sauf à cela. Il connaissait donc Bouboulis? « Très bien », répondit-il d'un ton sec qui arrêtait d'avance les questions qui se pressaient sur mes lèvres. Ou Bouboulis avait été bien indiscret ou mon parrain me surveillait beaucoup plus étroitement qu'il ne me l'avait laissé entendre. « Et pourquoi donc, noné [1], aurais-je dû épouser Bouboulis? — Il est riche, très riche, il est entreprenant et courageux. Toi aussi. Vous feriez une parfaite équipe ensemble. — Pourquoi? »

1. Parrain.

Bourzinos prit son temps. Il se redressa, prit ma main dans les siennes, me regarda droit dans les yeux pendant un long moment comme s'il cherchait à lire dans mon âme. Il y avait tant de bonté dans ses yeux perçants que cet examen ne me gêna pas. Finalement, d'une voix sourde, il demanda non sans une certaine solennité : « Aimes-tu la Grèce, Laskarina ? » De nouveau je fus surprise car je ne m'attendais pas à cette question. Je la considérai d'ailleurs presque comme une insulte et je le lui fis comprendre. « Je sais, je n'avais pas besoin de te le demander. Je devine ou plutôt je connais ton patriotisme. C'est pourquoi il faut que toi et Bouboulis vous unissiez vos efforts pour mieux servir notre pays. » Sa requête rejoignait la décision que j'avais prise quelques jours auparavant mais que je n'étais pas loin d'attribuer à un coup de soleil. En tout cas, je n'avais aucune envie de collaborer avec Bouboulis ou risquer de recevoir d'autres demandes en mariage. J'expliquai maladroitement à Bourzinos que j'étais beaucoup mieux seule. « Seule inactive peut-être, seule active, tu n'es pas de taille, Laskarina. » Je connaissais trop cette vérité pour ne pas en être irritée. Il voulut me calmer : « Je sais combien tu es vaillante. Je sais que tu t'es comportée comme un véritable guerrier lorsque vous avez attaqué le navire de Karali Pacha, mais tu es jeune, tu es trop fougueuse, tu n'as pas encore assez d'expérience, il te faut l'acquérir. — Explique-toi, noné, tu en as trop dit ou pas assez. — Bouboulis dispose de moyens occultes mais considérables. Il a beaucoup d'amis, de contacts. Sa puissance invisible est immense. Il donnerait des ailes à ton ardeur, à ton désir de servir nos frères. — Mais pourquoi avoir besoin de l'épouser ? — Parce qu'un mariage scellerait tes lèvres sur des secrets qui doivent rester bien gardés. – Trop tard, noné, j'ai déjà refusé. » Bourzinos sourit puis brusquement il se leva avec beaucoup plus de vivacité que sa corpulence ne me l'aurait laissé supposer. Son regard affectueux et amusé à la fois se posa sur moi, qui donnait une extraordinaire jeunesse à son visage : « Excellent, ton raki, je reviendrai en prendre », puis il disparut, m'abandonnant à la perplexité.

Quelques jours plus tard, après le repas du soir j'étais restée dans la grande salle. La nuit avait à peine adouci la température de cet été exceptionnellement chaud. J'avais laissé les fenêtres ouvertes dans l'espoir d'un brin de fraîcheur. Repensant une fois de plus aux étranges propos de mon parrain, je m'étais perdue dans mes réflexions. J'en fus brusquement tirée par un « C'est à moi que tu penses » qui retentit joyeusement derrière moi. Dans l'encadrement de la fenêtre ouverte se tenait Bouboulis. Durant ces trois années il était bien entendu repassé à Spetsai mais si brièvement que j'avais pu éviter de le voir. Sa visite suivait de si près celle de mon parrain que je fus certaine que celui-ci l'avait prévue. Sans y être invité, Bouboulis sauta dans la pièce. « Tiens, voilà pour toi », me lança-t-il comme entrée en matière en me tendant l'arme la plus belle que j'aie jamais vue, un poignard recourbé en or à la poignée incrustée d'un damier de rubis et d'émeraudes : « Je l'ai pris sur le cadavre de Karali Pacha. – Le cadavre? – Je l'ai tué. » J'allais de surprise en surprise car, à ma connaissance, aucune flotte n'était assez puissante pour débusquer le rusé Pacha de Tripoli. « A rusé, rusé et demi », me répondit Bouboulis. Longeant les côtes de la Tripolitaine, et forçant le blocus égyptien, Bouboulis avait fait savoir qu'il transportait du fret pour des centaines de milliers de piastres. Le requin avait mordu au gros appât. Comme pour Yanouzas, Karali avait tendu une embuscade à Bouboulis, puis prenant en personne le commandement de trois de ses vaisseaux, avait fondu sur sa victime. Au dernier moment, alors que le Tripolitain était sûr de sa victoire, Bouboulis avait débusqué ses batteries, c'est-à-dire ses centaines d'hommes, parfaitement entraînés, armés de fusils anglais. Leur tir nourri avait commencé par faire fuir les deux plus petits vaisseaux du Pacha, il avait profité de la surprise pour monter à l'abordage du plus gros. Ses marins s'en étaient rendus maîtres, et il avait tenu à occire de sa main Karali. Il vengeait ainsi son ami Yanouzas. Il me vengeait. J'avais compris son intention sans qu'il ait besoin de l'exprimer : « Et alors, c'est toujours non ? » me demanda-t-il, un sourire carnassier aux lèvres. Pour une fois je rougis. Je demandai à réfléchir. « Ne te presse pas, cette fois-ci je ne repartirai pas de sitôt. » Ces trois ans de solitude et d'inaction m'avaient confirmée dans ce sentiment même si je m'entêtais à vouloir me persuader du contraire. J'avais cultivé à la perfection l'art qu'ont les Grecs d'éviter tout ce qui les rapprocherait de leur bonheur. J'avais rêvé de Bouboulis mais je l'avais écarté de ma mémoire. Brusquement l'impossible devenait possible. Mais lui, que voulait-il ? Que cherchait-il ? M'aurait-il aimée depuis toujours, comme il l'affirmait, comme l'infirmait la scène qu'il m'avait faite après mon mariage, comme le confirmait sa demande en mariage au lendemain même de mon veuvage ? Le visage de Yanouzas s'interposait avec celui de Bouboulis. Je me sentais troublée, indéterminée. Je voulais être certaine avant de donner ma réponse. En Grèce en général, et dans une petite île en particulier, tout s'apprend, même les secrets les plus impénétrables. Je savais que les Spetsiotes les mieux informés connaissaient la demande de Bouboulis, ainsi que ma mère, mais je me gardai bien de lui demander un avis qu'elle brûlait de me donner et que je devinais.

Dans mon indécision, je me tournai vers mes enfants. Un soir je les réunis avant leur coucher, leur déclarant que je voulais leur parler. Ils se tenaient tous les trois debout devant moi gardant leur réserve habituelle. Devant remplacer leur père, je les élevais non pas durement mais fermement et je refrénais les élans de tendresse que j'éprouvais au fur et à mesure qu'ils grandissaient. J'envisageais, leur dis-je, de me remarier, j'avais reçu une demande de mariage. « De Bouboulis », ajoutèrent-ils en chœur. Je leur demandai leur avis. « Si tu en as envie, n'hésite pas, accepte », déclara Yanno, douze ans. « Il est riche, épouse-le », soutint Yorgo, neuf ans. « Il t'aime sinon il ne t'aurait pas demandée en mariage, dis-lui oui », affirma ma petite Maria, huit ans. Malgré le poids de ce dernier argument, je crois que la jalousie de la cousine Maria emporta ma décision. Comme on épiloguait devant elle sur la proposition que j'avais reçue, elle avait laissé tomber avec tout le fiel dont elle débordait : « Elle n'est pas aussi bête pour accepter, car laide comme elle est, elle sait très bien que Bouboulis la trompera dès le lendemain de leurs noces ». Ce n'était pas le genre de Bouboulis de faire la cour, il était trop fier pour revenir encore chez moi quémander une réponse. Je me déplaçai chez lui. Il logeait dans une maison ancienne, de taille modeste. Très indépendant, il avait réussi à se débarrasser de mères, sœurs, tantes, cousines, en les entassant dans une grande maison éloignée de la sienne. Je le trouvai en train d'astiquer ses armes. Il s'arrêta en me voyant entrer, la bouche ouverte, le regard interrogateur. « C'est d'accord », me contentai-je de lui dire. « On célébrera la noce la semaine prochaine », commenta-t-il, et il se remit à frotter la lame de son sabre avec une vigueur qu'il n'avait certainement pas lorsque j'étais entrée.

Je conserve encore dans un coffre la tenue que je portais le jour de mon mariage avec Bouboulis. C'était une robe de soie jaune à grandes bandes verticales brodées de petites fleurs blanches et jaunes assortie d'un voile délicatement brodé de fleurs et de feuilles d'or et d'argent. Toute la ville – on ne disait plus village – assista à la cérémonie. Ne voulant pas de l'église de la Trinité qui me rappelait mon premier mariage, je choisis le sanctuaire voisin des Taxiarques. Lorsque ma mère, que nous avions choisie pour koumbara [1], échangea au-dessus de nos têtes les couronnes nuptiales cerclées d'or et enchâssées de cabochons de pierres précieuses, il me sembla que, devant moi, des portes immenses s'ouvraient sur un océan de lumière. Puis selon la coutume, le vieux papas, dont la barbe blanche couvrait une partie de sa dalmatique brodée d'argent, nous fit tourner trois fois autour de l'autel pendant que les invités jetaient des pétales de roses. Le dîner qui suivit, éclairé par des candélabres d'argent au

1. Témoin de mariage. Il n'y en a qu'un seul en Grèce et il joue un rôle important durant toute la vie du couple.

lieu des torches habituelles, fut servi dans des assiettes de porcelaine. La « bonne société » de l'île, la seule conviée, avait en s'occidentalisant appris l'usage des couverts inconnus en Orient. Bouboulis, infiniment fier de l'ancienne origine aristocratique de sa famille, ne voulut avoir à sa table que ses pairs. J'avais suggéré de transformer l'intérieur majestueux et glacial de sa maison à laquelle visiblement sa première femme n'avait pas osé toucher. Mais Bouboulis ne me permit pas d'effleurer un seul de ces souvenirs historiques. Il me rabroua même, me faisant clairement entendre qu'il s'agissait là de domaines interdits aux femmes. Sur le moment l'amour me rendit insensible à ces pointes dressées sur notre chemin.

A peine étions-nous mariés que l'argent se déversa sur nous. En ces premières années du XIXe siècle, Napoléon faisait couler involontairement sur nous une pluie d'or. Grâce à ses bons soins un nombre croissant d'Etats entraient en guerre, ce qui signifiait que les paysans enrôlés ne pouvaient plus cultiver les champs, lesquels, faute de bras, retombaient en friche. Il fallait donc importer de plus en plus de grain des contrées épargnées, l'Ukraine, la Roumanie, l'Anatolie. Or qui se chargeait de transporter ce grain devenu indispensable? La victoire anglaise de Trafalgar avait anéanti la puissance maritime de la France. L'Espagne en décomposition ne pouvait même plus assumer les communications avec son empire colonial d'Amérique. Venise, naguère reine des mers, avait été rayée de la carte par ce même Napoléon. Seule l'Angleterre restait en lice mais son effort de guerre l'occupait suffisamment. Alors, voyant les mers désertées et l'occasion offerte comme un beau fruit mûr, nous, les habitants d'une modeste île grecque, nous décidâmes de remplacer les Puissances. Nous nous mîmes à multiplier nos navires. Il nous fallait des bras. Notre population qui, après la rébellion de 1770, ne s'élevait qu'à quelques centaines d'habitants avait plus que décuplé. Il nous fallait du bois. Nous rasions par forêts entières la Corinthie et l'Etolie-Acarnanie. Nos arsenaux fabriquaient des navires de différentes tailles, des tartanes, des brigantins, des goélettes. Spetsai en arriva à posséder quatre-vingt-dix navires. Nos bricks avaient désormais trois mâts et jaugeaient quatre cents tonnes, et nous voulions des navires toujours plus grands pour transporter plus de fret et pour affronter les pirates.

Mais là, nous nous opposions à la réglementation turque qui, pour nous éviter des idées pernicieuses de rébellion, en limitait la taille. Bouboulis partit à Constantinople s'entendre avec le Grand Amiral Hussein Pacha. Sa fortune huilait les gongs de toutes les portes. Il trouva un homme amène, charmant, qui parlait parfaitement notre langue ayant été élevé par une gouvernante grecque comme tous les enfants de bonne famille turque. Nous avions appris que Hussein Pacha, pour contrer les Russes, encourageait les armateurs grecs et se montrait prêt à bien des indulgences envers eux. Bouboulis lui proposa de lui fournir des équipages de Spetsiotes dont il était amateur. Le temps des enrôlements forcés dont le spectacle m'avait naguère si profondément bouleversée était dépassé. Nous n'aurions aucune difficulté à convaincre nos marins de s'engager chez le Capitan Pacha où ils seraient bien traités et bien payés. C'était aussi un moyen de le persuader de nos sentiments philoturcs, grâce à quoi il n'irait pas mesurer la longueur de nos navires et nous laisserait en paix... Les kolonats pleuvaient sur notre île. Ces pièces espagnoles qui valaient six francs-or étaient, avec les thalers autrichiens, exclusivement utilisées pour nos transactions méditerranéennes. En cette époque bénie, il n'y avait pas un Spetsiote qui n'en entassât. Les matelots les cachaient sous leur toit ou au fond d'un vase. Les armateurs dans de vastes trous creusés secrètement dans les parois de leurs citernes. Malgré les dénégations des Hydriotes, Spetsai était devenue l'île la plus riche de Grèce, et de tous les Spetsiotes, le plus riche était Bouboulis avec ses quatre cents pour cent de gains. Aussi n'est-ce pas étonnant si la légende veut que notre immense réservoir à eau fût rempli à ras bord de pièces d'or. Plus sagement, nous déposions notre argent à la banque, la seule existant sur le territoire grec, que nous avions aidé à fonder.

Yanouzas avait été un excellent capitaine, Bouboulis était un grand aventurier. Il plongeait dans le danger comme d'autres dans le confort ou le bonheur. Les hostilités incessantes occasionnaient une succession de blocus entre telle ou telle puissance. Bouboulis s'en jouait, utilisant tantôt le pavillon russe, tantôt le pavillon turc, tantôt même le pavillon maltais bien que peu respecté mais qui permettait de passer entre certaines mailles. Les situations les plus épineuses constituaient pour lui le terrain rêvé. Alors que les nations se repliaient sur elles-mêmes et que chacun restait chez soi, il courait le monde entier, allant jusqu'à Buenos Aires, Montevideo, Veracruz. Il n'eut pas l'occasion de m'emmener en Amérique mais grâce à lui je découvris Odessa, Smyrne, Trieste, Carthagène, Lisbonne. Ces noms résonnent dans ma mémoire comme ceux de diamants célèbres qui brillent dans les imaginations. A l'auberge, dans le port, chez nos banquiers, je rencontrais des marchands, des militaires, des diplomates, des politiques. J'observais, je tendais l'oreille, je m'instruisais. Dans la plupart des contrées que nous traversions sévissaient la guerre, la tyrannie, et pourtant j'y humais un air nouveau. La liberté était la plupart du temps foulée aux pieds, mais partout sourdait l'espérance. L'esprit vivait, volait, s'activait, qu'aucune chape ne parvenait à étouffer. Aussi lorsque nous revenions chez nous, l'immobilisme turc me devenait chaque fois plus insupportable. Quelque part la lourdeur turque pénétrait dans chacune de mes fibres, que j'étais décidée à arracher de mon corps. Danger bien plus grave que l'esclavage, l'abrutissement menaçait les Grecs dont il fallait coûte que coûte les tirer.

Mes grossesses interrompaient bien malgré moi mes voyages. Bouboulis me donna deux filles, Skevo et Eleni ainsi qu'un fils Nicolas, ce qui portait à neuf le nombre d'enfants à la maison. Je profitai de la gloire et du nom en or massif de Bouboulis pour bien marier ma Maria, la fille du « pauvre » Yanouzas. Elle épousa le fils du vieux Mexis, le plus grand nom de l'île, qui n'avait pas résisté devant la dot promise. A nous deux, nous avions en effet réuni pour Maria la somme fabuleuse de dix mille kolonats. Je voulus que le mariage ait lieu au monastère de Tous les Saints, pour effacer de nos souvenirs la tristesse laissée par l'enterrement de Yanouzas. Un cortège pimpant et chamarré serpenta entre les oliviers. Bouboulis me souhaitant toujours élégante, j'avais satisfait à sa demande en me parant de mes plus beaux atours. Ma robe abondait de volants de dentelles et de fleurs artificielles, dernière nouveauté de la mode parisienne à être arrivée chez nous. Je détestais les tenues austères. Je préférais sertir mes rondeurs qui plaisaient tant à Bouboulis dans les tenues les plus somptueuses, les plus voyantes. La cérémonie se déroula dans un désordre bon enfant. La chapelle du monastère était bien trop petite pour contenir les invités qui de toute façon ne tenaient pas en place. Ils entraient et sortaient, bavardaient dehors en se chauffant au soleil. Ils ne se pressèrent aux portes du sanctuaire qu'au moment où le prêtre prononça la formule rituelle du mariage. Ils bousculèrent tellement les deux vieilles nonnes qui assuraient l'entretien de la chapelle que celles-ci protestèrent haut et fort.

J'avais fait dresser de longues tables à l'ombre des cyprès, dont les rangées descendaient jusqu'à la mer. L'air printanier et le vin forcèrent la bonne société spetsiote à abandonner rapidement la supériorité distante qu'elle tâchait de se donner. Suivit un tzamiko [1] endiablé et la longue farandole s'étira dans la prairie émaillée de fleurs des champs avant de disparaître derrière un bosquet.

1. Danse nationale grecque.

Chapitre 7

Le mariage de sa petite-fille fut la dernière joie de
ma mère. En fait elle n'avait pas le cœur de survivre à
Lazarou, son mari, mort un an plus tôt aussi discrètement qu'il avait vécu. Elle tomba malade mais fit
front, ne se plaignant jamais. Son courage ne l'abandonna pas un instant lorsqu'elle fut obligée de garder
le lit. Blafarde, émaciée, grimaçant de douleur elle
n'abdiquait pas. Lorsqu'elle voyait ses enfants réunis à
son chevet, c'était pour donner ses instructions sur la
tenue de la maison ou le partage de ses biens. Elle
régla son après-vie avec le même ordre qu'elle avait
mis à organiser sa vie. Elle appréhenda la mort en la
fixant droit dans les yeux et, sans une plainte, s'étei-
gnit dans un souffle.

Contre l'avis des mères grecques, Skevo avait pris
l'initiative aussi courageuse que précieuse de me sevrer
le plus tôt possible. Elle m'avait toujours voulue indépendante pour mieux m'armer dans la vie. Fait unique
dans les annales du matriarcat grec, non seulement elle
n'avait pas voulu me placer sous son emprise, mais
lorsque, dans de rares moments de faiblesse, j'avais

tenté de m'accrocher à elle, doucement, affectueusement mais fermement, elle avait coupé cette subordination même éphémère. Je la pleurai d'autant plus sincèrement qu'elle n'aurait pas voulu que je le fisse.

Après l'enterrement, étant l'aînée, je ramenai mes demi-frères et sœurs chez moi, pour sacrifier à la superstition millénaire qui exige de croquer quelques sucreries après une cérémonie funéraire afin d'adoucir la vie. Pour la première fois ils pénétraient dans la nouvelle maison que Bouboulis avait fait construire et où nous venions d'emménager. Beaucoup plus vaste et confortable que celle où nous logions depuis notre mariage, ce petit palais derrière la Dapia avait la forme du P grec, la marque des familles très riches. Nous avions gardé l'ameublement traditionnel : des divans bas couverts de brocarts couraient le long des murs et des tapis orientaux aux riches ramages parsemaient le sol, mais nous avions ajouté des miroirs de Venise, des argenteries anglaises, des porcelaines de Saxe ou de Sèvres, des commodes italiennes, des secrétaires allemands. Ils s'esbaudirent devant la dernière création de la manufacture française, un piano girafe à la forme étrange. Bien entendu, je ne touchais jamais à cet instrument mais mes filles, devant leur mère extasiée et des amies envieuses, y jouaient des sonatines. Ils puisèrent des oranges de Malte dans les compotiers et des dattes d'Asie Mineure dans les drageoirs de vermeil. Intimidés, ils regardaient autour d'eux, s'extasiaient, évaluaient, ce qui ne les empêcha point, malgré leur légitime chagrin, de faire honneur aux victuailles et aux boissons que j'avais fait préparer. Ils examinaient avec méfiance et sur toutes les coutures ma nouvelle acquisition, Nur, « la lumière », une jeune esclave soudanaise achetée à Chypre, tout en plongeant les mains dans les plats qu'elle passait. Je voulus profiter de leur heureuse disposition pour régler une succession qui ne posait aucun problème. L'argent de notre mère serait, leur annonçais-je, divisé en parts égales pour chacun de nous. « J'objecte. » C'était Théodose, l'ennemi de mon enfance, qui avait parlé. Il se leva et tout en regardant le bout de ses souliers lança d'une voix criarde : « Il n'est pas juste que ceux qui ont le plus touchent autant que ceux qui ont le moins. D'ailleurs, mère avait exprimé un jour le désir de voir son argent aller à ceux qui en avaient le plus besoin. Tu es la plus riche, Laskarina, c'est à toi de te sacrifier. » Je restai bouche bée. Bien sûr, je me rappelais fort bien le souhait émis par notre mère, mais cette très vague déclaration d'intention n'avait rien à voir avec ses dernières volontés. Je voulus moucher mon cadet et lui dis que l'énorme dot de sa femme, la fortune renommée des Koutsis, sa belle-famille, ne faisait pas de lui un homme particulièrement pauvre. Il se rebiffa, me reprocha mon injustice, mon avidité. A l'entendre, je me gorgeais d'or au point de n'en avoir jamais suffisamment. J'attendais que les autres protestassent. Pas un n'ouvrit la bouche. Ils restèrent enfoncés sur leur sofa, qui tirant sur son narguilé, qui sirotant sa tasse de café. Mes demi-frères hochaient la tête comme s'ils réfléchissaient profondément et prenaient un air contrit, même Nicolas l'aîné, mon préféré, s'abstint de venir à ma défense. Je sentis aussitôt la concertation préméditée. « Il n'y a ni riches ni pauvres dans cette affaire, leur déclarai-je, notre mère, dans son profond sens de la justice, a certainement voulu que chacun de nous ait la même part et nous l'aurons. » Théodose, empourpré de rage, fit un pas vers moi prêt à rétorquer. Nicolas l'arrêta : « Tais-toi, nous en avons assez entendu aujourd'hui. Partons. » Ils se levèrent lentement, remirent de l'ordre dans leurs vêtements comme s'ils s'ébrouaient et, la mine cafarde, sortirent l'un derrière l'autre lourdement, telle une colonie de pachydermes.

Bouboulis, à qui je racontai la scène, fut aussi indigné que moi. Intrigué aussi, s'étonnant qu'un lâche comme Théodose ait eu l'audace de me contrer : « Je suis sûre qu'il n'aurait pas agi ainsi s'il n'avait convaincu sa belle-famille de le soutenir. » Je sentais presque épidermiquement la jalousie ramper sur moi, celle de Théodose, celle des Koutsis ; je devinais celle de la cousine Maria. J'avais été la plus pauvre et je me retrouvais la plus riche. J'avais été quelques heures plus tôt si heureuse d'ouvrir aux miens ma nouvelle maison, et soudain ce luxe qui suscitait l'envie, l'animosité, me dégoûtait.

Quelques jours plus tard, un moine particulièrement sale se présenta à la maison. Il représentait le tribunal ecclésiastique de Nauplie, seul habilité à traiter des litiges entre Grecs. Il me menaça de la part des Koutsis de poursuites si je ne renonçais pas à ma part d'héritage. Bouboulis hors de lui courut chez le redoutable Christodoulos Koutsis, le beau-père de Théodose. Jamais je n'avais oublié le mépris avec lequel il avait traité la pauvresse que j'avais été. Je craignais que la fougue de Bouboulis ne s'usât contre l'épiderme minéral de ce vieux coriace. Cependant les très riches trouvent toujours avec d'autres très riches un terrain d'entente, et cet avare, probablement impressionné par la fortune de Bouboulis, daigna l'écouter. La plainte fut aussitôt retirée.

A la « cérémonie des quarante jours » en mémoire de ma mère, nous nous retrouvâmes au cimetière jouxtant le monastère de Tous les Saints. Nous entourions sa tombe et je pensais à elle si fort que j'écoutais à peine les prières du papas. Je regardais les volutes d'encens s'entourer autour d'une branche de cyprès qui pendait au-dessus de la croix de pierre. Je m'approchai pour prendre ma part de koliva [1]. J'épelai les lettres en perle de sucre de son prénom. Soudain quelqu'un me bouscula. Théodose s'approchait pour prendre sa part de sucrerie. Je me retournai vers lui, il ne me salua pas plus que les Koutsis présents à la cérémonie. En revanche, la cousine Maria me tomba dans les bras et m'assura de sa plus vive affection. Ses démonstrations me prouvèrent instantanément qu'elle avait inspiré l'initiative de Théodose. Le mariage, la maternité, les ans n'avaient pas affaibli son emprise sur mon demi-frère ni sa haine pour moi.

Chaque maison grecque comporte une officine aux nouvelles. Non pas la cuisine, temple respecté mais l'office ou plutôt l'antichambre de la cuisine, la pièce où frappent les voisins, les fournisseurs, les cousines de la bonne, les solliciteurs et autres messagers du destin dont les nouvelles sont instantanément répercutées à l'étage. Ainsi j'appris, un matin, l'arrivée devant la Dapia du vaisseau amiral turc. Ce n'était ni l'époque de la récolte annuelle de la taxe ni un chaouch habituel qui commandait mais le Grand Amiral lui-même. Je n'accordai aucune attention à ces anomalies qui déchaînèrent les commentaires. Dans la matinée, j'envoyai Nur m'acheter un article qui me manquait pour termi-

1. Gâteau préparé pour l'occasion selon une recette millénaire et déposé sur la tombe.

ner coquettement une toilette. Je crois bien que c'était du galon de Gênes. La petite Noire revint affolée dans mon boudoir. Elle roulait de gros yeux et parvenait à peine à articuler. Les troupes du Capitan Pacha entouraient notre jardin et l'avaient empêchée de sortir. Je dévalai l'escalier extérieur, traversai la cour inondée de soleil, ouvris la porte de la rue. Un cordon de gardes en uniformes rouges se déployait le long de nos murs. J'avais à peine fait un pas qu'un officier, l'air menaçant, m'arrêta d'un geste de la main. Je fis un second pas, l'officier brutalement me repoussa à l'intérieur de la cour et claqua la porte. J'allai avertir Bouboulis qui faisait ses comptes dans son bureau et que personne n'avait osé déranger. Il cracha feu et flammes et voulut courir sus à la soldatesque. Je l'en dissuadai et le persuadai non sans peine que la seule solution était d'attendre la suite des événements. Mais, avant même de réfléchir aux raisons de cet extravagant incident, les terreurs ancestrales me revinrent. La prison, la torture, la mort nous menaçaient. Je voulus au moins sauver nos enfants, ceux en bas âge, les seuls qui se trouvaient alors dans la maison. Je fis jouer le panneau de boiseries du couloir du premier étage qui dissimulait la cachette. Elle avait été aménagée lorsque nous avions fait construire la maison tant pour remplacer le coffrefort et cacher les trésors que pour abriter les persécutés car, bien que les temps aient changé, la mémoire atavique des agissements des Turcs ne nous quittait pas. J'ordonnai aux enfants de pénétrer dans la cachette, je refermai le panneau sur eux et je revins dans la grande salle attendre avec Bouboulis. Nous ne bougions pas, assis l'un en face de l'autre, très raides, très dignes — dans deux fauteuils d'acajou. Nous ne parlions pas. Nous n'osions penser.

96

Soudain des portes enfoncées, des ordres aboyés, des pas précipités, tout un remue-ménage nous annonça un dénouement. Nous nous levâmes, nous nous regardâmes, je parvins même à ébaucher un sourire. Main dans la main, Bouboulis et moi, nous nous tînmes debout devant le mangal [1] de bronze, prêts à faire face. Les portes de la grande salle volèrent en éclats, deux officiers, sabre au clair, firent mine de se précipiter sur nous. Ils ne faisaient que précéder le Capitan Pacha. Tout de suite je remarquai que sa mère devait être circassienne car il était blond aux yeux bleus et à la peau claire. Un nez busqué, des traits énergiques lui donnaient une beauté mâle. Il portait un uniforme rouge surbrodé d'or. Il portait la très haute et bizarre coiffe du même rouge qui m'avait permis de reconnaître son rang. Bouboulis m'avait décrit un homme accueillant et conciliant ouvert aux accommodements. Je vis tout le contraire lorsqu'il s'approcha de nous, superbe, hautain, visiblement fou de rage. Il nous fixait intensément, mais je m'aperçus aussitôt qu'il était myope et qu'il ne pouvait donc nous distinguer clairement. Arrivé à un pas de nous, il se mit à cracher ses mots. A ma stupéfaction, alors que j'attendais des aboiements, des hurlements, sa voix de basse était chaude et vibrante. Nous étions, à l'entendre, des criminels, des traîtres, nous avions commis des délits comme il ne s'en pouvait concevoir, nous méritions les pires châtiments, et la mort la plus effroyable serait encore trop douce pour nous. Habitués aux façons de l'administration turque, nous n'étions pas particulièrement impressionnés par cet excès verbal. Nous attendions la suite, c'est-à-dire l'énoncé de nos fautes. Nous avions contre-

1. Brasero turc.

97

venu aux règlements les plus stricts édictés par sa Hau-tesse le Sultan. Nous osions construire des navires qui dépassaient la taille et la longueur prescrites. Nous trichions contre les firmans impériaux, non pour commercer plus librement comme nous avions le front de l'affirmer, mais bien dans le but secret de créer une flotte de guerre pour un jour nous rebeller contre notre maître le Padicha, qui pourtant ne faisait que répandre des bienfaits sur nous. En fait, l'acte d'accusation du Capitan Pacha dura beaucoup plus longtemps car il le fleurissait abondamment d'insultes et de menaces. Je sentais Bouboulis bouillir à mes côtés. « Et alors ? dit-il en interrompant le Capitan Pacha, n'avons-nous donc pas le droit de nous armer contre nos oppresseurs ? » Il avait parlé en grec et il m'avait raconté que le Capitan Pacha l'entendait. Ce fut le moment où je craignis le pire. J'avais eu tout le temps de réfléchir pendant l'interminable discours de l'amiral, et désormais je redoutais la seule impulsivité de Bouboulis. Je posai ma main sur son bras et y enfonçai mes ongles pour qu'il se taise. Surpris, il s'arrêta, j'en profitai pour reprendre en turc : « Il y a eu méprise certainement et Votre Excellence a été indûment abusée. Que Votre Excellence me donne l'occasion de rétablir la vérité, et elle en sera parfaitement satisfaite. » Le Capitan Pacha garda sa mine farouche mais l'ombre d'un mince sourire parut sur ses lèvres charnues. Il tourna brusquement les talons et se retira suivi de ses officiers et de ses gardes, dont les pas lourds martelant mes parquets devaient longtemps hanter ma mémoire. Les gardes de rouge vêtus s'alignèrent en rang serré le long de nos murs ; désormais ils nous laissèrent entrer et sortir, et même se mirent à nous adresser des signes furtifs de reconnaissance.

Au soir, je partis seule rendre sa visite au Capitan Pacha. Il m'avait fallu toute ma force de persuasion pour convaincre Bouboulis de ne pas m'accompagner. Son absence était nécessaire à la réussite de mon plan, car le moindre geste inconsidéré, le moindre écart de langage, pourrait être fatal. Une barque dorée, tapissée de velours rouge, me conduisit au navire amiral. Le pont grouillait de marins, de dignitaires, d'officiers, kaléidoscope de couleurs et de dorures. Hussein Pacha m'attendait dans sa cabine où l'austérité d'un poste de commandement se mêlait au confort d'un luxueux selamlik [1]. Les instruments de navigation couvraient les tables de marqueterie et des cartes marines s'étalaient sur des divans bas, des lanternes d'argent ciselé étaient accrochées au-dessus des porte-Coran incrustés de nacre et d'écaille. S'il fut surpris de me voir à la place de mon mari, Hussein Pacha n'en manifesta rien. Il me reçut avec l'exquise courtoisie que peuvent déployer les grands seigneurs turcs, comme si j'étais une visiteuse de marque, comme si la scène de ce matin était nulle et non avenue. Mes deux serviteurs posèrent devant lui un coffre de moyenne dimension, en bois précieux, aux ferrures de bronzes dorés. Je connaissais le faible des dignitaires turcs pour tout ce qui venait d'Europe occidentale. « Ceci, ô Pacha, est un coffre-fort de voyage fabriqué à Londres et j'ai pensé qu'il pourrait être utile à un grand voyageur comme toi. J'espère que tu daigneras l'accepter en hommage d'une humble admiratrice. » Hussein s'inclina cérémonieusement sans mot dire, puis il ouvrit le coffre. Le moment était crucial. J'avais compté large mais l'avidité des premiers personnages

1. Partie d'une demeure musulmane réservée aux hommes.

de l'empire turc atteignait souvent des sommets ignorés. Un simple coup d'œil suffit à l'amiral pour évaluer les rouleaux de pièces d'or serrés dans leur gaine de soie. Il referma brusquement le coffre, faisant claquer le couvercle, donna un ordre et deux de ses pages emportèrent le coffre. Pas un geste, pas un mot pour m'indiquer si la somme suffisait à calmer son ire. Il me fit asseoir à côté de lui sur un des divans bas de sa cabine recouverts de brocarts rose et argent. Ses pages apportèrent des confitures, des loukoums et autres sucreries, des sorbets, des sirops. Il prit de leurs mains la minuscule tasse de café très fort parfumé à l'ambre qu'il me tendit. Je m'attendais à tout sauf qu'il devienne galant. Or voilà qu'il se mit à me réciter des poèmes où il était question de beautés inaccessibles, de reines terribles, de princesses vengeresses dont tous les hommes tombaient amoureux. Il me décerna de poétiques surnoms : « fleur d'acier », « aigle de soie », « panthère de velours ». Je ne me sentais absolument pas faite de velours mais « panthère de velours » n'était pas pour me déplaire. Le Capitan Pacha était-il tombé amoureux de moi? Allait-il me violenter? Devrais-je me sacrifier pour nous sauver? Dès le début, la présence aux côtés de l'amiral de ses « youssoufakia » m'avait rassurée. Ces jeunes pages un peu trop mignons, un peu trop maquillés, qu'en Grèce, je ne sais pourquoi, nous appelons des « petits Joseph » m'avaient éclairée sur les goûts véritables de Hussein Pacha. Puis comme on invite une bien-aimée à une promenade galante, Hussein Pacha me proposa d'aller dans nos arsenaux mesurer nos navires récemment construits afin de vérifier s'ils ne dépassaient pas les normes.

100

L'heure du test avait sonné. Ou mon « modeste présent » avait huilé les humeurs du Capitan Pacha, ou nous serions condamnés. Non seulement il ne pouvait ignorer mon anxiété, mais il était évident qu'il en jouissait et laissait durer son plaisir. De mon côté, je m'efforçai de la dissimuler et je pris mon air le plus dégagé alors que la barque rouge et or nous menait vers le Vieux Port. J'avais ouvert une ombrelle dont je ne me servais jamais mais qui ce jour-là rehaussait ma féminité et, d'un geste négligent, je saluais les badauds massés sur le bord... alors que j'avais le cœur dans les talons. Bouboulis nous attendait avec nos employés à la porte de l'Arsenal. Tout autour, les Spetsiotes se pressaient, nombreux, frissonnant d'excitation et de crainte, redoutant le drame tout en l'attendant. Il y avait certainement parmi eux pas mal d'envieux qui ne seraient pas mécontents de voir abattues la puissance et la fortune de Bouboulis. Nous montâmes sur le premier de nos trois navires récemment construits. Le contremaître commença à mesurer la longueur du pont. Il ne comptait pas à voix haute, chacun de nous, le Capitan Pacha en tête, calculait pour soi. Je ne pouvais quitter des yeux l'homme à genoux sur le pont, armé de son fil rouge en guise de mesure, qui évoquait pour moi le cordon de soie que là-bas dans le sérail on utilise pour étrangler furtivement princes et odalisques. Nous suivions sa lente progression et, à chaque pas, mon angoisse augmentait. Nous approchions des cent cinquante pieds, la limite fixée par la loi turque. Allégrement, nous les dépassâmes, cent cinquante et un, cent cinquante-deux. Nous arrivâmes jusqu'à cent soixante-cinq. Le contremaître se releva sans prononcer le chiffre fatidique, se contentant de regarder craintivement le

Capitan Pacha, guettant une décision, un ordre. Le Capitan Pacha lui non plus ne prononça pas un seul mot. Nous quittâmes le navire avec lui pour monter sur le suivant. Là, nous atteignîmes, comme Bouboulis et moi le savions parfaitement, cent soixante-dix pieds. Quant au troisième, il mesurait cent soixante-quinze pieds.

Durant cette longue séance, pas un chiffre, pas un mot ne fut prononcé. Je voyais simplement les lèvres du Capitan Pacha compter silencieusement. Le contre-maître, une fois son travail achevé, se releva. Tous les regards étaient rivés sur le Turc. Moi-même je le fixais si intensément qu'il s'en aperçut. En guise de condamnation il eut le sourire le plus charmeur qui soit et prononça de cette étrange voix basse et chaleureuse : « Je constate que la vérité a été abusivement déformée et que vous êtes parfaitement dans les normes de nos lois. » Ainsi j'avais bien calculé et le Capitan Pacha acceptait de fermer les yeux. Dans un murmure, il ajouta une phrase qui me fit dresser l'oreille : « Fournir des informations erronées est un crime aussi grand que celui dont on vous accusait faussement. » En clair, cela signifiait que nous avions été dénoncés. Mais par qui? Je le demandai à Hussein Pacha avec toutes les cir-convolutions possibles. Il se contenta de hocher la tête pensivement puis déclara : « J'ai été heureux d'avoir eu l'occasion de rencontrer une femme aussi vaillante et remarquable à tant de points de vue. » Il n'accorda pas la moindre attention à Bouboulis qui s'en montra horriblement vexé.

Du bastingage, nous vîmes sa barque s'éloigner. Peu après, le vaisseau amiral leva l'ancre et disparut à l'horizon. Longtemps nous restâmes à notre bord,

Bouboulis et moi, à épiloguer sur l'incident, à en chercher les causes, les auteurs. Je savais mon mari infiniment reconnaissant même si sa fierté masculine lui interdisait de l'exprimer. Le soulagement nous avait jetés dans les bras l'un de l'autre et nous humâmes délicieusement le soir qui avait failli être le dernier. Lorsque nous revînmes chez nous, j'y trouvai un paquet déposé sur ordre du Capitan Pacha. Je sortis de la soie un confiturier d'argent surmonté d'un minuscule oiseau du même métal. Il contenait, ravissamment calligraphié, un billet anonyme : « Une femme t'en veut, elle porte le nom de la mère de votre prophète que vous considérez un dieu, elle est aussi malhonnête qu'un fabricant de creuset »... métier qui se dit « potaris » en turc. Myriam, la mère de Jésus, Myriam Pottaris, Maria Botaris. Après l'échec de son entreprise par Théodose interposé contre l'héritage de ma mère, elle n'avait pas hésité à pactiser avec l'adversaire, à nous dénoncer. Elle découvrirait à son heure ce qu'il lui en coûterait.

L'incident de Hussein Pacha me laissa un profond malaise. J'en voulais au Turc d'avoir réussi à me faire peur. Cette alerte me paraissait aussi un mauvais présage. J'étais énervée, inquiète sans raison valable. Je tournais en rond dans mon boudoir incapable de me concentrer. La petite Nur essayait de me distraire mais devant l'inanité de ses efforts, elle s'était assoupie dans un coin. C'était l'heure de la sieste, où la chaleur violant les jalousies tirées mettait dans la pièce une sorte de pénombre dorée. C'est alors que je l'entendis, la chanson semblait descendre du ciel, en fait d'une chambre du second étage :

Mère vois-tu je ne peux pas servir les infidèles
Je n'en peux plus, j'en souffre trop, mon cœur est ulcéré.
Je prendrai mon fusil et je me ferai klephte
Je vivrai sur les monts et sur les cimes fières
J'aurai pour confidents les arbres et les fauves
La neige pour toiture et pour lit le rocher
Et je partagerai le bivouac des klephtes.
Je pars, ne pleure pas mère mais bénis-moi
Pour que je puisse en nombre exterminer des Turcs.
Et plante un rosier clair et un giroflier noir
Tu les arroseras de nectar et de musc
Et tant qu'ils fleuriront et porteront leurs fleurs
Ton fils sera en vie et combattra les Turcs.
Mais si survient le jour néfaste empoisonné
Où des deux à la fois se faneront les fleurs
Dis-toi que c'en est fait de moi et prends le deuil...

Les paroles me transportaient et à la fois me blessaient. J'avais reconnu la voix de mon aîné, Yanno Yanouzas. Il chantait dans sa chambre située au-dessus de mon boudoir. Le pouvoir de sa voix recréait son image comme s'il se fût tenu debout devant moi. Il n'était pas grand, il paraissait même frêle, mais il était moulé dans l'acier. Sa résistance n'avait d'égale que sa force. Avec ses longs cheveux aux reflets roux, ses grands yeux brun pâle, son large sourire et son visage étroit, il avait l'air d'un poète. C'était cependant un réaliste, doté d'ardeur, d'énergie, de foi. Il avait atteint ses vingt et un ans, et il me semblait mal le connaître. Selon la volonté de Yanouzas, je les avais élevés, lui et son cadet Yorgo, comme des marins. Ils avaient fait leur apprentissage dans la flotte de Bouboulis, y travaillaient dans des postes subalternes. Ils gagnaient bien leur vie mais ils n'avaient pas accès aux responsabilités. Yorgo ne m'inquiétait pas, il profitait de la vie et courait les filles. Yanno, lui, avait, je le sentais, besoin de se donner entièrement, presque de se sacrifier. L'absolutisme de son âme me remplissait de respect mais me faisait trembler pour lui.

Et voilà que les paroles de son chant s'inscrivaient en lettres de feu dans mon cœur. C'était le signe que j'attendais. Depuis si longtemps, le désir d'action se consumait au fond de moi-même, je voyageais, je me dépensais et je tournais en rond, traversée de frustrations et d'élans. J'avais confondu action et activité. Et voilà que le temps était venu. Le Capitan Pacha était venu nous jeter à la figure une rébellion qui n'existait pas. L'accusation précéderait le « crime ». Elle en aurait été l'annonciateur.

Minuit était depuis longtemps passé dans la maison silencieuse. La nuit m'entourait, me protégeait et je n'avais allumé que deux ou trois lampes à huile dans notre chambre. J'avais décidé de parler immédiatement à Bouboulis et je l'attendais. Après dîner, il était descendu dans son bureau du rez-de-chaussée pour finir ses comptes. C'était un homme de nuit et parfois il y restait jusqu'à l'aube. L'heure tournait, je m'impatientais. Je marchais de long en large comme prisonnière de cette chambre, de ce silence. Soudain, n'en pouvant plus, je transgressai la loi non écrite de notre ménage. Je décidai d'aller trouver Bouboulis. Je sortis sur la véranda, descendis les larges degrés de l'escalier extérieur. Mes mules en velours brodé d'or glissaient, silencieuses, sur les dalles de pierres. Je pénétrai au rez-de-chaussée, me laissais guider par la luminosité de la lune entrée par les fenêtres. Lorsque j'atteignis la porte du bureau de Bouboulis, j'entendis des voix. Interloquée, je m'arrêtai. Je ne pouvais comprendre ce qu'ils disaient car ils parlaient bas, mais plusieurs hommes se trouvaient à l'intérieur qui discutaient. Brusquement, j'ouvris la porte. En un éclair j'enregistrais la scène. Ils étaient six ou sept, des inconnus, certainement pas des gens de Spetsai. Je distinguais mal leurs traits à la lueur de la seule lampe qu'avait allumée Bouboulis. Entendant la porte s'ouvrir, ils avaient sorti des pistolets qu'ils braquaient sur moi. La rage déforma les traits de Bouboulis. « Va-t'en » siffla-t-il. Les hommes avaient baissé leur arme mais continuaient à me dévisager avec suspicion. J'ouvris la bouche pour dire quelque chose, puis je changeais d'avis. Je sortis lentement et refermai derrière moi la porte le plus doucement possible.

Remontée dans ma chambre, je repris ma marche de long en large, partagée entre la colère et la curiosité. J'étais anxieuse et en même temps un espoir me faisait sourire. Je n'attendis pas longtemps Bouboulis. Lui aussi voulait une explication. « Qui étaient-ils ? lui demandais-je. — Cela ne te regarde pas », et tranquillement il commença à se déshabiller. Il s'approcha de moi, le désir dans les yeux : « Tu me plais lorsque tu es en colère, tu es encore plus belle », et il tenta de m'enlacer. Je le repoussai : « Je sais, j'ai compris, lui dis-je, c'était des affiliés avec qui tu conspires contre les Turcs, n'est-ce pas ? Pourquoi ne me l'avoir pas dit ? ». Tout de suite sur ses gardes, méfiant, agacé, Bouboulis croisa ses bras sur sa poitrine nue : « Je n'ai rien à te dire — Pourquoi ne pas me faire participer ? — Ce ne sont pas là des affaires de femmes. — J'ai pourtant appris à me battre, tu en possèdes d'amples preuves.

106

– La piraterie, ce n'est pas un soulèvement armé. D'ailleurs, Laskarina, ton rôle sera de diriger nos affaires lorsque je serai absent et de veiller sur nos enfants surtout s'il m'arrivait quelque chose. Crois-moi, laisse les hommes affronter les Turcs. – Bour-zinos, mon parrain et ton ami, veut que nous œuvrions ensemble. – Il a trop parlé. » J'entrevoyais une conspiration, des préparatifs secrets, des ramifications infinies. « Écoute-moi bien Bouboulis, je veux travailler pour vous, avec vous. – C'est trop risqué. S'ils t'arrêtaient, s'ils te torturaient, tu avouerais tout. » J'avalais l'insulte sans broncher. Nous étions en train de nous défier debout l'un devant l'autre. Il restait calme et je le sentais tendu. La lueur des lampes à huile déformait ses traits et lui donnait le visage d'un Lucifer. Tant de Grecs dans l'ombre préparaient le grand jour où ils briseraient leurs chaînes et je devrais rester à me tourner les pouces : « Prends-moi avec toi, Bouboulis. Depuis des années, j'attends ce moment. – Une femme n'est pas de taille. » Je le fixais longue-ment avant de poser solennellement la dernière ques-tion : « Lorsque le moment sera venu, lorsque vous entrerez en action, toi et tes mystérieux compagnons, alors feras-tu appel à moi, m'enrôleras-tu ? – Jamais. » Le cri avait fusé spontanément, irréver-siblement. Il était inutile d'insister car je connaissais trop son entêtement. Je réalisai que le secret d'une conspiration était le dernier rempart derrière lequel il s'abritait de moi comme s'il regrettait de m'avoir laissée prendre dans son existence une place aussi importante. « Au moins, Bouboulis, ne laisse pas retomber sur mes fils le mépris que tu éprouves pour une faible femme. Donne-leur un poste digne d'eux. » Il fut trop content de s'en tirer à si bon compte et me promit de prendre Yanno comme capitaine en second sur son propre navire. L'huile des lampes manqua et les flammèches s'éteignirent. Nous n'avions d'ailleurs plus rien à nous dire, ni ce soir ni à l'avenir. Nous nous sommes couchés dans le grand lit double en acajou importé d'Angleterre et chacun de nous fit semblant de dormir. Je gardai longtemps les yeux ouverts, fixant sans la voir la nuit laiteuse qu'encadrait la fenêtre ouverte. Bouboulis restait certes l'aventurier séduisant, l'homme généreux, le patriote courageux que j'avais aimé, mais désormais il m'interdisait l'action. Il fermait les portes du rêve. Je le détestais déjà alors que je n'avais pas encore cessé de l'aimer. Cependant, il n'avait pas entamé un pouce de ma détermination.

Le lendemain notre existence reprit son cours normal mais la cassure fut perçue par la famille, surtout les enfants qui se retrouvèrent divisés en deux camps. Mes fils Yanouzas, Yanno et Yorgo, à qui j'avais tu l'origine de la dispute, se rangèrent du côté de Bouboulis, l'homme, le bienfaiteur. Nicolas, à six ans, était trop petit pour bien comprendre ce qui se passait. Mes filles devinèrent sans vraiment savoir. Skevo me prodigua infiniment de tendresse comme si, renversant les rôles, elle tentait de me protéger. Eleni couvrit de caresses et de minauderies son père, agissant comme s'il était une victime à plaindre. Elle le prit même de haut avec moi et fut distante. Elle avait sept ans. Je me tus, ne voulant pas élargir la brèche. Bouboulis, avec la lâcheté caractéristique des hommes, évitait toute discussion, ne pensant qu'à s'évanouir dans la nature. Les événements lui en donnèrent très vite l'occasion car une fois de plus la guerre éclata entre la Russie et la Turquie. Attiré par l'aventure, le profit, la possibilité de me fuir, Bouboulis se jeta tête baissée du côté des Russes. Il arbora fièrement le pavillon russe, commerça avec les Russes, rendit service aux Russes. Or ceux-ci ne m'inspiraient aucune confiance, ayant trop souvent trahi les Grecs après les avoir appâtés par de vaines promesses. A cet argument, Bouboulis me répliquait par le diplôme de citoyen d'honneur russe et la décoration russe de Saint-Stanislas qu'il venait de recevoir. Il se jouait des barrages turcs, il se moquait des interdits turcs, il méprisait les Turcs, depuis qu'il nous avait été si facile d'acheter le Capitan Pacha et de détourner ses foudres. Je tâchais de lui ouvrir les yeux, de lui expliquer que les temps avaient changé, que nous n'étions plus sous la tsarine Catherine II qui avait réduit l'empire turc au rang de vassal. Désormais, à Constantinople régnait le Sultan Mahmoud, un homme des temps nouveaux, décidé à mettre de l'ordre dans son empire, à le moderniser et à ne plus tolérer aucune infraction. « Je continuerai à échapper aux Turcs, me répliquait Bouboulis, car leurs navires ne sont pas aussi rapides que mes bricks. – Tu dépasses la mesure, Bouboulis. Un jour ils décideront ta perte. – Ils sont trop faibles et ne sont pas en mesure de m'abattre. »

Yanno, mon fils, dont il avait fait son second, approuvait. Non pas à cause des fabuleux revenus qu'il rapportait de ses expéditions, mais pour la joie de se jouer des Turcs. Bouboulis avait beau cultiver l'audace comme un art, il n'en restait pas moins sur ses gardes. Nous ne communiquions plus vraiment même s'il avait toujours besoin de se confier à moi, et continuait à le faire comme si de rien n'était. C'est ainsi qu'un jour il me raconta la visite de Panayotis. Il ne connaissait que son prénom. Cet employé grec du Pacha de Salonique, ayant fait relâche à Spetsai au cours d'une mission, était venu le trouver pour lui proposer une affaire extraordinairement juteuse. Un énorme chargement de tabac de Macédoine, appartenant à un Grec de Russie, menaçait de pourrir sur le port de Salonique. Aucun capitaine n'acceptait de le transporter jusqu'à Messine. Pourquoi Panayotis s'était-il adressé à Bouboulis? Parce que seul Bouboulis aurait l'intrépidité de se charger de cette dangereuse mission. Pourquoi ledit Panayotis trahissait-il ses maîtres turcs? Parce qu'il était resté chrétien et, bien que forcé par la misère à travailler pour nos oppresseurs, son cœur battait grec. « Je me méfie de ce Panayotis, ajouta Bouboulis, je ne sais pourquoi mais mon instinct m'interdit d'avoir confiance en lui. – Tu refuses l'affaire? – Elle rapporterait d'immenses profits mais j'hésite. – Tu vieillis, Bouboulis, tu perds ta hardiesse. » J'avais dit cela sans réfléchir. Une plaisanterie vengeresse. Il me regarda comme s'il allait m'étrangler, puis sans un mot il sortit en claquant la porte. Le lendemain il était parti. Toute à mon ressentiment, j'avais refusé, pour la première fois, d'assister à son départ. Ainsi je ne vis pas mon fils Yanno s'embarquer avec lui.

Chapitre 8

Mon anniversaire tombait le 11 mai 1811. Nous le fêtâmes comme d'habitude par un service religieux dans la chapelle de Saint-Basile, voisine de la maison, suivi d'un déjeuner familial. A cause de mon humeur, l'atmosphère resta empesée, pour tout dire sinistre. J'avais quarante ans. Un tournant que je ne remarquai pas.

Le lendemain, le guetteur qui ne quittait pas le sommet de notre plus haute colline, arriva haletant pour m'annoncer qu'à la longue-vue il avait reconnu le navire de Bouboulis faisant force voile vers Spetsai. J'avais décidé de ne pas aller l'accueillir, mais un pressentiment inexplicable me tira hors de chez moi. A la Dapia, il y avait déjà foule. Le trois-mâts avait doublé le cap du Phare et s'avançait droit sur nous. Tous les comparses, depuis mes domestiques, les employés du bureau de Bouboulis, jusqu'au dernier badaud, étaient en place. La scène de l'accueil dont je connaissais par cœur les rites pouvait débuter. Soudain, un murmure lent, sourd, s'éleva de la foule. Les gens se penchaient les uns vers les autres pour se transmettre une nouvelle, un secret, de bouche à oreille. Cette houle arriva jusqu'à mon entourage, que je vis lentement s'écarter, faisant le vide autour de moi et me laissant seule au milieu du quai face à la mer. Alors je remarquai ce qu'ils avaient déjà tous aperçu : le pavillon de marine russe blanc-rouge-bleu flottait à mi-hauteur à l'arrière du navire. En berne. Mais surtout, en haut du mât central, un drapeau noir remplaçait le pavillon personnel de Bouboulis. Il était mort. Immédiatement, le spectacle attendu et joyeux se transforma en une cérémonie beaucoup plus impressionnante, beaucoup plus vraie que l'enterrement qui aurait lieu le surlendemain. Un silence total s'abattit sur la foule jusqu'alors frémissante. Les hommes se découvrirent. Plus personne ne bougea. Les cloches des églises qui carillonnaient joyeusement se mirent à sonner le glas. Les popes venus bénir ceux qui revenaient au foyer dans l'espoir d'une prébende entonnèrent spontanément les chants graves, profonds, bouleversants des rites orthodoxes. Une barque se détacha du trois-mâts. Sur ses bancs avait été déposé un simple cercueil de planches. A l'avant, très droit, telle une figure de proue, mon fils Yanno. Lorsque l'embarcation se fut rangée le long du quai, il fit hisser et déposer à mes pieds le cercueil. Je m'agenouillai et embrassai le bois rude. Selon l'inviolable coutume orthodoxe, on ouvrit le cercueil. Le visage de Bouboulis avait un calme que je lui avais rarement vu de son vivant. Il paraissait serein mais, en plein milieu du front, il portait un trou noirâtre. Il me sembla qu'au même endroit, sur mon propre front, un fer rouge pénétrait. Je ne pouvais détacher mes yeux de ce visage que j'avais tant aimé. Cet homme avait représenté toute ma vie, puis il avait détruit, saccagé ce que j'avais ressenti pour lui. Cependant, alors que je me tenais devant son cadavre, accouraient des souvenirs des temps heureux, des images, des scènes, des moments, des sons, la joie, la jeunesse, l'amour, et ces souvenirs étaient si forts, si présents, si envahissants qu'ils submergeaient le présent et me faisaient oublier notre coupure. Je ne pleurais pas, mais je tremblais comme une feuille. Yanno m'a prise par le bras pendant que l'on reclouait le cercueil, et il m'a ramenée.

Mes filles pleuraient, la parentèle gémissait, les domestiques s'arrachaient les cheveux, les voisines en sanglots se délectaient, et les pleureuses professionnelles hurlaient. Moi, je voulais savoir. Je m'enfermai avec Yanno. Instinctivement je l'avais entraîné dans le bureau de Bouboulis, au rez-de-chaussée. Les livres de comptes de Bouboulis s'empilaient sagement et le parfum du tabac froid flottait. Dominant son émoi Yanno raconta. Le voyage se déroulait calmement et ils avaient atteint le sud de l'Italie. L'époque était révolue où les pirates nous menaçaient. Bien sûr ils attaquaient encore, mais la taille de nos navires et l'efficacité de nos armes les tenaient en respect. Le navire se trouvait à la hauteur de la petite île italienne de Lampedusa lorsque la vigie signala deux navires sous pavillon français venant en sens contraire. Aucune inquiétude à avoir, Bouboulis battait le pavillon de la Russie alliée de la France. Il continua donc à naviguer en direction des Français qui paisiblement s'approchèrent de lui. Lorsque ceux-ci furent à sa hauteur, ils virèrent brusquement de bord. Il n'eut pas le temps de s'étonner que les Français ouvrirent le feu. Malgré l'effet de surprise, Bouboulis réagit avec son énergie

113

habituelle. Il se défendit comme un beau diable. Si bien qu'en deux petits quarts d'heure il réussit à faire lâcher prise à ses agresseurs. Ceux-ci abandonnèrent le terrain. Bouboulis, enivré par sa victoire, quitta son abri derrière le bastingage et se releva quand une balle partie d'un des navires ennemis le frappa en plein front. Yanno avait clairement distingué la baïonnette du fusil frappée par le soleil. Il n'en savait pas plus. Que s'était-il passé ensuite? Yanno hésita, et je compris que sa modestie le retenait de parler de lui. Je le pressai. Il avait assumé lui-même le commandement du navire et dirigé le combat contre les Français qui attaquaient à nouveau, leur départ n'ayant été qu'une feinte. Il avait réussi à les repousser. Il ramenait non seulement la cargaison mais l'équipage intact. Derrière les réticences de son récit, je devinais qu'il avait agi avec rapidité, maturité et courage : « Tu t'es conduit comme Bouboulis l'aurait fait à ta place. — A vrai dire, cela n'a pas été difficile. J'ai eu l'impression que les Français, à peine réalisé que Bouboulis était touché, ont fait demi-tour. » Mais pourquoi donc des Français? Comment avaient-ils osé s'attaquer à un navire battant pavillon de leur allié? En tout cas, Français ou pirates, leur agression n'avait eu d'autre but que d'assassiner Bouboulis. Les Turcs l'avaient-ils dénoncé aux Français comme pirate ou avaient-ils engagé les services de pirates déguisés en Français? Le résultat était le même. Les Turcs avaient tendu à Bouboulis un piège en la personne du mystérieux traître Panayotis et l'avaient tué par personne interposée. De son vivant j'avais été certaine que jamais nous n'aurions pu renouer. Il était mort et j'étais désormais persuadée que nous aurions trouvé une possibilité et que nous aurions recommencé à deux. Ma tristesse s'accroissait de celle des autres. Les enfants de Bouboulis ainsi que ses beaux-enfants Yanno et Yorgo le pleuraient sincèrement car il avait su se faire aimer de tous. Eleni, en particulier, afficha le plus profond désespoir. Je la sentais brûler de haine à mon égard car quelque part elle me rendait responsable de la mort de son père. Je sentais que ses frères et sœurs me reprochaient dans le silence de leur cœur l'indifférence que j'avais marquée à Bouboulis les dernières semaines avant sa mort. Ce reproche non exprimé me poignardait d'autant plus qu'il alourdissait ma responsabilité. Je doutais en effet que Bouboulis fût tombé dans le piège tendu si mes moqueries, mon attitude ne l'avaient incité à défier les Turcs. Je m'avouais responsable de sa mort comme je l'avais été de celle de Yanouzas. Tout ce que je touchais tombait en ruine, tout ce que j'aimais se réduisait en cendres, même les sentiments de mes enfants. A quoi bon poursuivre, à quoi bon entreprendre? L'accablement me convainquit de renoncer.

L'après-midi suivant l'enterrement de Bouboulis, alors que, bloquée malgré moi dans la grande salle à recevoir les visites de condoléances, au milieu de dizaines de femmes en noir qui se gorgeaient de mes sucreries et de mes liqueurs, on me fit appeler. Je sortis sur la véranda surplombant l'escalier extérieur pour découvrir, dans la cour, dans le jardin et derrière le mur, dans les ruelles avoisinantes, une forêt de bonnets rouges. Cette même forêt qui lors de l'enterrement avait entouré les noirs cyprès du cimetière. C'étaient les marins de Bouboulis. Pas un ne manquait. Bouboulis avait été un maître juste et généreux, et j'en avais vu beaucoup laisser couler leurs larmes sur leur visage

115

bronzé et buriné. Lorsqu'ils m'aperçurent, ils se découvrirent d'un seul geste. Dans ce cadre exigu ils formaient une foule innombrable. Ces hommes dont j'avais connu l'entrain et les rires se tenaient là, gauches et silencieux. Je crus qu'ils étaient venus me faire une visite de condoléances mieux venue, plus émouvante. Je me trompais. Les plus vieux s'avancèrent et déposèrent sur la dernière marche de l'escalier, à mes pieds, des sacs qui rendirent le son de l'or. « Voilà ce que le capitaine ramenait lorsqu'il a été tué. C'était sa part. C'est maintenant la tienne, Capetanissa. » J'eus du mal à retenir mes larmes d'émotion. Mais une capetanissa digne de ce nom ne pleure pas, tout au moins en public. Je les priai de garder l'or et de se le partager en souvenir de leur capitaine. Le plus doucement possible, je leur signifiai leur congé. Ils ne bougèrent pas. Ils gardaient les yeux fixés sur moi. Ils attendaient. Mais quoi ? Soudain l'inspiration me vint et je leur tins ce discours : « Marins, la mort du capitaine vous met devant un choix. Son fils, notre fils, est trop jeune pour lui succéder. Vous pouvez vous engager chez d'autres et le fait d'avoir servi sous Bouboulis vous fera recevoir à bras ouverts. Ou alors, vous pouvez rester avec moi, et ensemble nous continuerons... »

Un murmure, que dis-je, un grondement d'approbation accueillit ma proposition. En l'écoutant, je sus que la responsabilité de ces centaines d'hommes debout face à moi tombait sur mes épaules. Je le voulais et à la fois je l'appréhendais. Mais l'heure n'était plus à l'attendrissement. Je prévins les marins de ce qu'ils auraient à endurer s'ils demeuraient avec moi. Même si la discipline flottait chez d'autres armateurs, chez moi elle régnerait. Je n'admettais pas de bagarres

116

dans les ports, pas de longues séances dans les tavernes et aucune initiative sans mon expresse permission. J'annonçai aussi que je ne ferais aucun rousfeti, c'est-à-dire grâces et faveurs envers les innombrables parents soi-disant pauvres, et les encore plus innombrables protégés qui finissaient par peupler nos flottes sans aucune qualification. S'ils acceptaient ces conditions, alors nous ferions de grandes choses. Ce n'était pas moi qui parlais, c'était eux-mêmes qui s'exprimaient par ma bouche, c'était eux qui dictaient presque mon discours. Je communiquais avec chacun d'entre eux. Ils m'acceptaient, ils me comprenaient, ils vibraient avec moi. « Que ceux qui restent lèvent la main, les autres peuvent partir. » Personne ne bougea. Je crus m'être fourvoyée. Aucun ne voudrait servir sous les ordres d'une femme. C'en était fini. Puis, un bras se leva lentement, timidement. Je revois la scène comme si c'était hier : cette main qui surgit au-dessus d'un tapis de têtes et qui se lève, paume tournée vers moi. Ce devait être à gauche, au fond de la cour, vers le mur du jardin. Un second bras suivit, puis un troisième, puis un quatrième. Puis une forêt de bras. Quelques-uns partirent mais je ne les vis pas. Dix, quinze hommes sur cinq à six cents rassemblés autour de moi. Ayant entendu ce qu'ils étaient venus entendre, les marins se retirèrent, vague après vague comme la marée basse.

Là-haut, dans la grande salle, les femmes en noir continuaient à cancaner et à s'empiffrer. Mes deux aînés attirés par le bruit m'avaient rejointe et se tenaient à côté de moi. Yanno, le charmeur poétique, frêle, doux, indestructible, Yorgo, le séducteur aux grands yeux bleus, piaffant et gourmand de tout. « Toi, Yanno, tu seras mon second, mon lieutenant. —

117

Et moi ? interrogea anxieusement Yorgo, sur quel navire monterai-je ? — Sur aucun. Tu resteras ici pour veiller au grain, tu dirigeras nos bureaux. » Il protesta, il voulait naviguer avec son frère et moi. Je ne cédai pas : « Tu aimes l'argent, Yorgo, et tu es doué pour le faire fructifier. »

Bouboulis, dans son testament, me laissait, outre la maison que nous habitions, la somme énorme de quatre-vingt mille kolonats, mais qu'en faire, quoi faire ? Bouboulis, bien malgré lui, m'avait fait entrevoir une gigantesque et nébuleuse conspiration qui s'activait à concrétiser mon aspiration. Il m'en avait fermé la porte avant que sa mort ne coupe le mince et unique fil. Où trouver ce fantôme de Bourzinos, mon parrain, l'origine de ce tourbillon dans lequel je me sentais entraînée ? En attendant il fallait faire de l'argent, toujours plus d'argent, justement pour servir mon but, car sans nerf de la guerre pas d'action efficace.

Une fois de plus les événements qui, depuis plus d'une décennie, faisaient la fortune des armateurs spetsiotes nous offrirent des aubaines sur un plateau d'or. Cette année 1812, en effet, les coups de théâtre les plus spectaculaires, les renversements d'alliances les plus imprévisibles eurent lieu. Brusquement les Russes et les Turcs firent la paix, ce qui permit à ceux comme nous qui avions servi les premiers d'échapper à la vengeance des seconds. Napoléon, après avoir professé son amitié pour la Russie, venait de l'envahir. Il établissait aussi un blocus rigoureux sur toutes les mers, ce qui était une irrésistible invitation à contourner ses diktats. J'embarquai sans tarder. J'avais longuement balancé sur la tenue à adopter pour mes nouvelles fonctions de chef de flotte. J'optai pour une jupe de gros bleu jusqu'à la cheville sur des bottes de cuir. Je gardai le boléro brodé sur la chemise de soie et le voile enroulé autour du visage.

Mon départ s'effectua en fanfare. Mes collègues armateurs, les autorités restèrent absents, désorientés par une femme armateur. Le clergé aussi qui n'était pas loin de soupçonner quelque diablerie. En revanche, le peuple de Spetsai était bien présent, entassé sur la Dapia et sur le quai. Ils riaient avec gaieté et affection, non sans une pointe de respect. « Vive la Capetanissa ! » répétaient-ils. Mais l'hommage qui m'alla droit au cœur fut celui d'un vieux pêcheur dont l'esquif croisa ma barque : « Toi, tu es un véritable palikari [1]. » Jamais ce compliment n'avait été adressé à une femme. Mon « navire amiral », le *Koriezou*, à la tête de ma flotte se mit en route toutes voiles déployées. Debout à côté de la barre que tenait Yanno, j'éclatais de fierté.

Pour verrouiller les mers, les Français déployaient une efficacité féroce. Leur bon plaisir avait en matière de commerce force de loi. Ils avaient établi des cordons sanitaires à travers toute la Méditerranée. Il était bien malaisé de les berner. J'avais commencé à établir, contre espèces trébuchantes, un réseau d'informateurs dans chaque port. Ils m'indiquaient où se trouvaient les patrouilles françaises, ce qui me permettait de choisir mes routes et d'atteindre mes refuges en cas de besoin. Appuyée par des marins enthousiasmés par l'appât de gains fabuleux, soutenue par l'efficacité et la précision de Yanno, ce jeu du chat et de la souris ne me déplaisait pas. Plusieurs fois déjà nous avions trans-

1. Guerrier valeureux.

119

porté des marchandises de contrebande sans faire aucune mauvaise rencontre.

Nous venions de Cadix, récemment libérée de la présence française par les Anglais, où nous avions embarqué à destination de Venise, caisse après caisse, des armes blanches, dernières créations des aciéries britanniques, les premières du monde. Nous arborions pavillon turc, puissance alors neutre, et nous voguions en Adriatique. Nous nous trouvions à la hauteur de Brindisi, longeant les côtes du royaume de Naples sur lequel régnait le beau-frère de Napoléon, Joachim Murat, lorsqu'un gros navire de guerre battant pavillon tricolore surgit d'une crique déserte. Sans aucun doute il était à l'affût. Nos informateurs avaient mal fait leur travail ou s'étaient fait acheter encore plus cher. Il se dirigea droit sur nous et par signaux nous intima de stopper. Nous étions probablement plus rapides que lui mais il sut se montrer persuasif en ouvrant ses écoutilles et en découvrant deux rangées de canons. A ce moment-là je maudis l'interdiction faite aux armateurs grecs, par les autorités turques, de posséder une artillerie et je me jurai d'armer un jour mes navires... à la condition que nous ressortions vivants. Nous baissâmes la voile et nous nous immobilisâmes. Le Français mit à la mer une chaloupe où prit place l'état-major. Le capitaine parut sur la dunette. S'il fut étonné de voir une femme, il n'en montra rien. En revanche, je fus stupéfaite de constater que c'était un enfant : visage lisse et imberbe, de grands yeux sombres ornés de cils trop longs, une petite bouche rouge et charnue, un nez de rien du tout. Le tricorne à plumes tricolores, l'uniforme bleu marine gansé d'or, les galons avaient l'air d'un déguisement

120

sur ce chérubin. Fallait-il que Napoléon fût aux abois pour donner à de tels gamins des postes de responsabilité. Mais la voix était singulièrement virile lorsqu'il se présenta : « Capitaine Justin de la Jaunais. » Il salua militairement et le plus poliment du monde exigea d'inspecter notre cargaison. Ses sbires n'attendirent pas ma réponse qui, malgré les protestations de Yanno, avaient déjà disparu dans les écoutilles. Nous restâmes, le capitaine de la Jaunais et moi, debout l'un en face de l'autre. Je ne baissai pas le regard alors qu'il me fixait avec une expression narquoise qui m'exaspérait plus qu'elle ne m'inquiétait. Ses sbires ne furent pas longs à amener sur le pont quelques-unes des caisses coupables. Nous n'avions même pas pris les précautions d'enlever les marques d'origine. « Sheffield, England ». Les lettres dansaient ironiquement sous mes yeux. « Madame le capitaine, je vous arrête. — Si vous preniez la peine, capitaine, de vous retourner, vous verriez, des fenêtres de ma cabine, des fusils pointés sur vous et sur vos officiers. Vous êtes mort si vous ne nous laissez repartir. Nous garderons bien sûr deux de vos officiers comme otages, que nous relâcherons au premier port venu avec tous les égards dus à leur qualité. — Si votre navire bouge ou tout simplement lève une voile, si nous ne sommes pas revenus sur le mien dans une demi-heure, mon second a ordre de canonner votre navire, Madame le capitaine. De cette façon, nos cadavres se rejoindront au fond de la mer. — Non seulement les Français ont tué mon époux bien-aimé, mais ils veulent maintenant me dépouiller du peu qu'il me reste... » Et de mon ton le plus pathétique, je me lançai dans une tirade merveilleusement tragique. Nous les Grecs aimons étaler nos malheurs, en les

121

grossissant au besoin. Nous ne jouons pas la comédie car chaque fois que nous en dressons la liste, nous sommes parfaitement sincères, comme je l'étais cet après-midi-là avec le capitaine Justin de la Jaunais. Notre art réside dans l'accent, le regard, la pose. Nous sommes les meilleurs acteurs du monde car nous jouons sans nous en rendre compte. Je me montrai ce jour-là en excellente forme, car je défendais mon bien, sinon ma vie et celle de mes hommes. Le capitaine de la Jaunais eut la grossièreté d'interrompre la description de mes orphelins sans ressources : « Le récit de vos aventures nous est connu. » Il avait osé appeler aventures mes tribulations. « Vous-même nous êtes encore mieux connue, Madame le capitaine », ajouta-t-il d'un ton persifleur. « Peut-être, capitaine, pourrions-nous passer dans ma cabine pour dissiper ce malentendu. » C'était ma dernière tentative. Si elle échouait, c'était au pire le poteau d'exécution, au mieux la prison. Et des rumeurs sinistres couraient sur les camps d'internement de Napoléon le Grand où les malheureux croupissaient par centaines de mille. A ma surprise, la Jaunais acquiesça. Il accepta aussi le café, les sucreries et le verre de liqueur de l'hospitalité. « Et maintenant, capitaine, combien? Le quart, la moitié ou le tout? » Justin de la Jaunais éclata d'un rire inattendu, frais, juvénile, spontané, un rire entraînant qui chantait le printemps et le soleil. Puis il me regarda fixement, longtemps, sans dire mot. Et son expression me fit frémir, non de peur mais d'une sorte de bizarre expectative mêlée d'irritation, d'excitation. Finalement, il parla d'une voix claire : « Pour butin, je ne veux qu'une seule chose, le capitaine de ce navire. » Ce fut à mon tour d'éclater de rire. Je riais de soulagement, de

122

surprise, de joie, de jeunesse. « Maintenant, capitaine?
— Maintenant, Capetanissa, n'est-ce pas ainsi que vos
compatriotes vous appellent? » Voilà comment je
devins la maîtresse de Justin de la Jaunais, capitaine de
la marine impériale française alors que dehors, sur le
pont, officiers français et marins grecs faisaient le pied
de grue avec mon propre fils.

Yanouzas au lit s'était révélé aussi froid que sa
beauté. Bouboulis s'était montré aussi brûlant que son
expressive physionomie. Ce gamin de Justin me fit
atteindre à l'extase. Il était tantôt un enfant qui
s'abandonne, tantôt un libertin pervers, tantôt mâle
dominateur, tantôt savamment féminin. Lorsque nous
émergeâmes enfin sur le pont, Yanno me tournait le
dos et regardait droit devant lui l'horizon.

Justin de la Jaunais m'invita à dîner à son bord. Je
n'allai pas jusqu'à endosser une tenue féminine mais
j'ajoutai à mon uniforme de longues boucles d'oreilles
et un collier de boules d'or. Je choisis soigneusement
un voile délicatement brodé, et je mis sur mes lèvres et
sur mes paupières les fards que je faisais venir de
Constantinople. Pendant le repas, nous bavardâmes
joyeusement comme deux vieux amis, ou plutôt
comme deux complices, ce que nous étions devenus
quelques heures plus tôt. Lorsque ses marins eurent
desservi, un silence s'établit. J'entendais, par le hublot
ouvert de sa cabine le léger clapotis de la mer, et les
flammes vacillantes des lanternes jetaient des ombres
mouvantes sur son visage lisse. Il me prit la main et ce
simple contact me bouleversa. Je passai la nuit à bord
du navire de guerre français. A l'aube vint le moment
des adieux. Moment qui se prolongea tellement que
nous retombâmes dans son lit. D'un commun accord,

nous décidâmes qu'il serait par trop sot de nous séparer. La guerre qui embrasait l'Europe interdisait toute villégiature, nous avions par ailleurs nos obligations, mais au moins pouvions-nous lambiner ensemble dans leur exécution. J'avais rendez-vous à Venise? Nous nous dirigeâmes vers le nord, mais le plus lentement possible. Justin avait pour charge de surveiller la côte des Pouilles? Nous en explorâmes le moindre recoin. Bari, Trani, Bartella, Manfredonia, ainsi qu'une ribambelle de criques au bas du mont Gargano. Aucun point de vue de cette région ne nous échappa. Nous courions dans les champs grillés par le soleil, nous pique-niquions sur des plages désertes, nous arpentions des forêts de pins. Je le regardais plonger nu dans la mer. Je détestais me baigner. Et nous faisions l'amour sous les arbres, dans une anfractuosité de rochers, ou nous attendions impatiemment le soir pour nous donner l'un à l'autre. Nous débarquions dans des petites villes que nous visitions consciencieusement. Nous les trouvions assoupies, tant par la nature de cette province léthargique que par les circonstances. A cette époque, Fra Diavolo terrorisait le sud de l'Italie. Ce moine devenu bandit d'honneur s'en prenait aux Français qui occupaient le royaume de Naples. Il commandait à des troupes de l'ombre et se montrait d'une audace diabolique. Nous parcourions ainsi des rues désertes bordées de maisons aux volets fermés derrière lesquels nous sentions nous suivre des regards soupçonneux. Un midi, nous tambourinâmes si fort à la porte d'un aubergiste qu'il finit par nous ouvrir. Nous nous fîmes servir des poissons frits frais pêchés, arrosés d'un vin blanc « des ducs de Trabbia ». Deux de ses marins interrompirent notre déjeuner sur le port.

Ils étaient à notre recherche. Fra Diavolo avait été signalé dans le voisinage. Il fallait nous hâter de regagner notre bord. Justin les renvoya. Il ne bougea pas. Il était fataliste. Si Fra Diavolo devait surgir, il serait heureux de mourir dans mes bras. Plus tôt ou plus tard, cela revenait au même. La menace le stimulait même. Il m'entraîna sur un lit de camp tiré dehors par l'aubergiste pour y passer des nuits plus fraîches qu'à l'intérieur. Nous fîmes l'amour dans le soleil et le danger. Les détails de cet après-midi sont gravés dans ma mémoire. La mer et le ciel de feu, la présence invisible du terrible bandit, et le poids du corps de Justin sur le mien. Sa peau claire sur laquelle l'eau de mer laissait un goût salé.

Justin me racontait sa vie. Il n'était pas aussi jeune qu'il paraissait. Il avait dépassé les vingt-sept ans. De famille modeste sinon pauvre, il s'était engagé comme simple matelot et avait rapidement gagné ses galons. Il ne songeait qu'à faire fortune car Napoléon donnait à chacun l'impression qu'il pouvait décrocher sous ses drapeaux un destin exceptionnel. Issu de la génération de la Révolution française qui avait vu tant de prodigieux bouleversements et tant d'invraisemblables retournements, Justin ne croyait à rien. Mais son cynisme précoce se couplait avec une sorte d'abandon, une sincère tendresse, réminiscence de son âge qui le rendait singulièrement attirant. Il avait avec moi toutes les délicatesses et les nuances qui rendent les Français renommés en amour. Les Grecs n'ont que des passions, ils ignorent les sentiments que m'apprenait le capitaine de la Jaunais.

Il me faisait découvrir l'insouciance, mais cet état, nouveau pour moi, me mettait mal à l'aise. Au bout d'une semaine de batifolages je me réveillai, un matin, irritée, impatiente sans raison précise ou plutôt pour une raison profondément ancrée dans ma nature. Je n'étais pas faite pour ces vacances perpétuelles auxquelles semblait m'inviter mon amant. J'appelai à la rescousse les charges qui m'incombaient, la mission qui m'attendait. Je m'étonnai de me sentir si mélancolique au moment de me séparer de Justin. Il avait endossé son uniforme de gala, et les plumes tricolores ombrageaient son visage. Lui aussi avait la tristesse dans les yeux, même s'il déclara avec un rire dans la voix : « Selon les lois de l'empire français, je confisque votre cargaison. » Je crus qu'il plaisantait. Je me trompais ! Mon instinct ne fit qu'un tour et je marchandai comme je savais le faire avec les négociants d'Odessa ou de Trieste. Le capitaine de la Jaunais dut se contenter d'un quart du butin, trente caisses qui ne virent jamais les dépôts des douanes françaises. Son toupet me faisait encore bouillir de fureur lorsqu'il se pencha vers moi pour me murmurer : « Dans un mois à Tarente, y seras-tu ? » Il n'ordonnait plus, il suppliait. J'acquiesçai de la tête.

Je me dépêchai de toucher Venise et d'y écouler en contrebande ma cargaison qu'il avait écornée, puis je rentrai à Spetsai. Je devais en effet y marier ma fille Skevo avec Nicolas Koutsis, capitaine de vaisseau à la carrière aussi prometteuse que la fortune. Il était le cousin des « mauvais Koutsis », ceux de la branche de Christodoulos, le beau-père de mon frère et ennemi Théodose. En combinant cette alliance, je comptais quelque peu neutraliser l'animosité de leur puissante tribu.

Les préparatifs de la noce requéraient mon temps et

mon attention. La maison ne désemplissait pas de parents, de fournisseurs, de livreurs, de messagers, de parasites surtout qui donnaient leur avis et ne faisaient rien. Au milieu de cette agitation se présenta un chaouch du Pacha de Tripolitza. Je le reçus dans le bureau de Bouboulis. Il me tendit un document. Lorsque je commençai à le dérouler, je vis la tugrha [1] du Sultan Mahmoud. Dans ce firman, il était reconnu que lors de la dernière guerre entre la Russie et la Turquie, quelques années plus tôt, Bouboulis avait pris les armes russes contre la Turquie. En conséquence, sa flotte, c'est-à-dire ma flotte désormais, était confisquée. J'étais ruinée. Je ne pourrais plus réaliser mon rêve et contribuer à la libération de mes frères. Sans argent j'étais réduite à l'impuissance. Tous les efforts, toutes les peines de ces années consacrées à la préparation de mon Grand Dessein allaient se perdre dans l'escarcelle turque. Évidemment, une fortune aussi énorme que celle de Bouboulis tombée aux mains d'une « faible femme » devait tenter l'avidité légendaire de l'administration turque, mais le châtiment survenant si longtemps après le « crime » pouvait, une fois de plus, avoir été inspiré par une dénonciation. Mes adversaires, je le pressentais, ne désarmaient pas, et l'alliance d'une de mes filles avec un Koutsis n'avait rien changé. Désormais je ne pouvais compter que sur la lenteur proverbiale des fonctionnaires turcs. Entre le moment où le décret était pris et où ils l'appliqueraient, quelques semaines s'écouleraient qui me laissaient une chance, une seule et bien mince, mais qu'il me fallait saisir.

1. Signature calligraphiée du Sultan apposée en haut de tout document officiel.

Je tins bon et réussis à cacher ma situation jusqu'au mariage qui se déroula le lendemain, avec la pompe requise pour l'union de deux richissimes familles. Les Koutsis au complet y assistèrent, mes ennemis les premiers, ceux qui peut-être m'avaient dénoncée. Ils se montrèrent polis mais froids. La cousine Maria, elle, débordait d'affection, au point que mes soupçons sur son rôle occulte dans la mesure qui s'abattait sur moi se transformèrent en certitude. Les lampions n'étaient pas éteints que je m'embarquai pour Constantinople à bord du *Koriezou*. Le charmant capitaine de la Jaunais devrait attendre. J'avais ordonné à Yanno qui voulait m'accompagner de rester en arrière pour sauver ce qui pouvait l'être en cas de malheur.

Chapitre 9

Constantinople, la métropole impériale aux mille églises, la splendeur faite ville aux mille minarets, l'aimant qui depuis quinze siècles attirait le monde entier avait chaque fois représenté pour moi la cité du malheur. La mort des miens y était liée. Jamais la ville ne m'avait paru plus menaçante que lorsque j'y débarquai pour sauver ce qui pouvait être encore sauvé.

A peine ancrée dans la Corne d'Or, je me rendis au Phanar, le quartier grec de Constantinople. Y résidait le patriarche de Constantinople, le suzerain de toutes les Églises orthodoxes, mais surtout notre chef spirituel. Depuis la chute de l'empire de Byzance et la perte de notre indépendance, seule notre Église maintenait le flambeau de notre culture, de nos traditions, de notre esprit, de notre patriotisme. Je suivais des rues dont chaque vieux pavé semblait receler un piège. Les bordaient des maisons de bois rendues biscornues par l'âge, délavées, entre lesquelles de temps à autre se dressaient des palais de pierre à l'extérieur austère. Ils appartenaient aux grandes familles grecques qui occupaient les plus hauts postes de l'empire turc. Ces mêmes familles avaient refusé d'écouter ma mère lorsqu'elle était venue plaider la cause de mon père. Aussi m'en serais-je voulu de frapper à leur porte. Le patriarcat était un bâtiment récent, modeste d'aspect, recouvert de crépi jaune. Des moines hautains et empressés m'accueillirent et firent la fine bouche devant ma tenue presque masculine. Cependant la gloire dorée du nom de Bouboulis et l'espoir toujours en alerte d'une importante donation leur firent recevoir favorablement ma requête d'audience. On me pria d'attendre dans un salon meublé de chaises alignées contre le mur et de portraits de patriarches défunts.

Après un délai convenable, ils me conduisirent dans un salon beaucoup plus petit qui me rappela le bureau de Bouboulis à Spetsai, à l'exception de quelques immenses icônes pendues au mur. Grégoire V, patriarche de tout l'Orient, m'accueillit avec simplicité et affabilité. Je me prosternai devant lui et baisai sa main. Il m'invita à m'asseoir, puis l'on procéda au rite du café, du verre d'eau et des sucreries, ce qui me donna le temps de l'observer. Coiffe noire, voile noir, il était vêtu comme n'importe lequel de nos prêtres. Seuls ses engolpions, pendentifs sacrés incrustés de pierreries et suspendus à des chaînes d'or, rappelaient son rang. Il me parut incroyablement vert pour ses quatre-vingt-quatre ans, très droit, le visage jeune, à peine quelques cheveux gris et des grands yeux pleins de vivacité. Il avait commencé par être berger et peut-être devait-il à la vie saine qu'il avait menée dans son adolescence d'être si bien conservé. L'Église étant toujours bien informée, il connaissait à peu près tout de moi, me demanda des nouvelles de chacun de mes enfants. Je lui racontai le mariage de ma fille Skevo qu'il bénit ainsi que son mari. Les moines chargés du service nous ayant enfin laissés, je lui fis part de ma triste situation, et demandai son intervention auprès des autorités turques pour déséquestrer ma flotte. Il ne manifesta ni surprise ni regret, comme s'il avait su d'avance ce que j'étais venue lui raconter. « Prendre les armes contre l'autorité turque comme l'a fait feu ton époux est un crime, n'est-ce pas mon enfant? » Tout de suite je me sentis agressée. Aussi répondis-je violemment : « Un crime aux yeux des Turcs, Votre Béatitude, mais certainement pas aux yeux des Grecs. – Ce n'est pas ainsi que nous progresserons. La cause grecque avancera non par les armes mais par les lettres. Nous multiplions les imprimeries, les publications en grec afin de développer la connaissance grecque », et de m'expliquer longuement son programme culturel. Sa supériorité onctueuse ne faisait pas mon affaire. « Et Votre Béatitude compte répandre la connaissance grecque sous le joug turc. » La colère enflamma un instant son regard. « Le joug turc! Mais, mon enfant, nous sommes parfaitement libres. Jamais la tolérance religieuse n'a été si totale dans l'empire. Le patriarche de Constantinople et ses prélats sont reconnus par le Sultan comme des autorités à part entière, nous avons nos propres tribunaux pour juger des matières religieuses... » L'énoncé des bienfaits de l'administration du Sultan m'irrita au point que j'osai interrompre le patriarche : « ... et le Sultan vous a accordé le contrôle sur les orthodoxes non grecs, et le Sultan ne vous fait pas payer de taxes pendant que les Grecs, eux, gémissent en esclavage. » Du coup il s'empourpra et répliqua d'une voix sifflante : « Dois-je te rappeler que par deux fois j'ai été détrôné et exilé par les Turcs? –

131

Alors pourquoi acceptez-vous leur domination? » La colère soudain l'abandonna et il tomba dans un abattement total. Recroquevillé dans son fauteuil il paraissait très vieux, hagard et désorienté. Gênée, je me levai et allai à la fenêtre. Sur la Corne d'Or, en bas du Phanar, le trafic de navires était intense, je percevais les cris, les jurons des marins et je tendais l'oreille pour tâcher de reconnaître ici ou là leur langue. La voix du patriarche me tira de ma rêverie, une voix cassée : « Ne comprends-tu pas, mon enfant, que si j'encourageais un mouvement de rébellion contre les Turcs, ce serait vouer au massacre les Grecs, nos compatriotes de l'empire? Au moindre mouvement, les Turcs se jetteraient sur eux et n'en feraient qu'une bouchée. » Malgré son désarroi évident, je n'eus pas pitié de lui : « Donc, dans la crainte d'un massacre, vous préférez rester à la merci des Turcs. Bien sûr, la liberté n'est pas gratuite et la nôtre nous coûtera beaucoup de sueur et de sang, mais aucun prix n'est assez élevé pour l'obtenir. Je me suis trompée en venant ici. Je vois bien que vous êtes, comme on l'affirme, l'auteur de ces anonymes " enseignements paternels " qui découragent toute initiative révolutionnaire et encensent le Sultan " notre protecteur ". » Cette insulte lui rendit sa verdeur car il tonna de sa belle voix de basse habituée à entonner les chants d'église : « Fais attention, femme, seuls tes malheurs auxquels je compatis me retiennent de t'excommunier pour insubordination. Apprends l'humilité et laisse ceux qui en ont l'expérience s'occuper des affaires qui ne te regardent point. — Force m'est donc de constater que vous ne ferez rien ni pour moi ni pour les Grecs qui aspirent à la liberté et sont prêts à se battre pour elle. » J'avoue que j'avais inventé cette allégation sans la moindre preuve. Mais ce prélat fuyant me faisait sortir de mes gonds. Il avait retrouvé sa suavité pour me murmurer : « Je ne peux rien mais mon cœur est avec vous tous. Dis-le-leur. » Il était très probablement sincère, pourtant à ce moment-là je le taxai de fausseté. J'étais donc venue pour rien. Je repoussai les sucreries que le patriarche m'offrait aussi bien sous forme de loukoums que de paroles et mis fin à l'audience. Devant les moines convoqués par une clochette et nettement désapprobateurs, j'écourtai les prosternations. En guise d'adieu je ne pus m'empêcher de lâcher à Grégoire V : « Que Votre Béatitude fasse bien attention de ne pas être la première victime de sa propre pusillanimité. »

Bien des années plus tard, à la lumière des événements, je me suis souvent demandé ce qui m'avait poussée à prononcer cette phrase prophétique. Je quittai le patriarcat dans une rage égale à celle que je souhaitais avoir procurée au patriarche. Je me rendis de ce pas de l'autre côté de la Corne d'Or, à Galata, à la Maison de Russie. Tous les Grecs qui avaient un peu voyagé savaient que l'ambassadeur russe, le comte Strogonoff, était un ardent partisan de notre cause, par conviction beaucoup plus que sur instructions de sa cour. Je pénétrai dans le grand palais néo-classique à colonnade blanche. L'aide de camp de service m'introduisit dans un salon d'attente orné des portraits des tsars, et je fus presque immédiatement reçue. Je m'étais attendue à un vieillard, je découvrais un homme grand, alerte, la quarantaine à peine malgré des cheveux gris. La bouche charnue disait l'homme de plaisir mais les yeux vert-bleu avaient cette mélancolie inhérente au Slave. Le nez minuscule, les hautes pommettes avouaient quelque ancêtre kalmouk. Grand seigneur, la courtoisie et la galanterie mêmes, il me reçut non comme une solliciteuse mais comme si j'avais été la plus grande dame de la Cour impériale. Il m'installa, me cajola, m'offrit un verre de madère, s'enquit de mon bien-être. Je lui exposai mon cas, rappelai l'engagement de Bouboulis sous les drapeaux russes, présentai son diplôme de citoyen honoraire russe ainsi qu'une accréditation du Grand Amiral russe. Strogonoff repoussa les documents : « Je n'ai besoin ni des preuves ni même de vos paroles, Madame, pour me rappeler les services rendus par le capitaine Bouboulis à Sa Majesté impériale mon auguste maître, ni pour honorer sa mémoire. » Je n'eus pas besoin de requérir son assistance, il s'offrit d'aller dès le lendemain à la Sublime Porte. « Je verrai le Grand Vizir. Je sais faire en sorte que l'on ne me refuse pas une audience. Je lui déclarerai que feu votre époux était officier de la marine impériale russe et donc que sa veuve échappe à la juridiction turque. » Le séducteur apparut sous le protecteur pour me proposer de me nourrir, de m'héberger ou tout au moins de me donner à souper. Je déclinai, préférant retourner sur mon *Koriezou* loin duquel je me sentais dépaysée.

Le lendemain je revins. Me voyant entrer, Strogonoff leva les sourcils et resta la bouche ouverte, d'un air à la fois affolé et triste. Avant qu'il ne parlât, j'avais compris qu'il avait échoué : « Le Grand Vizir m'a répondu que vous étiez sujette turque, que de ce fait vous étiez sous le coup des lois turques et que vous n'aviez pas le droit de demander une protection étrangère, en l'occurrence la mienne... Je ne comprends pas l'entêtement du Grand Vizir. Généralement, il s'empresse de m'accorder des faveurs de cet ordre. Avez-vous donc des ennemis puissants acharnés à votre perte? Êtes-vous en tête de la liste noire de la Sublime Porte? » Il tournait et retournait la question, cherchant en vain une solution. Il me servit de la vodka et en avala distraitement plusieurs verres. Il paraissait si désemparé que je tentai de le réconforter : « Ne vous en faites donc pas pour moi, Monsieur l'ambassadeur, je trouverai bien toute seule une solution. » Je me vantais, car je me demandais vraiment ce que j'allais faire. A quelle porte frapper? Qui solliciter? Pensif, Strogonoff parut ne pas m'avoir entendue. Il me donna un conseil : « Il y a bien la Sultane Validée, la mère de Sultan Mahmoud. On dit que c'est un personnage hors du commun, qu'elle a un immense pouvoir sur son fils et qu'elle est accessible. Peut-être devriez-vous aller la trouver, mais du diable si je sais comment m'y prendre pour vous aider à être reçue. J'ai mes entrées à la Sublime Porte mais aucun lien avec le Harem impérial, comme vous pouvez vous en douter. — De nouveau, cher Comte, je vous prie de ne point vous inquiéter. Je saurai comment m'y prendre. » Je me vantais à nouveau, mais avec plus d'assurance cette fois-ci, car ma mère racontant ses efforts pour sauver mon père m'avait enseigné la méthode.

Je me rendis au Grand Bazar de Constantinople. Passées les grandes portes de fer, je ne pus m'empêcher, malgré les soucis qui me tenaillaient, de ressentir une sorte de griserie devant les interminables galeries à arcades violemment peinturlurées qui s'enfonçaient ou se recoupaient, les alignements de boutiques brillamment éclairées, la foule innombrable qui déambulait représentant tous les âges et toutes les races. Cette orgie de couleurs, de mouvements, de lumières, d'images me transporta. Personne ne parlait trop fort, ne courait, ne bousculait. Ce formidable brassage s'étalait devant moi avec calme et discipline. Je connaissais mon chemin. Je tournai à droite et m'enfonçai dans le Vieux Bazar, un quadrilatère formé de très petites galeries se coupant à angle droit. Il y avait là moins de lumière, moins de bruit, moins d'acheteurs, l'atmosphère du quartier des joailliers les mieux achalandés était feutrée. Avisant un de ces personnages qui traînent dans les coins du bazar, certainement pas un amateur, probablement un gardien de la guilde des marchands, ou un espion du gouvernement, je lui demandai de m'indiquer les boutiques les plus fréquentées par les émissaires des dames du Harem impérial. Celles-ci en effet n'avaient pas le droit de venir dans les boutiques choisir leurs colifichets. Elles envoyaient pour ce faire leurs serviteurs. Des trois ou quatre échoppes qui me furent indiquées, je choisis celle qui offrait la plus belle marchandise, c'est-à-dire la plus digne de retenir l'attention des favorites du Sultan... ou de sa mère. J'entrai. Le marchand s'empressa, sortit avec mille précautions des bijoux l'un après l'autre. Je choisis un oiseau en diamant aux yeux de rubis. Je marchandai suffisamment pour qu'il ne me tînt pas pour une idiote, mais sans insister pour qu'il pressentît une grosse fortune et une non moins grande générosité.

Je revins le lendemain, le surlendemain, les jours suivants. J'acquis ainsi un beau rubis cabochon monté en bague, une broche en fleur de diamant dite « trembleuse » copiée de l'Occident. Désormais, dès qu'il me voyait entrer, c'est tout juste si le marchand ne se jetait pas à mes pieds. Il frappait des mains et faisait venir des cafés, des sucreries, des rafraîchissements. Le jour où je me décidai pour une rivière de diamants, son enthousiasme ne connut plus de bornes : « Allah te bénisse, ô sultane des Jiaours [1]. » Je saisis la balle au vol : « Justement, lui glissai-je, j'aimerais entrer en contact avec quelqu'un du Harem impérial... » Le joaillier se gratta l'occiput, fronça les sourcils, tira sa barbe. Il se concentrait, cherchant une solution, une réponse qu'il ne trouvait visiblement pas. Il se remit à farfouiller dans ses tiroirs et en sortit une aigrette d'émeraude qu'il me vanta avec les mêmes hyperboles qu'il employait pour vanter ma beauté et mes vertus : « Je vais réfléchir, lui déclarai-je, à demain. » Je savais qu'il ne fallait surtout pas insister.

Ainsi des jours et des jours d'incertitude et d'impatience se passèrent entre la multitude kaléidoscopique du Grand Bazar et la solitude de ma cabine du *Koriezou* où je restais enfermée des heures. Austère, exiguë, elle était néanmoins confortable et chaleureuse avec ses bois clairs. J'exigeais qu'elle fût comme le reste de mon navire impeccablement tenue. J'aimais entendre à travers la porte close les voix familières de mes marins qui s'interpellaient sur le pont, et dont la présence invisible était une compagnie réconfortante. J'avais pris mes habitudes avec le joaillier. A peine entrée, il m'installait sur une pile de coussins et me faisait servir un goûter. Lui-même s'asseyait en tailleur devant une table basse recouverte d'un tapis de velours. De dessous la table, il extrayait les paquets de soie qu'il déroulait pour découvrir, l'un après l'autre, les joyaux. Il en prenait un dans ses mains, le faisait danser à la

1. Chrétiens.

137

lumière, en expliquait les qualités, la perfection, la rareté, le déposait sur le velours puis me le tendait, me forçait à l'essayer. Cet après-midi-là, nous en étions ainsi arrivés à une ceinture hongroise en or travaillé, incrustée de turquoises lorsqu'un nègre entra dans l'échoppe. Ridé, rabougri, l'air méchant. Il portait une tenue ridicule, un caftan brodé de petites fleurs sur une robe de soie jaune. Avant même que le joaillier se soit plié en deux devant lui, j'avais reconnu à son habit un eunuque du Harem impérial. Le marchand l'assit à côté de moi après lui avoir chuchoté à l'oreille mon identité, ajoutant que mon crédit était fort respectable. Le Noir me contempla avec curiosité. Je continuai à examiner les joyaux comme s'il n'existait pas, mettant de côté les plus rutilants, jusqu'à une somme considérable, puis sans le regarder, je glissai au nègre : « Je saurai me montrer très généreuse pour qui m'obtiendrait une audience de Sa Hautesse, la Sultane Validée. » Je lui donnai à entendre qu'il s'agissait là d'un caprice d'étrangère de passage. « Ce sera difficile, presque impossible », répliqua l'eunuque. Il faudrait réfléchir, établir une stratégie, mettre beaucoup de monde dans le coup. Il faudrait aussi beaucoup de temps. Cela coûterait cher, très cher. Ainsi commençaient toutes les discussions en Orient. J'y étais habituée. Je gardai les apparences de la plus parfaite indifférence, comme si l'octroi de cette audience n'avait en vérité aucune importance, aucun prix pour moi. Je me levai pour partir. En sortant, je glissai dans la paume de l'eunuque une bague ornée d'un solitaire que je venais d'acheter.

Dix jours s'écoulèrent en visites au joaillier, palabres discrètes et remises de bourses de plus en plus rondes au Noir chaque fois accompagné d'un eunuque différent mais toujours plus haut gradé. Le temps qui passait me rongeait et chaque jour je croyais que ce serait le dernier, que ma flotte serait saisie, mon *Koriezou* en premier. La perspective de perdre ma demeure flottante, mon refuge me faisait frémir. Enfin vint la réponse : la Sultane Validée acceptait de me recevoir. Pour qu'elle ne crût pas avoir affaire à une gueuse, je me vêtis au jour dit avec un soin particulier, jupe de soie imprimée, boléro et gilet de satin surbrodé d'or, ceinture de satin rouge, coiffe en gaze blanc et or. A mon cou et à mes oreilles je suspendis mes plus grosses perles. Je louai une chaise à porteur et avec une dizaine de mes marins en guise d'escorte, je me dirigeai vers le Sérail [1]. A la première porte, les janissaires de garde m'arrêtèrent mais mon laissez-passer opéra. Nous traversâmes une vaste cour bordée de casernes. A l'approche de la seconde porte, je frissonnai car je savais que les niches placées à droite et à gauche étaient destinées à recevoir les fruits de la justice du Sultan : une pyramide de têtes coupées. Tant de mes compatriotes y avaient eu la leur exposée, à commencer par les compagnons d'armes de mon père qui s'étaient rebellés avec lui! Heureusement elles étaient vides. Je dus abandonner mon véhicule et mon escorte. Un hallebardier me conduisit à travers la seconde cour. Je m'étais attendue à trouver une foule dans l'enceinte du palais. Je m'étais imaginée voir des militaires, des vizirs, des pachas enturbannés se diriger en tous sens. Mis à part quelques gardes, il n'y avait personne. A croire que le palais était abandonné. Des centaines d'oiseaux chantaient dans les cyprès qui bordaient l'allée que

1. Le palais impérial de Constantinople.

139

nous suivions, et le soleil rehaussait les couleurs des parterres fleuris. Mon hallebardier m'abandonna devant un portail de banale apparence. C'était l'entrée du harem. Le trou de l'aiguille s'ouvrit aussitôt, manié par une main invisible et je pénétrai dans la cour dite des eunuques, plutôt un boyau sombre et étroit. Des dizaines de nègres désœuvrés me dévisagèrent avec une curiosité plutôt hilare. Mon « correspondant » se précipita sur moi et me guida. Nous empruntâmes un couloir qui zigzaguait plusieurs fois à angle droit. Nous traversâmes une cour déserte pavée de marbre, avant de pénétrer dans un somptueux appartement que des moucharabiehs de bois précieux maintenaient dans la pénombre. Après l'aveuglante blancheur de la cour, cette semi-obscurité me fit l'impression de ténèbres. Mon eunuque dut me prendre par la main pour me guider jusqu'à une pièce de taille modeste. Plus tard, je tâchai de reconstituer en vain ce décor dans ma mémoire, mais je ne garde que des impressions de parfums exquis et variés, d'une somptuosité inimaginable mêlée à un raffinement subtil car, durant l'audience, je n'eus d'yeux que pour elle, pour la Sultane Validée Nakshidil. Je remarquai à peine les suivantes qui l'entouraient. Je ne vis que cette femme, non pas alanguie mais assise fermement au milieu d'une masse de coussins de brocarts multicolores. Je me souviens de mousselines des Indes couleur arc-en-ciel, d'émeraudes énormes et de perles monstrueuses dix fois plus grosses que les miennes, négligemment portées comme s'il s'agissait d'une parure quotidienne. Ces joyaux pâlissaient cependant devant la plus belle parure de la Validée : deux yeux magnifiques, énormes, bleu saphir, scintillants. Elle devait avoir à peine quelques années de plus que moi, le teint rose et les joues rondes d'une jeune fille. Pas l'ombre d'une ride, la vie et ses épreuves avaient à peine marqué les commissures des lèvres. Cette femme avait un éclat que sa beauté ne pouvait seule justifier. Elle rayonnait.

Après avoir effleuré le sol de la main en guise de soumission, je commençai à dévider les compliments d'usage en turc. Elle m'interrompit : « Parlons français, madame. Je suis sûre que cette langue sera plus agréable à une Grecque que le turc et cela me donnera l'occasion de la pratiquer. » Elle avait parlé sans une ombre d'accent, et plus tard, après sa mort, je devais recueillir la rumeur selon laquelle elle aurait été française. Elle serait venue de la Martinique et elle aurait été même la cousine de l'impératrice Joséphine. Elle me transperça du regard avant de commencer : « Je sais que vous et votre mari avez pris part à des activités contre le Padicha mon fils. Or, ceux qui agissent ainsi ne peuvent qu'être mes adversaires. » La mère qu'elle était pouvait devenir tigresse. « Je demande seulement à Votre Hautesse la faveur de m'écouter lui conter mon histoire. » Elle inclina gracieusement la tête. Ses femmes m'invitèrent à m'asseoir sur un divan bas à ses côtés. Je m'apprêtais à commencer lorsqu'elle se pencha vers moi et tâta la soierie de ma jupe : « Quelle jolie étoffe. Où vous l'êtes-vous procurée? » Je lui expliquai que ce coupon venait de l'industrie lyonnaise et que je l'avais acheté lors d'un récent séjour à Marseille. Elle se fit rêveuse, presque mélancolique, pour me confier : « Malgré toutes ces années passées ici, il me vient encore le désir de voyager... destiné à demeurer un rêve. Car je suis condamnée à rester enfermée à jamais... – Et à posséder un empire ».

141

La réplique la fit sourire : « Je vous écoute. »

Avant l'audience, j'avais longuement répété mon récit. J'avais prévu une tirade tragique à souhait, non pas falsifiant mais maquillant les faits dans le sens souhaité. Devant cette femme, je fus incapable de feindre. Je lui racontai ma vie telle quelle sans détour, depuis ma naissance dans la prison des Sept Tours jusqu'à ce jour. La Validée m'écouta avec un intérêt évident. Elle savait reconnaître la vérité. Lorsque je me tus, elle réfléchit un long moment avant de parler. Sa voix mélodieuse avait l'accent étudié et les tonalités dentales d'une grande dame : « Je ne suis pas sans éprouver de la sympathie et peut-être même une certaine estime pour vous, madame. Cela ne me dit toujours pas pourquoi je devrais aider une ennemie de mon fils. – Parce que vous savez comme moi ce qu'est la souffrance. » Pourquoi ai-je répondu cela? Peut-être avais-je entendu des rumeurs sur le passé de la Validée, des histoires d'enlèvement, de massacres, d'amours contrariées, d'amants égorgés. Peut-être était-ce tout simplement mon instinct qui dictait mes paroles. En tout cas, j'avais touché juste car je vis une crispation friper un instant le visage lisse de la mère du Sultan touchée par un souvenir douloureux. « Et aussi parce que ni vous ni moi ne renonçons jamais », osai-je ajouter. Du coup, elle eut le sourire le plus juvénile, le plus spontané : « Que me donneriez-vous en échange si je décidais d'intervenir pour qu'on vous rendît votre bien? – Que Votre Hautesse énumère ses exigences. » Elle réfléchit et ses yeux admirables posés sur moi semblèrent me jauger : « Au cas où je vous exaucerais, je ne souhaiterais qu'une chose. Si d'aventure vous croisez le chemin de femmes turques qui vous demandent aide et protection comme vous me le demandez en ce moment, accordez-les-leur en souvenir de moi. » Je le lui promis avec tant de chaleur qu'elle m'interrompit. « Ne vous méprenez pas, je n'ai rien décidé en ce qui vous concerne. Je dois réfléchir. » Et d'un mouvement gracieux de la tête dont elle avait le secret, elle m'indiqua que l'audience était terminée. Je me prosternai à nouveau et me retirai. Je sentais dans mon dos son regard bleu saphir me suivre à travers les grilles d'or qui ceignaient la rutilante cage de la femme la plus puissante de l'empire turc.

J'avais regagné le *Koriezou* bouleversée, victime de l'étrange fascination qu'exerçait la Sultane Validée, mais je me demandais si je l'avais suffisamment convaincue. Je n'avais pour atout que mon audace et ma franchise, deux qualités qu'elle appréciait. J'avais su aussi la distraire, combattre quelques heures l'ennui incommensurable de son existence inhérent à son incommensurable pouvoir. Si elle épousait mes intérêts, ce serait par caprice, par « sympathie » comme elle avait dit, car en vérité j'étais venue lui demander de m'aider à retrouver les moyens de combattre son fils. Savait-elle, saurait-elle que je l'avais trompée, cette femme que j'admirais, que je respectais? Le but que je m'étais fixé se situait au-dessus de toute éthique. Le jour tombait et j'arpentais le pont. Avec sa cheminée de cuisine, ses cordages, bittes, échelles et autres obstacles, il était aussi encombré qu'une galerie de Grand Bazar. Je ne m'étais pas changée, me contentant de remettre mes bijoux dans leur écrin, et je dînai du bout des lèvres, seule et morose dans ma cabine. Mon cuisinier se désolait : « Mange donc, Capetanissa, ça te fera du bien. Tu n'aimes donc pas les keftédès [1] que je t'ai préparés. » Mais je n'avais pas faim. J'étais trop préoccupée de savoir si j'avais convaincu la Validée. Soudain, un de mes marins fit irruption : « La police turque. Ils ont cerné le quai. Ils se dirigent vers nous. » En effet, j'entendais des pas nombreux, rapides, martelés. J'étais perdue. Je regardai autour de moi. Je bondis vers la fenêtre de la cabine. En dessous, il y avait une barque attachée au *Koriezou*, mais la hauteur était trop grande pour que je puisse sauter. Mon cuisinier comprit mon angoisse. Il chercha autour de lui, trouva la corde, il courut l'attacher au hublot. La prenant à deux mains, je me lançai dans le vide. J'avais présumé de mes forces. Je ne réussis pas à m'accrocher à la corde, et je glissai tout le long pour atterrir rudement au fond de la barque. Je ressentis une douleur atroce dans mes paumes brûlées par la corde. Mes mains ensanglantées saisirent les rames et je m'éloignai le plus doucement possible, longeant les navires ancrés à côté du mien pour éviter d'être vue. J'entendais les ordres aboyés en turc, les jurons, les cris de mes marins malmenés. « Là-bas, elle est là-bas, sur la barque, tirez, tirez-lui dessus. » La salve déchira l'air. Je vis les éclairs de la poudre. Je sentis comme un léger pincement au lobe de l'oreille droite, et un liquide chaud coula sur mon épaule. Ce n'était qu'une éraflure mais en un des points du corps qui saigne le plus. Je les voyais moins que je ne les entendais courir sur le quai. Des torches dansaient çà et là. Je me rendis compte que je ne pourrais leur échapper. Une petite mosquée, sise au bord de l'eau, se dressa devant moi. J'abandonnai la barque pour y entrer. Un vieillard solitaire y psalmodiait des

1. Boulettes de viande hachée.

144

versets du Coran, éclairé par la lueur tremblotante d'une lampe à huile. J'avisai le mimbar, la chaire d'où l'imam récite la prière. Je traversai la mosquée, étouffant mes pas sur plusieurs couches de tapis. J'escaladai les marches de bois silencieusement et je parvins à la niche surmontée d'un cône de bois où je me recroquevillai. Il était temps. Les policiers surgirent dans la mosquée. Ils la fouillèrent méthodiquement et je m'attendais à être découverte. Il était impossible qu'ils n'aperçussent pas les traces de sang que j'avais laissées sur le tapis ou sur le bois des marches. Le pieux vieillard qui m'avait certainement entendue allait me dénoncer. Ils inspectèrent soigneusement la loge réservée aux femmes, ils ouvrirent les placards destinés aux ustensiles sacrés, mais pas un ne pensa à lever les yeux vers le mimbar. Ils sortirent, inspectèrent les alentours, revinrent dans la mosquée. Cette fois-ci, je n'aurais pas une chance au monde de leur échapper. De nouveau ils fouillèrent en oubliant de regarder vers le sommet du mimbar. De guerre lasse, ils abandonnèrent la partie. J'attendis longtemps avant d'oser bouger. Lorsque je le fis, le calme le plus absolu était revenu. Le pieux vieillard continuait à psalmodier. Il n'avait pas bougé, il ne bougea toujours pas lorsque je quittai la mosquée.

Je m'arrêtai dans l'ombre du porche couvert. Mes mains brûlées par la corde me faisaient atrocement mal. Épuisée, désespérée, j'eus une sorte de vertige et je dus m'appuyer contre une des colonnes de pierre. La vie me pesait trop. J'étais si lasse que je rêvais de m'endormir pour ne plus me réveiller. Déjà je sentais mes paupières s'alourdir, ma vue se brouiller, les sons s'éloigner lorsqu'un coup de brise venue du Bosphore me fouetta le visage. Mon corps commença à se désen-

145

gourdir. Mon esprit se remit en marche. Je n'avais qu'une solution : Strogonoff. Je me mis en route. La distance n'était pas grande jusqu'à la Maison de Russie, mais dans l'état où j'étais la marche me parut une insurmontable épreuve. Il me fallait aussi éviter les patrouilles chargées de la sécurité de ces quartiers européens. Entendant des bruits de pas, au prix d'un effort extrême, je sautai la grille d'un jardinet de la villa et me blottis dans un buisson. Les policiers qui avançaient tels des automates, regardant droit devant eux, passèrent sans me voir. Cependant, l'affolement faillit avoir raison de moi. Je sentais mon cœur éclater et je crus que je ne parviendrais pas à me traîner sur les quelques dizaines de mètres qui me restaient à parcourir. Je me heurtai alors à un marin russe, posté en sentinelle à la grille de l'ambassade. Impossible de lui faire comprendre quoi que ce soit. Il ne voulait rien savoir ni encore moins me laisser pénétrer dans l'enceinte inaccessible à la police turque. A tout moment, mes poursuivants pouvaient surgir, et cet imbécile me répétait la même phrase en russe, sa baïonnette pointée vers moi. La rage me rendit mes forces et je lui assenai une bordée de jurons de marin grec dont il dut saisir la signification. Peut-être aussi mon aspect ou mon expression l'impressionnèrent-ils ? Affolé, il abandonna son poste pour aller réveiller son supérieur. Le sous-officier, furieux d'être tiré de son sommeil, eut pourtant un sursaut en me voyant. Il prit une expression profondément dégoûtée et m'autorisa à pénétrer par la porte de service avant de m'abandonner dans un petit office froid et dépouillé. Bientôt apparut le comte Strogonoff en robe de chambre de brocart rouge et or. Je lus l'incrédulité puis l'horreur sur ses traits. Il avait devant lui une folle, échevelée et blafarde, en vêtements de gala froissés, déchirés, souillés de sang, l'oreille et le cou couverts de traces sanguinolentes, les mains poisseuses. Strogonoff se ressaisit vite et prit la situation en main. Me soutenant galamment mais fermement, il me conduisit dans ses appartements et convoqua le médecin de l'ambassade. Il me prêta une robe de sa femme alors en séjour à Saint-Pétersbourg, puis me laissa aux mains des femmes de chambre. Une fois lavée, pansée, rhabillée, je passai dans son fumoir. Il fit apporter un flacon de vodka de taille considérable et, avant toute explication, nous y fîmes tous les deux des ponctions répétées.

Ravigotée, je lui racontai la visite à la Validée et la descente de police. Nous épiloguâmes sur ce qui s'était passé depuis le firman de confiscation de ma flotte. De toute évidence, mes ennemis en Grèce avaient le bras long auprès du Grand Vizir. J'eus honte de parler de ma cousine Maria et me contentai de désigner vaguement des « adversaires acharnés à ma perte ». A cela, selon Strogonoff, avait dû s'ajouter une intrigue de cour typique du Sérail. Un vizir, peut-être le Grand Vizir, avait dû apprendre mon audience auprès de la Validée, et pour prendre de court une éventuelle intervention favorable de sa part, avait décidé de brusquer les choses et de m'éliminer avant même qu'elle n'ait donné sa réponse. Les arcanes de la cour turque étaient à ce point alambiquées que jamais nous ne saurions ce qui avait pu provoquer cette attaque contre moi. « Et maintenant, cher Comte, que faire? » Pour une fois je ne savais que décider. « Avant tout, vous mettre à l'abri. Ensuite nous aviserons. — Et dans quel recoin pourrais-je vraiment être à l'abri? — En Russie, madame. »

Chapitre 10

Le lendemain matin, l'ambassadeur m'accompagna en personne dans sa voiture frappée de l'aigle bicéphale jusqu'à un navire en partance pour Odessa. Il battait pavillon russe, et selon la loi des capitulations, la police turque n'avait pas l'autorisation d'y monter. Il dépêchait simultanément une lettre au tsar Alexandre, expliquant mon cas et réclamant pour moi la protection et l'hospitalité de son souverain. J'attendis à Odessa la réponse qui ne tarda pas. Le tsar mettait à ma disposition pour aussi longtemps que je le voudrais une de ses propriétés en Crimée.

Je pris le bateau pour Simféropol, et de là, par mule, j'atteignis Ismaïlova. Arrivée à bon port, je pus enfin respirer, même si je ne savais plus très bien où j'en étais.

Ismaïlova était un lieu d'enchantement. Cet ancien konak tartare, sorte de palais forteresse, était juché au sommet d'une colline boisée dont les pentes abruptes tombaient dans la mer. Un jardin, ou plutôt une masse indistincte de fleurs l'entourait. Les roses grimpantes couvraient les murs de la maison. Les jasmins, eux, préféraient s'enlacer autour des cyprès séculaires. Les gardénias égayaient des fontaines de marbre jaunies et fendues par le temps. Je ne me lassais pas de contempler l'infini de la mer, du ciel, de la lumière. Un peuple d'assistants et de serviteurs guettaient mon moindre désir pour l'exaucer. Mais ce confort, ce calme, cette beauté, si contraires à ma véritable situation, entretenaient mon angoisse. Que devenaient mon bateau, mes marins, ma maison de Spetsai, mes enfants? Combien de temps resterais-je en ce paradis ensoleillé? Et après, où irais-je? Ces questions incessantes m'entraînaient dans un labyrinthe plein d'épines. Pour en sortir, je me tournai vers Vladimir Alexandrovitch. A l'époque, cet illustre général de l'armée impériale n'était qu'un jeune officier chargé de veiller à mon confort et à ma sécurité. Son uniforme d'été, casquette blanche, vareuse blanche, pantalon bleu galonné de noir lui allait à ravir. Ses cheveux très blonds, qui contrastaient étrangement avec des sourcils très noirs, donnaient son caractère à son visage plutôt rond. Il était doté d'un flegme inattendu chez un Russe mais ses yeux sombres étaient souvent traversés d'éclairs inquiétants. Réservé, courtois, un peu énigmatique, je le devinais néanmoins capable de tout.

Un soir après dîner, peut-être avais-je abusé de la vodka à laquelle m'avait si généreusement initiée le comte Strogonoff, je me levai de table et lui pris simplement la main. Il inclina la tête avec une sécheresse toute militaire et me suivit dans ma chambre. Il devint mon amant et je pus constater que sous les glaces de l'iceberg bouillonnait la lave en fusion. Il ne voulut pas passer la nuit avec moi et se retira dans ses quartiers. Le lendemain matin, il me déclara qu'il détestait mélanger les rôles et que sa mission lui interdisait d'avoir une liaison avec moi. Je ne répondis rien, mais le soir de nouveau je lui pris la main et de nouveau il me suivit. Amant sensuel il remplissait mes nuits; homme à secrets, à ressources, à compartiments, il remplissait aussi mes jours. Nous partions pour de longues randonnées dans les montagnes et les forêts avoisinantes. En bonne Grecque, j'avais toujours détesté la marche. Vladimir Alexandrovitch m'apprit à en profiter, à me ménager, à ne pas sentir la fatigue. Il m'apprit à observer les arbres, les plantes, les animaux. Méticuleux, il prenait son temps et savait donner de l'intérêt au moindre détail. Il parlait peu mais avec intelligence et profondeur. Sa personne, sa présence semblaient m'avoir jeté un inexplicable sortilège...

Un jour, nous vîmes de la terrasse un simple ketch à deux mâts ancrer dans le golfe en contrebas, fait extraordinaire puisque personne ne s'aventurait dans ces lieux isolés. Nous nous perdions encore en conjectures lorsqu'un homme apparut entre deux cyprès : le cher capitaine Justin de la Jaunais. Il commença par me reprocher, mi-rieur mi-grondeur, d'avoir manqué notre rendez-vous à Tarente. Ce n'était pas sans mal qu'il m'avait retrouvée, il m'avait d'abord cherchée à Spetsai, puis à Constantinople où il avait été mis sur ma piste. Il avait troqué son uniforme galonné contre une tenue de corsaire aussi sobre que seyante. Ne servait-il donc plus dans la marine impériale française? « Comment, tu ne sais pas! Napoléon est tombé. Il faut dire que les nouvelles doivent prendre leur temps pour arriver jusqu'ici. » A Ismaïlova, on ignorait ce qui se passait dans le monde. Justin m'apprit l'invasion de la

France, les Cent-Jours, Waterloo. J'éprouvai une sorte de regret. Napoléon nous avait créé bien des obstacles avec ses blocus, mais que d'argent ne nous avait-il pas fait involontairement gagner! Les rois Bourbon avaient retrouvé leur trône... et perdu un zélé capitaine bonapartiste. La Jaunais s'était retrouvé sur le pavé mais, grâce au pécule qu'il avait amassé — en particulier en escamotant une partie de ma cargaison —, il avait acheté un navire avec l'intention de m'imiter, c'est-à-dire de commercer pour gagner rapidement le plus d'argent sans reculer devant les moyens les plus illicites. Je compris que le fret était difficile à trouver et que l'argent se faisait rare. Je le pressai et il avoua sans gêne ses difficultés. Il y mit même un peu de cette ironie qui ne le quittait pas. Justin de la Jaunais n'était pas homme à laisser ses sentiments dicter sa conduite; je me demandai toutefois ce qu'il était venu chercher à Ismaïlova. Un emploi, une idée? Avec la chute de son empereur et sa propre déchéance, son cynisme s'était accentué mais son visage gardait la fraîcheur et l'attrait du chérubin.

Il m'invita à partir en excursion sur son ketch pour quelques jours. Nous empruntâmes l'escalier de pierre perdu dans les buissons odoriférants qui descendait, raide, le long de la falaise. En bas, il y avait une plage de gros galets et le navire qui se balançait mollement sur l'eau. Mais nous n'étions pas seuls. Vladimir Alexandrovitch nous attendait, ses soldats tenant en joue les marins de Justin. Il s'avança vers moi et sans accorder la moindre attention à Justin me déclara : « Je regrette mais il m'est impossible de vous laisser partir. » Je crus d'abord à un accès de jalousie. Mi-attendrie, mi-excédée, je lui enjoignis de cesser cette absurde plaisanterie. « Vous ne me comprenez pas, madame, j'exécute des ordres. » Je ne comprenais pas : « Suis-je donc prisonnière? et de qui? » Sa bouche charnue esquissa un sourire qui découvrait ses dents très blanches, un peu longues : « Vous êtes l'hôte de Sa Majesté impériale. — Hôte forcé voulez-vous dire. — J'ai pour instructions précises de ne pas vous laisser vous éloigner. — Je vous croyais mon protecteur, je vous découvre mon geôlier. » L'insulte n'ébranla pas cet obstiné dont la rage et la passion s'étaient réfugiées dans les yeux qui lançaient de sombres éclairs. « Je suis chargé de vous protéger, madame, même contre vous-même. » Je commençais à saisir. Le tsar daignait me mettre à l'abri mais il ne voulait surtout pas d'ennuis avec les Turcs à cause de moi. J'avais déjà provoqué assez de remue-ménage et, jusqu'à nouvel ordre, j'étais aux arrêts à domicile. « Je vous provoque, monsieur. » Justin se mêlait de la partie. Il venait de jeter son gant à la figure de Vladimir Alexandrovitch. Celui-ci, lentement, méticuleusement, retirait le sien pour en faire autant lorsque j'intervins : « Je vous interdis à l'un comme à l'autre un mot, un geste de plus. » Le ridicule nous guettait, aussi préférai-je déclarer que je renonçais à notre excursion et remontai vers ma ravissante geôle. Le sort me protégeait car très vite le temps changea. Le ciel s'obscurcit en quelques minutes et un orage éclata presque aussitôt comme souvent en mer Noire. Une pluie diluvienne nous força à demeurer à l'intérieur. Nos humeurs étaient à l'unisson du temps. Les heures s'écoulèrent dans une atmosphère surchargée, parcourue d'éclairs. Cette nuit-là je dormis mal. Et seule.

A l'aube, le grondement du tonnerre qui s'éloignait

me réveilla. La pluie avait cessé et la tempête se déplaçait. J'enfilai un caftan de brocart du Khan, ancien propriétaire du konak dont la garde-robe emplissait mes armoires, et sortis sur la terrasse luisante, le ciel ténébreux dominant de la hauteur de la falaise la mer verdâtre et houleuse. J'étais prisonnière sans l'être officiellement, je baignais dans l'incertitude. Mon inquiétude pour les miens, mon angoisse me revenait, ainsi qu'une impatience grandissante d'agir, d'avancer. Les épreuves, la menace de tout perdre n'avaient fait que renforcer ma détermination.

Les jours suivants nous nous évitâmes soigneusement. Une nuit, cependant, Justin parvint à se glisser dans ma chambre pour m'inviter à m'enfuir avec lui.

Tant que la Validée n'aurait pas tranché, tant que mon sort ne serait pas décidé, j'étais condamnée à me cacher. Contrainte pour contrainte, la Crimée m'offrait tous les avantages. Il était cependant hors de question de subir la loi de Vladimir Alexandrovitch. Cette villégiature enchanteresse et obligatoire finissait par m'étouffer. A tout prendre, je préférais être proscrite mais libre plutôt que continuer à profiter de l'existence paradisiaque dans ce palais qui n'était qu'une prison. Un coup de tête me fit accepter la proposition de Justin. Nous nous échapperions la nuit suivante.

Le lendemain je trouvais deux sentinelles à ma porte. J'interrogeai Vladimir Alexandrovitch. « Simple précaution, me répondit-il, pour vous ôter toute idée de fuite. » Les murs avaient-ils des oreilles ou ses sentiments pour moi lui accordaient-ils le don de voyance ? Cette mesure renforça ma décision de m'enfuir, mais je me demandais si, pour y réussir, je devrais me transformer en héroïne de roman gothique.

Heureusement le sort me prévint de succomber au mélodrame. Dans la journée arriva un courrier de Constantinople via Odessa et Simféropol. Strogonoff me donnait la nouvelle si anxieusement attendue. La Sultane Validée était finalement intervenue en ma faveur. Un mot d'elle avait suffi. Le séquestre était levé, ma flotte m'était rendue, je ne courais plus aucun danger, je ne risquais plus de créer quelque embarras aux représentants du tsar, je pouvais revenir.

Justin proposa aussitôt de me ramener à Constantinople. J'étais pressée et j'acceptai. Pour nos adieux, Vladimir Alexandrovitch semblait avoir mis un masque de plomb sur son visage. Seuls ses yeux témoignaient de l'orage qui l'agitait intérieurement. Nous savions l'un et l'autre que nous étions condamnés à ne jamais nous revoir. Je pense souvent avec regret à cet homme de silence, à cet être de feu. Justin, en m'emmenant, croyait avoir eu l'avantage sur son rival et imaginait déjà notre vie commune. Il se montrait si gai que je n'eus pas le courage de le détromper. Le temps des aventures amoureuses cependant était passé. La Grèce m'attendait.

Lorsque nous débarquâmes à Constantinople, il faisait gris et froid et un vent d'hiver glacial, venu de la mer Noire, soulevait des tourbillons. Avec Justin sur mes talons, je ne fus pas longue à retrouver le *Koriezou* qui n'avait pas bougé de place. Sur le pont mon fils Yanno m'attendait, ainsi que mon parrain Bourzinos, qui avait le talent d'apparaître dans ma vie au bon moment. Mon bien m'était rendu, mais dans quel état! Ce bateau que j'avais soigné avec tant d'amour n'était plus qu'une carcasse vide. La police turque, dans sa rage de ne pas pouvoir m'arrêter, avait tout saccagé, à croire qu'un typhon s'était abattu sur le navire. Quant à mes marins, amaigris, tendus, ils se remettaient difficilement de leur séjour dans les prisons turques. Yanno, toujours pudique, se taisait, mais sa pâleur inhabituelle, les cernes violacés sous ses yeux enfoncés dans leurs orbites, son silence me disaient combien dures avaient été ses épreuves.

Je me sentais coupable de les avoir involontairement fait souffrir. Le découragement dépassa ma haine contre leurs bourreaux, nos oppresseurs. Justin de la Jaunais le comprit qui d'une voix claironnante m'invita à partir avec lui aux antipodes : « Nous irons en Amérique du Sud. Là-bas, dans les colonies espagnoles, il y a beaucoup d'agitation, beaucoup de possibilités. Tous les pirates, tous les corsaires du monde s'y donnent rendez-vous. Nous ferons comme eux, nous vivrons d'aventures, de dangers, nous décrocherons des trésors, des butins entiers ». Un silence absolu accueillit sa proposition. Bourzinos le regarda avec une sorte d'attendrissement. Yanno l'aurait volontiers jeté à la mer. Quant à moi, je le fixais comme si en un instant il était devenu un étranger. Nous étions entre Grecs et il ne pouvait partager ce qui se passait en nous. Il comprit aussi vite qu'il s'était fourvoyé et qu'il était de trop. Beau joueur, il se retira avec grâce : « J'ai été heureux de te connaître, Laskarina. Adieu ». Soudain il parut pressé de décamper. Son fatalisme m'émut, j'esquissais un geste pour le retenir. Il sourit et secoua négativement la tête. « Ne t'en fais pas pour moi. Un jour, je le sais, je reviendrai te trouver », lança-t-il en descendant la passerelle.

Je regardai autour de moi, j'enregistrai les dépréda-

155

tions commises par les argousins, les voiles déchirées qui pendaient lamentablement, les écoutilles et les claires-voies brisées à coups de hache, la barre réduite en morceaux. « C'est insupportable, murmurai-je. — C'est le moment d'agir, répliqua Bourzinos. — Agir? Comment? Avec qui? » J'avais crié un peu trop fort. Bourzinos tranquillement me prit le bras, m'entraîna dans ma cabine dont il ferma la porte à clef et gravement me dit : « Il y a toujours moyen d'agir. — Je t'écoute, parrain. — Il est trop tôt pour te le dire, car si ensuite tu hésitais, les conséquences seraient terribles pour toi, pour moi, pour beaucoup d'autres. — Toi qui as toujours paru si bien renseigné sur mon compte, tu devrais savoir que je ne reculerai pas. J'attends cette occasion depuis des années. — Si tu veux vraiment agir pour notre cause il te faudra tout sacrifier. Ton temps, ton énergie, ta fortune, ta vie même. Tu n'auras plus d'amis, plus d'enfants. — Je suis prête. — Tu le crois, mais avant de donner ta réponse définitive, je veux que tu réfléchisses, non pas à la sincérité de ton engagement, mais à tes possibilités d'en remplir les obligations. »

Plusieurs jours et plusieurs nuits, je restai enfermée dans ma cabine dévastée. Dehors il neigeait. Les quais, les dômes des mosquées blanchissaient. Emmitouflée dans une pelisse de berger doublée de laine grossière empruntée à un de mes marins, je n'avais cure du froid. Mais je sentais le suint! Je me lavais à peine, je ne me soignais plus, je n'avais plus d'appétit. Je refusais même de voir Yanno. Je réfléchissais. Je ruminais.

Bourzinos passait chaque jour sur le *Koriezou*. Il forçait ma porte, ne prêtait pas attention à mon état, ne me posait aucune question, se contentant d'apporter quelque friandise à laquelle je ne touchais pas. Un matin je lui déclarai que j'étais prête. Aussitôt l'autre Bourzinos fit surface et le guerrier de l'ombre m'ordonna de nous tenir prêts pour la nuit même, y compris Yanno dont il exigeait la présence.

Il était minuit passé lorsqu'il vint nous chercher. Une chaloupe nous mena de l'autre côté de la Corne d'Or dans les faubourgs de la vieille ville. Nous traversâmes des quartiers misérables et endormis. Les ruelles sinuaient entre des maisons bancales, sinistrement éclairées par la seule luminosité de la nuit étoilée. Bourzinos connaissait ces dédales où je me serais instantanément perdue. Il paraissait infatigable. Nous atteignîmes un cul-de-sac particulièrement sordide. Derrière une rangée de masures se dressait, dans l'ombre, la silhouette crénelée des vieux remparts byzantins qui tombaient en ruine. Bourzinos nous fit pénétrer dans une maison tellement penchée que je me demandai comment elle tenait encore debout. Elle paraissait abandonnée.

Nous descendîmes un escalier de bois raide et branlant. Le sous-sol baignait dans l'obscurité la plus totale. Bourzinos nous prit par la main et nous fit avancer sur un sol de terre battue, sur quelques dizaines de mètres. Puis il alluma plusieurs lampes à huile. Nous étions dans une très grande salle souterraine. Le plafond à coupole, les murs de pierre polie, les nombreuses colonnes en monolithe de marbre surmontées d'élégants chapiteaux à feuilles d'acanthe prouvaient que la construction de la pièce n'avait aucun rapport avec les baraques bâties au-dessus.

« Sais-tu où nous nous trouvons, Laskarina? Nous sommes dans les anciennes caves du palais byzantin de Blachernes, le Tekfu Saraï ainsi que les Turcs appellent ces pauvres débris. Ici l'empereur des Grecs résida pendant des générations. D'ici la langue grecque, la civilisation grecque rayonnèrent sur l'univers. Ici subsistèrent dans l'angoisse les souverains de la décadence. Ici le dernier basileus Constantin passa sa dernière nuit avant d'aller sur les remparts, se battre contre les Turcs qui l'assaillaient et mourir de leurs mains. Ensuite, la nuit est tombée sur les Grecs. Mais grâce à toi comme à tant d'autres une année nouvelle bientôt naîtra... Pour mieux préparer le combat, ceux d'entre nous qui aspirent à la liberté se sont constitués en société secrète. Bouboulis, paix à ses cendres, en faisait partie et eut le tort de ne pas t'y inclure. Aujourd'hui je te le demande : veux-tu te joindre à nous? — Je le veux. — Il y a cependant un empêchement de taille. Notre société n'admet aucune femme. » Il avait dit cela avec une ironie si amusée que je me doutais bien qu'il existait une solution : « Cependant, ta réputation, Laskarina, est le meilleur des passeports. Les autres " prêtres " et moi qui présidons à cette société avons décidé que tu serais un demi-membre. Tu seras admise en même temps que ton fils et vous n'occuperez qu'un siège. »

Bourzinos nous fit mettre le genou droit à terre devant une modeste table de bois mal équarri. Dessus se trouvaient deux petites images du Pantocrator. Nous y plaçâmes chacun la main droite, de la main gauche nous prîmes une mince bougie en cire brune comme celle que nous brûlons devant les icônes. « Cette flamme, expliqua Bourzinos, est le seul témoin que notre patrie en souffrance accepte quand ses enfants prêtent le serment de leur émancipation. » Serment dont il nous fit répéter lentement les mots : « Je jure, patrie sacrée, je jure sur tes tortures séculaires, je jure sur les larmes amères que pendant tant de décennies ont pleurées tes malheureux enfants. Je jure sur les propres larmes que je verse en ce moment. Je jure sur la liberté future de mes frères de race que je me consacrerai entièrement à toi. Désormais ta volonté est la cause et le but de mes efforts, ton nom le guide de mes actions et ton bonheur le prix de mes peines... » Les larmes m'étaient venues aux yeux en écoutant Bourzinos prononcer la formule bouleversante.

Immédiatement après, Bourzinos nous fit prononcer d'autres promesses, terribles : « Je jure de cultiver dans mon cœur une haine sans compromis contre les tyrans de ma patrie, contre leurs partisans et leurs complices. Je jure d'agir par tous les moyens pour leur causer du dommage, et lorsque les circonstances le permettront, pour contribuer à leur anéantissement total. » Pour finir, nous jurâmes solennellement de ne rien révéler de ce que nous pouvions savoir de la société sous peine d'encourir la mort. Trois fois, nous fîmes le signe de croix puis Bourzinos effleura notre épaule gauche de la main droite, et sa paume gauche épousa notre paume droite. Sa voix grave résonnait sous les voûtes byzantines : « Devant la face de l'invisible et omniprésent véritable Dieu qui est l'essence de ce qui est juste, le vengeur de toute transgression, le châtieur du mal par les lois de la Philiki Etairia [1], et par l'autorité que m'ont donnée

1. La Société Amicale.

ses prêtres puissants, je vous reçois comme moi-même j'ai été reçu dans son sein. » Il nous releva et nous étreignit. Puis, pour alléger la majesté de ses paroles et la tension du moment, il ajouta légèrement : « Il t'en coûtera un droit d'entrée de cinquante piastres. » Je lui en proposai dix mille qu'il refusa : « Tu seras désormais à égalité avec les plus humbles d'entre nous. » N'être qu'un « frère » au bas de l'échelle de la Philiki Etairia ne m'empêchait pas de poser des questions, surtout sur sa véritable puissance. Les traits de Bourzinos, éclairés par la flamme rougeâtre des lampes, se durcirent. Son expression prit une détermination presque effrayante, et à voix basse il grommela : « Nos membres se comptent par milliers, dans toutes les classes de la société, dans tous les pays aussi, des prélats, des banquiers, des marchands, des militaires, des fonctionnaires, des diplomates, des aristocrates, des personnalités mondialement connues. Inutile de les énumérer. Nous sommes infiltrés partout, dans toutes les branches, à tous les niveaux du pouvoir. » Il ne voulut pas en dire plus. Nous éteignîmes les lampes avant de quitter silencieusement les caves oppressantes de l'ancien palais impérial qui ce soir-là, pour moi, avait été la chapelle la plus resplendissante, la plus inspirante. En sortant, je me retournai vers les vieux remparts noyés dans l'ombre, témoins de la dernière, de la plus terrible bataille de Byzance. Nos ancêtres qui avaient péri là-haut, sur ces tours à moitié démolies, n'étaient pas morts en vain. Nous saurions relever le flambeau.

J'étais arrivée à Constantinople en solliciteuse démunie, en criminelle putative, j'en repartais, rétablie dans ma position et dans mes biens. Mon but se concrétisait. Lorsque le *Koriezou* doubla la pointe du Sérail, je distinguai les toits du harem et je pensai à la Sultane Validée. Elle non plus ne déviait pas de son objectif : servir et protéger son fils. Pour moi, ce fils représentait l'ennemi qu'il fallait vaincre.

Chapitre 11

A Spetsai, je ne fus pas accueillie avec les transports auxquels je m'étais attendue. Habitués à mes longues absences, les miens ignoraient tout de mes tribulations. Rien n'avait bougé, à croire que les attitudes, les pensées, les rêves, les sentiments étaient restés figés. Quelque chose cependant changea. Ma cousine Maria quitta l'île, ou plutôt elle en fut expulsée avec son mari. Un brick de l'amirauté turque vint leur apporter le firman les exilant de Spetsai et attendit de les emmener. Dissimulée sous un porche, j'assistai à leur départ. Le mari, insignifiant, s'affairait autour d'une montagne de bagages. Maria, je dois le confesser, n'avait pas perdu un seul pouce de sa superbe. Elle houspillait le mari, les serviteurs, sans manifester le moindre regret. Mon demi-frère Théodose vint lui faire ses adieux. Il paraissait désespéré. Elle le morigéna et je la vis lui donner ce qui semblait des instructions, des ordres. Elle monta à bord du brick turc avec autant d'assurance que si elle eût été le Capitan Pacha en personne. Elle se tint très droite sur le pont arrière, et lorsque le navire leva l'ancre, elle se retourna d'un bond, tendit le bras et écarta les doigts et, paume tournée dans la direction de ma maison, lança la plus belle mouza [1] que j'aie jamais entendue.

Elle n'avait pas tort de m'en vouloir car j'étais responsable de son départ. Je n'oubliais pas que je lui devais en grande partie mes épreuves, mais surtout je voulais débarrasser le terrain de tout obstacle, de tout ennemi avant d'entreprendre ce que je projetais. J'avais sans difficulté obtenu du Capitan Pacha le firman qui l'exilait.

Avant de quitter Constantinople, j'avais en effet rendu visite à ma vieille connaissance Hussein Pacha. Il m'accueillit avec les égards réservés à une amie à ménager. Après les salutations d'usage, je lui déclarai qu'il n'était plus possible de commercer en Méditerranée si l'on ne mettait pas le holà aux activités des pirates. Pauvres pirates que je sortais de leurs boîtes alors même que leur ténébreux empire ne cessait de s'amenuiser! Hussein Pacha confessa que tout autant que ses prédécesseurs à l'amirauté, il avait été incapable de contrôler ces hors-la-loi. Je déplorai les pertes subies, non seulement celles des honnêtes commerçants comme moi mais aussi celles de la Sublime Porte qui touchait un pourcentage sur nos gains. Particulièrement le Capitan Pacha chargé de récolter cette taxe... et qui bien entendu en mettait la plus grosse partie dans ses poches. Cet argument, comme il se doit, toucha au vif mon interlocuteur qui me demanda conseil. J'énumérai les initiatives possibles et chaque fois Hussein Pacha soupirait tristement : « Pas assez de cré-

1. La pire malédiction grecque, bras tendu, paume tournée vers celui que l'on veut maudire, auquel on souhaite les souffrances dignes des cinq plaies du Christ que les doigts écartés évoqueraient.

dits... pas assez d'hommes. – Il n'y a plus qu'une solution, Excellence, abolir le règlement en vigueur et autoriser les armateurs grecs à armer leurs navires de canons. » Je m'étais attendue à quelques difficultés. Hussein Pacha n'en fit aucune et je mesurai là tout le prix de la protection de la Sultane Validée. Tout se savait à la cour turque et il avait suffi qu'elle prît ma défense pour qu'un haut dignitaire comme Hussein Pacha crût que j'exerçais sur elle une influence que j'étais bien loin d'avoir et me ménageât. Cette nouvelle considération me permit d'en profiter pour prendre ma revanche sur la cousine Maria.

A peine revenue à Spetsai, j'attaquai le projet que je caressais amoureusement : la construction de la corvette la plus rapide, la plus puissante et la mieux armée : pas dix canons, mais dix-huit. J'avais décidé qu'elle sortirait de nos chantiers spetsiotes. Je n'aurais pu choisir plus mauvais moment car nous étions en pleine crise économique. Comme l'avait prévu Justin de la Jaunais, la levée du blocus continental conséquente à la chute de Napoléon avait anéanti notre monopole. Désormais chacun avait le droit de transporter du grain de l'Est à l'Ouest. Pire : ces dernières années, l'Ouest avait connu des récoltes exceptionnelles qui rendaient superflues les importations. Nos navires restaient à l'ancre, et mes revenus baissaient en proportion inverse des besoins nécessaires au financement de mon nouveau navire. Nos équipages demeuraient souvent sans travail. Le mécontentement qui grondait explosa. Il y eut des manifestations, des troubles, quelques magasins pillés. Rien de bien inquiétant mais assez cependant pour affoler les efori, nos édiles. Ils supplièrent le Pacha de Tripolitza de dépêcher un de

164

ses chaouchs pour remettre de l'ordre. Je les encourageai vigoureusement dans leur décision. La présence d'un représentant de l'autorité turque qui pourrait rendre directement compte de mes activités neutraliserait les soupçons, les dénonciations éventuelles et la « protection » de la Validée, l'autorisation du Capitan Pacha m'éviteraient sa trop grande curiosité. La vision de Sarkis Bey, bras droit du Pacha de Tripolitza, me rassura encore plus. Le visage de ce renégat arménien affichait la bêtise la plus totale avec un regard bleu délavé et inexpressif et une bouche entrouverte d'où s'échappait un mince filet de bave. Il passait son temps à fumer son narguilé dont il agrémentait le tabac avec du haschisch. Lorsqu'il ne rêvassait pas, il faisait la sieste. Le coup vint là où je l'attendais le moins.

Le dimanche, je suivis la liturgie à la petite église de Saint-Basile, proche de ma maison. J'étais arrivée au sanctuaire précédée de mes enfants, suivie de Nur qui continuait à soulever la curiosité des Spetsiotes. Les fidèles m'avaient fait place au premier rang lorsque le curé, le vieux Pater Gregori, sortit de l'iconostase derrière laquelle il était censé se préparer à l'office et s'approcha de moi. La voix tremblante, il murmura que je ne pouvais rester, que je n'avais plus le droit d'entrer dans l'église ni dans aucune église... Je le regardai comme s'il était devenu subitement fou. Il eut les larmes aux yeux et bégaya : « Ce n'est pas ma faute, Capetanissa, va lire à la porte de l'église. » Sur la porte était cloué un document dont la signature du conseil patriarcal de Constantinople me sauta aux yeux. Le conseil avait tout simplement décidé de me « suspendre » de la très sainte Église orthodoxe... Entourée de la foule qui retenait son souffle, j'appris à

la lecture du décret que j'avais spolié les fils de Bouboulis, nés de son premier mariage, ses véritables héri-
tiers. Ordre m'était donc donné de déclarer tout ce que
je possédais et particulièrement ce que j'avais soi-disant
caché afin de corriger l'injustice. Si je n'obtempérais
pas, si je dissimulais quoi que ce soit, si je laissais
l'injustice se poursuivre, alors j'étais promise à l'enfer.
Rien de moins. Si je ne rendais pas l'héritage de leur
père à ses enfants, je serais excommuniée, solennellement maudite. On me souhaitait les peurs de Caïn, le
nœud coulant de Judas, la lèpre de je ne sais plus qui.
En attendant ma décision, il m'était interdit d'entrer
dans une église ni de toucher aux sacrements...

Ma lecture achevée, j'écartai les badauds et réinté-
grai ma place à l'intérieur de l'église. Au malheureux
Pater Gregori qui attendait anxieusement la suite, je
lançai d'une voix assez forte pour être entendue par les
fidèles : « Il y a le patriarche mais il y a aussi Dieu qui
est au-dessus du patriarche. Dieu m'aime, Dieu
m'accueille dans son sein. Commence ton office,
curé. » Lorsque Pater Gregori entonna la prière, sa
voix chevrotante avait pris une vigueur nouvelle.
Quant aux réponses des fidèles, généralement un murmure endormi, elles tonnèrent sous les coupoles peinturlurées avec une ardeur qui me réchauffa. Il me fallait cependant réagir à ce complot ourdi par mes
ennemis proches ou lointains et répondre à Grégoire V
trop heureux de se venger de mes insolences. J'envoyai
au tribunal ecclésiastique les comptes mis à jour et
dûment certifiés de la succession de mon mari, prou-
vant ainsi la fausseté de l'accusation. Une fois mon
innocence reconnue, je mis les fils de Bouboulis à la
porte. Hors de cette maison, ma maison.

Depuis mon retour à Spetsai, Bourzinos avait trouvé le moyen de me communiquer le nom d'autres membres, et j'avais été surprise de trouver parmi les « frères » mes véritables frères, plusieurs Lazarou, dont l'aîné, mon préféré, Nicolas, ainsi que des Koutsis de la belle-famille de ma fille, des Botaris, parents par alliance de la cousine Maria. Nous nous réunissions nuitamment chez l'un ou chez l'autre. Le plus souvent chez moi. La maison devenait une officine de la très secrète Philiki Etairia. Dans le bureau de Bouboulis où j'aimais travailler, je cachais aussi la correspondance, les livres, les codes de la Société. Je recevais de plus en plus de messages et d'instructions qui tombaient littéralement du ciel. C'était un morceau de papier glissé Dieu sait par qui sous ma porte, un billet dissimulé dans une boîte de loukoums laissée par un marchand, une liste pressée dans ma paume par une main anonyme pendant que je faisais mes courses au marché. Parfois un simple message verbal, répété par un capitaine au long cours qui faisait escale à Spetsai. Je m'habituais à l'inhabituel et je ne m'étonnais plus de rien. Tantôt le document était chiffré et, pestant d'impatience, je devais passer des heures à tâcher de le décoder, tantôt les phrases les plus innocentes cachaient un sens qu'un lexique dissimulé dans une cachette du bureau me permettait de retrouver. Les mille piastres qu'un croyant offrait à l'église de Saint-Jean représentaient en fait le montant de l'allocation que je devais payer à la cellule du village du même nom. Les barils d'huile d'olive que mes navires devaient livrer à Missolonghi cachaient une livraison d'armes aux « frères » de cette ville. Un malade dans une famille indiquait un membre de la Société qu'il fallait tirer des griffes de la police turque contre espèces sonnantes et trébuchantes. J'étais devenue la centrale ambulante, car ne me fiant qu'à moi-même je préférais conserver très peu d'archives et gardais pratiquement tout en mémoire. Les lettres codées colportaient aussi de bonnes nouvelles. Les naissances signifiaient l'entrée dans la Société de nouveaux membres. Ces naissances se multiplièrent diablement en ce printemps 1820. L'enthousiasme chez un peuple aussi bavard et indiscret que le nôtre pouvait entraîner des catastrophes... Pour les prévenir, il fallait se presser. Je harcelais mes ouvriers pour qu'ils se dépêchent de mettre à flot ma corvette. Chaque jour je me rendais à l'arsenal pour surveiller les travaux. Un matin, passant par la Dapia, je m'entendis héler. « De grâce, Laskarina Hanoum [1], de grâce un moment. » C'était Sarkis Bey, le chaouch du Pacha de Tripolitza. Le bec d'ambre de son éternel narguilé fiché entre les dents, il était entouré de ses acolytes aussi somnolents que lui, qui agitaient mollement des chasse-mouches. Je pénétrai sous la véranda de bois, peinte en bleu ciel, du café public où généralement les femmes ne sont pas admises. Le chaouch m'invita à boire un café. Je m'assis à côté de lui. Il abandonna son narguilé pour extraire de la poche de son caftan un cure-dent en or avec lequel il commença à se curer soigneusement les ongles. Puis, d'un geste négligent de la main, il éloigna ses assistants. « Où cours-tu donc de si bon matin, Laskarina Hanoum? » Déjà j'avais horreur d'être appelée à la turque. « Je vais voir quand sera enfin achevée la corvette avec laquelle je compte étendre mes activités commerciales. — Tu veux dire le navire de guerre avec lequel tu comptes nous canon-

1. Madame Laskarina.

ner. » De saisissement je renversai ma tasse de café. Il avait dit cela dans un chuintement et les consommateurs des autres tables, qui d'ailleurs se tenaient à distance respectueuse du représentant du Pacha de Tripolitza, n'avaient rien entendu. Je sentis des gouttes de sueur glisser lentement sur mon front et dans mon cou. Je ne fis pas un geste pour les essuyer, j'étais incapable de lever le petit doigt. J'attendais la suite : « Je n'ignore à peu près rien de vos réunions, de vos allées et venues, de vos messages codés, de vos petits secrets. Je sais que toi et tes amis vous préparez un soulèvement contre nous. Je sais aussi que tu me crois plus bête que je ne suis. » Je parvins à déglutir : « Et que vas-tu faire ? – Rien. » Il porta à la bouche sa tasse de café et le sirota avec une satisfaction évidente. Sa tranquillité, le calme de cette matinée contrastaient étrangement avec le danger soudain qui nous menaçait tous. Aux questions silencieuses qui se bousculaient en moi, il répondit en se racontant : « Arménien, j'ai cru, en abjurant le christianisme, satisfaire mon ambition et me hisser très haut dans l'administration turque. Les miens n'ont jamais voulu me revoir et d'autre part je n'ai fait qu'une bien petite carrière. J'en veux à ceux qui n'ont pas su deviner mes talents. Alors en manière de revanche, je me suis inventé un divertissement. Je vois tout et je ne dis rien. Je passe pour un imbécile. Mais parfois, lorsque je rencontre un être d'exception comme toi, je ne résiste pas à montrer que je suis de force égale... » Il étouffa un bâillement en prononçant ces dernières paroles. Puis il pencha doucement la tête sur sa poitrine, il s'était endormi. J'examinai ce personnage éminemment déconcertant et je constatai à mon intense étonnement que son sommeil n'était pas feint.

Je me levai doucement et quittai la véranda sur la pointe des pieds. Parlerait-il ou ne parlerait-il pas, comme il l'avait indirectement promis? Désormais, le couperet du bourreau était suspendu au-dessus de nos têtes. Raison pour nous hâter encore plus.

Il m'en coûta vingt-cinq mille kolonats, plus que la dot de ma fille Maria, à peu près le tiers de la fortune que m'avait laissée Bouboulis, mais mon navire fut achevé à temps. Rarement fête fut plus joyeuse que son baptême. Une foule nombreuse et allègre avec à sa tête Sarkis Bey, le digne représentant de l'autorité turque admirant benoîtement le spectacle! Il y eut des multitudes de drapeaux sur les navires, grands ou petits. Il y eut le soleil printanier, des lampions, des pétards. Pater Gregori, nonobstant les foudres du patriarche, revêtu de ses plus beaux ornements vint bénir le navire. Avec un bouquet de basilic, il jetait vigoureusement de l'eau bénite sur le navire qui lentement glissait vers les flots. Je lui avais donné le nom d'*Agamemnon* en souvenir de mon premier et modeste esquif, à bord duquel j'avais, pour la première fois de ma vie, éprouvé ce que pouvait être la liberté.

Un matin, je trouvai sur ma commode un billet enroulé autour de la tige d'une rose. Il ne me fallut pas longtemps pour décoder le message tant il était bref : « Ali Pacha sait tout. » Ali de Tebelen, Pacha de Yanina, était un des personnages les plus étonnants de notre temps et sans aucun doute la plus grande fripouille que la terre eût jamais portée. Il était comme moi, comme nous, un Arvanite, un Albanais mais musulman. Depuis trente ans, ses exploits et ses crimes occupaient l'actualité. Nommé à l'origine représentant du Sultan en Épire, il en avait profité pour donner libre cours à une ambition illimitée et pour étendre un pouvoir chaque jour plus inébranlable. Il en était arrivé à posséder plus d'un royaume. Ses armes? Le manque de scrupules, le cynisme, la traîtrise, la cruauté. Il se moquait des ordres du Sultan son souverain tout en le couvrant de flatteries et de cadeaux, et le Sultan était trop faible pour le mettre au pas. Il noyait sous les promesses fallacieuses et les mensonges les puissances trop naïves pour percer son jeu, qui venaient chercher son alliance. Il trompait les plus forts, assassinait les plus faibles. Outre l'Épire son domaine réservé, il avait réussi à mettre la main sur la Thessalie, sur la Macédoine occidentale, sur la Grèce centrale, et rien ne semblait devoir entraver son insatiable appétit.

Ayant percé le secret de la Philiki Etairia, nul doute qu'il se dépêcherait d'en informer le Sultan, avec qui il était au plus mal, afin de lui donner un gage de sa soidisant loyauté. Venant d'une telle source, l'information ne serait pas mise en doute. Peut-être même Ali Pacha serait-il chargé en personne de nous débusquer et de nous exterminer, lui dont les méthodes expéditives avaient fait leurs preuves dans les camps. Il serait trop content d'obéir et de trouver une nouvelle occasion de torturer et de tuer, occupations pour lesquelles il avait un goût prononcé. Le danger était tel que je décidai d'aller consulter mon supérieur hiérarchique, « prêtre » au propre et au figuré puisque dignitaire de la Philiki Etairia et prélat de l'Église orthodoxe. Il s'agissait de l'évêque de Patras, Germanos. Nous communiquions par codes mais je ne l'avais encore jamais rencontré. Mes navires, l'*Agamemnon* compris, se trouvant tous hors de Spetsai en expéditions commerciales, je dus emprunter la voie terrestre. La grande route côtière par

171

Corinthe était trop fréquentée, trop surveillée, aussi pour passer inaperçue, je m'en fus par l'intérieur du Péloponnèse. Tripolitza, Vitina, Olympie, Pirgos. A peine eus-je quitté la région côtière que la chaleur d'été m'accabla. Pas un souffle d'air, tout paraissait figé jusqu'à la moindre feuille, jusqu'au plus petit brin d'herbe brûlée. Il n'y avait aucun oiseau et fort peu de paysans aux champs. Seul m'accompagnait le chant des cigales. Mais la canicule ne suffisait pas à expliquer le silence méfiant qui pesait sur les villages que je traversais. Aucune porte ouverte, pas d'invitation à entrer pour se rafraîchir ou se reposer. Les rares villageois à qui je me hasardais à demander l'hospitalité se montraient désagréables. L'argent que je leur offrais ne paraissait pas les intéresser. Avec cet instinct forgé aux épreuves de l'histoire, ils sentaient que quelque chose se préparait mais ignoraient quoi. Ils se défiaient, se repliaient sur eux-mêmes, repoussaient le visiteur étranger.

A Spetsai, j'avais si peu l'occasion de voir nos occupants que j'observais non sans curiosité ceux que je trouvais sur mon chemin. Petits fonctionnaires ou soldats, ils paraissaient nerveux, ayant la bourrade plus facile que d'habitude envers les paysans qui ne s'écartaient pas d'eux assez vite, plus méfiants aussi, dévisageant avec insistance tous ceux qui passaient, moi la première. Cependant la chaleur les enfonçait dans leur inertie. Chaque pas, chaque mouvement leur coûtait visiblement un grand effort et ils préféraient prolonger leur sieste jusqu'au soir. Était-ce donc contre ces apathiques que nous préparions un formidable soulèvement? Peu avant d'arriver à bon port, je traversai un village, lorsque je m'entendis donner en turc l'ordre de

172

m'arrêter. Affalé sous la véranda d'un minuscule poste de police, un sous-officier turc me fit approcher et descendre à terre : « Et dépêche-toi, je n'ai pas de temps à perdre. » Il m'interrogea longuement sur mon identité et ma destination, le but de mon déplacement. Il me posa vingt fois les mêmes questions. Ses yeux globuleux aux lourdes paupières me jaugeaient et j'avais l'impression qu'il ne croyait pas un mot de mes dires. Allait-il m'arrêter? Non, car d'un geste dédaigneux il m'indiqua que je pouvais repartir. Il éructa et se rassit lourdement. Peut-être s'ennuyait-il, et avais-je constitué la distraction de son après-midi, en tout cas j'avais très chaud et pas seulement à cause de l'été.

A Patras, grand port commercial, je retrouvai l'animation habituelle. L'évêché occupait une grande maison médiévale datant probablement des croisades, mais l'intérieur, avec ses stucs trop abondants, trop fleuris, témoignait du style turc officiel en vigueur depuis des décennies. Le moine qui m'avait accueillie me fit attendre dans une sorte de boudoir, avant de m'introduire dans un grand salon meublé de divans bas drapés de riches brocarts et dont les murs étaient couverts d'icônes dorées.

L'évêque Germanos avait trois ans de moins que moi. Il avait le visage long, le nez busqué, les sourcils broussailleux et froncés, l'œil noir que ne traversait aucune douceur ni indulgence et la barbe aussi ténébreuse que ses voiles. Il respirait l'autorité. Immédiatement je perçus une irritation qui chez lui devait être un état semi-perpétuel. Il procéda aux rites immuables du café, du verre d'eau et du loukoum presque à contrecœur, pressé d'en finir et de me voir débarrasser le terrain. Comment Ali Pacha avait-il pu apprendre? Com-

173

ment tout cela était-il arrivé, lui demandai-je. Très simple, me répondit-il, presque indifférent. Le grain de sable qui s'était mis dans la machine était un boucher de l'île de Zante. Frère de la Philiki Etairia, il s'était pris d'une querelle mineure avec un autre frère. Pour se venger de lui, il avait couru à Preveza, où se trouvait Ali Pacha, et lui avait tout raconté. Pour une vengeance mesquine, il n'avait pas hésité à ébranler jusque dans ses fondements notre organisation. L'évêque Germanos ne semblait pas particulièrement affecté, ce qui m'étonnait : « Alors, Très Respecté, tout est perdu. – Au contraire », éructa-t-il d'une voix rogue. Devant ma stupéfaction, il s'adoucit pour m'expliquer, non sans une certaine suffisance, les méandres de la politique dans laquelle il nageait allégrement. Depuis des années, Ali Pacha, le musulman, le massacreur de Grecs, était en contact avec lui, Germanos, évêque grec de Patras, pour la simple raison que le vieux forban mangeait à tous les râteliers. Et Germanos de se vanter d'élargir subtilement la brèche entre le Pacha de Yanina et le Sultan, brèche qui ne pouvait servir qu'à nos intérêts. Cette subtile voie de communication qui passait par les émissaires les plus inattendus « dormait » depuis des mois lorsque soudain elle avait repris vie. Message verbal après message verbal, Ali Pacha était devenu pressant. Il proposait à Germanos rien moins qu'une alliance entre ses forces et la Philiki Etairia. Il s'était bien gardé, affirmait-il, de répéter ce qu'il avait appris à son souverain. Un soulèvement contre le Sultan aurait des chances de succès. Pour l'assurer, Ali Pacha réclamait notre aide. « Et toi, mon enfant, tu vas te dépêcher de lui envoyer des armes et des crédits. » D'être traitée avec une telle désinvolture par un

174

homme plus jeune que moi m'irrita : « Vous oubliez, Très Respecté, que le Pacha d'Épire a toujours été notre pire ennemi, le plus effroyable massacreur de Grecs. — Mais comme tu le sais, la seule femme qu'il ait jamais aimée est une Grecque, la Kira Phrossini, quoique là ne soit pas l'important. Pour atteindre le but que nous nous sommes fixé, il nous faut faire feu de tout bois et le bois le plus pourri brûle encore mieux. Lorsque nous aurons uni nos forces à Ali Pacha, nous serons invincibles. Alors vas-tu te décider à faire ce que je te dis ? » gronda-t-il. Le naïf prélat n'avait pas terminé que je soupçonnais déjà Ali Pacha d'avoir fait le même calcul que lui, ainsi que je tâchais de lui expliquer : « Il veut nous obliger à agir, à miner l'empire, à décimer l'occupant pour mieux ensuite nous tomber dessus et nous dévorer. » En colère, l'évêque de Patras ne rougissait pas, il pâlissait. Il fulminait aussi : « Bourrique obstinée, tu ne connais rien à la politique, tu n'as pas à t'en mêler mais simplement à exécuter les ordres de ton supérieur. » Il m'exaspéra. « Vous et vos congénères, vous ne songez qu'à pactiser d'une façon ou d'une autre avec l'ennemi, c'est ce qui vous perdra. » Au moment où je prononçai cette phrase, je me rappelai l'avertissement que j'avais osé lancer au Patriarche de Constantinople. Simultanément Germanos l'eut aussi en mémoire, qui aboya : « Sa Béatitude me l'avait bien dit que tu étais une pécheresse, une impie qui insulte l'Église et ses dignes représentants. D'ailleurs, tu n'as pas ta place dans notre Etairia et je veillerai à ce que tu en sois expulsée. — Pas d'Etairia pour moi, pas de crédits pour vous, Très Respecté. » Cette fois Germanos sortit de ses gonds. Je ne répéterai pas les injures qu'il me lança qui seyaient bien mal à un dignitaire de l'orthodoxie. Pour toute réponse, je claquai la porte.

Je n'étais pas revenue depuis deux jours à Spetsai que Sarkis Bey s'annonça. Il repartait pour Tripolitza auprès de son maître le Pacha de la ville. Nos efori ayant jugé que l'ordre était enfin rétabli dans notre île, lui avaient signifié que sa mission était terminée; il venait me faire ses adieux. Je le reçus dans la grande salle du premier étage. Il tâta d'un fauteuil anglais tendu de damas rouge mais peu habitué à ce genre de siège et le jugeant probablement inconfortable, il choisit de s'installer sur un divan bas. Nur lui alluma son narguilé et il parut si béat que je craignis de le voir de nouveau s'endormir à mes côtés. Le silence régnait en effet depuis plusieurs minutes lorsque sa voix chuintante me fit sursauter : « Ta profonde sagesse n'a pas été prise en défaut à Patras, ô Laskarina Hanoum. » Il n'ignorait donc pas mon entrevue avec Germanos, malgré les précautions que j'avais prises. Je ne m'étonnais plus du fait qu'il le sache, je me demandais simplement par quel moyen il en apprenait tant. Au point où nous en étions, autant jouer franc jeu avec lui. Je lui demandai ce qu'il pensait de l'offre d'alliance avec Ali Pacha. Sarkis Bey tira plusieurs fois sur son narguilé, répandant autour de lui des nuages de fumée dont l'odeur de tabac sucré me donnait quasiment la nausée : « A vrai dire, le Pacha de Yanina se trouve dans une mauvaise passe. Bien entendu il a envoyé une longue lettre au Sultan pour dénoncer les agissements de votre Philiki Etairia et se bien faire voir de Sa Hautesse le Sultan. Seulement, voilà. Depuis toujours le Grand Vizir déteste Ali Pacha. Et il n'a pas eu de mal à persuader Sa Hautesse que la Philiki Etairia n'était qu'une nouvelle invention de l'esprit retors du Pacha, toujours dans l'intention de tromper tout le monde. L'information d'Ali Pacha, loin d'apaiser le Sultan Mahmoud, n'a fait que l'indisposer encore plus à son égard. Du coup Ali Pacha a sauté le pas et se sentant en danger il s'est tourné vers nous, les Grecs. Il escomptait que vous seriez son fer de lance avant de devenir les dindons de sa farce. »

J'exprimai à Sarkis Bey ma reconnaissance pour les renseignements qu'il avait bien voulu me fournir : « Ne me remercie pas, Laskarina Hanoum, c'est moi un jour qui devrai peut-être te remercier. » Je devinai une certaine tension en lui. Il ne s'était pas départi de son air ensommeillé mais sa voix avait légèrement tremblé. Je le questionnai sur son étrange prédiction : « De grands événements se préparent, ô Hanoum, les Turcs et leurs acolytes, ceux qui les servent risquent d'en pâtir. Le danger menace. Lorsque le couteau du vengeur sera pointé sur ma gorge, j'espère que tu interviendras pour que je sois épargné. » En le lui promettant, je ne pus m'empêcher d'être émue par cet homme admirablement clairvoyant et revenu de tout. Il n'attendait rien, il n'espérait rien mais il voulait continuer à vivre... et il détenait nos secrets. En le raccompagnant je lui glissai dans la main une tabatière en or enchâssée de gros diamants. Il la contempla, esquissa un mince sourire et me la rendit : « L'argent ne m'intéresse pas. L'avidité et la corruption sont des faiblesses qui obscurcissent l'esprit. » Rester pauvre ne gênait pas Sarkis Bey. Pauvre mais lucide.

Je tins à éclairer l'évêque Germanos. Je lui envoyai le récit codé de ce que j'avais entendu. J'eus le malheur d'y ajouter cette phrase : « Il fallait être singulièrement naïf pour croire qu'Ali Pacha, ce tigre assoiffé du sang des Grecs, nous aiderait à gagner notre indépendance. Si nous tombions dans son piège, il ne nous laisserait même pas de narines pour respirer... » L'évêque de Patras ne me le pardonna pas. Surtout quand les faits me donnèrent raison.

Le Sultan proclama une fetva [1], mettant hors la loi Ali Pacha. Le vieux brigand refusa de s'incliner et jouant son va-tout s'apprêta à résister. Le Sultan, décidé à l'éliminer, dépêcha plusieurs de ses armées contre lui. Aurions-nous fait alliance avec lui que nous aurions été écrasés. Auparavant, il allait donner du fil à retordre à ses ennemis en les immobilisant. Il nous offrait l'opportunité de nous soulever à l'autre bout de la Grèce. Du coup, les réunions de la Philiki Etairia changèrent de ton. Jusqu'alors les « frères », tout en réaffirmant chaque fois leur détermination de se sacrifier sur l'autel de la patrie, ne cherchaient qu'à énoncer les vues les plus lugubres et les nouvelles les plus sinistres. Or voilà qu'une brise joyeuse se mettait à souffler dans l'atmosphère confinée du bureau de Bouboulis où nous nous retrouvions. Jamais les circonstances ne nous avaient été aussi favorables. Le moment tant attendu depuis des années était enfin venu, d'autant plus que nous bénéficierions du soutien armé de la Russie. Je ne me rappelle pas comment cette conviction naquit, mais elle était si profondément ancrée que chacun semblait avoir reçu personnellement les assurances les plus précises du gouvernement impérial de Saint-Pétersbourg. Moi-même, malgré ma méfiance vis-à-vis des Russes, je cédai à l'optimisme général.

1. Décision des oulémas qui a force de loi.

Chapitre 12

L'euphorie était telle que nous décidâmes, à l'unanimité, de faire revenir nos navires au port. Tant pis pour les contrats et le fret. Il n'était plus temps de s'occuper d'argent, mais de libérer la patrie. Impérativement. Dans cette atmosphère d'impatience et d'excitation, un capitaine de caïque se présenta à moi un matin et me tendit un billet : « De la part de Sarkis Bey. » Le texte était chiffré. Avec son ironie caractéristique, Sarkis Bey avait utilisé notre propre code qu'il avait percé pour m'écrire. Si la plaisanterie pour prouver la toute-puissance de ses moyens d'information m'amusa, le texte, lui, arrêta net mon sourire. « Kurchid Pacha arrive à Tripolitza. » Ce nom seul me fit trembler comme il faisait trembler tout l'Empire. Plus tard, je devais apprendre que des rumeurs étaient parvenues au Sultan sur l'existence d'un complot grec. La police turque n'était pas aussi aveugle que j'avais bien voulu le croire et mes compatriotes encore plus indiscrets que je ne l'avais redouté. Pour en avoir le cœur net, le Sultan Mahmoud dépêchait contre nous son plus féroce limier. Sa réputation meurtrière le précédait. Kurchid Pacha était un Géorgien renégat. Il se montrait particulièrement impitoyable envers les chrétiens, ses anciens frères de religion, comme s'il voulait laver dans le sang sa propre trahison. Quelques années plus tôt, envoyé réprimer une révolte en Serbie, il avait horrifié les Turcs eux-mêmes par l'ampleur de ses répressions et satisfait son souverain sur son efficacité. Il mettait au service d'une cruauté illimitée sa vive intelligence et ses ruses sans scrupule. Il ne tuait ni par vengeance, ni rage, ni démence comme Ali Pacha. Il exterminait méthodiquement. A froid. Illustrant à merveille une des maximes les plus solides de la politique turque : « Massacrez d'abord, cherchez les coupables ensuite. » Ce n'était pas un général qui nous arrivait mais un bourreau.

Quand il atteignit Tripolitza au début novembre de cette année 1820, l'enthousiasme des « frères » tomba aussi vite qu'il était monté. Bien sûr, personne ne parlait de reculer, mais chacun se montrait plus circonspect sur les chances de succès. On commença par douter du soutien de la Russie. De même qu'on avait juré quelques semaines plus tôt que le tsar dépêcherait ses armées pour nous assister, de même on tenait maintenant pour certain qu'il ne voulait à aucun prix se fâcher avec le Sultan. L'évêque Germanos bombarda notre cellule de messages secrets. Lui qui trépignait d'impatience pour mettre le feu aux poudres, nous réitérant l'ordre de soulèvement, il nous intimait désormais tout aussi péremptoirement d'en retarder la date.

D'autres messages, toujours soigneusement codés, nous arrivèrent de Constantinople. Les « prêtres » avaient décidé que le soulèvement aurait lieu dans cinq

180

ans, en 1825. Le nom de mon parrain Bourzinos me revenait sans cesse à l'esprit. J'aurais bien voulu le consulter car lui seul pouvait m'éclairer, mais comme toujours il demeurait inaccessible. Le découragement ambiant me submergea. Nous n'étions pas encore prêts. A l'instar des « frères », je tergiversais au moment de sauter le pas. En fait j'avais peur, non pour moi mais pour mon fils, pour les amis, pour tous les frères anonymes qui risquaient de perdre leur vie. Au moment d'engager le combat, voilà que la femme, la mère reprenait ses droits. Mon fils Yanno que je voulais épargner fut le seul à s'opposer à un nouveau délai. Avec tout le charme de son apparente fragilité et la conviction de son noble cœur, il me démontra qu'un recul nous serait fatal. A chaque moment, les Turcs pouvaient pénétrer plus avant dans nos secrets et arrêter les membres de la Philiki Etairia. Les armes étaient emmagasinées, les combattants étaient sur le qui-vive, il était impossible de reculer. « Ne nous déçois pas, mère, ne déçois pas nos hommes », me répétait-il.

Vers Noël, un inconnu, un blond Maniate se présenta à moi. Sa force tranquille, sa virilité de guerrier, le regard clair de ses yeux bleus me plurent. Mihaïl Avieris, car tel était son nom, me tendit une lettre de Bourzinos. Selon son habitude, mon parrain intervenait à point nommé. Il balayait nos doutes, nos hésitations en les ignorant complètement : « Je compte sur vous. Je sais que vous avez l'ardeur, la joie, l'espoir au cœur. Nous avons voulu, avant d'engager le combat, connaître l'attitude du tsar des Russes. Nous avons décidé de sonder ses intentions et désigné pour cette mission le porteur de la présente, un notable de mon fief de Kardamili... »

181

Mihaïl Avieris revenait en droite ligne de Constantinople. « Mais pourquoi, lui demandai-je, es-tu venu me trouver au lieu d'aller directement faire ton rapport à celui qui t'a envoyé? » — L'Exécutant m'a ordonné de t'en informer avant d'en révéler quoi que ce soit à qui que ce soit. » « L'Exécutant » était le titre de Bourzinos dans la Philiki Etairia. Je ne saisissais pas son intention mais je savais qu'il y en avait une derrière chacune de ses démarches. Avieris fut bref. Il avait vu Strogonoff à Constantinople. Le tsar Alexandre refusait de s'engager de notre côté tant qu'il ne serait pas en conflit avec la Turquie. En deux mots, il nous retirait le soutien qu'il nous avait promis. Nous demeurions seuls. Je réagis très vite : « Sous aucun prétexte nos " frères "ne doivent l'apprendre. » Avieris se rebiffa. Il avait pour mission de faire un compte rendu sincère aux « frères ». Je lui expliquai la catastrophe qu'il provoquerait. Déjà beaucoup de « frères » hésitaient, le moral baissait. Une telle nouvelle nous porterait un coup fatal. Adieu révolution, adieu liberté, adieu Grèce. « Je dois dire la vérité », me répétait-il. Mihaïl Avieris était stupide. Je développai infatigablement mes arguments. « Ma conscience m'interdit de mentir », me rétorquait-il. Mihaïl Avieris était borné. Je le suppliai de peser le pour et le contre, de réfléchir, de mesurer sa responsabilité avant de parler. « Vous n'avez pas à me dicter ma conduite », me serinait-il. Mihaïl Avieris était prétentieux. Je réalisais combien son apparence m'avait abusée. Il méprisait les femmes, je le ressentais à son attitude envers moi. Il se croyait important, et mes exhortations, mes prières ne faisaient que le rendre de plus en plus intraitable. S'il parlait, c'en était fini de notre soulèvement, de notre cause.

Alors en un éclair je compris l'intention de Bourzinos en me l'envoyant. Mihaïl Avieris aurait-il apporté des nouvelles encourageantes, je l'aurais aidé à les répandre. Dans le cas contraire, je devais décider à l'instant des mesures qui s'imposaient et prouver ainsi qu'une femme était capable d'appartenir à la Philiki Etairia.

Je proposai à Mihaïl Avieris de l'emmener à Mani, afin qu'il puisse faire au plus vite son rapport à Bourzinos. Je demandai à mon second fils Yorgo de nous accompagner. Instinctivement je n'avais pas voulu mêler Yanno à cet aspect de la lutte que nous menions. Nous embarquâmes sur mon vieux *Koriezou* le jour de Noël. Un vent aigre soufflait et, fait rarissime, les nuages épais et sombres avaient déversé pendant une petite demi-heure des flocons de neige. Pour tâcher de me réchauffer je serrais autour de moi une pelisse doublée de zibeline, cadeau de Vladimir Alexandrovitch. Nous avions doublé le cap Malea et nous ancrâmes dans la vaste baie déserte de l'îlot inhabité d'Elafonissos. Le vent de plus en plus violent balayait le pont, s'engouffrait dans les coursives, claquait les portes, sifflait dans les fentes des hublots mal fermés et faisait vaciller la flamme des bougies. Buté et triomphant, Mihaïl Avieris ne faisait même pas l'effort de parler. Il nous perçait du regard Yorgo et moi comme s'il nous tenait à sa merci. Pour me donner du courage, j'avalais rasade après rasade. Cependant, lorsque, au dessert, je tendis à Avieris un verre de ce vin doux de Corfou, le Mavro Dafni, ma main tremblait légèrement. Il le prit, le tourna et le retourna entre ses doigts, contempla le liquide couleur de vieil ambre, le huma. Mon estomac se contracta. D'une seule lampée Avieris avala le vin.

Je le fixais, médusée, horrifiée. Il me regardait ironiquement comme s'il avait deviné. Yorgo était très
pâle et je dus m'accrocher aux accoudoirs de mon fauteuil pour ne pas défaillir. D'une masse Avieris tomba
en avant, la tête dans l'assiette. Il dormait profondément. Le temps pressait et par ailleurs nous étions mal
équipés en toxicologie, le poison demeurant une arme
féminine orientale à laquelle nous répugnions. Je
n'avais eu sous la main qu'un puissant narcotique. Je
pouvais à peine parler lorsque je m'adressai à Yorgo :
« C'est à toi d'agir, mon fils, pour le service de la
patrie. » Il se leva, s'approcha d'Avieris, lui souleva le
buste en le tirant par les cheveux et lui plongea droit
dans le cœur le poignard court et effilé, à manche
d'argent, qui ne quittait pas sa ceinture. Il laissa
retomber la tête du cadavre sur le dossier de son fauteuil et resta debout à côté, le poignard ensanglanté à
la main. Incapable de bouger, je contemplais fascinée
l'homme mort assis en face de moi, la bouche et les
yeux grands ouverts. Était-il marié, avait-il des
enfants ? Les remords m'assaillirent, me sortirent de
mon engourdissement. « Il faut en finir », dis-je à
Yorgo. Nous traînâmes le cadavre vers le hublot
arrière de la cabine. Il me parut incroyablement lourd.
Nous l'enroulâmes dans un drap, nous le lestâmes de
poids, nous réussîmes à le hisser et à le jeter à l'eau.
Rien ne bougea. Cependant le « plouf » sinistre retentit longtemps à mes oreilles. « Tu as rendu un grand
service à notre cause, Yorgo. Sois remercié. » Il ne me
répondit pas, ne me regarda pas et partit se coucher en
titubant. Je montai sur le pont. Le vent était tombé.
Un froid insidieux me pénétrait jusqu'aux os mais je
n'en avais cure.

Que ton âme repose en paix, Mihaïl Avieris. Peut-être Dieu, dans sa mansuétude, me pardonnera-t-il de t'avoir tué. En tout cas, les Grecs, eux, ne m'auraient pas pardonné si je ne t'avais pas exécuté.

La fin de l'année approchait lorsque, un matin, j'entendis des rumeurs venues de la cour. Un homme gueulait, il n'y a pas d'autre mot, en turc, exigeant de me voir à l'instant. Mes serviteurs tâchaient de le retenir. Malgré leurs protestations, des portefaix, sur ses indications, déposaient dans ma cour d'énormes caisses. Furieuse, je me précipitai dehors. Un grand Turc enturbanné montait déjà l'escalier, l'attitude conquérante, la mine impérieuse. J'augurai encore des ennuis, encore des menaces. Arrivé sur moi, le Turc, qui me dominait de sa haute taille, me fit un clin d'œil et mit sa main sur sa poitrine, signe de reconnaissance des « frères ». Je n'en crus pas mes yeux, et je dus me rendre à l'évidence lorsqu'il murmura le mot de passe « sipsi [1] ». Je fus à ce point stupéfaite que je me demande comment j'eus l'esprit de lui répondre selon notre code secret « tsaroukia [2] ». « Tu vois ces caisses, Capetanissa, j'amène de quoi tuer tous les Turcs du Péloponnèse. » L'homme avait beuglé et je retrouvai mes esprits pour lui enjoindre de se taire. Je le poussai presque dans le bureau de Bouboulis dont je fermai soigneusement la porte et les fenêtres. Cet homme exhalait une puissance extraordinaire malgré sa jeunesse, il ne devait pas avoir vingt-cinq ans ; en outre, il n'était pas beau avec son gros nez et ses traits trop marqués. Ses sourcils en broussailles et sa barbe noire

1. « Une pipe », en albanais.
2. « Chaussures à pompons ».

hirsute lui donnaient un air farouche. « A genoux, Capetanissa, tu as devant toi l'Administrateur [1], à genoux pour recevoir ma bénédiction car je suis aussi prêtre de notre Sainte Église orthodoxe. » C'en était vraiment trop pour un seul homme. J'éclatai de rire. Loin de se vexer, il me raconta tranquillement qu'il était entré dans les ordres depuis quatre ans et avait été récemment admis dans la Philiki Etairia, et que pour les besoins de la cause il empruntait divers déguisements. Papa Flessas, car tel était le surnom sous lequel il était connu, avait le pouvoir de convaincre. Il parcourait la Grèce pour prévenir nos « frères » de l'imminence de notre soulèvement et pour coordonner nos activités. Il venait de Votitsas au Péloponnèse où il s'était adressé à une assemblée de prélats et de gros bonnets : « Impossible de les faire bouger, tous des eunuques, en particulier ce Germanos de Patras. Il a joué de sa supériorité ecclésiastique pour me faire taire, me donner des ordres, m'humilier. Impossible de me faire entendre. Il veut à tout prix reculer le soulèvement, il aboie mais il tremble. Je te dis, tous des eunuques. » La faconde de Papa Flessas me divertissait et je connaissais trop les façons de l'évêque de Patras pour imaginer les deux ecclésiastiques dressés l'un contre l'autre, croassant, s'ébrouant dans leurs longs voiles noirs comme d'immenses volatiles. « Il a osé me traiter de déguenillé, de hors-la-loi, de misérable, de pouilleux. – Et alors, Papa Flessas ? – Il m'a tellement énervé que j'ai fini par lui lancer qu'il n'était qu'un "kolo despotis [2]". J'espérais qu'il aurait une attaque d'apoplexie. Tu aurais dû voir la tête des autres. –

1. Un des plus hauts gradés de l'Etairia.
2. Évêque de mes fesses.

Méfie-toi de la vengeance des prêtres, tu dois en savoir quelque chose, Papa. »

L'Administrateur voulait rencontrer les armateurs et notables de Spetsai membres de la Philiki Etairia.

Je passai la journée à organiser cette réunion, et tâche cent fois plus ardue, à essayer de le forcer à un peu plus de discrétion. Il sortait sans arrêt du bureau de Bouboulis où je l'avais cloîtré. Il allait bavarder avec les serviteurs, se montrait dans la rue, s'adressait aux uns et aux autres. Déjà son apparence le faisait remarquer mais ses propos incendiaires attiraient carrément l'attention. Impossible de lui fermer son caquet. J'en eus la triste expérience lorsque nous nous rendîmes chez le vieux Mexis où devait avoir lieu la réunion. C'est tout juste si Papa Flessas ne hurlait pas nos plans de soulèvement. Je dus accomplir des efforts désespérés pour qu'il baisse le ton. Nous franchîmes le porche de la maison Mexis, la plus somptueuse de la ville, traversâmes la cour dallée ombragée par un vaste mûrier et suivîmes l'enfilade de pièces de réception avant d'emprunter un étroit escalier de bois. Mexis avait fait installer, sous les combles, à l'abri des oreilles indiscrètes, une spacieuse salle de conférences. Une trentaine d'hommes étaient assis autour d'une longue table. Ceux qui « tenaient » Spetsai : les armateurs, les riches, les notables. Parmi eux, deux de mes demi-frères Lazarou, et bien sûr Yanno. Papa Flessas, qui pour les impressionner avait revêtu ses habits cléricaux, commença par leur déclarer qu'il leur apportait des armes et de l'argent, cinquante mille piastres. Les millionnaires firent la moue devant cette aumône. Puis avec des mines de conspirateur, il leur révéla les plans les plus secrets de l'Etairia : l'Épire, le Péloponnèse, la

187

Macédoine, la Thessalie, la Roumélie et les îles se sou-
lèveraient de concert dans quelques semaines, entre fin
février et début mars. Aussitôt après, les Serbes et les
Monténégrins en feraient autant et rejetteraient le joug
turc. A Constantinople même, une conspiration parfaitement huilée ferait sauter au jour dit les principaux
bâtiments de la ville et assassinerait le Sultan. Enfin la
Russie se tenait prête à déclarer la guerre à la Turquie
pour voler au secours des Grecs.

Je me gardai de protester devant ces mensonges évi-
dents et ne montrai rien de mon scepticisme. Les armateurs, eux, n'hésitèrent pas à afficher le leur. Ils avaient
beau ne pas savoir que la Russie nous avait retiré son
soutien, les belles promesses de Papa Flessas n'enta-
maient pas leur prudence. Ils voulaient bien s'engager,
à la condition que les provinces énumérées par Papa
Flessas le fassent avant eux. Ces hommes d'affaires
internationaux redevenaient des paysans madrés. Sentant qu'il perdait pied, Papa Flessas les houspilla et les
insulta. En vain. Rien au monde ne ferait changer
d'avis des Arvanites entêtés. Papa Flessas, hors de lui,
hurla : « Que les Turcs tuent donc ceux d'entre vous
qu'ils prendront sans arme », ce qui n'émut en rien nos
Spetsiotes. Papa Flessas, écumant, claqua la porte.

Quand je le rejoignis il faisait les cent pas dans ma
cour au milieu des caisses d'armes. Il lançait des
imprécations contre les armateurs, contre les Spetsiotes,
contre les Arvanites, contre les Grecs, et vouait tout le
monde à la hache ou à la corde du Turc. Son indiscré-
tion nous mettait en danger. Je l'entraînai dans mes
appartements. « Maintenant calme-toi, Papa Flessas,
et dis-moi la vérité. Qu'y a-t-il de vrai dans les plans
de soulèvement que tu as révélés? » Il eut une expres-

188

sion rusée, presque mielleuse. On aurait dit un maquignon à la vue d'un pigeon à plumer : « Mais tout est
vrai, Capetanissa. — Attention, Papa Flessas. Ou tu es
mon ami et tu me dis la vérité, ou tu me racontes les
mêmes fariboles qu'aux armateurs et je te fous à la
porte. » Il finit par cracher la vérité. Son discours
n'était pas entièrement faux. Des soulèvements étaient
prêts à éclater en Moldavie, dans certaines régions du
Péloponnèse, à Mani en particulier, dans certaines îles
comme Psara, notre rivale. Cela suffisait amplement
selon lui. Son enthousiasme reprenait le dessus, il
pourfendait allégrement le Turc et le boutait en un
rien de temps hors de Grèce. Je demeurais songeuse.

La nuit était déjà avancée et il avait décidé de repartir avant l'aube : « Je ne veux pas dormir. Donne-moi
une bouteille, j'attendrai l'heure. » Mes serviteurs dormaient. J'envoyai Nur, la fidèle Nur qui ne se cou-
chait jamais avant moi, chercher un en-cas aux cui-
sines. Nous soupâmes dans la grand-salle. Je n'y avais
allumé que quelques bougies afin de ne pas attirer
l'attention des voisins ou des passants attardés. Nous
étions attablés devant une petite table en marqueterie.
Papa Flessas n'avait pas quitté les voiles noirs de son
état, ni moi la robe de soie brodée que j'avais mise
pour la réunion. Nur avait fait des miracles, apportant
des fromages, des pâtés, des boureks, des sucreries que
mon convive avala en un rien de temps. Nur qui, évidemment, ne s'y connaissait pas en œnologie, avait
amené différentes bouteilles qu'elle avait trouvées, bordeaux rouge, champagne, résiné, raki, cognac, porto,
madère. Papa Flessas buvait alternativement de tous
les alcools et sa capacité d'absorption me remplit
d'admiration. Il devenait entreprenant avec la pauvre

189

Nur qui gloussait chaque fois qu'il la pinçait ou lui mettait la main aux fesses. « Tu vois, Capetanissa, qu'en bon chrétien je n'ai de préjugés contre aucune race. » Poussé par l'alcool, il se laissa aller aux confidences. L'homme en face de moi était non seulement un vrai patriote mais aussi une authentique fripouille. Il était le vingt-huitième enfant de son père, qui s'était marié deux fois. Déjà moine, il avait été poursuivi par un bey turc à la femme duquel il avait conté fleurette d'un peu trop près. « Vous ne m'aurez jamais, tas de cocus, avait-il hurlé au bey et à ses gardes. Je m'enfuis, mais lorsque je reviendrai, je serai ou évêque ou pacha. » Il éclata d'un gros rire avant de lâcher un énorme rot : « Et j'ai tenu ma promesse car je suis revenu avec le rang d'évêque dans notre Société Amicale. » Comme je m'étonnais que si jeune il eût atteint un grade si élevé, alors que moi-même je végétais encore au rang le plus humble, il avoua avoir fait chanter le « prêtre » qui voulait l'introduire dans la Société. « Je lui ai déclaré que s'il ne m'accordait pas d'emblée le même rang que lui, j'irais le dénoncer à la police turque. » Mis en verve, Papa Flessas chatouillait Nur, vidait verre après verre, riait, rotait, tout en racontant ses coups les plus fumants. « Tu es un grand pécheur, Papa Flessas, et un grand forban, mais les prêtres comme toi me plaisent. » A ce moment même, dans un des rares silences que laissait Papa Flessas, j'entendis un faible tintement. Ma montre de gousset marquait, d'un son cristallin qui paraissait venir d'ailleurs, les douze coups de minuit. Papa Flessas parut pensif, presque ému : « Sais-tu, Capetanissa, que nous sommes le 31 décembre. En ce moment nous commençons toi et moi l'année 1821. » Il leva lente-

190

ment son verre et d'une voix enrouée dit : « A la santé de la Grèce. » Je levai le mien : « A la santé des Grecs. »

Vers cinq heures du matin, il se leva. Je tins à le raccompagner. Nous sortîmes dans la nuit épaisse. A la porte de mon jardin l'attendaient ses gardes du corps au nombre de sept, dont plusieurs de ses frères qu'il avait d'ailleurs négligé de me présenter. Ils nous suivirent silencieusement pendant que Papa Flessas poursuivait dans les ruelles silencieuses ses discours tonitruants colorés par l'alcool. Dieu fit qu'il n'y eut pas de Turcs à l'écoute ni d'oreilles malveillantes derrière les murs. Seules les étoiles entendirent le plus virulent tissu d'insultes contre nos tyrans. Nous marchions vite pour nous protéger du froid et nous avions presque atteint la Dapia lorsque soudain j'entendis une sèche détonation et le sifflement d'une balle passant entre nous, à quelques centimètres de nos têtes. Les gardes du corps, lâchant le bagage de Papa Flessas, s'engagèrent dans la direction d'où ils la croyaient venue. Ils fouillèrent le quartier sans succès. Le tueur s'était évaporé. Je tremblais. Papa Flessas me donna une forte bourrade à me faire tomber par terre : « Allons, Capetanissa, un palikari comme toi n'a jamais peur... – D'un pirate qui vient sur moi le sabre levé peut-être pas, mais d'un assassin anonyme qui me tire dans le dos... même si la balle ne m'est pas destinée. – Mais elle l'était. – Tu te trompes, c'était pour toi, car je ne suis pas aussi célèbre que toi. » Je traversais en effet une des rares périodes de ma vie où je ne me connaissais pas d'ennemis, par contre Papa Flessas, d'après ce que j'avais vu et entendu, avait le talent de les multiplier. « Tes richards ont la dent dure, me lâcha-t-il.

191

— Et tes évêques ne reculent devant rien », répliquai-je en me souvenant des prélats qu'il avait insultés. Je le vis partir avec regret.

A quelques jours de là, j'étais dans la cour en train d'inspecter les achats ramenés par mes serviteurs du marché, lorsque soudain j'entendis venu de partout et de nulle part un grondement terrifiant. Je crus d'abord que la flotte turque était venue nous bombarder. Mais non, le vacarme venait de l'intérieur même de la terre. Je me sentis secouée, poussée en avant, en arrière, et je serais tombée si je n'avais attrapé une branche d'arbre qui oscillait tout autant que moi. La secousse s'arrêta net. Personne n'eut le temps de crier qu'une seconde secousse, plus brève, plus violente aussi, survint. Cette fois, je fus jetée à terre, et je tombai brutalement sur les pavés de pierre. Il y eut quelques secondes d'un silence surnaturel avant que les gémissements, les hurlements ne se fissent entendre. D'étranges phénomènes se manifestèrent. Des sources d'eau bouillante jaillirent, des puits se tarirent et des pans entiers de collines s'effondrèrent avant de disparaître dans la mer. Je ne sais quel réflexe me poussa à courir sur la terrasse la plus élevée de la maison, le lieu le plus exposé en cas de séisme. De là je vis les eaux de la Dapia baisser à une vitesse vertigineuse. La mer se retirait et déjà les barques ancrées le plus près du quai touchaient son sol argileux. Je vis courir des hommes, des femmes, des enfants, qui criaient en levant les bras au ciel. Je vis venir la trombe d'eau et je compris que la catastrophe était imminente. Une vague monstrueuse allait s'abattre sur Spetsai. Déjà le vent arrachait les arbres et renversait les maisons les plus modestes. Soudain, la pluie se mit à tomber, une pluie serrée, rageuse, torrentielle. En quelques secondes je fus mouillée jusqu'aux os, clouée aux dalles de la terrasse. Je n'y voyais plus devant moi. Quand la visibilité revint, la trombe d'eau avait disparu, la mer avait repris son niveau normal. Je descendis constater les dégâts. A part des fissures importantes, plafonds et parois avaient tenu. Nous étions sous le choc mais personne n'était blessé. En revanche, les quartiers pauvres avaient beaucoup souffert. Les murs s'étaient écroulés, les toits s'étaient effondrés. Morts et blessés s'alignaient dans les ruelles boueuses. Aux pleurs des uns se mêlaient les lamentations des autres. Dans mon impuissance, je levai les yeux vers le ciel pour le prendre à témoin de cette misère. Un arc-en-ciel incroyablement lumineux et coloré, jailli de la mer, retombait sur Spetsai. Le ciel tenait à nous prévenir que 1821 serait une année exceptionnelle.

Spetsai se remettait lentement du séisme lorsqu'une nouvelle ahurissante nous parvint. Kurchid Pacha, le féroce limier lâché à nos trousses, était à peine arrivé à Tripolitza qu'il en repartait. Le Sultan l'envoyait au nord de la Grèce se battre contre Ali Pacha. Ses soupçons sur notre éventuel soulèvement avaient dû être mystérieusement apaisés. Le maître révolté de l'Épire était l'ennemi à abattre. Les Grecs ne comptaient pas. Soumis ils avaient été, soumis ils resteraient. A eux d'en profiter. Le bourreau du Sultan avait vidé les lieux.

J'attendais chaque jour un signal qui ne venait pas. Sept semaines s'écoulèrent sans que rien ne se passe. Je continuais à recevoir des messages des « frères » contenant des informations de plus en plus invraisemblables et contradictoires. Je refusais d'exécuter quoi que ce soit avant d'y voir plus clair ou de recevoir des confirmations. Autour de moi la fièvre des préparatifs, l'excitation des événements à venir retombaient. Puis brusquement le flot de messages codés se tarit. Aux éclaircissements que je réclamais répondit un silence tellement épais qu'il m'arrivait de me demander si je n'avais pas été le jouet d'une illusion, si je n'avais pas rêvé à l'existence d'une Philiki Etairia et aux préparatifs d'un soulèvement. L'hiver s'adoucissait. Sans pluie ni vent, la nature était figée et le temps semblait suspendu. Je partais pour de longues marches comme au temps de mon premier veuvage. Machinalement mes pas me conduisaient au sommet de l'île sur la colline du Profitis Illias. Là, notre sentinelle ne quittait pas sa longue-vue. Je scrutais interminablement la mer comme si je devais voir surgir à l'horizon quelque flotte qui eût bouleversé cette tranquillité et mis l'Histoire en marche. Mais rien ne venait. Seule la tombée de la nuit me faisait quitter mon poste et je m'en revenais chaque jour plus déçue. Février s'écoula, mars pointa. La date des soulèvements prévus par Papa Flessas était passée depuis plusieurs semaines et je n'entendais toujours rien.

Chapitre 13

Le 3 mars tomba un mercredi, je me le rappelle car aucun Grec ne se serait aventuré à entreprendre quoi que ce soit la veille, un mardi. Depuis la chute de Constantinople ce jour-là porte malheur. Ce mercredi 3 mars, donc, je me réveillai tôt, comme d'habitude, fis ma toilette, pris mes deux cafés fumants et forts. Je me sentais dans un état second, comme si une volonté différente de la mienne me dictait ma conduite. J'envoyai Yanno prévenir mes équipages pour que mes navires parés au combat soient prêts à lever l'ancre le plus tôt possible. « Où allons-nous, mère? me demanda-t-il. – Là où nous envoie le destin, mon fils. » Puis je me vêtis soigneusement. Une jupe à mi-chevilles me laissait toute liberté de mouvement. Je chaussai des bottes souples, j'arborai mon boléro richement brodé et autour de ma tête j'enroulai un tissu brodé d'or, plus proche du turban du pirate que du voile de la Spetsiote. Enfin, je passai dans ma ceinture de soie les deux pistolets damasquinés d'or que Bouboulis avait offerts à Yanouzas lors de mon premier mariage.

195

Lorsque j'ouvris la porte peinte en vert donnant sur l'extérieur, je trouvai la petite place en face de la maison noire de monde. Les Spetsiotes étaient descendus dans les rues, sur les quais. L'annonce de mon départ vite répandue avait attiré les badauds. L'*Agamemnon*, le *Koriezou* et mes autres navires arboraient pavillons et drapeaux flottant au vent car j'avais voulu que ce départ fût aussi une fête. Une chaloupe me conduisit à mon « navire amiral ». Mes marins étaient fin prêts, chacun à son poste, les canonniers se tenaient mèche allumée, à côté de leur instrument de mort. Yanno à la barre s'apprêtait à donner l'ordre de lever l'ancre. A côté de moi se tenait Yorgo qui m'accompagnait pour la première fois. J'attrapai un porte-voix et je m'adressai aux marins, aux Spetsiotes massés sur les quais. C'était mon premier discours public. Je parlai bien sûr d'indépendance, de liberté, de Grèce, je répétai les paroles du serment prononcé lors de mon entrée dans la Philiki Etairia. J'annonçai que je rompais le joug et me mettais hors la loi. Je fis descendre le pavillon turc orné du croissant et de l'étoile et à la place sur le grand mât je fis hisser un immense drapeau que j'avais découvert dans une armoire de Bouboulis, orné d'un gigantesque phœnix qui devait se voir à des milles à la ronde. L'oiseau qui renaît de ses cendres symbolisait la Grèce qui allait bientôt en faire autant. Je criai : « Plus jamais nous ne serons des esclaves. » La gorge nouée et les larmes aux yeux, je me tus. Mon émotion avait gagné la foule et je vis quelques mains essuyer furtivement une larme. Je terminai avec un « Vive la liberté », auquel des milliers de zitos [1] répondirent dans un vacarme puissant et joyeux.

1. Vivats.

Sur un signe de ma part, l'*Agamemnon* et mes sept autres navires tirèrent une salve d'honneur. La canonnade se poursuivit pendant que mes marins me raccompagnaient à la Dapia. L'orgueil m'enivrait au point qu'en manœuvrant la chaloupe pour la ranger le long du quai, il me sembla aborder en pays conquis. La Grèce et la liberté avaient conquis Spetsai! Les détonations, l'odeur de la poudre, les mots de combat, de liberté au nom de notre Grèce bien-aimée avaient grisé les Spetsiotes au point qu'ils m'acclamèrent depuis la Dapia jusqu'à la maison. Ainsi commença pour moi la prodigieuse aventure.

Une fois seule dans ma chambre, j'enlevai ma tenue de gala et je me regardai longuement dans la grande psyché encadrée de bronze. Fut-ce mon image qui s'adressa à moi ou moi qui m'adressai à mon image : « Es-tu devenue folle, Laskarina? Au nom de Dieu, qu'est-ce qui t'a pris, qu'as-tu fait? Tu veux tuer du Turc, mais du Turc il n'y en a pas à Spetsai. Aurais-tu décidé de te battre seule contre la flotte du Capitan Pacha? N'oublie pas que pendant ta petite fête les notables et les armateurs, eux, étaient restés prudemment chez eux. Les Spetsiotes t'ont manifesté leur enthousiasme. Mais savent-ils seulement à quoi ils s'engagent? Vont-ils te suivre? » Rageusement, d'un coup de pied je fis basculer le miroir afin de ne plus voir mon reflet.

Les deux semaines suivantes se passèrent en palabres. Je tâchai de convaincre mes confrères armateurs de se joindre au mouvement. Eux seuls feraient basculer ou non Spetsai dans la rébellion. Avec ceux qui m'avaient déjà rejointe, les inconditionnels de la première heure, mes demi-frères Lazarou, mon gendre

197

Koutsis, nous avions déjà dix-sept navires prêts à entrer dans la sarabande. Convaincre la majorité, c'est-à-dire les prudents, n'était pas une tâche aisée. Les conseils nocturnes se suivaient. Le vieux Mexis présidait, par rang d'ancienneté... et de fortune. Il était le patriarche écouté, vénéré, celui qu'il me fallait gagner. Ce formidable personnage n'était pas sans m'intimider. Les moustaches blanches tombantes, les yeux tombants, le nez aquilin lui aussi tombant avec les ans, il avait l'air de ne rien écouter, de ne rien remarquer mais rien ne lui échappait. Il ne criait jamais, il n'en avait pas besoin, tout le monde filait doux devant lui. Un caractère d'acier, une honnêteté inébranlable et un patriotisme ardent le caractérisaient, mais il ne voulait pas brûler inutilement ses cartouches. « Il faut attendre, Laskarina, il faut attendre », répondait-il calmement à mes objurgations. Attendre quoi? Il faut attendre ce que vont faire les choses, voir si Hydra va bouger, si Mani va bouger, si le Péloponnèse va bouger. « Il faut attendre, Laskarina, il faut attendre. — Et tu attendras si bien que l'heure sera passée sans que tu t'en sois aperçu. » Un petit rire le secouait comme s'il trouvait la plaisanterie fort divertissante. Les autres attendaient de voir ce que le vieux Mexis déciderait.

Un matin de la fin mars, sur la porte du Dikitirio, le modeste bâtiment où se réunissaient nos édiles, fut affiché un firman du Kaimankan, le lieutenant de Kurchid Pacha. Ordre était donné à tous les Grecs de remettre leurs armes aux autorités turques. Les gens discutaient, s'échauffaient, s'encourageaient les uns les autres. De maison en maison, de café en café, chacun fit la même réponse. Pas question d'obéir. Ces vieux fusils, ces pistolets rouillés, ces sabres à la lame émoussée représentaient des trésors que chaque famille, même la plus humble, se transmettait de génération en génération. Tant que les Turcs les avaient laissés dormir au fond des armoires, personne n'avait songé à les lever contre eux. Avec ce décret dégradant, tous furent décidés à les utiliser.

Je reçus une convocation pour un conseil extraordinaire de la Philiki Etairia. Le vieux Mexis annonça qu'il avait reçu un second firman du Kaimankan ordonnant aux prélats et notables grecs de sa juridiction de se rendre au plus vite à Tripolitza sous peine d'être considérés comme des rebelles. Les armateurs se retrouvaient sur la liste qu'il brandit, tous sauf moi, et je vis dans cette exception l'œuvre occulte de mon étrange ami Sarkis Bey. « Déjà, des évêques, des notables du Péloponnèse se dirigent vers Tripolitza », annonça le vieux Mexis. « Et au moment même où ils y parviendront, ils seront pris en otages par le Kaimankan », prédis-je. Le vieux Mexis hocha la tête : « Il faut réfléchir, discuter. — C'est tout discuté, c'est tout réfléchi, claironnai-je, si vous acceptez vous êtes perdus. — Et s'ils nous considèrent comme des rebelles ? — Ils ne peuvent rien contre nous, d'ailleurs au point où nous en sommes. » Il fallait se revoir, discuter à nouveau, répétait le vieux Mexis. En attendant, il nous fit jurer le secret le plus absolu... comme si le secret pouvait jamais fleurir en Grèce.

En sortant de la réunion et en me promenant sur le port dans les cafés, je me rendis compte que les Spetsiotes connaissaient déjà la nouvelle et l'avaient déjà « embellie » à leur manière. Certains avaient vu « de leurs yeux vu » le vieux Mexis partir enchaîné pour Tripolitza... D'autres avaient aperçu de loin la flotte

199

turque toutes voiles déployées se dirigeant vers Spet-sai... D'autres enfin affirmaient que les Koutsis prenaient le maquis... « Germanos a déjà quitté Patras pour Tripolitza. » Cette dernière affirmation me fit sursauter car le marin qui la proférait paraissait un peu plus sérieux que les autres. Je l'interrogeai. Le navire sur lequel il travaillait venait directement de Patras. Avant son départ, il avait pu constater que l'évêché paraissait désert. Les gens du quartier lui avaient appris le départ de l'évêque. Si notre chef régional tombait aux mains du Kaimankan, je ne donnais pas cher des membres de notre Philiki Etairia.

Je me couchai nerveuse, inquiète. A peine fus-je endormie que Nur me réveilla. Le vieux Mexis nous convoquait chez lui en pleine nuit. Il fallait vraiment que quelque chose d'important soit arrivé. Je retrouvai dans la salle de réunion les autres membres de la loge ainsi qu'un moinillon à l'air déluré que l'évêque avait dépêché pour nous raconter les derniers événements. Germanos avait donc bien quitté Patras. Arrivé dans les montagnes à Kalavrita, il avait reçu une étrange missive, envoyée par un Turc de Tripolitza avec lequel il entretenait des liens d'amitié. Celui-ci le prévenait que si lui et les autres prélats se présentaient devant le Kaimankan, ils seraient immanquablement faits prisonniers. Germanos se retira dans le monastère de la Sainte-Lavra pour prier et demander à Dieu de l'éclairer. Le lendemain matin, devant les farouches paysans descendus de leur montagne escarpée, il avait exhorté les Grecs à lutter ensemble pour la « victoire de Dieu » contre l'oppresseur hérétique, et aux acclamations de la foule il avait brandi l'étendard de l'indépendance où sur fond jaune s'étalait... un beau phœnix. L'évêque

200

nous enjoignait impérativement de nous joindre au mouvement. Lorsque le moinillon se tut, nous avions la gorge serrée. J'oubliai le ressentiment que je pouvais garder contre Germanos et la façon dont il m'avait traitée. Il avait donné la première impulsion. L'Histoire s'était désormais mise en marche et rien ne pourrait plus s'arrêter. « Il faut d'abord voir », annonça tout de suite Mexis. « Et ensuite il faut discuter », ajoutai-je. Il ne parut pas le moins du monde vexé par mon insolence. Il eut au contraire ce petit rire innocent qui avait le don de m'exaspérer pour conclure : « C'est l'évêque Germanos qui s'est écrit à lui-même la lettre pour nous empêcher d'aller à Tripolitza. » Le vieux Mexis était trop bien renseigné pour que j'en doute et mon estime pour l'évêque s'en accrut.

La nouvelle fit peu d'effet sur les Spetsiotes. Notre pays était trop compartimenté pour que ce qui survenait dans le Péloponnèse voisin affectât les insulaires. Notre indépendance les concernait, mais ils étaient plus curieux que passionnés. Les jours suivants, les nouvelles se succédèrent à une cadence tellement accélérée qu'il fut difficile de démêler le vrai du faux. Patras, la métropole richissime, le centre nerveux du Péloponnèse, se soulevait. La ville était à feu et à sang, aux cris de « mort aux Turcs ». Ceux-ci, réfugiés dans la citadelle, tremblaient de peur et l'évêque Germanos rentrait triomphalement dans sa ville au son des cloches et des salves d'honneur.

Deux mille combattants grecs libéraient Kalamata, la plus grande ville du sud du Péloponnèse, et clef de l'indomptable Mani. Un nom revenait sur toutes les lèvres : Kolokotronis. C'était lui qui, disait-on, était à la tête de ces soldats issus du néant. La Messénie,

201

l'Achaïe et les autres provinces s'embrasèrent l'une après l'autre : partout des Grecs en armes et des Turcs massacrés ; dans chaque ville, dans chaque village, des soulèvements spontanés. Le Péloponnèse entier rejetait l'oppresseur. Nous étions inondés de lettres de « frères », ou plus simplement de combattants qui nous suppliaient de nous joindre à eux, de venir à leur aide. « Il faut attendre. Attendre », répétait le vieux Mexis, d'une voix de plus en plus faible.

Dans la nuit du 2 au 3 avril, les Lazarou, les Botaris, les Koutsis et autres armateurs membres de la Société Amicale se réunirent chez moi avec leurs hommes d'armes et leurs gardes du corps que j'avais installés dans les salles du rez-de-chaussée. Peu avant l'aube, nous nous mîmes en route. Nous nous enfonçâmes dans les ruelles encore obscures, tâchant de rester discrets, mais le silence ne convient pas au trop-plein d'alcool. Sans cesse des heurts, des jurons me faisaient éclater d'un rire inextinguible. Titubants et surarmés, nous atteignîmes le Dikitirio, le bâtiment de l'administration, symbole de l'occupation turque. Deux volontaires, deux bons Spetsiotes, montaient la garde à la porte. Le vacarme que nous faisions les avait alertés. Ils furent carrément terrifiés lorsque nos hommes armés se précipitèrent sur eux en criant. Ils se laissèrent désarmer sans demander leur reste, s'échappèrent et disparurent dans l'obscurité. Le bâtiment à cette heure était désert. Je montai à l'étage et sortis sur le balcon. Au loin du côté de Hydra le rose de l'aube montait lentement à l'horizon, tandis que de l'autre côté les montagnes du Péloponnèse baignaient toujours dans le gris sombre de la nuit finissante. Les autres « frères » me laissèrent l'honneur de baisser le pavillon turc qui depuis cinq siècles flottait sur Spetsai. A sa place je hissai le drapeau de l'indépendance. La croix du symbole chrétien dominait le croissant, symbole musulman, aidé par l'ancre et la lance qui représentaient notre marine et notre armée. Mais la victoire ne serait obtenue que si nous possédions la sagesse représentée par le serpent et le sens de la justice représenté par l'aigle. Toutes les femmes, filles, sœurs des membres de la Philiki Etairia avaient été mises à contribution pour broder dans le plus grand secret ce chef-d'œuvre en autant d'exemplaires que possible. Nur elle-même s'était appliquée à représenter les symboles de la liberté grecque. Le drapeau hissé, nous attendîmes le jour.

Réveillés par notre vacarme, les voisins avaient commencé à se réunir devant le Dikitirio, rejoints bientôt par d'autres. Au bout d'une heure, nous eûmes à nos pieds une masse de gens qui regardait avec ébahissement notre étendard. Mon demi-frère Nicolas Lazarou, d'une voix forte, cria du balcon « Zito To Yenos [1] », « Zito zito », répondit la foule. Je sentis monter la fraternité et l'élan. Bravant la cohue, je vis venir vers nous le vieux Mexis. Il avançait à petits pas en s'appuyant sur sa canne, aussi tranquillement que s'il s'était rendu à ses bureaux. Il monta péniblement l'escalier et nous rejoignit sur le balcon. Sans regarder ni saluer aucun de nous, il prit un pan de notre drapeau, l'embrassa et, reprenant la devise qui y était inscrite, cria d'une voix retentissante dont je ne l'aurais pas soupçonné : « La liberté ou la mort. » J'aurais voulu étreindre le vieil homme dont le cœur n'avait cessé de battre pour la Grèce et qui nous apportait

1. Vive la race, vive la grécitude.

enfin son adhésion, mais Mexis n'était pas un homme d'effusion. Les cloches de la ville se mirent à sonner à l'unisson. Nous nous rendîmes à l'église de la Sainte-Trinité où l'office du dimanche des Rameaux se transforma en Te Deum. Tous les hommes présents jurèrent de mourir en combattant pour la foi et la patrie, et leur chœur puissant fit trembler les vitraux.

Nos navires, que la crise gardait à l'ancre, assureraient désormais le transport de la liberté. La révolution disposait de soixante navires et de deux mille sept cents marins aguerris. Nos marins s'engagèrent avec enthousiasme. Point de butin à partager cette fois, et pour solde de leur travail, les épreuves et le danger. La désobéissance et même la mutinerie les avaient toujours tentés, mais du jour où ils risquèrent leur vie pour leur patrie, ils devinrent miraculeusement disciplinés. Spetsai avait été la première île à rejoindre les rangs. Les informations les plus contradictoires nous parvenaient de notre voisine Hydra. Hydra l'indécise, Hydra la philoturque, Hydra la traître, renâclait à rejoindre notre lutte pour l'indépendance. Heureusement Papa Flessas avait dépêché dans l'île un de ses amis, Ikonomou, un capitaine d'aventures doté comme lui d'un bien beau toupet. Grâce à Papa Flessas, il avait trouvé des hommes à enrôler, les avait armés et à leur tête s'était emparé du Dikitirio. Puis il avait assumé le pouvoir à la place des édiles en fuite. Mais le reste de la population ne bougeait toujours pas. Adolescente, j'étais venue sur une barque ballottée par les vagues. Je revenais à la tête d'une escadre.

Mes huit navires déployés face à l'étroit goulet qui marque l'entrée du port, j'observai à ma longue-vue les Hydriotes se masser sur le port, lever les bras, courir en tous sens. Des barques se détachèrent du quai et vinrent se ranger le long de l'*Agamemnon*. Je reçus les « frères » de l'île dans ma cabine. Ils se plaignirent de la mauvaise volonté des notables de l'île, qui claironnaient leur patriotisme mais n'étaient pas prêts à risquer un kolonat pour notre cause. « Et Ikonomou alors, c'est bien un patriote ? – Pour être un patriote il l'est, il ne manque pas une occasion de l'affirmer. – Je croyais qu'il avait le pouvoir. – Il parle beaucoup, Capetanissa, mais il agit peu. » Ikonomou fut le dernier à me rendre visite, et je décelai dans ce retard l'intention de me marquer sa propre importance. C'était un grand gaillard à la chevelure abondante, aussi noire que la superbe moustache. Ses grands yeux sombres et étirés avaient quelque chose d'oriental. Il respirait l'ardeur mais peu l'intelligence. Il commença par fanfaronner. A l'entendre, il tenait fermement l'île et ses habitants en main. « Alors pourquoi Hydra ne nous a-t-elle pas envoyé sa flotte ? » Il s'emporta contre les notables. « Les prêtres sont sucre et miel avec moi, mais lorsque je leur demande quoi que ce soit, ils font la sourde oreille. Quant aux armateurs, ils me promettent leur argent, leurs armes, leurs navires et ce ne sont que des promesses sans lendemain. – Bref, tu t'es laissé déborder. – Je ne sais plus, Capetanissa. Mets-moi en face du peuple le plus hostile, je sais leur parler, je réussis à les enrôler, mais ces gens riches, éduqués, courtois m'engluent dans leur dialectique. » Il ne connaissait pas ces durs à cuire et il ignorait le ton qu'il fallait employer avec eux. Je lui demandai qui commandait réellement l'île. Pour qu'il rencontre une résistance aussi subtile et organisée, il fallait qu'il y eût un chef. Sans hésiter il nomma Georges Koundouriotis : « C'est le plus riche d'entre eux, le maître virtuel de l'île, l'opposant le plus fanatique à notre mouvement. Il n'y voit qu'une aventure dangereuse, vouée à l'échec. Il est décidé à rester en dehors coûte que coûte afin de préserver sa fortune... »

Georges Koundouriotis était mon cousin germain. Son père avait chassé ma mère et lui-même, petit garçon, avait chassé la petite fille que j'étais alors. Je donnai à Ikonomou des instructions précises. Il nous fallait Hydra à tout prix. Son importance était presque égale à celle de Spetsai. Sans Hydra le succès risquait de nous échapper. Ikonomou ragaillardi s'en retourna à terre et je reçus alors les notables que j'avais fait convoquer : édiles, prélats, armateurs, gros marchands. Seul Koundouriotis n'était pas au rendez-vous. Les autres, habitués à Ikonomou, étaient venus par curiosité. Ils furent payés de leur peine. Je ne demandai pas, j'exigeai. Je ne priai pas, je menaçai. Je les insultai, je leur fis la liste précise de ce que nous attendions d'eux. A toutes leurs protestations, je répondis par une bordée d'injures. Je sortis même mes pistolets de la ceinture et tirai quelques coups dans le plafond. L'odeur âcre de la poudre remplit la cabine. Ils étaient impressionnés mais encore réticents. C'est alors qu'une clameur s'éleva de la ville. Nous montâmes sur le pont. Le peuple, excité par les discours d'Ikonomou, courait assiéger le palais de l'évêque et les maisons des armateurs, exigeant que Hydra se joigne à la lutte pour l'indépendance. Les notables inquiets voyaient déjà leurs demeures envahies ou pillées. Lorsque les fumées d'incendies embrasèrent le ciel, ils crurent leur dernière heure arrivée et me supplièrent de les protéger. Une grande partie de la foule se dirigeait le long du quai vers le palais Koundouriotis dont le grand portail se ferma précipitamment au moment où les premiers manifestants l'atteignaient. Ils heurtèrent sans succès l'impressionnante épaisseur de bois dur que seul un canon aurait pu entamer, mais justement canon il y avait. Je fis signe à mon canonnier le plus expert. La déflagration sembla remplir la petite ville. L'homme avait visé selon mes instructions. Le boulet ne fit qu'entamer le sommet du mur enfermant la cour. Les manifestants hurlèrent de joie. Il n'y eut pas besoin d'un second coup de canon. Le portail du palais s'ouvrit lentement et Georges Koundouriotis apparut coiffé d'un très haut bonnet à poils noirs. Il s'avança calmement vers Ikonomou et à la longue-vue je les vis qui parlaient... Lorsque le soir tomba, Ikonomou avait obtenu un million deux cent mille piastres pour armer la flotte hydriote. Hydra avait cédé et Koundouriotis payé. Au propre et au figuré.

Rendue joyeuse par ce succès, je m'empressai d'aller à Nauplie. Ce n'était pas tant son port qui rendait cette ville du Péloponnèse importante que sa formidable forteresse, le Palamides, l'une des plus imposantes de Grèce tenue par une forte garnison turque qu'il semblait pratiquement impossible de déloger. Pourtant, c'est ce qu'avaient décidé les Argiens, les habitants de la ville voisine d'Argos, qui, dès le début, avaient épousé notre cause. Comme il était hors de question de prendre Nauplie d'assaut, ils en avaient entrepris le siège. J'avais décidé de leur apporter mon aide et de bloquer la ville par mer afin d'empêcher les secours de parvenir. Poussés par un vent fort, nous volions au-dessus de l'eau. J'étais impatiente, heureuse et fière. Fière de ma flotte, de mon Yanno qui tenait la barre du navire dont je l'avais nommé capitaine.

207

Arrivée dans la baie de Nauplie avant les armateurs que j'avais convaincus de me rejoindre, je débarquai à Milous. Les maisons basses du modeste village se nichaient sous les ormes centenaires. De nombreuses sources produisaient une végétation abondante. Yanno, qui avait bien plus de lettres que moi, m'apprit que dans l'Antiquité ce village verdoyant s'était appelé Lerne et que l'Hydre y avait sévi. A vrai dire, j'éprouvais peu d'intérêt pour notre mythologie, seul le présent m'intéressait. Une députation d'Argos m'attendait, qui me priait de visiter leur ville. Je dus malgré moi monter à cheval. Je n'ai jamais bien su me tenir sur ces animaux, me sentant plus à l'aise sur le pont d'un navire. Pour me faire honneur, on m'avait choisi un étalon particulièrement vif qui ne cessait de piaffer et menaçait de se cabrer. Je ne parvenais pas à le maîtriser. Je craignais de tomber et c'est en maudissant l'animal et ma maladresse que je fis mon entrée dans Argos où tous les habitants étaient massés dans les rues pour m'accueillir. Je ne respirai que lorsque je sentis le sol de la grand-place sous mes pieds. Les mêmes mains qui m'avaient descendue de selle me propulsèrent à l'intérieur d'une maison, me firent monter un escalier et me jetèrent sur un balcon. En bas, sur la place, j'aperçus une mer de têtes, de visages tournés vers moi, l'expression tendue. J'eus un mouvement de recul, puis l'attente de mon auditoire me rendit tout mon courage. Je m'adressai aux Argiens en grec puis en arvanitika. Je prononçai les paroles qu'ils attendaient. Je leur prodiguai encouragements et félicitations. Je fus vague et lyrique à la fois. Les Argiens m'acclamèrent et m'appelèrent « megali kyria », la grande dame. « Dame, je ne sais pas si je l'ai jamais été, leur lançai-je, et grande, attendez donc que j'agisse pour mériter ce titre. » Je refusai énergiquement de revenir à Milous à cheval. On me trouva une voiture. Les navires spetsiotes avaient entre-temps rejoint les miens. Ceux des Botaris de la « bonne branche », ceux de mes frères Lazarou. Les Argiens exultèrent.

Pâques arriva et je fis une entorse à la discipline. Je m'étais fixé de rester à mon poste et de veiller à bord de l'*Agamemnon*, mais les habitants de Milous m'invitèrent de façon pressante à fêter la résurrection du Christ avec eux. Papa Flessas, que j'avais retrouvé à Argos, officiait. Il inaugurait une nouvelle tenue, adaptée aux circonstances guerrières, longue foustanelle blanche, guêtres de feutre bleu, boutonnées d'argent, gilet brodé et bonnet rouge à pompon noir. Il avait fière allure. Mais pour l'office du Samedi saint qu'il avait tenu à célébrer, il avait revêtu des vêtements ecclésiastiques, portant les ornements élimés prêtés par le curé du village bien trop petits pour lui. La minuscule église ne pouvant contenir la foule en trop grand nombre, la majorité des fidèles étaient restés dehors. Je me tenais ainsi entourée de mes marins sur la petite place. Selon l'usage, les lumières avaient été éteintes et les garçons en profitaient pour frôler les filles. Cette obscurité totale évoquait pour moi la longue nuit traversée par mon pays. Lorsque Papa Flessas parut au portail du sanctuaire, tenant le cierge allumé, et que je vis la flamme minuscule courir de bougie en bougie pour former bientôt une forêt de petites lumières, il me sembla voir la Grèce se ranimer et renaître. Je sentais que la flamme courait partout, créant des milliers, des centaines de milliers, peut-être des millions de flammèches à travers toute la Grèce. Et lorsque Papa Flessas de sa voix de stentor eut prononcé : « Le Christ est ressuscité », jamais je n'ai entendu de voix plus joyeuses, plus ardentes répondre : « En vérité il est ressuscité. »

Les villageois nous avaient préparé le repas traditionnel. Nous dégustâmes sous la nuit étoilée la mayiritza, soupe à base d'abats. Nous entrechoquâmes avec de grands rires et des souhaits nos œufs teints en rouge. Nous nous enfarinâmes le visage avec le halva sucré qui tombait en poussière à peine y mordait-on, et nous arrosâmes le tout de quantités considérables de vins résinés. Les libations reprirent le lendemain pour le déjeuner de Pâques. Nos hôtes avaient construit des tonnelles de feuillages. Le puissant arôme des moutons grillés à la broche se mêlait au parfum insinuant et légèrement écœurant des fumées de narguilé. Les villageois chantaient, dansaient devant notre table et nous battions des mains en cadence. Papa Flessas, qui présidait avec moi ces agapes, se montra égal à lui-même. Il engouffrait littéralement la nourriture, buvait à jeter sous la table le plus endurci des ivrognes. Il rotait, faisait les plaisanteries les plus triviales et sans se préoccuper de ses voiles noirs d'archimandrite et de sa croix pectorale, il reluquait les jeunes filles qui nous servaient. Je crois même qu'il en pinça plusieurs. Je ne résistai pas à le taquiner sur sa bête noire, l'évêque Germanos. Depuis qu'il avait levé à Kalavrita l'étendard de l'indépendance, ce dernier était devenu le héros des Grecs, faisant du 25 mars une borne de l'Histoire. « Tu vois, Papa, que tu avais tort de t'en prendre à lui. » Papa Flessas éclata d'un rire carnassier interrompu par un rot tonitruant : « Au lieu de jouer les héros et les patriotes, il tremblait de peur, ce Germanos. Lui et ses prélats se sont terrés comme des lapins dans leurs trous. Germanos n'en est ressorti le 24 mars que lorsqu'il a su que Patras était libérée. Le 25 mars il ne pouvait pas se trouver à Kalavrita, mais je reconnais qu'il est très habile à construire sa propre légende. » Dans l'euphorie de cette fête de Pâques, cette révélation me déboussola : j'avais envie de pleurer et de rire à la fois. Un reste de bon sens me fit glisser à Papa Flessas : « Garde pour toi tes contes à dormir debout. Il nous faut des héros vrais ou faux. » Mais une fois de plus, Papa Flessas, emporté par le vin, échappait à toute retenue. « Écoutez tous, beugla-t-il, la vraie histoire du saint évêque Germanos. » Nous fûmes heureusement interrompus...

Depuis les premières heures du matin, nous parvenait le grondement sourd de l'artillerie des Argiens bombardant Nauplie assiégée. Pendant ce déjeuner pascal, il m'avait semblé que le bruit se rapprochait et se transformait en crépitement d'armes à feu, mais emportée par la gaieté ambiante, je n'y avais pas fait attention. Papa Flessas avait à peine entamé son récit que quelques combattants haletants, affolés, débouchaient sur la petite place en hurlant : « Les Turcs, les Turcs ! » En une seconde, ce fut la débandade. Les femmes, les enfants, les poules et le pope se volatilisèrent en piaillant. Les hommes coururent aux armes, les vaches mugirent, les chevaux piaffèrent, les chiens aboyèrent. Arrêtant un de ces oiseaux de mauvais augure, j'arrivai à lui extirper quelques explications. Les Turcs assiégés dans Nauplie connaissaient bien les Grecs. Ils savaient qu'en ce dimanche de Pâques, le siège de la ville et le bombardement ne se poursuivraient que pour la forme. Ils en avaient profité pour opérer une sortie. Leur calcul s'était révélé parfaitement juste car personne n'avait pris les précautions les plus élémentaires. En un rien de temps, les lignes des Argiens avaient été enfoncées. Papa Flessas sortit deux immenses pistolets de sous sa soutane qu'il ne prit même pas la peine d'enlever et les brandit : « Avec ça, nous allons repousser ces maudis Turcs. » A son commandement, les hommes galvanisés enfourchèrent les premières montures qu'ils trouvèrent et, galopant derrière l'archimandrite, disparurent dans un nuage de poussière en direction de l'ennemi.

Je restai seule au milieu des reliefs de la fête. Je regardais tristement la graisse des agneaux couler et grésiller sur les braises, les guirlandes qu'une brise balançait mollement, les verres à demi pleins, les assiettes sales. Puis je me repris. Je donnai l'alerte aux marins restés sur nos navires. Ils débarquèrent immédiatement, Yanno à leur tête. Le seul cheval qui restait était une jument énorme, placide, à la longue queue. Je parvins à me hisser dessus, je lui donnai les plus vigoureux coups de talon, certaine que rien ne l'ébranlerait. A ma surprise, elle partit comme une flèche. Nos hommes, qui sur des montures de fortune, qui à pied me suivirent. Nous nous enfoncions dans une vaste oliveraie lorsque Yanno donna l'ordre de mettre pied à terre. Nous nous retranchâmes derrière un mur de pierre séparant deux propriétés et nous demeurâmes accroupis ou agenouillés, tendus, anxieux, le doigt sur la gâchette. La fusillade se rapprochait. Des grappes de fuyards couraient vers nous. Nous tâchions de les arrêter de la voix et du geste. Certains se joignaient à nos pelotons, d'autres continuaient à détaler sans rien vouloir entendre.

Soudain, droit devant nous, je les vis, les Turcs, les ennemis. Ils étaient apparus entre les troncs noueux, ils galopaient sans bruit, la terre molle amortissant le martèlement des sabots de leurs chevaux. Ils semblaient se déplacer à une allure vertigineuse, à ras de terre. Ils ne nous avaient pas encore aperçus, tout occupés qu'ils étaient de poursuivre les fuyards. Je voulus donner l'ordre de tirer. Yanno m'en empêcha : « Laisse-les se rapprocher encore un peu ». Ils étaient presque sur nous lorsque j'entendis mon fils crier : « Feu ». Notre fusillade les surprit. Ils s'arrêtèrent, s'abritèrent derrière les oliviers et commencèrent à riposter. La fascination, la peur me rendaient incapable de bouger... ni de baisser la tête. Les balles sifflaient mais je ne réagissais pas. Yanno rampa jusqu'à moi et, pesant avec une force prodigieuse sur mes épaules, m'obligea à me baisser. Le tir se renforça, le vacarme devint assourdissant, à croire que toute l'armée turque nous attaquait. Je voyais des éclats de bois, de pierres sauter sous l'impact des balles. L'un d'eux m'égratigna la joue. J'étais comme droguée, inconsciente du danger. Je tournai la tête vers mon voisin, un de nos plus vieux marins. Je le vis se pencher lentement vers moi. Je crus qu'il voulait me dire quelque chose. Son épaule heurta la mienne puis il glissa et s'affaissa. Un filet de sang s'échappait de sa tempe. Il n'avait pas lâché ses pistolets qui fumaient encore. La vision de ce vieux compagnon inerte me réveilla de ma torpeur. Il avait participé à toutes mes expéditions et s'était montré un élément indispensable et familier. J'avais mes pistolets damasquinés d'or passés dans ma ceinture, ce furent avec les siens, que je lui retirai des mains, que je me mis à tirer comme une folle. Je visais tout ce qui bou-

213

geait entre les oliviers. Je vis plusieurs silhouettes au loin s'affaisser. Le tir ne tarda pas à baisser en intensité. A la vérité, les Turcs s'apercevant qu'ils n'étaient pas en force firent demi-tour et décampèrent, se fondant dans la grisaille argentée des oliviers. Je ne pouvais pas m'arrêter de tirer, espérant encore en atteindre un ou deux. A côté de moi, la rigidité de la mort avait vaguement donné à la dépouille de mon vieux marin la forme d'un Z.

Le succès de nos Spetsiotes n'effaçait pas la légèreté avec laquelle nous nous étions comportés. Les jours suivants, les conseils de guerre furent orageux à Argos. Ils avaient lieu au Dikitirio d'où les Turcs avaient administré la ville. Nous nous réunissions dans une salle du premier étage, jetant nos armes, pistolets, poignards, sabres sur la grande table du centre, transformée en arsenal. Personne ne voulait admettre sa faute et la rejetait sur le voisin. Papa Flessas aussi responsable que nous se surpassa pour nous injurier copieusement. Il nous fallait coordination et tactique. Yanno, seul à proposer une stratégie précise et à s'exprimer calmement, ne fut pas écouté. Nos chefs préféraient ergoter et se disputer. Au milieu d'une de ces querelles délectables et interminables, la porte s'ouvrit avec violence sur un courrier haletant, couvert de poussière, qui parvint avec difficulté à prononcer : « Ils ont pendu le patriarche. »

Ce Samedi saint, pendant que nous célébrions joyeusement la résurrection autour de la petite église de Milous, là-bas, à Constantinople, le patriarche Grégoire V officiait avec la pompe habituelle. Au milieu des forêts de cierges et des nuages d'encens, sous le regard millénaire et obsédant des icônes, évêques et acolytes, moines et servants, en ornements de brocart rose, bleu, jaune, exécutaient le ballet sacré mis au point concile après concile dans les temps anciens de l'empire byzantin. Cependant la foule restait inhabituellement clairsemée. La plupart des représentants des grandes familles grecques, ces princes du Phanar brillaient par leur absence, et signe inquiétant, le fauteuil de l'ambassadeur russe, mon ami Strogonoff, demeura vide. Les nouvelles du soulèvement des Grecs embrasaient la capitale partagée entre la panique, la colère et l'expectative. Après l'office, le patriarche sortit sur le parvis, scintillant dans ses brocarts d'or, sa mitre endiamantée sur la tête, sa crosse incrustée de rubis en main. Aussitôt les janissaires surgirent de partout et l'entourèrent. En quelques secondes, ils lui avaient passé le lacet fatal autour du cou et l'avaient pendu à la porte même du patriarcat. Malgré son entêtement à ne pas cautionner notre soulèvement, Grégoire V répondit à ceux qui lui avaient proposé de se réfugier dans une ambassade ou sur un bateau battant pavillon étranger : « Ne me poussez pas à fuir. Ne cherchez pas à me sauver. L'heure de ma fuite signifierait le début du massacre dans Constantinople et dans les communautés chrétiennes... Je suis patriarche pour sauver mon peuple, non pour le jeter au couteau des janissaires. » Grégoire V, patriarche de l'Orient, n'était pas un révolutionnaire mais c'était un homme courageux. Son sacrifice n'arrêta pas les répressions, et son meurtre ouvrit la boîte de Pandore aux mauvaises nouvelles. Nous apprenions que dans le golfe de Corinthe les Turcs reprenaient Galaxidi, la richissime Galaxidi notre concurrente qui naguère faisait proliférer sa flotte à l'ombre du rocher de Delphes. Ils emportaient de même Patras et la noyaient dans le sang. L'évêque Germanos parvint à s'enfuir, et cette fois-là Papa Flessas n'eut pas envie de se moquer de lui.

Enfin Kurchid Pacha, le brutal limier du Sultan, retenu en Épire par l'indomptable Ali Pacha qui refusait toujours de plier, n'oubliait pas le Péloponnèse. Sa riposte à notre soulèvement s'appelait Kehaya Bey, le plus impitoyable de ses lieutenants. Il l'envoyait à la tête de milliers d'Arvanites musulmans, nos frères de race mais nos ennemis les plus détestés. Tandis que nous nous perdions encore en disputes stériles ils avaient anéanti Votitza, en Péloponnèse, repris Corinthe, et fonçaient droit sur nous sans rencontrer de résistance. Ce n'était plus qu'une question de jours, peut-être d'heures. Les réfugiés qui les précédaient de peu rapportaient sur eux les récits les plus terrifiants. Ils torturaient, ils tuaient sans lassitude, sans discrimination, partout. Mais plutôt que de nous effrayer, leur cruauté fut le ciment bénéfique de notre coalition. Le miracle eut lieu dans la salle du premier étage du Dikitirio d'Argos. Enfin nous tombâmes tous d'accord.

Le 25 avril 1821 nous étions fin prêts à recevoir les Turcs. Les Argiens avaient creusé des fossés, élevé des remparts autour de leur ville. Milous, le petit village, avait été transformé en camp retranché. Yanno avait choisi le lieu-dit de Xeria. C'était, tout contre le rocher dominé par la forteresse d'Argos, un bosquet de très vieux arbres où dormaient, à demi ensevelies, quelques ruines antiques. Un mur ancien et épais avait été jadis édifié pour contenir les eaux maintenant presque à sec de l'Inachus. Cinq cents Spetsiotes et autres volontaires avaient été postés derrière ce rempart naturel renforcé à coups de débris de bas-reliefs et de colonnes en marbre arrachées au site voisin. J'étais allée voir Yanno la veille. Les tentes s'alignaient sous les grands arbres au milieu du vert tendre des herbes folles de printemps. Les hommes astiquaient et fourbissaient leurs armes. D'habitude gaies et entraînantes, les chansons qu'ils fredonnaient me prirent à la gorge par leur mélancolie. L'ultime conseil de guerre se tint dans la tente de Yanno. Jamais, m'affirma-t-il, les Turcs ne pourraient franchir le fossé creusé par le lit du fleuve ni les fortifications qu'il avait improvisées. Il tiendrait indéfiniment contre tout assaut. Il était confiant et serein. Il me supplia de rejoindre au plus vite mon poste. Il avait été décidé que le blocus maritime de Nauplie se poursuivrait coûte que coûte. Ma mission était d'y veiller à la tête des équipages réduits de la flotte spetsiote. Je devais couvrir nos troupes au cas où battues elles se seraient repliées sur la côte. « Vous m'imposez une position d'arrière-garde. Laissez-moi me battre avec vous. — Pour une fois, une seule, fais ce qu'on te dit », m'assena Papa Flessas. Je surpris le sourire amusé de Yanno et je m'en vexai horriblement. Aussi écourtai-je les adieux. Je dessinai une croix sur son front : « Que Dieu te bénisse, mon fils, et te donne la victoire. »

Dès l'aube, l'avant-garde turque avait été signalée et à dix heures du matin la bataille d'Argos avait commencé. Mais je n'en percevais quasiment rien. A peine, venues de très loin, des explosions sèches, brèves, et de minuscules nuages, poussière ou fumée au-dessus du tapis d'orangers et d'oliviers. Mais ces symptômes imperceptibles ne dérangeaient pas la douceur de cette matinée de printemps. Le soleil ne brûlait

217

pas, il caressait. Une brise légère venue de la terre m'amenait de temps à autre les parfums des fleurs et des abeilles venaient depuis le rivage bourdonner autour de moi. A elles seules, elles remplissaient le silence démesuré d'une mer d'huile bleu pâle. Les heures passaient inexorablement. La succession d'estafettes s'était mystérieusement interrompue. Plus de messagers, plus de nouvelles. Je fixais la côte à la recherche du moindre indice et je ne voyais rien que la nature verdoyante et ensoleillée. La torpeur laissait place à l'impatience. Images, pensées, visions m'envahissaient, s'imposaient, s'entrechoquaient, extravagantes, sinistres, délicieuses. Et sans cesse un nom, un visage me revenait, celui de Yanno. La carrière des armes qu'il avait choisie voulait qu'il s'exposât. Son engagement comportait le danger et sur son vaisseau amiral, bardée d'armes, je ne m'étais jamais sentie plus mère.

En début d'après-midi, je perçus vaguement des mouvements du côté de Milous. Anxieuse, je m'armai de ma lunette et distinguai les villageois armés de leur antique tromblon se hâter vers les remparts de terre hâtivement édifiés les jours précédents. Des hommes apparurent sur le petit port, des Grecs, des fuyards qui couraient, des blessés qui clopinaient, se traînaient ou étaient portés par des camarades. Mauvais présage. Par signaux, je donnai l'alarme à notre flotte. Toujours aucune nouvelle de la bataille, aucune chaloupe venant vers nous. Je bouillais de descendre à terre apprendre ce qui se passait mais je devais rester à mon poste prête à toute éventualité. Il était trois heures vingt lorsque je les vis. Mon demi-frère aîné Nicolas Lazarou déboucha sur le quai minuscule, accourut sur la plage. Je le reconnus à sa très haute taille et à son uniforme particulièrement brodé. Il agitait les bras dans notre direction. Je repris espoir. Peut-être malgré les fuyards avions-nous gagné la bataille? La nécessité de savoir fut trop forte. Je fis mettre à l'eau une chaloupe. Lorsque j'approchai du rivage je lus sur le visage de mon frère dont je ne pouvais détacher les yeux une expression qui m'effraya. Je n'attendis pas d'avoir atteint la plage. Je me jetai dans la mer et avec de l'eau jusqu'à la taille je me précipitai vers lui. Il se jeta dans mes bras et éclata en sanglots. Que se passait-il donc? Il ne répondit pas. Je voulus avancer, il me retint. Je le repoussai rudement. Les hommes, les blessés, les fuyards, figés à ma vue, s'écartèrent lentement comme saisis d'une terreur sacrée. J'aurais voulu courir mais j'étais incapable de hâter le pas. Avançant comme une somnambule, j'atteignis la place du village. Ils avaient déposé le brancard de fortune devant la petite église et faisaient cercle autour. Dessus reposait mon fils. Yanno paraissait dormir, ou plutôt rêver. Les yeux fermés et aux lèvres ce léger sourire qu'il prenait lorsqu'il pensait à une femme qu'il aimait. Mais aux joues une pâleur anormale. La brise jouait avec ses cheveux accentuant leur reflet roux. Les balles avaient laissé deux trous ronds, nets, pourpres, au front et dans la joue. Il avait seize autres traces de balle, seize trous dans son uniforme, la plupart à la poitrine. Je tombai à genoux écrasée par le chagrin, comme si le ciel entier s'appesantissait sur moi et voulait m'enfoncer dans la terre. Le silence se fit, total, interminable pendant lequel j'endurai pire que n'aurait pu inventer pour moi le tortionnaire le plus cruel. Je hurlai, je maudis Dieu, la Vierge, les saints, je me maudis moi-même. Pas un guerrier, pas une vieille n'osa s'approcher de moi. Crier, lancer mes malédictions me soulagea à peine. Toujours prostrée j'appelai Nicolas mon frère : « Raconte-moi. » Je le sentis hésiter. « Ne me cache rien. » Il prit son courage et commença son récit, des sanglots dans la voix. Yanno et nos hommes avaient tenu autant qu'ils avaient pu et leur résistance avait permis à des centaines de guerriers d'échapper à l'ennemi et de se réfugier à Milous. Les cavaliers de Kehaya Bey, devant l'impossibilité d'attaquer de front, avaient contourné les Spetsiotes et les avaient pris à revers. Le corps à corps s'était poursuivi longtemps. De loin mon frère avait vu Yanno — sans doute n'avait-il plus de cartouches — se battre au poignard et utiliser la crosse de son fusil comme arme. Il l'avait vu courir vers un officier turc, faire tournoyer son fusil en l'air, l'en frapper et le faire tomber de cheval. Les balles de dix-huit musulmans le frappèrent en même temps. Yanno avait paru esquisser le pas de quelque ballet étrange avant de s'effondrer sanglant, sans vie sur le corps de l'officier turc expirant. « Il est mort en héros et la Grèce l'honore. » Je me relevai et je partis droit devant moi. Nul ne me retint. Nul ne me suivit. J'atteignis vite la lisière du village et d'un pas mécanique je m'enfonçai dans la campagne. J'espérais rencontrer les Turcs pour venger mon fils et pour mourir rapidement d'un coup de sabre ou d'une balle. Mais d'ennemi point. Digérant leur victoire, ils préféraient se terrer dans Argos. Je marchais toujours lorsque je les entendis. D'abord une, puis deux, puis vingt hirondelles qui voletaient au-dessus de moi. Elles m'accompagnaient depuis le début sans qu'aucun son ne me soit parvenu. J'étais sourde, j'étais aveugle. Et voilà que brusquement je me sentis transportée comme par magie dans l'incomparable beauté d'un soir de printemps. Il me semblait que la nature entière rendait hommage à Yanno. La lumière dorée, l'air transparent, le ciel rose pâle, les parfums mêlés des buissons aromatiques, ces splendeurs intemporelles se déployaient en son honneur. Alors je me mis à cueillir les fleurs sauvages qui coloriaient à l'infini les champs, je ramassai les coquelicots, les bleuets, les immortelles, les narcisses, les anémones, les marguerites, les boutons d'or, les asphodèles. Il y en avait tellement que mes bras n'arrivaient plus à les tenir et que j'en laissai une traînée derrière moi. Je revins au village et je déposai ma moisson sur le corps de Yanno en lui tissant le plus beau linceul. Ainsi paré je le fis transporter à bord de l'*Agamemnon* qu'il avait commandé, enveloppé avec les fleurs dans un drap. Dans l'apothéose rose et or de la fin du jour, nous le fîmes lentement descendre jusqu'à la mer où il s'enfonça. Incapable de détacher mon regard, je fixais l'eau là où il avait disparu pendant qu'au-dessus de moi les étoiles s'allumaient l'une après l'autre.

Je ne sais plus comment je vécus cette période. Je ne parviens pas à m'en souvenir. Peut-être restai-je enfermée dans ma cabine ? La faim dut avoir raison de mon manque d'appétit comme la fatigue de mon impossibilité à trouver le sommeil. Ces jours restent comme des pages mortes dans ma mémoire. J'avais l'impression de ne pas sortir d'un de ces brouillards naguère rencontrés dans l'Atlantique, épais, poisseux, oppressants. Comme le capitaine naviguant dans cette grisaille laiteuse entend le porte-voix d'un autre navire, je perçus un nom comme prononcé très loin de moi, Valtetsi. Je tendis l'oreille : « Nous avons gagné une grande victoire à Valtetsi, tu entends Laskarina, une grande victoire... Valtetsi. » J'entrouvris les yeux. Mon demi-frère Nicolas penché sur moi criait à mon oreille. J'étais étendue habillée sur ma couche. Les larmes que je n'avais pas senti couler inondaient mon oreiller.

Me voyant reprendre conscience, Nicolas eut un large sourire. Kehaya Bey, l'assassin de mon fils, était gaillardement revenu à Tripolitza, la capitale de la province. De là il s'était amusé à aller déloger des bandes de klephtes embusquées dans les collines alentour. Ce « divertissement » s'était soldé pour lui par la plus honteuse déroute. « Te rends-tu compte, Laskarina, il avait amené son artillerie, sa cavalerie, son infanterie. En face de lui Kolokotronis avait deux fois moins d'hommes mal armés. – Kolokotronis ? m'exclamais-je. – Oui, Kolokotronis qui par l'intelligence de sa tactique a écrasé Kehaya Bey. En plus des blessés et des morts, il lui a pris un énorme butin en armes. C'est la première fois que nous remportons une grande victoire. L'invincibilité turque n'est plus qu'un mythe. Yanno est vengé. Kolokotronis l'a vengé. »

Le messager qui nous offrait cette surprenante nouvelle avait aussi apporté une lettre de Kolokotronis. Nous ne nous étions jamais rencontrés mais mon fils était devenu un héros pour tous les Grecs, aussi Kolokotronis avait-il tenu à m'annoncer lui-même sa victoire. Illettré, il avait dicté : « Ma joie est indescriptible... Je n'en dis pas plus sinon que je suis désormais certain que la main de Dieu existe. » C'était bref, mais tout était dit. Le brouillard qui m'entourait se diluait. Brusquement mon besoin d'action revenait. Je me sentis honteuse d'avoir laissé les autres se battre... et gagner des victoires pendant que je me désolais sur les rivages stériles du désespoir. Kolokotronis avait fait du bon travail mais c'était à moi de laver le sang de Yanno. « Si tu veux vraiment venger ton fils, tu n'as qu'à aller te battre et tuer du Turc, ce n'est pas ça qui manque. » Du Papa Flessas tout craché. Lui aussi se réjouissait de me voir revenue à la surface. « Tu as raison, Papas du diable, partons tout de suite. Allons rejoindre Kolokotronis. — Non, il a peut-être gagné une manche, mais jamais il ne s'emparera de Tripolitza. Il a tort de s'accrocher à ses collines. La forteresse de Monemvasia est bien plus importante pour nous. Va aider les Maniates qui en ont entrepris le siège, ils ont besoin d'assistance. » Je laissai ma flotte sous le commandement de Nicolas pour poursuivre le blocus de Nauplie qui risquait de s'éterniser et je partis à bord de l'*Agamemnon*.

Chapitre 14

Je longeais la côte orientale du Péloponnèse si belle et si sauvage, je passais devant Astros, Leonidion, Kiparisia. J'avais dépassé Yeraka lorsqu'à l'horizon se profila le rocher de Monemvasia. Il semblait jaillir de l'eau pour monter jusqu'au ciel telle une apparition fantastique. Une forteresse hérissée de tours, de minarets et de coupoles le couronnait comme un château de fées. Sur un de ses flancs, le moins abrupt, s'étageait une ville puissamment fortifiée. Monemvasia était réputée imprenable et on ne pouvait espérer la réduire que par la faim. Rien ne saurait être plus morne qu'un siège, et morne fut le siège de Monemvasia. J'avais retrouvé là, à la tête de leurs flottes, d'autres armateurs spetsiotes venus dès le début des opérations un mois plus tôt. Nous étions chargés de cerner la place par mer, or les assiégés n'avaient aucun navire pour tenter de forcer notre blocus et une flotte de secours nous eût été signalée des jours sinon des semaines à l'avance. Nous n'avions donc pratiquement rien à faire, sinon venir chaque matin nous installer devant la ville basse pour la bombarder, entreprise sans le moindre résultat ni conséquence car les Aga, les notables de Monem-vasia avec armes et bagages, provisions de nourriture et d'eau, étaient dès le début montés s'enfermer dans la citadelle. Elle était beaucoup trop haute pour que nos bombes puissent l'atteindre. Ma seule distraction consistait à rendre visite aux Maniates qui assiégeaient Monemvasia par terre. Ils ne sortaient pratiquement jamais de leur presqu'île rocailleuse, escarpée et aride au sud du Péloponnèse où ne poussent que ces tours carrées de pierre rose d'où les familles rivales s'entre-tuent depuis des siècles à coups de tromblons. Leur campement respirait la sauvagerie et l'anarchie. Ils avaient disposé dans le plus grand désordre leurs tentes usées, déchirées, crasseuses. Eux aussi étaient sales dans leurs haillons brodés d'or, sales mais somptueux avec leurs armes qu'ils aimaient plus que tout au monde. Des armes modernes, étrangères, admirablement entre-tenues. Ayant horreur de la discipline, ils refusaient d'obéir sauf à leurs propres chefs de tribus. Aussi leur campement retentissait-il matin et soir du vacarme des querelles et des rixes. Chez ces guerriers redoutables, le rire n'avait pas cours. Pour eux, tout ce qui n'était pas maniate était étranger. Ils me traitèrent d'abord comme une étrangère, ensuite comme une femme, deux catégories qu'ils méprisaient profondément. Le nom de mon parrain me servit de passeport. Il suffisait que je parle de Bourzinos pour les voir s'adoucir, mais je devais faire mes preuves de façon plus tangible pour en être acceptée. Je leur demandai de m'initier à leur sport préféré. Ils acceptèrent du bout des lèvres, méfiants. A la tombée du jour, l'heure requise pour le pratiquer, je sortis donc avec quelques-uns d'entre eux du campement. Nous nous dirigeâmes vers les

225

murailles de Monemvasia. Arrivés à quelque distance de là, nous nous dissimulâmes derrière un gros rocher. Nous attendîmes longtemps, scrutant chaque aspérité devant nous, l'esprit, l'œil en alerte. Il fallut attendre au moins une heure, puis, entre les herbes brûlées qui tapissaient la pente, nous aperçûmes quelque chose bouger. Il fallait laisser approcher le gibier à distance suffisante pour pouvoir l'atteindre mais pas trop près pour qu'il ne décèle pas notre présence. Pendant quelque temps je ne le distinguais que par ses mouvements. Il se dissimulait puis sortait pour filer jusqu'à une autre cachette. Il atteignit enfin un rocher peu distant du nôtre. Nous sentira-t-il ou pas ? Sortira ou pas ? Mon cœur battait d'excitation. Nous avions tous le doigt sur la détente. « Nous te le laissons, il est à toi », me murmura un des Maniates. Le gibier, rassuré par le silence et l'immobilité qui l'entouraient, commit l'erreur fatale de se découvrir. Je visai, je tirai, il s'écroula. Nous courûmes voir à quoi il ressemblait. Il était bel et bien mort, je l'avais atteint en plein cœur. C'était un Turc, bien évidemment, jeune, pauvrement vêtu, maigre, émacié... Chaque jour plusieurs assiégés tentaient ainsi de briser l'étau et de traverser nos lignes, mais régulièrement les Maniates les attendaient pour les tirer. Marque suprême de leur estime, mes compagnons de chasse me traitèrent enfin de « levendissa [1] ».

Mes compagnons et leurs amis voulurent fêter mon succès. Sur un grand feu, ils firent rôtir une maigre chèvre chapardée dans un champ voisin. Pendant qu'ils la dévoraient, les flammes éclairant leurs visages leur donnaient des faciès de diables moustachus. Les

1. Mot intraduisible qui s'approcherait de « femme courageuse ».

flacons de tord-boyaux passaient à toute allure de main en main. L'un d'eux commença à chanter d'une admirable voix basse, une complainte où il était question de guerrier et de mort. Les autres suivirent et le chœur le plus magnifique, le plus envoûtant s'éleva dans la nuit. Plus tard ils s'amusèrent à sauter au-dessus du feu et les foustanelles blanches s'envolaient dans les étincelles. Au milieu de la fête, je vis un homme se glisser entre les tentes et s'approcher furtivement. A sa vue, les Maniates qui semblaient le connaître retrouvèrent instantanément leur gravité. Ils lui firent place et leurs visages tendus, éclairés par les flammes, se tournèrent vers lui. C'était un des Grecs enfermés dans Monemvasia qui nous servait d'espion. Il venait nous renseigner sur l'état du moral des assiégés. La ville basse était en effet bourrée de civils turcs, les derniers animaux de trait avaient fini d'être dévorés depuis une ou deux semaines, les rats commençaient à se raréfier ainsi que les algues collées aux rochers. Les assiégés en étaient réduits à faire bouillir le cuir ou à moudre les ossements des animaux dévorés plus tôt pour les faire revenir à l'huile. Ce rapport prouvait que Monemvasia ne pourrait tenir longtemps, malgré l'entêtement des Aga réfugiés dans la citadelle qui disposaient encore d'imposantes réserves. Les Maniates remirent à l'espion un peu de feta, des fruits, quelques œufs qui valaient tous les trésors du monde.

Un matin, je remarquai que les cadavres de deux Turcs tués la veille avaient disparu. Les Maniates questionnés n'en savaient pas plus que moi. Il fallut attendre la nuit pour que je questionne l'espion venu au rapport : « Les Turcs s'occupent-ils donc d'enterrer leurs morts ? – Non, Capetanissa, ils s'occupent à les manger. » Les assiégés effectuaient nuitamment des sorties pour voler les cadavres des leurs que nous avions tués. Le cannibalisme avait fait son apparition dans Monemvasia. Je gardai le cœur sec, je pensais à Yanno.

Un matin, je tenais conseil avec les armateurs spetsiotes dans ma cabine où il y régnait une chaleur étouffante, lorsqu'un de mes marins vint m'aviser d'un fait insolite. Nous montâmes sur le pont et nous les vîmes. Ils avaient ouvert la porte des remparts qui donnait sur la mer et ils étaient sortis sur les rochers. Ils pouvaient bien être une quarantaine, uniquement des vieillards, des femmes, des enfants. D'une anse minuscule ils tirèrent des barques de pêche, ils s'y entassèrent péniblement. Les moins faibles se mirent à ramer dans notre direction pendant que les femmes, en guise de drapeau, agitaient qui des mouchoirs, qui des jupons blancs. Je donnai l'ordre à mes canonniers d'allumer leurs mèches. « Mais ils ne peuvent pas nous faire de mal, protesta mon gendre Koutsis, ils veulent se rendre. — Certes, mais si nous les acceptons, nous montrerions une faiblesse qui ne ferait qu'encourager les assiégés à tenir plus longtemps. » Je fis tirer un coup de semonce. Le boulet provoqua un geyser et manqua de renverser une des barques par les vagues qu'il souleva. Elles n'en continuèrent pas moins à avancer vers nous. Je voyais leurs occupants tendre leurs bras vers nous dans des gestes suppliants, je les entendais crier « pitié » dans un mauvais grec. Mes armateurs spetsiotes n'osaient plus rien me dire, mais je sentais qu'ils allaient céder. Nous serions interminablement immobilisés devant Monemvasia. Peut-être même n'emporterions-nous jamais la citadelle. « Vas-y », criai-je à mon canonnier le plus habile. Je vis le boulet partir et fracasser la barque qui vola en éclats. Des corps ensanglantés se mêlèrent aux débris. Les autres barques firent demi-tour mais lorsque leurs passagers mirent pied à terre ils trouvèrent porte close. Les assiégés étaient trop contents de s'être débarrassés de bouches inutiles. Ils furent condamnés à demeurer sur les quelques rochers plats au bas des remparts, sans eau ni nourriture. Chaque jour je constatais leur état... et je les comptais. Certains, plutôt que de souffrir plus longtemps, se jetèrent à la mer et se noyèrent. Le soleil impitoyable hâta la fin des autres. Les survivants jetaient les cadavres à la mer. Je fus tentée de les sauver mais je ne pouvais plus me contredire. Je voyais devant moi le corps transpercé de balles de Yanno et je m'endurcissais. La dernière fut une femme qui mit deux jours à agoniser, seule sur son rocher. Un matin je vis qu'elle avait disparu et je ne sus jamais si elle s'était jetée à la mer où si une vague l'avait emportée. J'avais cru que la mort d'ennemis m'apaiserait. Or aucun massacre, aucun spectacle même le plus atroce ne désaltérait ma soif de vengeance. Ce ne fut qu'au bout de quelques semaines que mes victimes commencèrent à m'apparaître en rêve. Je les revis brûler sur leur rocher. Le cauchemar se répéta. Je détaillais leurs visages, leurs expressions que dans la réalité je n'avais pas distinguées. La vision me poursuivit nuit après nuit, me hanta avant de s'évanouir, laissant derrière elle la marque indélébile de mon remords secret.

Et pourtant je n'avais pas eu tort car, découragés par ma cruauté, les habitants de Monemvasia assiégés trouvèrent la force d'escalader le rocher jusqu'à la citadelle et forcèrent leurs Aga à capituler. Je fus une des premières à entrer dans la ville avec les Maniates. Les survivants, de crainte des représailles, se terraient dans les caves, dans les anfractuosités de rochers. Pas de cadavres, ils avaient dû les dévorer. Personne de vivant ou de mort, à croire que c'était une ville depuis longtemps déserte. La chaleur était encore plus forte que d'habitude et j'avançais dans un univers de pierre et de feu. Alors que je m'approchais de la place centrale, j'entendis une diatribe violente provenant de l'église dont les portes étaient restées ouvertes. Le curé, le papas qui avait tenu pendant tout le siège, s'était pris de bec avec nos commandants qui, dans l'accord passé avec les Aga, avaient promis de laisser les survivants quitter la ville. Or c'étaient des morts et non des vivants qu'exigeait le curé assoiffé de vengeance. Son vocabulaire était si persuasif que les chefs maniates, de plus en plus perplexes, demandèrent mon avis. « Assez de morts ! » hurlai-je et ils me dévisagèrent avec stupéfaction. Je ressortis sur la petite place inondée de soleil. Il perçait même le feuillage clairsemé de l'unique tamaris. Je m'approchai des restes d'un canon qu'un de nos boulets avait fait exploser. Je regardai la mer, que le soleil transformait en or liquide. Je distinguai là-bas à l'horizon, émergeant d'une brume lumineuse, la pointe effilée du cap Malea. Je pensais à Yanno.

Les survivants, ayant appris qu'ils seraient épargnés, sortirent de leur trou. J'étais présente lorsqu'ils quittèrent la ville pour aller s'embarquer sur un navire d'un de mes confrères spetsiotes à destination de l'Asie Mineure. Couverts de croûtes et d'excréments, les yeux exorbités, la bouche édentée, constamment ouverte comme pour avaler l'air, ces squelettes ambulants pouvaient à peine se traîner. Ils répandaient une puanteur que la température rendait encore plus insupportable. Lorsque je vis disparaître le dernier de ces cadavres vivants, je ressentis un étrange vide.

Puis défilèrent, traînés par des chevaux, les canons de la citadelle de Monamvasia. Il me sembla que ces canons m'indiquaient la direction à suivre. Tripolitza, c'était là où je devais me rendre immédiatement. J'en eus la certitude.

L'*Agamemnon* me déposa à Milous chargée de souvenirs. A dos de mule je m'engageai dans les montagnes. Les pentes raides et glissantes qui côtoyaient les précipices me donnaient le vertige. Nous atteignîmes le plateau qui servait de trône à la capitale du Péloponnèse. J'obliquai vers le nord, passai à travers une succession de gorges et de vallons séparés par des collines plus ou moins arrondies. Parvenue à un sommet herbeux planté de sapins géants, je me retournai. Tripolitza s'étalait à mes pieds. Ses murailles bordées de grosses tours semblaient barrer l'horizon. Je distinguais des patrouilles turques qui entraient et sortaient librement car nos effectifs ne nous permettaient pas de l'isoler complètement. Tous nos efforts et nos espoirs se concentraient sur elle. Point de Tripolitza, point de révolution. Trente mille Turcs étaient enfermés dans ses murs. Parmi eux se trouvaient bon nombre de réfugiés venus des régions conquises mais la moitié de cette population était constituée par des hommes d'armes aguerris dont il nous faudrait venir à bout.

J'observai la citadelle que commandait le Kehaya Bey, l'assassin de mon fils. Je distinguai tout près les terrasses et les cours du palais au fond duquel restait tapie la femme de Kurchid Pacha, le gouverneur du Péloponnèse. En partant guerroyer au Nord contre Ali

Pacha, il avait laissé à Tripolitza ses odalisques. Sa femme les gouvernait d'une main de fer comme elle gouvernait Tripolitza et comme elle gouvernait le Kehaya Bey. Elle exerçait le pouvoir et sans quitter le harem, elle influençait les décisions du haut commandement turc.

Je repris ma route et arrivai bientôt à Triforka. La plupart de nos forces s'y trouvaient concentrées. Au fond, sur une colline pierreuse, s'étalait un modeste village aux maisons peintes à la chaux, écrasé par le soleil. Un homme très jeune, grand, maigre, aux poils noirs s'avança vers nous tenant son cheval par la bride. « Salut à toi, Capetanissa, nous t'attendions. » C'était Panos, le fils aîné de Kolokotronis. Il nous fit traverser le campement et je pus observer nos soldats que je trouvai bien nourris, bien armés, souriants. « Peut-être, rétorqua Panos Kolokotronis, mais nous sommes à peine sept mille hommes contre quinze mille de l'autre côté. Il y a pire, les divisions entre nos chefs. Ils voient déjà la Grèce libérée, et chacun est décidé à la commander. Ici, c'est le royaume des intrigues, des alliances et des brouilles. Des disputes éclatent même à propos des places allouées à chacun dans ce campement, les uns jugeant qu'ils sont lésés comparés à d'autres. »

Pendant qu'il parlait, je l'observais. Il y avait chez Panos Kolokotronis énormément de fierté, mais aussi une insondable mélancolie. A la grecque, il récitait une litanie de drames mais il le faisait avec philosophie, en y mettant une sorte de détachement souriant qui me surprit. D'instinct, j'éprouvai une profonde sympathie pour lui. « Mon père désire te voir immédiatement. » Et Panos me conduisit vers une masure presque en

232

ruine, gardée par des klephtes au couteau facile. A moitié nus, armés de pics d'un autre siècle et de tromblons aux chiens retenus par des cordes, ils vivaient dans une crasse qui les recouvrait d'une couche jugée par eux protectrice. Terrifiants d'aspect, terrifiants de mœurs, tous se seraient fait tuer pour leur chef Kolokotronis.

Panos me laissa à la porte. Dans la bergerie qui servait de salon, de salle de conseil, de cuisine, de chambre à coucher, la puanteur me sauta au nez. L'odeur de bouc se mêlait à des relents de soupe à l'ail. Le côté animal de Kolokotronis me frappa d'emblée. Grand, maigre, hâlé, il s'approcha de moi à grands pas souples, et involontairement je pensai à un loup. Il me lança un regard, un seul, qui suffit à me transpercer. Bien malgré moi, je rougis violemment. En guise d'entrée en matière, il gronda : « Pourquoi es-tu allée voir ce traître de Papa Flessas ? » Tout de suite sur la défensive, j'arguai que l'archimandrite n'avait fait que louanger Kolokotronis. « Mensonge, hypocrisie », cracha-t-il. Il paraissait admirablement renseigné sur chaque fait et geste de Papa Flessas.

Je n'étais pas petite et pourtant je me sentais minuscule face à Kolokotronis, échalas décharné, noueux, musclé, qui me jaugeait comme on évalue un animal au marché. Je sentais qu'il s'y connaissait en bestiaux, en montures aussi bien qu'en hommes, et qu'aucun boniment de maquignon ni artifice ne l'aurait trompé. Il détourna la tête et d'une voix sourde lâcha soudain : « Bourzinos est mort. » Pour toute réponse, je me mordis les lèvres. Il ajouta : « Une courte maladie... emporté en quelques jours. » Je me sentais vidée de toute énergie, de mon élan. Kolokotronis le perçut et en guise de consolation me parla de mon parrain. Depuis toujours celui-ci avait été son ami et son soutien. En janvier dernier, lorsque Kolokotronis était secrètement revenu de son exil pour échapper à la police turque, il avait trouvé asile et aide chez Bourzinos. Bourzinos le premier avait cru à son plan de prendre d'abord Tripolitza et fourni des hommes, des armes, de l'argent. Il avait formé ce noyau autour duquel progressivement s'étaient amalgamées toutes nos forces. Sans Bourzinos le siège de Tripolitza n'aurait pas eu lieu. Kolokotronis parlait avec un respect qui ne s'adressait pas à moi mais au mort. Tandis qu'il discourait, je détaillais ses traits qui n'étaient pas sans évoquer ces masques de théâtre qu'on appelait des grotesques. Les yeux caves, le nez crochu, les joues creuses, les sourcils hérissés lui donnaient des traits impressionnants. Il avait laissé pousser très long ses cheveux noirs et portait la plus extravagante des moustaches qui ressemblait à deux serpents noirs et tordus. Il arborait une foustanelle rouge, du même rouge que l'espèce de bonnet plat et fripé qui ne le quittait pas. « Bourzinos me parlait souvent de toi, dis-je à Kolokotronis. – Et il me parlait à moi tout autant de toi. » J'étais triste pour Kolokotronis, pour moi, mais surtout pour Bourzinos. L'injustice de sa disparition me révoltait. Il avait tant œuvré pour la liberté de notre pays, il avait tant espéré la savourer. Tel Moïse il ne verrait la Grèce promise que de loin. Kolokotronis n'était pas d'accord : « Il est mort parce qu'il a achevé sa tâche. Il nous a enfin réunis toi et moi », commentaire dont je ne saisis pas sur le moment la portée mais qui me troubla.

Pour échapper à mon embarras, je parlai à mon tour

de Bourzinos. Je racontai mon baptême dans la prison des Sept Tours, mon engagement dans la Philiki Etairia qui avait suivi de peu celui de Kolokotronis et les apparitions de Bourzinos dans ma vie, ses interventions si mystérieuses, si précises, si pensées. Kolokotronis s'était mis à fumer, non pas le narguilé mais le tsimbouk. Je saisis alors la nature du parfum qui flottait au milieu des puanteurs de la masure, c'était celui d'un tabac froid de bonne qualité. Kolokotronis continuait à me fixer et j'en étais étrangement dérangée. Je perdais mes moyens, mes défenses s'écroulaient et je devenais vulnérable. A tel point que lorsque j'évoquai le dernier message de Bourzinos, l'émotion me prit à la gorge, mes larmes se mirent à couler et je maudis ma faiblesse. M'ouvrit-il les bras ou m'y jetai-je, je ne m'en souviens plus. Je me retrouvai contre lui pour pleurer, ce qui ne m'était même pas arrivé pour la mort de Yanno. Lorsque je voulus me dégager, ses bras ne me lâchèrent pas. Ce que je lus dans ses yeux me fit peur. Je n'eus pas le temps de protester que ses mains me fouillaient, violaient mon intimité. Je tentai de fuir, il me rattrapa. Alors nous avons lutté. Il était fort et je me vante de lui avoir laissé quelques bleus et des marques de griffes. J'appelai au secours. Pas un de ses klephtes qui bavardaient dehors n'osa intervenir. Je perdais mes forces, peut-être voulais-je les perdre, et Kolokotronis eut raison de moi. Il me bouscula, me renversa et me prit sur la table. Ce fut brutal mais inoubliable, un plaisir intense dont le souvenir s'est incrusté dans ma mémoire.

Lorsque la volupté se fut retirée de moi comme une marée, j'entendis les rires et les plaisanteries des gardes qui, attirés par le bruit, avaient suivi le spectacle de la fenêtre. Je me rajustai et, sans regarder Kolokotronis, je sortis le plus dignement possible. Panos, son fils, m'attendait dehors, une lueur amusée dans ses grands yeux sombres. En me raccompagnant, il me glissa : « Il en avait envie depuis qu'il a entendu parler de toi. — Et si je ne lui avais pas plu ? — Impossible, vous êtes faits l'un pour l'autre. » J'étais gênée comme si tous les hommes du campement m'avaient vue, à demi nue, hurler de plaisir, mais je ne le montrais pas et marchais la tête haute comme une reine comblée.

Chapitre 15

Kolokotronis intégra mes Spetsiotes dans les troupes qu'il commandait. Les Turcs, profitant de la supériorité de leur cavalerie, effectuaient des sorties provoquées par Kolokotronis qui les attirait sous les remparts. Il y eut de rudes moments. Nous avons assisté au supplice d'un des nôtres capturé lors d'un accrochage. Les Turcs l'embrochèrent et le rôtirent vivant, tout en haut des remparts de Tripolitza. Nous entendions ses hurlements et la brise nous apporta l'odeur atroce de chair brûlée. J'enfonçais mes doigts et mes ongles dans le bras de Kolokotronis debout à côté de moi pour ne pas défaillir. Lui-même, anormalement pâle, grommelait : « Ils ne perdent rien pour attendre. »

Au fur et à mesure que les jours passaient, je découvrais un Kolokotronis plein de ruses. Il y avait quelque chose en lui d'inflexible, de linéaire qui m'attirait. Il me parlait le seul langage qu'il connût, celui de la guerre, des armes, mais il rendait aussi un hommage silencieux à ma féminité. Je m'en apercevais chaque nuit lorsqu'une trêve tacite s'établissait et que Grecs et

Turcs se retiraient pour se reposer. C'était l'heure où il venait me retrouver dans la modeste maison aux pierres mal équarries où j'étais logée. Il inspectait soigneusement les quelques éléments d'un luxe d'une autre époque qui me suivaient partout, mes objets de toilette en argent, mon écritoire incrustée de nacre. Il ouvrait mes coffres et jetait par terre mes jupes de soie, mes robes imprimées, mes voiles finement brodés. Je savais que je n'aurais pas l'occasion de porter ces tenues et n'en éprouvais aucune nostalgie. J'avais toujours aimé les beaux habits, les étoffes somptueuses, et il me plaisait de les contempler. Tout en affectant de dédaigner ces oripeaux, Kolokotronis me questionnait sur leur origine, leur utilisation. Il me demandait de les essayer... pour mieux me les arracher et me prendre à la hussarde. Ignorant tout raffinement, Kolokotronis prenait son plaisir sans douceur. Violemment. Et souvent. Nos amours furent l'amalgame de deux ardeurs fondues en une seule, capable de brûler, de purifier, de régénérer deux êtres ou tout un pays.

Kolokotronis avait une faiblesse pour Panos. Il avait voulu que son fils reçût l'éducation qu'il n'avait jamais eue. Panos avait des lettres, parlait plusieurs langues, connaissait l'histoire et la géographie. Son père se montrait fier de ses résultats mais je ne fus pas longue à déceler aussi un sentiment d'infériorité envers cette culture. Pour cacher ce sentiment paternel Kolokotronis se montrait d'une excessive sévérité vis-à-vis de lui. Un matin, Panos fut envoyé par son père sous les murs de Tripolitza pour provoquer les Turcs et les inciter à une sortie. Lorsque leurs cavaliers se répandirent hors du mur d'enceinte, au lieu de courir, il les attendit de pied ferme. Le choc fut violent. Nous suivions l'opération d'une hauteur avoisinante. Nous vîmes un flot apparemment inépuisable de cavaliers turcs sortir de la ville et galoper vers nos combattants. Panos fut assailli par plusieurs dizaines d'entre eux. Kolokotronis, blême, ne broncha pas mais je vis qu'il réprimait difficilement un tremblement. Mes Spetsiotes réussirent à dégager Panos et l'entraînèrent vers les rochers où les Turcs, certains de leur victoire proche, les pourchassèrent. Le combat s'y poursuivit et tourna à notre avantage. Kolokotronis attendait son fils comme un juge impitoyable prêt à sévir. Panos dut le comprendre qui, s'approchant de nous, détacha de sa selle une vingtaine de têtes coupées et les jeta aux pieds de son père. La guerre avait déjà émoussé l'horreur que j'aurais pu éprouver devant ces débris hideux mais mes oreilles retentissaient encore des hurlements de notre compatriote rôti vivant. « Keratas [1] », hurla Kolokotronis en levant la main sur son fils qui venait le saluer. Il lui reprocha violemment son imprudence et sa désobéissance, l'accablant d'insultes devant ses hommes. Panos ne bougeait pas, ne répondait pas mais ses yeux lançaient des éclairs, il ne courbait pas la tête. A mieux le connaître, j'éprouvais de plus en plus de sympathie pour lui. Je voulus le défendre, vantai son courage pendant l'escarmouche, rappelai qu'il avait obtenu un beau succès dont les têtes d'ennemis portaient témoignage. « Après tout, il nous est revenu sans une blessure, en vie. – Sa vie je m'en moque, me cracha Kolokotronis. Il n'avait pas le droit de mettre en danger la vie de mes hommes. D'ailleurs, que sais-tu de la guerre? Ce n'est pas ton affaire, alors tais-toi. » Sa colère était à la mesure de la peur qu'il avait éprouvée

1. « Cocu ». C'est la pire insulte grecque.

pour Panos. Il était trop hors de lui pour entendre raison, et je me retirai.

Je m'enfermai chez moi où je tournai en rond, ruminant mon exaspération contre Kolokotronis auquel je ne trouvais aucune excuse pour m'avoir rabrouée de la sorte. On frappa discrètement à la porte. Embarrassé, il tortillait d'un geste nerveux ses moustaches noires. Je le toisai, décidée à ne pas faire le premier pas qu'il attendait. Le silence se prolongea. Finalement il lâcha : « Tu ne connais pas ma vie, sinon tu comprendrais mieux. — Je t'écoute », lui répondis-je de mon ton le plus sec. Il était né sous un arbre du Péloponnèse parce qu'à l'époque sa famille fuyait les représailles turques après la grande révolte de 1770, qui avait coûté la vie à mon père. Celui de Kolokotronis, son grand-père ainsi que ses parents mâles étaient morts au combat contre les Turcs. Sa mère veuve avait dû se réfugier dans le Mani avec lui, alors âgé de dix ans. Quatre de ses frères plus jeunes avaient été pris en otages par les Turcs. Lui-même était revenu dans les montagnes escarpées, inaccessibles de son enfance. « Toi tu connaissais la vie cossue des îles riches. Pour nous c'était la misère, la terre qui ne donne rien. Les bêtes trop maigres pour en tirer une livre de viande, les tracasseries de l'Aga turc qui nous surveille et nous arrache notre pauvre pécule, les impôts dont il nous surcharge selon son bon caprice. Autour de moi, les paysans, les villageois étaient trop misérables, trop faibles pour songer à se révolter. »

A quinze ans, il était devenu klephte, menant une vie de hors-la-loi, toujours sur le qui-vive, sans jamais pouvoir se montrer en plein jour, bravant les interdits et la loi. Il s'était vite acquis une telle célébrité qu'un firman impérial décréta la mise à prix de sa tête. Il avait eu à dos toutes les polices turques et quiconque lui donnait asile risquait la mort. Il avait parcouru presque toute la Grèce à pied au cours de ces années tissées d'aventures, de batailles, de fuites, de coups fumants et d'atrocités. Il en gardait le meilleur souvenir. « Nous, klephtes, étions libres, m'expliquait-il. Mais quelle existence que la nôtre et quels hommes fallait-il pour la supporter ! Tourmentés ou engourdis par le froid et l'insomnie, farouches, séjournant dans les grottes et sur les cimes couvertes de neige, cohabitant avec des bêtes sauvages dont nous partagions la vie... » Rivée à ses lèvres, je découvrais en lui un talent de conteur inattendu. Kolokotronis savait aussi bien parler que se battre. Ou faire l'amour.

Jugeant la Grèce trop dangereuse pour lui, il devint corsaire et sillonna la Méditerranée. « Dommage, bien dommage que nous ne nous soyons pas rencontrés alors, Capetanissa, nous aurions fait une belle paire tous les deux. » Il était allé à Zante s'engager dans l'armée anglaise qui constituait alors le premier régiment d'infanterie grecque. Il en était sorti avec le rang de major. « Les étrangers ne cherchent que leur intérêt, ce que nous devons faire nous le ferons seuls. Aucun espoir à attendre d'eux... » Démobilisé, il était devenu marchand de bétail pour pouvoir nourrir ses cinq enfants, sa vieille mère et sa femme dont il ne parlait pratiquement pas. Je savais simplement qu'elle était morte quelques années plus tôt. Depuis l'enfance, Kolokotronis avait été entraîné à chaparder pour survivre, et il était traité de voleur. Mais ce brigand avait plus que n'importe quel autre Grec le philotimo [1].

1. Sens de l'honneur.

Kolokotronis ne se plaignait jamais. Son récit, loin d'être une complainte, devenait l'épopée du dénuement. De toutes ses forces il aimait la vie, cette vie qui l'avait si peu gâté. Cet aventurier qui avait tout goûté, tout éprouvé gardait une bonne dose de naïveté, celle de l'enfant qu'il n'avait jamais été. Son récit m'avait attendrie. Je lui ouvris les bras.

Le lendemain, faveur exceptionnelle, il voulut oublier pour un temps ses activités guerrières et m'emmena en promenade. Je ne pus lui donner meilleure preuve d'amour et remontai à cheval pour l'accompagner. Je me gorgeais des sensations que m'apportait la campagne. La chaleur me paraissait plus caressante, les oliviers plus argentés, les fleurs plus parfumées. Kolokotronis, qui montait Teraya, son cheval préféré, se moquait de ma maladresse en équitation. Piquée, j'interrompis mes efforts et mis pied à terre, bien décidée à ne plus m'exposer à ses plaisanteries. Mais je négligeai d'attacher ma monture qui s'échappa au galop. C'était une prise faite par Kolokotronis sur les Turcs et qu'il m'avait offerte. Libérée, elle courait vers ses anciens maîtres en direction de Tripolitza. Kolokotronis partit comme une flèche à sa poursuite. Lorsque je le rejoignis, soufflante et harassée après une marche épuisante, il l'avait non seulement rattrapée, mais songeur il inspectait les alentours : « Voilà une excellente position pour y installer une garnison afin d'intercepter les convois de vivres des Turcs. » Il s'exaspérait en effet de ne pas avoir assez d'hommes pour interdire complètement le ravitaillement aux assiégeants.

En quelques jours, il avait fait creuser en ce lieu-dit de Grana des fortifications rustiques à l'abri desquelles

242

il posta quelques bataillons. Août battait son plein, les chaleurs étaient devenues intenables dans cette cuvette montagneuse où nous habitions. Une de nos nuits d'amour fut interrompue par un messager qui tambourinait à ma porte. « Les Turcs font passer un convoi de vivres... trois mille hommes... des centaines de mules... » La garnison de Grana qui essayait de les arrêter risquait de succomber sous le nombre. Une fois rhabillé, Kolokotronis se coiffa d'un casque, vestige de son passage dans l'armée anglaise, un objet extravagant de forme, très haut, orné de plumes et de crins de cheval. Il réunit tous les hommes disponibles et envoya prévenir les autres postes. Nous partîmes au galop dans la nuit et nous arrivâmes au moment même où ceux de Grana allaient être exterminés jusqu'au dernier. Je me retrouvai au milieu du combat et je tirai au jugé, priant le ciel de ne pas blesser un des nôtres. Je le vis pourtant très distinctement ce grand Turc qui fonçait sur moi sabre levé, et mon cœur s'arrêta car je n'avais pas le temps de recharger. Trois ou quatre klephtes se matérialisèrent entre lui et moi et le hachèrent sur place. Je remarquai alors que plusieurs d'entre eux m'entouraient, me serraient étroitement et ne laissèrent aucun ennemi m'approcher, sur ordre de Kolokotronis. Je garde le souvenir de chevaux cabrés, de corps tombant comme des blés fauchés, de bras armés de sabre, de cris de guerre « Allah, Allah », « la liberté ou la mort », de hurlements de douleur, de nuages de poussière et de détonations. Les nôtres ne cessaient d'arriver en renfort et bientôt les Turcs durent abandonner le terrain. Leurs survivants galopèrent sans s'arrêter jusqu'à Tripolitza. Nos combattants revinrent triomphalement au campement tirant les mules surchargées de vivres et d'équipements volés à l'ennemi. Désormais les lignes de ravitaillement du Kehaya Bey étaient coupées. Kolokotronis avait avancé d'un pas considérable dans le siège de Tripolitza.

Mais une menace terrible fondit sur nous. Le Capitan Pacha, le Grand Amiral turc, voguait vers Patras à la tête d'une armada imposante. Bientôt il y débarquerait une armée entière et il lui faudrait quelques semaines seulement pour tomber sur nous. Nous n'avions rien à lui opposer, l'ensemble de nos troupes était concentré sur Tripolitza.

Toutes nos forces et toutes les Grèces. Je m'en rendis compte lors du conseil de guerre convoqué d'urgence dans l'église de Triforka que les Turcs avaient transformée en mosquée. On y voyait encore la niche indiquant la direction de La Mecque. A l'intérieur de la nef, chaque groupe avait pris bien soin de se placer à distance des autres. A tout seigneur, tout honneur, le prince Dimitri Ypsilanti se trouvait le plus près du lieu où était dressé l'autel. Il représentait la Grèce de la diaspora, la Grèce de l'étranger. Elle réussissait partout où elle s'installait, y bâtissant de grandes fortunes et atteignant les plus hauts postes. Ypsilanti était arrivé auréolé par le rôle essentiel tenu par sa famille dans la Russie impériale comme dans la Philiki Etairia. Ce petit chauve ridé, au parler nasillard, au visage de fouine, à la bouche minuscule, n'avait rien pour en imposer aux combattants farouches et à demi sauvages. Et pourtant il avait à leurs yeux le prestige d'avoir vécu à l'étranger, de connaître les étrangers, de porter un titre étranger. Il proposa de lancer une attaque générale contre Tripolitza. Je sentis à mes côtés Kolokotronis hésiter, lui qui estimait cette initiative vouée à l'échec et suicidaire. « Tu comprends, me murmurait-il, lui, il sait, il a appris, il a été éduqué. » Comme si le seul fait d'être lié à l'étranger donnait la science infuse. Personne n'était moins représentatif des vertus des Maniates que leur chef héréditaire, Petro Bey Mavro Mihali. Avec ses grands yeux tristes, ses moustaches élégantes, ses petites mains dont il tirait vanité, il aurait pu être beau si sa gourmandise ne lui avait donné une tendance à l'embonpoint. Ce timide aussi doux qu'inoffensif laissa entendre que, si la menace turque se précisait, lui et ses guerriers pourraient se retirer dans leur inexpugnable Mani. Il figurait cette Grèce provinciale, archaïque, accrochée à ses traditions et à ses particularismes que son incommunicabilité même mettait à l'abri.

Par contre, il ne respectait en rien le clergé représenté par l'évêque de Patras Germanos. Ce dernier affirma que la seule solution était un repli dans les montagnes voisines de Tripolitza. Je fixai Papa Flessas, certaine que dans sa haine du prélat il soutiendrait Kolokotronis. Les autres chefs attendaient aussi son verdict. Il ne trancha pas, il composa. Se retirer dans les montagnes ne signifiait pas que nous abandonnerions le siège, au contraire nous pourrions le reprendre lorsque nous voudrions. « Je t'ai toujours dit que c'était un traître », grommela à mon oreille Kolokotromis. Le soutien de Papa Flessas fit exulter Germanos. « Jamais les Turcs ne parviendront à nous en déloger. — Ainsi Tripolitza sera dégagée, gronda Kolokotronis. Jamais nous ne pourrons la prendre ; ta tactique, évêque, a un nom que tu aimes beaucoup, la fuite. » Germanos, j'étais payée pour le savoir, ne bénissait pas, il intimait. Il ne murmurait pas quelque prière, il rugissait. Il symbolisait notre Église, âpre et exigeante, paternaliste et dominatrice à la fois, qui, parce qu'elle conservait comme dans un ciboire nos valeurs sacrées, se croyait tout permis. Le reproche de Kolokotronis l'enragea : « Et toi, klephte, vas-tu rendre le butin que tu as volé lors de la prise du convoi de vivres de Kehaya Bey ? » Kolokotronis mit la main sur ses armes : « Évêque, retourne à l'autel ou crains ma colère. — Chasseur d'hommes, tremble toi-même car si une goutte du sang d'un ministre du Seigneur était répandue par les mains de tes pareils, il en coulerait beaucoup d'autres. » Il fallut toute la force de Papa Flessas et de la mienne pour les empêcher d'en venir aux mains.

« Il est impossible de continuer ainsi, prononça une voix élégante, je conseille de former un comité de personnalités civiles chargé de diriger nos affaires. » Mavro Cordato, auteur de cette proposition, représentait la grande aristocratie grecque du Phanar dont il était issu. Héritière de la noblesse de Byzance, elle avait courtisé le Turc et s'était insinuée jusqu'aux plus hautes charges de l'empire, quitte à être pendue ou décapitée à la moindre anicroche. Elle méprisait les Grecs de Grèce car elle était trop éloignée d'eux pour pouvoir les comprendre. Mavro Cordato avec ses besicles sur son nez crochu, sa casquette d'étudiant et ses vêtements à l'européenne détonnait parmi les tenues hétéroclites des guerriers et les voiles noirs des papas. Il me rappela instantanément la méfiance que j'avais toujours éprouvée pour les princes du Phanar. Kolokotronis lui rétorqua que ce n'était pas avec des politiciens et des bureaucrates que l'on prenait des villes. « Ni avec le désordre, le manque de cohésion dont toi et tes semblables donnez la preuve. – Ton comité, petit homme, n'est qu'une farce. Tu n'es venu ici que pour nous arracher le pouvoir et satisfaire ton ambition. – Je n'ai plus rien à faire ici, lança Mavro Cordato, certain qu'on le retiendrait. – Va ailleurs faire fleurir tes intrigues, petit homme », lui lança Kolokotronis en guise d'adieu.

Puis, à son tour, il donna son opinion. Pour lui, une seule solution : resserrer le siège et faire tomber la ville avant l'arrivée de l'armée de secours turque. Avec lui c'était la Grèce paysanne qui s'exprimait, une Grèce pouilleuse, éternelle, malhonnête, méfiante. La Grèce perpétuelle, victime indomptable et increvable qui avait plus le droit que quiconque d'être entendue et suivie. Ayant pris les armes, elle ne les déposerait que morte ou vainqueur. Pour rendre le siège plus efficace, il fallait plus d'hommes, plus d'armes et donc plus de capitaux. Kolokotronis se tourna vers moi et me demanda d'y pourvoir. Car moi Laskarina Bouboulina, j'incarnais la Grèce de l'argent, la Grèce de la mer, source millénaire de notre fortune, une Grèce à la fois voyageuse et ataviquement ancrée au terroir, une Grèce regardante mais aussi généreuse.

Argent ou pas, Kolokotronis se trouvait en position de faiblesse vis-à-vis de ses pairs, lorsque les canons, les fameux canons de Malvoisie transportés par terre depuis le sud du Péloponnèse arrivèrent en ce début septembre. Je les avais vus partir plusieurs semaines plus tôt et ils m'avaient paru capables de défoncer les murailles les plus épaisses des villes les mieux défendues. Nous dûmes hélas déchanter en constatant le manque de puissance des cinq pièces et l'état de délabrement des deux mortiers qui constituaient notre

247

artillerie, et, ironie du sort, il ne se trouva aucun homme dans notre campement sachant servir ces canons. Notre artillerie, avant même d'avoir été mise à l'épreuve, devenait inutile. La providence vint à notre secours. Arrivèrent en effet à Triforka des étrangers par vagues de dix, de vingt, de trente, venus s'engager dans nos rangs et combattre pour la liberté : des Français, des Italiens, des Autrichiens et des Espagnols. Je cherchai à reconnaître Justin de la Jaunais. En vain. Il avait dû faire fortune ou se faire tuer là-bas en Amérique latine. Parmi ces étrangers, l'un d'eux attirait l'attention par sa taille quasi gigantesque. Mon regard s'attarda sur lui. Il était beau. Pâle, blond, des yeux bleus étirés, un nez légèrement busqué, les traits fins, il avait un air aristocratique. Kolokotronis lui demanda son nom, il s'appelait Samuel Alexander et il était américain. Il parlait notre langue avec un effroyable accent anglo-saxon. Kolokotronis lui demanda s'il s'y entendait en artillerie. « Absolument pas », répondit-il. Il venait d'achever ses études de chirurgie et s'était engagé pour soigner nos blessés, le seul étranger venu non pour ouvrir des plaies mais pour les recoudre.

Un Italien qui avait longuement servi dans les armées du roi de Naples se présenta à Kolokotronis. A l'entendre les canons n'avaient pas de secret pour lui. Kolokotronis le nomma sur-le-champ maître de notre artillerie mais exigea un essai. On traîna un des mortiers jusqu'à une distance respectable des murs de Tripolitza. Tout Triforka suivit, les klephtes, les Maniates, les Grecs de Constantinople et de Russie, les papas, mes Spetsiotes, les volontaires étrangers. On fit cercle autour de la machine et de son servant, les Grecs amusés par l'expérience, redevenus en un instant des enfants curieux, excités, anxieux, Kolokotronis le premier malgré ses mines sévères et sa pause distante. L'Italien mit le feu à la poudre, une détonation effrayante nous assourdit... et le mortier explosa. Kolokotronis tira son sabre et s'avança arme levée sur l'Italien. Un bras le retint : « Ne faites pas ça, il n'est pas responsable. » C'était Samuel Alexander qui ajouta : « C'est votre mortier qui est défectueux, il est bien trop vieux, vous devriez plutôt être reconnaissant à cet Italien qui a tout sacrifié pour venir se battre pour votre liberté. » J'intervins : « Personne ne vous a appelé. » L'Américain s'empourpra et d'une voix où perçait la tension il déclara : « Depuis que nous sommes arrivés dans votre pays, nous avons été traités avec autant de méfiance que si nous avions été vos ennemis. Est-ce là la fameuse hospitalité grecque que vantent tant d'auteurs ? » Kolokotronis murmura d'une voix rauque : « Nous n'avons pas soulevé le joug des Turcs pour tomber sous celui des étrangers. »

Un capitaine français, appelé au secours de notre artillerie, répara le mortier, plaça les canons aux endroits les plus appropriés et nous fûmes en mesure de commencer à bombarder Tripolitza. Nos obus trop petits n'y causaient pas grand dommage mais ils suscitaient parmi les assiégés la panique la plus salutaire. Notre ténacité... mes finances firent le reste. Les renforts affluèrent. Nous avions triplé nos troupes.

Fin septembre amena les pluies torrentielles. L'eau pénétrait dans les tentes, transperçait les pelisses, transformait le sol en marécage. Les routes devinrent impraticables et l'approvisionnement subit des difficultés et des retards. Les hommes tombaient malades, rien de bien grave mais suffisamment pour altérer leur humeur. Ces combattants prêts à se faire tuer pour la patrie envisageaient d'abandonner parce que les torrents qui dévalaient les montagnes emportaient leur élan. Surtout, nous ne savions rien sur la situation dans Tripolitza. Nos tentatives pour y avoir des informateurs avaient échoué. Certes, les Turcs espéraient toujours être délivrés par leur armée de secours, mais où en étaient leurs réserves et leur moral ? Ils ne faisaient pas mine de se rendre, et nous contemplions ces murailles qui jour après jour nous semblaient plus épaisses, plus imprenables. Pour éviter la grisaille mouillée du dehors, je restais enfermée devant de grands feux de branchages. Kolokotronis désœuvré me rejoignait, taciturne, maussade. Il fumait son tsimbouk et tordait ses moustaches. Il ne sortait de son silence que pour répéter : « Nous prendrons Tripolitza, je le sais, nous prendrons Tripolitza. » En vérité il était bien le seul à le croire encore.

J'étais avec lui en ce matin venteux, lorsque ses gardes vinrent lui dire qu'un pauvre hère demandait à le voir. Que voulait-il ? D'où venait-il ? les gardes n'en savaient rien. L'homme, misérablement vêtu, paraissait demeuré. En bégayant de façon presque incompréhensible, il raconta qu'il était un Grec de Tripolitza et qu'il avait un message pour le général en chef. Qui l'envoyait ? Le Kehaya Bey. Kolokotronis ne manifesta aucune surprise. Le loqueteux, tête baissée et bras ballants, poursuivit. Le Kehaya Bey proposait à Kolokotronis de lui envoyer une délégation pour négocier un éventuel cessez-le-feu. Le klephte, impassible, réfléchissait. Je me demandais quant à moi si ce messager du destin n'était pas un espion ou un agent provocateur des Turcs. Kolokotronis trancha, il recevrait les envoyés du Kehaya Bey. Pour rien au monde je n'aurais manqué cette rencontre. Kolokotronis avait réquisitionné la tente la moins exiguë du campement. Le cheik Nagui Effendi, le second du Kehaya Bey, se présenta et son rang élevé prouvait l'importance que son chef accordait aux négociations. Trois commissaires, de nombreux assistants et aides de camp le suivaient. Kolokotronis, lui, s'était entouré de ses farouches klephtes. Nous foulâmes les tapis élimés qui recouvraient malaisément le sol boueux et nous nous assîmes les uns en face des autres sur des coussins déchirés trouvés dans la maison la moins misérable du village. On alluma narguilé ou tsimbouk et le parfum opiacé du tabac turc emplit rapidement l'espace. Les Turcs attendaient que Kolokotronis engageât le dialogue, mais celui-ci se taisait. Pendant ce long silence, j'examinai avec curiosité nos ennemis. Émaciés, ils portaient les traces visibles des épreuves d'un long siège, mais vêtus de soie et d'or, arborant les armes les plus somptueuses, ils appartenaient bien à cette race qui trop longtemps nous avait opprimés. Eux qui pendant des siècles nous avaient méprisés, que pouvaient-ils ressentir au moment où ils venaient s'humilier et quémander? Ils avaient même apporté des diamants, de l'or qu'ils avaient déposés aux pieds de Kolokotronis. L'homme sur lequel leurs polices avaient rêvé de mettre la main ne daigna même pas jeter un coup d'œil sur leurs présents. Une heure s'écoula. Kolokotronis, je le savais, voulait miner la résistance des Turcs, mais ceux-ci avaient pour eux la patience inusable de l'Orient. Finalement il éructa : « Quarante millions de piastres, la moitié de vos effets, vos armes et votre transport à vos frais. » Devant ces conditions écrasantes le cheik se contenta de sourire tristement. Il ne pouvait prendre la responsabilité d'accepter et il devait en référer. Kolokotronis lui accorda une trêve de quarante-huit heures au bout desquelles il exigeait de recevoir une réponse. Les Turcs se retirèrent, aussi impénétrables qu'à leur arrivée.

Nous n'avions pas la moindre idée quant à leur réaction. Ce début de négociations pouvait n'être qu'une feinte. Plus que jamais Kolokotronis resta sur ses gardes. Le lendemain, nous vîmes arriver droit sur nous, et à découvert, un escadron d'ennemis. Ils étaient cependant trop peu nombreux pour une attaque. Leur chef demanda à parler à Kolokotronis, mais il s'exprima dans notre dialecte. C'était le commandant des Arvanites musulmans de la garnison de Tripolitza. Lui et ses hommes avaient le même type que mes Spetsiotes, ils portaient les mêmes costumes bien que beaucoup plus somptueux, ils étaient nos frères ennemis, séparés par le seul et infranchissable fossé de la religion. Cette fois-ci, ce fut lui qui énuméra ses conditions. Il se moquait pas mal des assiégés qu'en principe il devait défendre et qu'il était prêt à abandonner à leur sort. La reddition contre le droit de quitter Tripolitza avec armes et bagages et leur propre transport à nos frais. Non seulement Kolokotronis ne discuta pas mais il accepta avec empressement et promit en outre la vie sauve aux Arvanites qui resteraient à Tripolitza. Il était en effet essentiel de se débarrasser de ces deux mille combattants aguerris, noyau de la résistance de Tripolitza. Cet épisode ne signifiait toujours pas que Tripolitza était perdue. A preuve, Kehaya Bey n'avait toujours pas répondu au bout des quarante-huit heures imposées par Kolokotronis qui donna ordre de reprendre les bombardements et les attaques diurnes. Nos combattants s'exécutèrent sans enthousiasme à l'idée que le siège pourrait se prolonger indéfiniment.

Chapitre 16

Un soir je trouvai, piqué sur mon oreiller par une épingle d'or à tête de rubis, un petit billet rédigé en turc, dans une langue aussi élégante que la calligraphie. « Une hanoum de Tripolitza compte sur la générosité et la compassion de la Capetanissa Bouboulina. Elle désirerait la rencontrer mais il lui est impossible de quitter sa demeure. La Capetanissa daignerait-elle s'y rendre... » On me donnait toutes les assurances sur ma sécurité et l'on me recommandait le secret le plus absolu. L'épingle à la tête de rubis indiquait que je n'avais pas affaire à n'importe qui, et j'acceptai.

Je suivis les instructions qui m'étaient données. Je me mis en marche au milieu de la nuit. Néanmoins je me fis accompagner par quatre de mes marins spetsiotes pour le cas où je ferais de mauvaises rencontres. La luminosité de la lune voilée par les nuages éclairait vaguement mon chemin. Je traversai une plaine opulente que la guerre laissait à l'abandon. Je foulai des champs qui n'avaient pas été moissonnés et traversai des vergers aux fruits non cueillis. J'arrivai ainsi devant la porte dite de Nauplie. On devait m'y attendre, mais je ne voyais personne. J'attendis assez longtemps pour me demander si je ne m'étais pas fourvoyée. Soudain, je sentis plus que je n'entendis un mouvement, et de l'ombre épaisse que formait le coin d'une tour émergea une silhouette. L'homme s'approcha de moi sans faire de bruit. Je reconnus Sarkis Bey, ce représentant du Pacha de Tripolitza avec lequel j'avais tissé des liens étranges. Il m'expliqua brièvement qu'il était chargé de me guider. Il frappa à la porte de la ville. Elle s'entrouvrit aussitôt. A l'intérieur je remarquai que les sentinelles étaient rares et plutôt apathiques. Je suivis Sarkis dans un dédale de rues. Je me trouvais à l'intérieur de cette ville impénétrable qui, depuis des mois, figurait tour à tour notre espoir, notre désespoir ou notre convoitise. Nous y avions tous tant rêvé qu'elle était devenue pour nous une cité fabuleuse. Elle me parut beaucoup moins riche, beaucoup moins majestueuse et moins grande que je ne l'aurais cru. Plusieurs fois je me demandai si je n'avais pas été imprudente de venir sans avertir personne. Je me retrouvais seule au milieu de l'ennemi, peut-être étais-je tombée dans un piège. La présence de Sarkis Bey tantôt m'inquiétait, tantôt me rassurait. Nous ne rencontrâmes âme qui vive, la ville dormait. A croire que le siège n'était qu'une illusion. Je pestais contre cette marche nocturne apparemment interminable et mes dispositions envers la femme mystérieuse qui m'invitait s'aigrissaient. Nous arrivâmes enfin devant un bâtiment sans fenêtres qui, dans la demi-obscurité, me parut immense. Point de porte secrète ou de poterne discrète. Nous pénétrâmes par le portail principal dans une vaste cour éclairée par de nombreuses torches où des militaires, gardes et officiers faisaient régner une certaine animation. Bien que mon passage ne soulevât pas la moindre curiosité chez eux, je n'en menais pas large. « Où sommes-nous donc? demandai-je à Sarkis Bey. – Dans le palais du gouverneur du Péloponnèse, Kurchid Pacha. » Nous arrivâmes au bout d'un long couloir ténébreux devant une porte. Sarkis Bey tira une clef de sa poche et l'ouvrit. « Nous sommes dans le harem », me glissa-t-il. Je m'étonnai qu'un homme ait pu y pénétrer. Où étaient passés les eunuques qui auraient dû s'y trouver? Sarkis sourit : « Par les temps qui courent, personne n'est plus aussi regardant. Moi-même j'habite ce harem pour mieux protéger les femmes. »

Sarkis Bey ouvrit une dernière porte, me poussa et la referma derrière moi. La pièce où je pénétrai était si brillamment éclairée que je commençai par cligner des yeux. Une forêt de cierges piqués dans des hauts chandeliers de bronze se dressaient sur des tables basses ou à même le sol. Un homme et une femme tendrement enlacés se séparèrent précipitamment comme pris en faute à mon entrée. Firuz Hanoum, sultane toute-puissante et occulte de Tripolitza, se leva et se dirigea vers moi. J'avais imaginé que la femme de Kurchid Pacha comme une vieille harpie. J'avais devant moi un ravissant tendron. Elle paraissait avoir à peine quinze ans bien qu'elle en eût probablement le double. De grands yeux bleus lumineux, une cascade de cheveux blonds bouclés encadrant un petit visage plutôt rond. Sa bouche, entrouverte par un sourire, révélait des dents minuscules. Elle était vêtue de blanc, sans aucun bijou, sachant parfaitement que ses atouts naturels constituaient sa plus convaincante parure. Je ne pouvais détacher mes yeux de sa personne, et pourtant mon attention était attirée par le jeune homme qui, derrière elle, s'alanguissait sur un sofa. Il était infiniment séduisant avec ses yeux sombres et comme mouillés de larmes ourlés de très longs cils, avec son nez droit, sa bouche sensuelle, sa chevelure souple. Il était vêtu comme les Grecs, d'une foustanelle blanche, de bottes bleu nuit et d'un gilet rouge brodé d'or. J'en déduisis qu'il s'agissait d'un Arvanite musulman. Firuz Hanoum, dont le joli prénom signifiait la turquoise, commença par me remercier d'avoir accepté son invitation. Elle avait une petite voix haut perchée d'adolescente attardée. « Vous devez être fatiguée de cette longue course nocturne, Capetanissa. » Elle avait même appris à prononcer mon titre en grec. Elle battit des mains et aussitôt des odalisques apportèrent de quoi effectuer un somptueux souper, viandes rôties, pâtés, pilafs, caviars, sucreries, fruits frais, sorbets, ainsi que dix sortes de vins européens des meilleurs crus. La petite rusée voulait me prouver que Tripolitza bénéficiait de réserves encore inépuisables. J'aurais aimé me précipiter sur ces gourmandises mais je refusai d'y toucher, affirmant qu'à Triforka nous nous gavions tellement que j'avais pris la nourriture en horreur, mensonge destiné à répondre au sien. Pendant l'échange habituel de compliments, je regardai autour de moi les boiseries couvertes de fresques pimpantes et naïves représentant des bouquets de fleurs et des corbeilles de fruits, les admirables tapis d'Ispahan à fond rose pâle, les brocarts rose et argent des sofas, les lustres de cristal de Bohême rouge rubis, mais j'observai surtout le jeune Arvanite qui s'était approché de Firuz Hanoum jusqu'à la toucher. Il ne disait mot mais me fixait avec une curieuse expression, comme s'il avait voulu me

257

faire passer un message. Finalement Firuz en vint à l'objet de ma visite. « Vous êtes non seulement fort puissante, commença-t-elle, mais vous êtes aussi une femme. Voilà pourquoi c'est à vous que j'ai voulu m'adresser. » Bien sûr, il n'était pas question que Tripolitza se rende, mais si par une invraisemblable série de circonstances les Grecs s'en emparaient, Firuz Hanoum demandait humblement ma protection pour elle, pour les femmes du harem, et toutes les Turques de la ville. Elle avait une petite voix suppliante et une mine angoissée, mais je devinais qu'elle était bien plus solide qu'elle ne le laissait paraître. Je la regardai, amusée. Elle se méprit sur mon silence : « Je suis prête à payer votre protection à n'importe quel prix », dit-elle en désignant des coffrets empilés sur une table. La friponne avait dû fort bien se renseigner sur mon compte. Ces joyaux me tentaient, mais je fus agacée qu'elle pensât qu'on m'achetait aussi facilement. Brusquement un souvenir ancien mais incroyablement précis me revint. Je vis deux yeux, les plus beaux du monde couleur de saphir, et ces yeux me regardaient et ces yeux me parlaient. Alors, je donnai ma réponse à Firuz palpitant d'anxiété : « Vous n'aurez pas à m'acheter, Hanoum, et ma protection, je vous l'accorde bien volontiers. » Elle parut tellement stupéfaite de mon désintéressement que je crus devoir le lui expliquer. « Cette protection, j'ai promis de la donner. » Son étonnement ne fit que croître. « Je l'ai promise à une femme sinon plus belle que vous, Hanoum, du moins plus vénérable. La Sultane Validée eut naguère la bonté de m'accorder une grâce importante, mais en contrepartie elle m'avait demandé de prendre sous ma protection les femmes turques en danger. » Le sujet de l'entrevue était épuisé, mais Firuz Hanoum n'avait visiblement pas envie de me voir partir et je n'avais pas envie de la quitter si vite, même si tout aurait dû m'éloigner de la femme d'un de nos pires ennemis. J'étais surtout intriguée par le couple qu'elle formait avec le jeune Arvanite. Pendant l'entretien ils n'avaient cessé de se conduire en amoureux, se jetant des regards tendres, se prenant la main, se frottant littéralement l'un à l'autre. Ils devinèrent ma curiosité. Alors le jeune homme parla pour la première fois, et ce que j'entendis me saisit au point que j'en restai bouche bée. « Je suis Anastase Mavro Mihali, le fils de Petro Bey, le " prince " des Maniates. » Du coup, je voulus en savoir plus et maintenant. « Peu avant la révolution, lorsque le Kaimankan de Kurchid Pacha convoqua les notables à Tripolitza, mon père m'envoya à sa place. A peine arrivé, les Turcs me firent prisonnier et me gardèrent en otage. Pendant le siège, mes compagnons d'infortune et mes serviteurs ont été massacrés. J'ai été épargné grâce à l'intervention de Firuz. » Il avait parlé d'une voix chaude et vibrante. Firuz continua le récit de sa petite voix niaise qui cachait une redoutable intelligence : « Un jour, derrière mon moucharabieh j'ai aperçu Anastase et j'en suis tombée amoureuse. J'ai réussi à le faire pénétrer dans le harem et depuis cette brève visite je n'ai eu de cesse de le revoir... » Bref, de visite en visite, Anastase était arrivé à vivre complètement dans cette partie du palais exclusivement réservée aux femmes. « N'avais-tu donc pas peur de ton mari, de Kurchid Pacha ? demandai-je. – Il était absent, il guerroyait en Épire. » Elle crut deviner chez moi une réprobation que j'étais loin d'éprouver et en guise d'excuse

que je ne lui demandais pas, elle me raconta sa vie :
« Je suis née en Géorgie. Comme tant de mes
compagnes de harem j'ai été enlevée toute petite. On
m'a versée dans le harem de Kurchid Pacha, un Géorgien comme moi. Je suis devenue sa favorite et j'ai
même réussi à m'en faire épouser... » Son ascension
avait dû être un chef-d'œuvre de calculs et d'intrigues
orné des plus séduisants artifices. Selon elle, le tigre
universellement haï des Grecs n'était pas si mauvais
homme : « Il me traitait bien. Je lui suis reconnais-
sante de tout ce qu'il m'a donné mais je n'ai jamais
éprouvé d'amour pour lui... » Elle s'interrompit,
tourna la tête vers Anastase. Ils se regardèrent à nouveau, les yeux noyés de tendresse, tourtereaux frémis-
sants. La province était à feu et à sang, Grecs et Turcs
s'étripaient quotidiennement, Tripolitza mourait de
faim et risquait de tomber chaque jour pour être livrée
à la terrible vengeance des assiégeants, et au milieu de
cette désolation et de ces atrocités, Firuz et Anastase
filaient le parfait amour, inconscients du danger. Le
spectacle de leur passion me rafraîchit comme une
brise printanière et leur impudeur ne fut pas sans me
divertir. Ils le sentirent, ou plutôt la fine mouche le
sentit. Ils me supplièrent de protéger leurs amours
comme j'avais promis de protéger les femmes turques.
« Dieu vous en bénira », me répétait la ravissante
Firuz. Je leur promis de tenter l'impossible. Ils me sau-
tèrent au cou et l'on aurait cru assister à la plus affec-
tueuse des réunions familiales. Lorsque je pris congé, ce
fut tout juste si on ne se promit pas de se revoir le plus
vite possible. Firuz me força à prendre les coffrets
qu'elle avait préparés pour ébranler mon éventuelle
intransigeance. Arrivée à la porte, je me retournai.

Indifférents à ma présence, pressés de se retrouver seuls, ils étaient déjà repartis dans leur monde. Sarkis Bey m'attendait qui me raccompagna jusqu'à la porte de la ville. « Je savais que tu ne leur résisterais pas, Laskarina Hanoum, me glissa-t-il en marchant. — Comment as-tu la hardiesse de croire une chose pareille? » lui rétorquai-je en lui envoyant une bourrade. Il comprit qu'il avait gagné. Il en profita pour me rappeler sa promesse. Il n'avait rien dit à ses maîtres turcs de ce qu'il avait appris de la Philiki Etairia et de nos préparatifs. « Aussi, Laskarina Hanoum, lorsque le jour viendra, qui ne saurait tarder, n'oublie pas de me trouver un abri. » Je traversai en sens inverse la campagne. Les prémices de l'aube y répandaient une lueur grisâtre. Cette touchante histoire d'amour m'avait mise de si bonne humeur que je ne sentais pas la fatigue.

Je voguais dans les rêves les plus agréables lorsque je fus réveillée par une main rude qui secouait brutalement mon épaule. Kolokotronis, la mine terrifiante, était penché sur moi. « Que faisais-tu hier soir chez la femme de Kurchid Pacha? — Comment l'as-tu appris? — Toute l'armée le sait, gronda-t-il. Le conseil de guerre s'est réuni et nous convoque toi et moi. » « Ils » nous attendaient dans l'église. Le prince Ypsilanti ouvrit le feu. Des soupçons pesaient sur Kolokotronis et moi. Il serait heureux d'entendre nos explications. L'évêque Germanos, qui ne s'embarrassait pas de circonlocutions, l'interrompit : « Vous êtes accusés de vol, et nous avons des preuves. Toi, Kolokotronis, tu as reçu de l'or du Kehaya Bey et toi, Bouboulina, les bijoux de la femme de Kurchid Pacha pour poursuivre le plus longtemps possible le siège et retarder sinon empêcher la prise de Tripolitza. » Papa Flessas, lui, le prenait à la plaisanterie : « On te pardonne tes larcins, Capetanissa, mais tu aurais pu au moins partager avec nous. » En un éclair je réalisai combien Kolokotronis avait eu raison de se méfier de lui. La trahison de celui que j'avais cru être mon ami me serra le cœur. C'était maintenant au tour de Petro Bey, le prince des Maniates. Il geignait à son habitude, comment avions-nous le cœur, Kolokotronis et moi, de nous entendre avec les Turcs alors que son fils croupissait dans une de leurs prisons, si toutefois il était encore de ce monde. Je lui clouai le bec en me contentant de l'assurer que son fils se portait parfaitement bien et ne risquait rien.

Mon premier mouvement avait été de les planter là, mais je ne voulais pas laisser Kolokotronis rugir seul contre la meute. Je tâchai de faire taire mon tempérament et de ravaler mes injures pour leur aligner les arguments, les preuves, pour leur enfoncer dans le crâne la conviction que seules des négociations pouvaient hâter la fin du siège. A quoi bon? Leur parti était pris d'avance et rien ne les en ferait dévier. Ils gagnèrent en ce sens qu'ils nous réduisirent, Kolokotronis et moi, à l'impuissance. Les contacts, les négociations que l'un et l'autre nous poursuivions et qui, devant l'échec des opérations militaires, restaient la seule façon de progresser étaient interrompus à chaque échelon. Nous étions donc repartis pour des semaines sinon pour des mois de siège, avec l'hiver et ses rigueurs approchant et la menace de l'armée de secours turque.

Une nuit que je ne pouvais trouver le sommeil, je sortis. Je marchai droit devant moi. Je traversai ainsi le campement et j'atteignis la forêt qui le bordait. J'entrai dans la magie. Les aiguilles de pin étouffaient mes pas. J'avais pour moi seule les parfums de la nature et les grands arbres, la nuit et le silence. Pour la première fois depuis des jours je respirais librement. Je me sentais détachée de la réalité, heureuse, confiante. Un bruit léger, pas très éloigné de moi, m'alerta. Je m'arrêtai. Un animal, peut-être, mais un gros animal, un sanglier ou un loup. Non, car il ne prenait pas assez de précautions. Des hommes alors. Tendant l'oreille, je perçus un bruit de pas qui s'avançaient dans ma direction. Je me glissai derrière l'arbre le plus proche, je sortis mes pistolets de ma ceinture et j'attendis. J'entendis le craquement des branches brisées avant de deviner deux silhouettes qui semblaient pressées. Je les laissai passer près de moi avant de bondir : « Halte-là, rendez-vous. — Ne tire pas, Capetanissa, c'est nous. — Nous qui? — Avrandini et Rumani », deux de mes hommes, deux inséparables, deux marlous de la plus belle eau mais aussi des combattants infatigables, des malins qui trouvaient toujours des solutions, même les plus invraisemblables, à tous les problèmes. Que faisaient-ils dans la forêt en pleine nuit? Silence embarrassé. Je les pressai, j'élevai la voix. « Nous allons à un rendez-vous. — Quel rendez-vous, et que portez-vous là dans ces gros sacs? » Je les forçai à les ouvrir, je plongeai ma main à l'intérieur. Ils contenaient du pain, des fruits, des légumes, des flasques de vin et même un ou deux poulets rachitiques, trouvés Dieu sait où. « Mais à qui portez-vous ces victuailles? » Nouveau silence mais avant que je ne hurle à nouveau, l'un d'eux dit : « Ne crie pas, Capetanissa, viens avec nous, tu verras. » J'aurais dû les ramener au campement, mais la curiosité fut la plus forte. Ils semblaient connaître parfaitement leur chemin et nous ne tardâmes pas à déboucher sur une région beaucoup plus plate et dégagée. A mon étonnement, je réalisai que nous étions très près de Tripolitza dont la masse émergeait de l'ombre. Nous avancions dans un maquis où les gros rochers alternaient avec les buissons de lentisques ou de caroubiers. Lorsque nous ne fûmes plus qu'à quelques encablures des murailles, ils s'arrêtèrent et me forcèrent à me dissimuler derrière un rocher. « Il vaut mieux qu'" ils " ignorent ta présence, mais d'ici tu pourras tout voir. » Ils reprirent leur chemin, marchant sans se cacher jusqu'aux murailles. Je reconnus la porte de Nauplie où Sarkis Bey m'avait attendue. A côté se dressait pour la défendre une redoute hérissée de canons. De son sommet une corde fut lancée, à laquelle était attaché un vaste panier. Mes Spetsiotes s'y installèrent l'un après l'autre et furent hissés jusqu'au créneau. Des lanternes s'allumèrent. Il y avait là-haut une dizaine de Turcs, les servants de la redoute, mais aussi un autre Grec. Je vis les sacs de victuailles amenés par Avrandini et Rumani passer dans les mains des Turcs et ceux-ci leur tendre des objets, probablement des armes. Je compris qu'en pleine guerre, en plein siège, alors que Grecs et Turcs ne songeaient qu'à s'entre-tuer, certains d'entre eux avaient institué une foire de troc. L'audace de cette entreprise me fit sourire, ne doutant pas un instant que l'initiative en revenait non aux Turcs mais à ces fripouilles de compatriotes. Je vis un flacon passer de main en main et chacun y boire de grandes rasades. La brise légère m'apportait des bribes de phrases, des plaisanteries en grec, en turc, en arvanitika, puis les lanternes furent éteintes et les Grecs redescendus par le même panier. Ils s'empressèrent de me rejoindre. Je les sentais ravis de la tournure prise par leurs affaires mais aussi anxieux de mon accueil. Avrandini me présenta le troisième larron comme l'auteur de cette brillante affaire, un certain Dougna, beau et grand gaillard de Leonidion. Rumani me tendit un poignard ottoman au manche enchâssé de corail. « C'est pour toi, Capetanissa, nous avons durement marchandé pour l'avoir. » Cadeau propitiatoire pour adoucir ma colère éventuelle. En fait, j'avais eu le temps de réfléchir et je les aurais plutôt embrassés que grondés. Je le leur cachai car j'avais besoin d'eux et pour cela il me fallait les tenir en respect. Nous revînmes au campement marchant rapidement, silencieusement. J'échafaudais mon plan. Il y avait une unique chance et encore infime pour qu'il réussisse, mais puisque les opérations militaires et la diplomatie avaient échoué, peut-être un minuscule détail, s'il était béni par la providence, réussirait-il mieux.

Revenue dans ma masure, je m'adressai à Dougna. De toute évidence c'était lui le chef. Je lui donnai des instructions précises. Il comprit aussitôt car il était beaucoup plus rusé que mes Spetsiotes. La nuit suivante, des camarades accompagnèrent nos trois larrons. Ils s'approchèrent de la ville, musardèrent au bas des murailles. « Plus on est de fous plus on rit », semblait dire Dougna aux Turcs qui firent monter les nouveaux venus. Le bazar gréco-turc prenait de l'ampleur et les bouteilles de raki se multiplièrent. Abritée derrière mon rocher, je suivais les opérations. Une nuit d'octobre je remarquai que les Turcs étaient moins nombreux au rendez-vous. Plus tard, je devais apprendre que la garnison presque entière avait été convoquée afin de discuter de l'avenir de leur ville. Je vis Dougna, du haut de la redoute, me faire le signe convenu. C'était pour cette nuit. Ils étaient dix à quinze Turcs, l'ambiance la plus joyeuse régnait et les tournées de raki se succédaient à une allure accélérée. Dougna laissait traîner les choses car lui et moi avions calculé d'avance le temps qu'il nous faudrait pour le déroulement des opérations. Soudain les Grecs se ruèrent sur les servants turcs et en une seconde les réduisirent à l'impuissance. Ils coururent à la porte de Nauplie et l'ouvrirent en grand. Une dizaine de combattants que chaque nuit j'avais postés derrière les buissons et les rochers le plus près des murailles se précipitèrent à l'intérieur de la ville. En quelques minutes, cette partie des remparts tomba en leurs mains. Ils se lancèrent à travers la ville pour aller en ouvrir les autres portes, celle de Mistra, celle du Sérail. J'entendis derrière moi les galopades effrénées de nos renforts appelés en hâte. Les uns s'engouffrèrent par la porte de Nauplie, les autres contournèrent les remparts pour y pénétrer par les autres portes. Je retrouvai mon cheval sous le couvert des arbres et galopai jusqu'au campement. Je me précipitai dans la masure de Kolokotronis. Il dormait à poings fermés. Je le secouai et lui criai de se dépêcher s'il voulait participer à la prise de Tripolitza. Sur le pas de sa porte, il pointa sa longue-vue vers la ville. « Trop tard, laissa-t-il tomber d'une voix accablée. — Quoi trop tard? Les Turcs auraient-ils repris l'avantage et repoussé les nôtres? — Trop tard, répéta-t-il, trop tard parce que nos couleurs flottent déjà sur la forteresse. » Nous tombâmes dans les bras l'un de l'autre, moitié pleurant, moitié riant.

Chapitre 17

Lorsque Kolokotronis et moi atteignîmes Tripolitza, la ville était pratiquement aux mains des Grecs. Nous y pénétrâmes, suivis de notre escorte de klephtes et de Spetsiotes. Pillage et massacre avaient débuté. J'ai lu ce qui a été écrit depuis sur cet épisode, à commencer par les étrangers soi-disant venus nous défendre. J'ai lu les calomnies qu'ils ont répandues sur les Grecs, sur Kolokotronis, et même sur moi. Il se peut qu'ils n'aient pas tout inventé, mais ils n'ont rien compris. Oui j'en ai vu des horreurs. Des Turcs torturés pour les forcer à livrer la cachette de leur argent, des vieillards égorgés, des femmes violées puis éventrées, des enfants coupés en morceaux... comme j'avais « vu » notre patriarche pendu, nos otages décapités, nos familles pleurant leurs morts, comme j'avais « vu » pendant des dizaines de générations les Grecs humiliés, maltraités, torturés, massacrés. Les abominations de Tripolitza ne furent que le solde de comptes accumulés pendant des siècles. Que pouvions-nous faire contre des milliers de guerriers déchaînés, ivres de sang et de vengeance ? J'ai vu Kolokotronis courir le sabre levé sur un groupe de Maniates qui allaient rôtir vivant un officier turc. Moi-même je me suis précipitée l'arme à la main pour sauver une Turque enceinte. Je l'ai arrachée des griffes de mes compatriotes que la folie avait transformés en bêtes sauvages. Étais-je si différente d'eux lorsque, apercevant le Kehaya Bey étroitement gardé et tellement chargé de chaînes qu'il pouvait à peine marcher, je levai mon pistolet et le visai froidement? Un coup brutal me fit involontairement baisser l'arme. C'était Kolokotronis : « Laisse-le, il vaut beaucoup plus vivant que mort. — Il a tué mon fils, et je le tuerai. — Et avec lui tu feras assassiner les nôtres qui sont prisonniers des Turcs. Vivant, nous l'échangerons contre eux. » Il avait raison et je ne pus m'empêcher de l'envoyer au diable mais je remis mon arme dans ma ceinture. Nos hommes enfonçaient les portes du palais de Kurchid Pacha, brisaient les armoires, jetaient par les fenêtres des coffres qui s'écrasaient sur le dallage des cours. Des pièces d'étoffe, des tentures, des couvertures de velours incrustées d'or volaient en l'air, puis comme des oiseaux maladroits retombaient au sol, éclaboussant les dalles des couleurs de l'arc-en-ciel. Je tremblais pour les femmes du gynécée que j'étais venue défendre et dans ma fébrilité, je m'égarai plusieurs fois dans ce labyrinthe. Je parvins à retrouver mon chemin et j'arrivai la première au harem. Du moins je le crus car la porte en était intacte. Mais lorsque j'entrai, l'obscurité et le silence m'accueillirent. J'appelai. Aucune réponse. L'angoisse me saisit. Où étaient passés Firuz et les odalisques de Kurchid Pacha? Avaient-elles été faites prisonnières? Avaient-elles été livrées à la soldatesque? Mes Spetsiotes et moi nous allumâmes des torches. Nous parcourûmes les salons, les chambres, les boudoirs. Rien n'avait été dérangé, rien ne témoignait d'un départ hâtif. Toujours ce silence oppressant qui contrastait avec les rumeurs lointaines venues du dehors, les lueurs d'incendies qui se dessinaient derrière les vitres des fenêtres. L'inquiétude me gagna. J'entendis soudain un léger bruit. J'allai dans la direction d'où il était parti. J'entrai dans le hammam privé du harem. La pièce centrale était vide. Vide aussi le premier puis le second édicule. J'étais seule mais il me semblait être entourée de présences maléfiques. Je restai immobile, la gorge serrée. Dans le silence épais qui m'enserrait je perçus un soupir, à peine un souffle. Je fonçai. Les femmes s'étaient entassées dans l'édicule réservé à l'eau froide. A vrai dire, elles formaient un tableau ravissant et presque attendrissant. Pitoyables et gracieuses, les odalisques se serraient les unes contre les autres. J'aperçus, émergeant à peine au-dessus d'elles, le turban de Sarkis Bey, qui s'était fait un rempart de leurs corps. Devant elles, Anastase Mavro Mihali tâchait de prendre la pause la plus redoutable. D'une main il tenait son sabre, de l'autre il retenait Firuz Hanoum prête à défaillir. Ma vue les soulagea. Hélas je n'étais plus seule. Cinq pillards m'avaient suivie sans que je m'en aperçoive. Leurs yeux, leur attitude en disaient assez long sur leurs intentions. Je tentai de les arrêter en leur lançant le plus beau chapelet d'injures de mon répertoire. Ils dégainèrent et me chargèrent. L'arme haute, Anastase courut à mon secours et croisa le fer avec eux. Il en embrocha un, en blessa un second et reçut une éraflure à la joue qui saigna. Firuz Hanoum hurla, des odalisques gémirent. Mes Spetsiotes attirés par le bruit du duel intervinrent. Un pillard de plus resta sur le carreau, les deux autres s'enfuirent. Firuz se jeta sur Anastase comme s'il avait reçu une blessure mortelle.

Je ne pouvais cependant pas passer la nuit à assurer la garde des odalisques de Kurchid Pacha. Tenter de les évacuer, même sous bonne escorte, c'était les vouer au massacre. Le plus sûr était de les laisser dans leur hammam. « Toi, dis-je à Anastase, tu n'es plus leur défenseur, tu es désormais leur geôlier. Kolokotronis t'a chargé de garder les otages qu'il a pris, c'est ce que tu répondras à quiconque voudra pénétrer ici. » Je lui laissai quelques Spetsiotes en renfort. Satisfaite d'avoir pu tenir ma promesse, je fis le tour du propriétaire. Personne ne me dérangea, personne ne m'interrompit. Je pris soin de fermer toutes les portes à clef derrière moi. Éclairée par une torche, je passai de pièce en pièce. J'ouvris méticuleusement chaque tiroir des coffres incrustés d'ivoire, je sondai les boiseries et je trouvai les cachettes dissimulées dans les murs. Je découvris les bijoux. Je pris de grands sacs de brocarts où les odalisques rangeaient leurs ouvrages. J'y vidai les tiroirs et les boîtes pleines de joyaux, les colliers d'émeraudes, les rangs de perles, les boucles d'oreilles de rubis, les broches en diamants, les aigrettes en turquoises, des pierres précieuses de différentes couleurs montées en bagues. Autant de gagné pour notre révolution! Je ne partis que lorsque je fus certaine qu'il ne restait plus un seul bijou.

Alors que je m'en retournais, la lassitude s'abattit brusquement sur moi. Pendant des mois, tous nos efforts, tous nos espoirs, toutes nos pensées s'étaient tournés vers Tripolitza. La ville entre nos mains, la fatigue accumulée refaisait surface. En chemin, je dépassai nos guerriers qui, chargés de dépouilles, traînaient eux aussi les pieds. Arrivée chez moi, je me jetai sur mon lit, sans parvenir à trouver le sommeil. Un remue-ménage me tira de ma torpeur. Des piaffements, des ordres, des cris. Kolokotronis enfonça presque la porte de ma chambre : « Viens voir ce que je t'amène. » La maison était entourée de chevaux. Il n'avait pas fallu moins de soixante-deux montures pour porter le butin qu'il avait ramassé. Ses klephtes jetèrent au hasard ballots et coffrets et nous laissèrent seuls. Kolokotronis exultait. Non seulement la prise de Tripolitza était la plus grande victoire de la révolution, mais il devina le retentissement international de l'événement. Désormais les puissances croiraient en notre lutte et nous soutiendraient. « Sais-tu que j'étais déjà venu à Tripolitza, commença-t-il, il y a trente-sept ans, mais je m'en souviens comme si c'était hier. J'avais quatorze ans et on m'avait chargé d'aller vendre un chargement de petit bois. Je marchais courbé sous mes fagots. En mettant le pied dans une flaque d'eau que je n'avais pas vue, j'éclaboussai sans le vouloir un Turc qui passait par là. Il m'insulta et me lança un coup de pied qui me fit trébucher. Jamais je n'ai oublié ce coup de pied, et j'ai dû attendre jusqu'à aujourd'hui pour le rendre... » Sa jubilation chassa ma lassitude. Il avait rapporté énormément de bouteilles et nous bûmes des crus incomparables, vieux vins de Samos ou de Chypre. L'excitation de cette journée et l'alcool nous enivrèrent. Alors, nous examinâmes notre butin. Nous ouvrîmes les ballots, fîmes sauter les serrures des coffres, et nous contemplâmes avec ravissement les armes incrustées de pierreries, les ustensiles en argent et en vermeil, les armes damasquinées, les confituriers en or sertis de cabochons. Nous avons déroulé les tapis de soie et les tentures de brocarts. Nous avons coupé les cordons des bourses et fait ruisseler les talers, les piastres, les colonnades, les réaux, les louis, les roubles, en or, en argent. Kolokotronis décida de convertir son butin et de placer l'argent dans une banque ionienne pour entretenir une armée privée. Je destinai le mien à ma flotte. Mais cette nuit-là, nous avons voulu croire que ces trésors n'appartenaient qu'à notre plaisir et à notre jouissance. Ces objets scintillants nous grisaient tout autant que l'alcool que nous ne cessions d'ingurgiter. Nous riions comme des fous en transperçant les sacs de cuir avec des sabres à la poignée incrustée de diamants. Nous nous couvrions de bijoux en trinquant, nous nous embrassions en déversant l'or sur nos têtes et nous avons fini par faire l'amour au milieu du plus somptueux et du plus extravagant capharnaüm. Pendant des semaines il devait me rester sur la cuisse les marques des monnaies sur lesquelles Kolokotronis m'avait jetée pour me prendre.

Quelques jours plus tard nous retournâmes à Tripolitza, sous une pluie fine et continue. La vie s'était retirée de la ville comme une vague à marée basse, ne laissant derrière elle que ruines et désolation. Portes fracassées de maisons vides, fenêtres brisées, toits éventrés ou noircis de fumée. Partout les pierres portaient des traces sombres de sang séché. Des chiens errants et faméliques mangeaient des cadavres à demi putréfiés, des enfants mourant de faim s'acharnaient sur des tas de détritus. L'odeur âcre et prenante de la mort empuantissait la ville. Même les klephtes de l'escorte de Kolokotronis baissaient la tête.

Le jour de notre victoire, l'enthousiasme nous avait

donné des ailes, mais ce matin-là, ce cimetière grisâtre me serrait le cœur. L'image de Yanno s'imposa avec une intensité extraordinaire. Assis devant moi sur un tas de pierres, il m'attendait en souriant. Ce n'était pas mon fils mais l'Américain, Samuel Alexander. Assis sur les moellons d'un mur éboulé, il souriait. Sa présence en ce lieu avait quelque chose d'insolite et je lui lançai : « Alors, le chirurgien, tu t'es fait croque-mort. » Il éclata de rire, mais sa gaieté rendait un son sinistre. Un pressentiment me prit : « Attention, Kolokotronis », criai-je. Je n'avais pas fini qu'il levait son pistolet. La balle passa si près de la tête de Kolokotronis qu'elle emporta son bonnet rouge. L'Américain ne tenta pas de fuir, il se contenta de se lever et resta au milieu de la rue face à nous, son arme fumante à la main. Les klephtes se précipitèrent sur lui, le désarmèrent, le ruèrent de coups. Kolokotronis aboya un ordre. Ses gardes du corps arrêtèrent et le relevèrent. « Pourquoi? se contenta de lui demander Kolokotronis. – Parce que j'ai voulu tuer en vous les bourreaux de cette ville... Imaginez-vous seulement l'exaltation suscitée dans le monde entier par l'annonce de votre soulèvement. Un peuple opprimé et vaillant qui brisait ses chaînes, les fils de la civilisation qui se révoltaient contre les hordes barbares. Nous avions été nourris par les vertus de vos ancêtres, nous avions vibré à leurs exploits, et voilà que ces héros antiques revivaient en vous. Nous sommes accourus mais en assassinant tant d'innocents dans cette ville, vous avez poignardé l'enthousiasme de ces hommes venus du monde entier. En vérité, vous, les Grecs, vous n'êtes pas dignes d'être libres. » Sa tirade prononcée avec passion mais sur un ton aristocratique m'exaspéra plus qu'elle ne m'insulta. Lui et ses semblables nous avaient imaginés tels qu'ils nous voulaient pour correspondre à leurs rêveries. Ils avaient fait fi de notre réalité. Kolokotronis resta étonnamment calme pour lui dire d'une voix sourde : « Tu n'as donc pas compris, étranger, que pour être tout à fait libres nous devions laver dans le sang les marques d'un trop long esclavage. » Samuel Alexander n'écoutait pas, ne voulait pas écouter. Il dominait de sa taille les deux klephtes qui le maintenaient et qu'il aurait pu renverser d'une seule gifle. La foustanelle déchirée, le visage ensanglanté, l'expression sereine, il était beau. Les klephtes et mes Spetsiotes exigeaient de le massacrer sur place. Kolokotronis ordonna de le laisser aller. Il avait voulu tuer l'homme que j'aimais en manifestant un beau courage. Il avait bravé la mort pour son idéal. L'incompréhension qui nous séparait ajouta à la tristesse que provoquait en moi cette journée, ce spectacle.

Le palais de Kurchid Pacha était désert. Les Spetsiotes auxquels j'avais confié la garde du harem étaient fidèles au poste. Les odalisques se sachant hors de danger pépiaient gaiement. Firuz et Anastase, qui avaient passé quelques jours de bonheur sans partage, rayonnaient. Je remarquai l'absence de Sarkis Bey et j'en demandai la raison. L'étonnement le plus profond se peignit sur les ravissants visages. Une des filles se rappela qu'une fois le palais abandonné par les pillards, Sarkis Bey avait grommelé qu'il devait mettre à l'abri ce qui pouvait rester du numéraire de son maître. Comme les couloirs ne recelaient plus aucun danger, il avait donc quitté l'abri du harem. Je connaissais assez les palais turcs pour savoir que la chambre forte se trouvait au rez-de-chaussée, derrière les bureaux de

274

l'administration. J'y courus. C'était une pièce haute et voûtée, uniquement éclairée par quelques soupiraux grillagés. Les énormes coffres de fer cloutés étaient tous ouverts, entièrement vides. Par terre, ce que je pris au début pour un tas de chiffons se révéla être le cadavre abominablement torturé de Sarkis Bey. Le spectacle de ce visage sans yeux, sans nez, sans oreilles était tellement effroyable que je ne pus m'empêcher de vomir puis je courus dehors respirer. Des pillards attardés avaient dû le surprendre dans la pièce où il espérait encore trouver quelque argent. Croyant qu'il savait où avait été transporté l'or, ils avaient voulu lui faire cracher son secret. Mais cet or, Kolokotronis l'avait déjà pris. Cet or sur lequel nous avions joyeusement fait l'amour me répugna, comme les joyaux que j'avais emportés. Assez de morts, assez d'horreurs, assez de sang, criait mon cœur, et devant moi flottait l'image du corps de Yanno percé de dix-huit balles.

J'avais cependant une mission à accomplir. Dès la chute de Tripolitza, Kurchid Pacha nous avait adressé des messages proposant d'échanger son harem contre d'importants prisonniers de guerre. Peut-être ces dames lui manquaient-elles, peut-être avait-il eu rumeur de l'infidélité de son épouse. Pas question, avais-je fait répondre, en persuadant Kolokotronis que cette intransigeance ne ferait que monter le prix des odalisques. Entre-temps, il me fallait les mettre à l'abri et j'étais venue organiser leur évacuation et leur transport jusqu'en un lieu discret de la côte. Je les accompagnai jusqu'à la porte du Sérail et je les vis s'éloigner sur la route poudreuse. Mes Spetsiotes encadraient le gracieux troupeau. Anastase et Firuz Hanoum fermaient la marche. La prisonnière et son « geôlier » se tenaient amoureusement la main. En les voyant disparaître, j'eus l'impression délicieuse d'avoir commis une farce au destin cruel qui inventait les guerres, les haines, les massacres.

Nous revenions, Kolokotronis et moi, de Tripolitza et nous avions presque atteint le campement lorsque son cheval, son cher Keraya, buta. Kolokotronis, surpris dans un moment d'inattention, glissa de sa selle à terre. Le cheval tomba sur son genou. La douleur dut être fulgurante qu'il couvrit d'un chapelet d'insultes, d'injures et de malédictions, ce qui me permit de découvrir combien son vocabulaire était beaucoup plus riche que le mien. Il fallut le transporter jusqu'à sa masure. Telle fut sa fureur d'être retenu au lit que je n'osais ironiser sur le fait que je n'étais plus la seule à pâtir de ces quadrupèdes qu'il affectait de tant aimer. Il enrageait surtout de ne pouvoir assister au conseil de guerre qui se réunissait pour décider du prochain objectif. Y paraître sur une civière, il ne voulait même pas en entendre parler. « Laisse-moi y aller à ta place », lui suggérai-je. Le regard rusé, calculateur, il m'examina comme un maquignon évalue un animal. Puis il accepta et ce témoignage me transporta, car chez ce loup des montagnes, l'amour se mesurait à la confiance.

Lorsque je pénétrai dans l'église de Triforka pour affronter nos pairs, il me sembla avoir été hissée sur le pavois de la victoire de Kolokotronis. Tous se tournèrent vers moi et attendirent que je parlasse en son nom : « Kolokotronis a décidé de reprendre Patras aux Turcs. C'est pour lui l'étape indispensable à la libération du reste du pays. » Immédiatement l'évêque Germanos riposta, mais il se fit mielleux, ce qui m'inquiéta encore plus que s'il avait tonné : « Inutile d'envoyer notre vaillant général. Donnez-moi quelques bataillons et je vous promets d'emporter la ville en six jours. — Laisse-le aller, évêque, insistai-je, les Turcs auront tellement peur à sa vue qu'ils rendront immédiatement les clefs de la ville. » Ypsilanti auquel les autres laissaient une sorte de primogéniture intervint comme s'il ne m'avait pas écoutée : « Il faut mettre fin au siège de Nauplie qui n'a que trop duré. Nous y amènerons toutes nos forces et nous lancerons un assaut général contre la ville. » Bien stylée par Kolokotronis, j'objectai : « Ce plan est déjà difficilement réalisable à la belle saison, il est impraticable en hiver. » Le prince à la mine de fouine n'écouta même pas mes arguments. Comme tous les faibles, il ne voulait pas en démordre. Germanos, Papa Flessas, Petro Bey, Mavro Mihali le soutinrent. Je m'attendais à être reçue avec le respect dû à Kolokotronis, mais leur hargne le poursuivait. Ils ne lui pardonnaient pas sa victoire. Les soldats acclamaient le vainqueur, les chefs l'accablaient. Lorsque je lui rapportai mon échec, Kolokotronis se résigna : « Je ne veux pas ajouter aux divisions prêtes à se faire jour entre nous. Bon pour Nauplie, mais ils l'auront voulu... »

Ce fut ainsi qu'une nuit de décembre je me retrouvai à bord de l'*Agamemnon*. C'était une de ces nuits d'hiver grec claire, sèche, glaciale. A terre, la gelée blanchissait les champs et givrait les routes. De petites vagues nerveuses agitaient la mer. Un vent coupant soufflait sur le pont que je ne quittais pas, traversant ma pelisse et transperçant mes hommes, tous à leur poste, tous sur le qui-vive. Kolokotronis avait quand même réussi à emporter contre Ypsilanti la décision d'un assaut nocturne. Il devait prendre à revers la formidable forteresse de Palamides défendue par trois cents canons. Son beau-frère Nikitaras était chargé d'attaquer la ville par terre pendant que je la bombarderais par mer. « Surtout sois bien à l'heure, m'avait-il recommandé, la coordination de nos opérations est la clef de leur réussite. » Une forte brise nous poussait vers la ville. Je tenais moi-même la barre car depuis la mort de Yanno je n'avais voulu accorder à personne l'honneur de sa place. Mon demi-frère Nicolas Lazarou, qui m'avait demandé de servir en second, se tenait à mes côtés, silencieux comme mes hommes, tendu, la volonté bandée comme un arc vers notre but. Les flots noirs s'ouvraient devant nous et je distinguais déjà, dans les ténèbres, les ombres chinoises des minarets et des clochers. Bientôt trois fusées partiraient d'un sommet qui signaleraient le début de l'attaque. Bientôt Nauplie allait se réveiller et s'embraser. Je gardais les yeux fixés sur notre proie, mes sens en éveil. Soudain je sentis que le vent m'échappait. Il commença par faiblir, s'arrêta presque complètement, puis il tourna et se mit à souffler, violemment, mais cette fois-ci en sens opposé, contre nous. Il avait fallu à peine dix minutes pour qu'il change de direction. Non seulement nous ne pouvions plus avancer, mais c'était avec peine que nous maintenions notre position. L'heure de l'attaque approcha puis passa sans que je ne visse les trois fusées s'allumer. Je n'avais pu être au rendez-vous, prisonnière d'un caprice d'Éole. A quoi bon injurier mes hommes qui n'étaient pas responsables, à quoi bon maudire le ciel qui s'en moquait. A quoi bon reconnaître qu'une fois de plus Kolokotronis avait eu raison, ayant prévu que l'assaut de Nauplie risquait d'être rendu impossible par un brusque changement du vent. C'était à lui que je pensais et aussi à ses centaines de klephtes embusqués derrière les rochers aux abords de la forteresse de Palamides, aux milliers de guerriers de Nikitaras dissimulés derrière les abris qu'ils avaient pu trouver à quelques encablures des murailles de la ville. Ils savaient que le vent me retenait, mais le fait était là. Laskarina n'était pas au rendez-vous. Laskarina avait failli.

L'heure tournait. Kolokotronis allait-il m'attendre au risque qu'il soit trop tard, ou attaquer sans moi? Devant moi, Nauplie calme et endormie me défiait. Au-dessus de moi, les étoiles scintillantes me narguaient. Je me mis à prier. Je suppliai le ciel que j'avais maudit. En vain. Je vis le signal, les trois fusées, et aussitôt j'entendis, venu de loin, le déclenchement de la fusillade. Je devinai sans peine l'élan de nos guerriers. Laskarina n'est pas au rendez-vous mais nous les aurons. Ils risquaient le tout pour le tout alors que j'étais condamnée à rester les bras croisés. La lumière du jour commença à poindre, beaucoup plus tôt que je ne m'y attendais. Remplaçant la nuit scintillante, une grisaille sale dessina le contour des montagnes et des remparts. Alors la riposte des Turcs vint, leurs canons entrèrent simultanément en action. A la distance où je me trouvais, j'entendais un grondement sourd, continu, terrifiant, comme annonciateur d'un tremblement de terre, et je la souhaitais presque cette catastrophe qui eût enseveli la ville de Nauplie, même si elle devait aussi envoyer ma flotte au fond de la mer, plutôt que d'imaginer les boulets turcs fauchant des rangées entières de nos guerriers.

L'aube rose et bleu avait eu tout le temps de s'épanouir et bientôt le premier rayon du soleil allait paraître entre les montagnes, lorsque le vent se mit à souffler dans le bon sens. Nos marins poussèrent un hurlement de joie. Je dominai mon impatience pour donner des ordres courts, précis et clairs. En un rien de temps toutes nos voiles furent hissées. La terreur d'arriver trop tard me rendit téméraire. Je voulais être le plus près de ma cible. Les boulets turcs commençaient à tomber autour de mes navires et je continuais de voguer droit sur Nauplie. Nicolas protesta et les plus vieux d'entre mes marins se retournèrent vers moi pour me lancer des regards de reproche. « En avant, enfants, êtes-vous donc devenus des femmes ? En avant, enfants », hurlai-je au porte-voix. L'artillerie turque nous visait de plus en plus précisément lorsque enfin je donnai l'ordre d'ouvrir le feu. Alors mes canonniers s'en donnèrent à cœur joie et pendant trois quarts d'heure, ce fut le plus beau des concerts à coups de canons, de détonations, de cris de guerre, une musique grisante que je n'aurais jamais voulu entendre s'arrêter. Il était cependant trop tard. Ces trois heures perdues et la lumière du jour avaient anéanti notre tactique. Braquant ma longue-vue sur le rivage, je vis les nôtres refluer en désordre. Je ne voulais pas abandonner. Tant pis si les brûlots turcs entouraient l'*Agamemnon* d'un mur d'eau et de flammes, tant pis si l'un d'entre eux creusa un trou dans le pont, « feu », « feu », « feu » répétais-je inlassablement et dans les nuages de fumée qui nous entouraient mes artilleurs tiraient désormais à l'aveuglette. Lorsque la déroute des nôtres fut consommée, alors mon frère Lazarou me força à donner le signal de la retraite. Il n'y avait plus qu'à poursuivre sans entrain aucun l'interminable siège de Nauplie.

Chapitre 18

Il avait fallu donner une forme constitutionnelle à notre indépendance, normaliser notre révolution. Un embryon d'État était né. Une nouvelle espèce jusqu'alors inconnue en Grèce occupée naquit spontanément, se reproduisit à toute vitesse, celle des politiciens. Semblables à ces parasites qui germent et grandissent dans la crasse, ils ne cachèrent pas leur nature, ils l'étalèrent dès le début, préoccupés de leurs intérêts personnels, envieux les uns envers les autres, ambitieux et malhonnêtes. Le sort de notre pays ne les préoccupait pas. Ils s'arrogèrent le pouvoir, ils utilisèrent les grands mots de patrie, de constitution, de loi. Ils formèrent des congrès, des commissions, des assemblées. Ils instaurèrent leur dictature à l'ombre du grand idéal de la démocratie.

Il était impossible de leur résister parce qu'il était impossible de les confronter comme les chefs de guerre. Nos coups de gueule s'émoussaient contre leur langage ampoulé et creux. Ils manipulèrent Kolokotronis, l'attirant ici, le poussant là, le faisant tourner en rond comme une bête sauvage que l'on veut fatiguer avant de la réduire à l'impuissance. Ils l'envoyèrent au siège de Patras, que l'évêque Germanos, malgré ses rodomontades, n'avait pas réussi à prendre, mais seulement après avoir laissé les Turcs multiplier par cinq le nombre des soldats de leur garnison. Lorsque Kolokotronis se trouva à la veille d'emporter la ville, ils craignirent sa gloire future et l'envoyèrent combattre en Grèce continentale. Il alla les trouver pour protester. Ils acceptèrent tout ce qu'il voulut mais lorsqu'il retourna au siège de Patras, ce fut pour découvrir qu'ils avaient licencié ses troupes. Je haïssais les politiciens parce qu'ils m'avaient changé Kolokotronis, parce qu'ils me séparaient de lui. J'avais voulu l'accompagner dans ses expéditions. Il avait refusé, arguant que j'étais plus utile à Nauplie. La complicité, l'enthousiasme qui nous avaient unis devant Tripolitza étaient morts. A force de le malmener de façon si subtile, ils étaient parvenus à troubler Kolokotronis. Inquiet de leurs manœuvres, il était devenu hésitant.

Alors j'en prenais à mes aises avec le siège de Nauplie qui n'évoluait pas. J'allais souvent à terre. J'aimais particulièrement le marché hebdomadaire d'Argos. Malgré la pauvreté des moyens et la dureté des temps, les étalages de légumes mariaient les variétés concevables de verts, de rouges, de jaunes. En ce printemps revenu, les fleurs que les marchands vendaient à la criée répandaient leurs parfums dans tout le quartier. Des paysannes en costumes de fête vendaient des cotonnades criardes qui éveillaient ma tentation, dont j'achetais des aunes qui s'entasseraient dans ma cabine et dont je ne ferais jamais rien. Mais le plaisir de choisir, de marchander, d'acquérir demeurait intact.

Ce fut durant ces moments de délices qu'un jour

d'avril ils traversèrent Argos. Des hommes, surtout des vieillards, des femmes, des enfants. Ils paraissaient épuisés, et pourtant ne pouvaient s'arrêter. Leurs yeux agrandis par la peur semblaient emplis d'atroces visions. Leurs bouches restaient ouvertes sur des cris silencieux. Ce cortège de fantômes fit instantanément tomber l'animation joyeuse du marché. Nous tentâmes de les arrêter, ils se dégageaient et continuaient à avancer sans savoir vers où. A nos questions pressantes, ils ne répondaient pas, et ne prononçaient qu'un mot, un nom : Chio. J'avais souvent fait relâche dans l'île richissime, étape obligatoire vers le Levant, dont des navires de tous pavillons et de tous tonnages encombraient constamment le port. Chio avec ses consulats, ses colonies étrangères, ses monastères, ses entrepôts, ses trésors, Chio, Chio... Finalement un de ces êtres s'arrêta, une vieille femme dont la lassitude eut raison. Elle s'assit sur une borne avec aussitôt la foule autour d'elle, impatiente, anxieuse. Chio s'était soulevée, avait jeté les Turcs à la mer et avait cru en être débarrassée pour toujours, mais le Capitan Pacha fondit un beau jour sur l'île. Pendant une semaine, il livra la population entière aux sabres de ses assassins, pendant une semaine il s'y commit tant de cruautés, tant d'abominations, tant d'actes inconcevables que l'Europe entière devait en frémir d'horreur. Les cadavres par dizaines de milliers pourrissaient sur le sol de cette île qui avait été prospère, heureuse, paisible. Si nombreux furent les prisonniers vendus sur les marchés que les cours de l'esclave tombèrent. D'une voix chevrotante, la vieille poursuivait sa litanie d'horreurs, devant ses auditeurs pétrifiés. Elle fit un effort pour se lever. On voulut la retenir, la forcer à se reposer, l'accueillir, l'héberger. « Non, non, laissez-moi, ils vont venir, ils vont nous tuer. » Elle réussit à se mettre debout et repartit aiguillonnée par sa peur qui datait de plusieurs semaines. Plus personne n'avait de goût aux emplettes et les marchands plièrent leurs étalages.

Bientôt, le nom d'un inconnu fut sur toutes nos lèvres. Même le chant des oiseaux et l'appel des cloches semblaient répéter « Kanaris, Kanaris, Kanaris ». Le soir au café de Milous où je débarquai pour prendre mon raki, j'interrogeai les voyageurs, avide d'en savoir plus sur le héros. Finalement un marchand de l'île de Psara me renseigna. Kanaris s'était trouvé par hasard dans les parages de Chio lors des massacres. Il avait vu, il avait entendu et avait juré de venger ses frères. Il avait préparé soigneusement son coup. Une nuit sans lune, il avait chargé une grande barque de poudre et de matières inflammables, puis, profitant de l'obscurité, s'était glissé entre les navires turcs ancrés devant Chio. Lorsqu'il s'était trouvé tout près de sa cible, il avait allumé les mèches, bloqué la direction de sa barque avant de plonger dans l'eau noire. La bombe flottante avait vogué droit sur le navire amiral et l'avait heurté. La poudre de Kanaris se mêlant à celle du Capitan Pacha avait provoqué une énorme explosion qui s'était communiquée aux autres navires. Le boucher de Chio était parti en fumée avec sa flotte. J'en criais de joie avec tous les Grecs.

Du coup, les Turcs de Nauplie, qui attendaient que le Capitan Pacha vînt à leur rescousse, perdirent un peu de leur espoir. Ils songèrent à négocier. Ils prirent langue avec moi et je reçus leur délégation à bord de l'*Agamemnon*. Leur chaloupe passa entre mes navires mis sur pied de guerre. Sur le pont, ils trouvèrent mes hommes à leur poste, et mes canonniers la mèche allumée. En leur honneur j'arborais le grand pavois : boléro rouge et or, jupe bleue et guêtres montantes bleu et argent. J'avais passé dans ma ceinture mes pistolets damasquinés d'or et mon poignard à manche de corail. Eux aussi s'étaient mis en frais pour moi, couverts de soies, de broderies, de plumes et de parfums, tous extrêmement gras comme si on les avait soigneusement choisis pour leur poids : « Je vous plains, Agas, commençai-je, je croyais vous trouver en bonne santé mais la boulimie dont vous faites preuve témoigne visiblement des dures conditions qui règnent dans Nauplie. Je crains que tôt ou tard la famine dont vous êtes victimes n'ait raison de vous... » Mortifiés, ils se retirèrent. Malgré leurs falbalas, ils n'étaient d'ailleurs que des sous-fifres. Leur commandant avait seulement voulu tâter le terrain.

La seconde délégation qu'il me dépêcha, je la reçus sur la petite place de Milous. Les forbans alignèrent silencieusement devant moi des coffrets pleins à ras bord de joyaux. Les perles, les diamants, les émeraudes scintillaient là même où le corps percé de balles de Yanno avait été déposé. « J'ai perdu mon époux, Dieu soit loué, leur dis-je. Mon fils aîné est mort les armes à la main, Dieu soit loué. Je serai peut-être appelée à verser mon sang sous le drapeau de la croix, Dieu soit loué. Nous serons vainqueurs ou nous mourrons avec la consolante idée de ne laisser dans le monde derrière nous aucun Grec esclave. » Ce langage auquel ils ne s'attendaient pas les démonta et ils remballèrent leurs coffrets.

Les assiégés étaient enfin mûrs pour de véritables négociations qui, sur mon initiative, s'ouvrirent dans l'antique Tirynthe. Nous escaladâmes les murs cyclopéens dont l'origine remonte à la nuit des temps et nous attendîmes les Turcs parmi les formidables éboulis hérissés de fleurs des champs. Lorsqu'ils se présentèrent, ce fut pour s'aplatir devant nous. Eux qui nous avaient traités « d'engeance juste bonne à servir » me donnèrent du « megali kyria ». Ils baisèrent le pan de ma jupe et me supplièrent de me montrer clémente. Cependant ils n'étaient pas prêts à tout lâcher. Leur attitude signifiait un désir nouveau d'en finir, mais ils marchandèrent âprement chaque condition que je tâchais de leur imposer. Nous nous mîmes finalement d'accord, c'est-à-dire qu'à l'orientale ils évitèrent de dire oui ou non, annoncèrent qu'ils allaient réfléchir et repartirent serviles et énigmatiques. Mais je les savais ferrés. Leurs cogitations les occuperaient plusieurs jours, puis ils reviendraient annoncer qu'ils acceptaient. Je les attendais donc en toute sérénité.

Ce furent nos estafettes qui se présentèrent. Des messagers essoufflés, hagards, qui se succédaient pour apporter la terrifiante nouvelle. Des dizaines de milliers de cavaliers et de fantassins turcs s'avançaient droit sur nous pour nous écraser et délivrer Nauplie. Ils tremblaient en décrivant cet invincible raz de marée. Ali de Tebelen, Pacha d'Épire, était mort, poignardé par un pacha de ses amis dont il ne se méfiait pas. Le sultan avait donc retiré ses troupes jusqu'alors accrochées aux basques de l'invincible et les concentrait contre nous. L'insolence de notre soulèvement l'avait trop longtemps irrité, il était décidé à en finir avec les Grecs et leur indépendance. Il nous dépêchait Dramalis Mahmoud Pacha, certainement le plus capable, le plus expérimenté de ses généraux. Il n'avait pas moins de sept pachas pour l'assister et jamais on n'avait vu armée plus nombreuse, plus puissante. Elle s'avançait en soulevant des nuages de poussière, dans un concert assourdissant de tambours et de trompettes.

Les étendards verts de Mahomet recouvraient déjà une grande partie du Péloponnèse. Les hordes de feu et de sang se rapprochaient irrésistiblement de nous, aucun obstacle ne nous en protégeait et j'en avais par-dessus la tête d'entendre autour de moi que notre rêve d'indépendance était fini, que la Grèce était condamnée. « Où es-tu, Kolokotronis? Pourquoi n'es-tu pas ici? » hurlais-je en silence. Sa seule présence m'aurait rassurée, donné confiance, et s'il restait un espoir, même le plus maigre, c'était en lui. Mais de Kolokotronis, point. Je n'avais aucune nouvelle de lui.

« Ils approchent », « ils convergent vers Argos », lançaient les estafettes qui ne s'arrêtaient même plus pour donner les dernières nouvelles et continuaient à galoper en direction du sud. Lorsque l'avant-garde de Dramalis ne fut plus qu'à une dizaine de lieues, la panique s'empara de la population. Citadins et villageois s'enfuirent, les uns abandonnant tout derrière eux, les autres surchargés de leurs misérables biens, et sur la route qui montait vers Tripolitza, ce fut un exode gigantesque et poignant. Quant aux politiciens d'Épidaure, d'Argos, de Corinthe, ce fut un envol général de moineaux. Pas un seul n'avait songé à rester, à résister. Plusieurs, les plus importants, les mieux renseignés avaient déjà fui vers Tripolitza avant tout le monde. Les autres se déversèrent en cohue sur Milous et brandirent des ordres du gouvernement afin que nous les embarquions.

C'était un de ces splendides soirs de juillet. Le ciel

287

était d'or jaune, la lumière d'or rose, le paysage d'or orange, et la mer d'or gris. Tous ces marchands, ces propriétaires terriens, ces prélats, qui représentaient si mal la Grèce, notre idéal, n'avaient qu'une idée en tête : monter à bord au plus vite avec leurs possessions. Qu'avaient-ils fait des archives de l'État ? Ils les avaient oubliées derrière eux. Où était passé le trésor national ? Il était resté dans le territoire déjà conquis par Dramalis Pacha. Je tâchai avec mes Spetsiotes de mettre un peu d'ordre. Les valises, les malles, les sacs qu'on devait abandonner s'entassaient sur le sable de la plage pendant que nos chaloupes surchargées de représentants de la nation au point d'être presque à ras d'eau ramaient vers leur salut. Les habitants de Milous regardaient le spectacle le visage fermé. Ils savaient qu'ils ne seraient pas évacués et ils n'avaient pas demandé à l'être. La silhouette beaucoup trop grande de Samuel Alexander se détachait de leur groupe. Il se tenait au milieu de cette débâcle, impeccablement propre, repassé, soigné. Il portait notre costume national comme une tenue de bal. Je lui enjoignis de prendre ses bagages et de nous rejoindre. « Non, je reste » fut la réponse. Comprenait-il la situation, savait-il ce qu'il lui arriverait lorsque les Turcs seraient maîtres des lieux ? Il subirait immanquablement le sort de tous les habitants de la région. « Justement, il y aura beaucoup plus de malheureux à soigner que sur vos navires. » Il m'étonna, et je souhaitai qu'au milieu de ces morts en sursis, il survécût. Je lui expliquai le plus patiemment possible que les Turcs ne le laisseraient jamais exercer son ministère, et qu'il serait beaucoup plus utile avec nous. J'eus du mal à le convaincre mais il finit par me suivre. Je montai la dernière à bord de l'*Agamemnon*, pour être assaillie de réclamations et d'exigences. Tous ces messieurs étaient d'accord sur la nécessité de lever l'ancre sur l'heure, mais différaient d'opinion sur la destination de notre refuge, Mani, Zante, Corfou, Trieste, la Sicile même et jusqu'à Gênes ou Marseille. « Nous ne bougerons pas d'ici tant que nous n'aurons pas eu l'occasion de canonner les Turcs s'ils s'aventurent jusqu'à Milous. » Ils me prirent pour une folle et s'écartèrent de moi.

Kolokotronis était loin, la Grèce risquait de périr, et j'étais seule au milieu de ces défaitistes. Durant la nuit il fit si chaud que je sortis sur le pont. Pas une étoile ne manquait au ciel et la lune dessinait son corridor d'argent sur la mer immobile. Elle s'en moquait bien, la lune, du cataclysme qui nous menaçait, tout comme s'en moquaient nos politiciens. Ils discutaient ferme et ne firent même pas attention à ma présence. Selon l'usage, ils cherchaient des responsables autres qu'eux. Aussi tombèrent-ils à bras raccourcis sur Kolokotronis. C'étaient ses erreurs tactiques qui les avaient menés là, c'était lui qui avait provoqué les Turcs. D'ailleurs où était-il en ce moment où l'on avait tant besoin de lui? Ils oubliaient qu'ils l'avaient eux-mêmes envoyé aux quatre coins de notre pays contre son gré.

Je me retournai et me penchai au bastingage pour laisser mes larmes couler. Notre Grèce à peine née risquait de mourir et pas un de ces inconscients que j'aurais volontiers jetés par-dessus bord ne paraissait la regretter. Je pleurais de rage, de tristesse. Derrière moi, la voix de Samuel Alexander me fit sursauter : « Vous avez raison d'être dégoûtée. Je vous comprends. » Je me sentis apaisée par sa compréhension. La lune saupoudrait d'argent les boucles blondes de l'Américain et je sentis dans ses yeux une sollicitude, une chaleur que je ne lui aurais pas soupçonnées. Je n'avais rien à lui répondre, aussi me contentai-je de lui sourire.

Un matin, je vis s'élevant de la plaine des dizaines, sinon des centaines de colonnes de fumées noires qui bientôt s'étalèrent, se joignirent et formèrent un nuage ténébreux. Ces incendies que je devinais, cette soudaine obscurité contrastant avec le calme inaltérable de l'été, nous rappelèrent la terrible menace sous laquelle nous vivions. Les notables, convaincus de la promiscuité de Dramalis Pacha, exigèrent que nous levions l'ancre sur l'heure. Les éclaireurs que j'avais postés dans toute la plaine pour me signaler les mouvements de l'ennemi vinrent bientôt me faire leur rapport. Toutes les réserves de grains et de fourrage de la région brûlaient, et tous les puits avaient été comblés. « Mais par qui ? — Par les nôtres. — Sur ordre de qui ? — De Kolokotronis. — Comment ? Il est revenu, mais où est-il ? » Nul ne le savait. Ceux que j'envoyai aux nouvelles revinrent bredouilles. Kolokotronis donnait les ordres, Kolokotronis commandait mais restait invisible. Et Dramalis Pacha arriva à la tête de son immense armée. A vrai dire, je n'entendis rien, je ne vis que les étendards verts du prophète et les drapeaux rouges des Turcs remplacer nos couleurs au sommet de la forteresse d'Argos.

J'ordonnai le branle-bas de combat et je pointai mes canons sur la côte. Au bout du quatrième jour, passé l'arme à la main et la mèche allumée, j'aperçus du mouvement du côté de Milous. Je braquai ma longue-vue. Au lieu des janissaires attendus, je vis des klephtes sortir à découvert... Ils inspectèrent le village puis parurent s'y installer. Plus rien ne compta pour moi. Je me fis porter à terre. Beaucoup d'entre eux me reconnurent. « Salut, Capetanissa », me lancèrent-ils avec de larges sourires carnassiers. Alors je le vis. Il sortait d'une maison et sa vaste carrure prenait toute la porte. Je courus vers lui. Il m'embrassa plutôt froidement : « Tu as engraissé, Capetanissa, la vie oisive ne te convient pas. » Mais il y avait un fond de tendresse dans la voix grondante, dans le regard. « Et toi, Kolokotronis, tu pues toujours autant. » Autour de lui ses gardes du corps s'esclaffèrent. Je le sentais nerveux, irritable. Il semblait se méfier de tout, de tous, et je crus même un instant qu'il se méfiait de moi. « Alors, Capetanissa, tu ne me félicites pas? je l'ai pourtant bien eu le Dramalis. » Je lui demandai de s'expliquer. « Tu as tout de même compris que j'ai fait combler les puits et brûlé les réserves pour qu'il ne trouve aucun approvisionnement sur place. Figure-toi qu'il était tellement sûr de sa victoire qu'il n'a pris aucune précaution. Aussi ai-je le plaisir de t'annoncer qu'en ce moment même il y a dans la plaine d'Argos quarante mille Turcs qui ont faim et soif. » Je le regardai, je l'écoutai, je me sentis revivre. Mais la puissance formidable, écrasante de l'armée turque nous menaçait toujours. « Plus tellement, Capetanissa, plus tellement. La preuve, Dramalis nous envoie un émissaire. C'est pour cela que je suis ici, et tu vas le recevoir avec moi... et les autres. »

Les autres arrivèrent par des chemins détournés au rendez-vous, le beau-frère de Kolokotronis, Nikitaras, Petro Bey, Papa Flessas et plusieurs autres chefs de guerre. Ils n'avaient jamais quitté la région. Ils avaient attendu Dramalis, l'avaient suivi et surveillé, tout ce temps où je m'étais crue seule et abandonnée. Il faisait si sombre dans la maison qu'avait choisie Kolokotronis que pour avoir un peu de lumière nous dûmes laisser ouverte la porte qui donnait sur la petite place. Au moins la pièce avait l'avantage d'être fraîche.

Dramalis nous avait dépêché son secrétaire, un Grec, Panayotis Manousos. Nous vîmes entrer un beau parleur plein de faconde, au sourire engageant. Osseux, anguleux, il avait des yeux jaunes et de longues dents. Par sa voix, le commandant en chef de l'armée turque nous engageait à reconnaître la vraie, l'unique religion, celle de Mahomet le prophète et de nous prosterner devant Allah. Les Turcs étaient coutumiers de ce genre de provocations, surtout lorsqu'ils étaient sûrs de la victoire et qu'ils s'apprêtaient à commettre une hécatombe. Manousos, pour toute réponse, reçut une bordée d'injures, faisant allusion en particulier à ses mœurs ainsi qu'à la vertu de sa mère. Un retentissant « fous le camp » de Kolokotronis conclut la litanie, mais l'homme ne se retira pas. Au contraire, il alla fermer la porte, les deux fenêtres de la pièce, nous plongeant dans des quasi-ténèbres, puis il vint se planter devant la table rugueuse derrière laquelle nous étions assis, et prenant un air de conspirateur lâcha : « Dramalis s'apprête à aller attaquer Tripolitza. Arrêtez-le en chemin. » Devant notre stupéfaction, Manousos s'expliqua. Il servait le Turc et il le servait même efficacement, mais il était chrétien avant tout. Parce qu'il ne voulait pas l'écrasement de sa foi, il avait pris sur lui de nous révéler le plan de Dramalis. Il nous donna les dates, les détails. Sa voix était chaude, ronde, et pendant qu'il parlait, ses yeux jaunes riaient. Alors un vieux souvenir refit surface avec une extraordinaire acuité. La veille de son dernier départ, Bouboulis me racontait qu'un Grec employé du Pacha de Salonique était venu le trouver pour lui proposer une affaire juteuse. Je l'avais poussé à y aller, il était parti pour ne plus revenir. Mandaté par les Turcs, ce Grec l'avait fait tomber dans le piège mortel. Il y avait déjà la similitude de prénom, Panayotis. Je n'avais pas de preuve mais tout mon être me criait qu'il s'agissait du même. « Il ment », glissai-je à Kolokotronis. « Je sais », chuchota-t-il. Manousos nous suppliait de le croire et jurait de sa sincérité sur la croix d'argent qu'il portait au cou. « Sauvez nos frères chrétiens », nous lança-t-il en guise d'adieu.

À peine se fut-il retiré que tous se mirent à parler à la fois. Nous étions sauvés, la Grèce était sauvée grâce à Manousos. Il fallait se précipiter sur la route de Tripolitza, et y attendre Dramalis. Kolokotronis tapa du poing sur la table pour se faire entendre. Il le fit si fort que tous se turent. « Tout ceci est une comédie. Manousos est un traître, mais ce n'est pas son maître qu'il trahit, c'est nous. J'ai désormais la certitude que Dramalis en mal d'approvisionnements a décidé de revenir sur ses arrières à Corinthe, mais pour avoir le passage libre, il veut nous envoyer l'attendre en vain sur la route de Tripolitza, pendant que lui se dirige vers le nord. » Je savais qu'il avait raison mais je fus bien la seule. Cette déclaration souleva un concert de protestations. Kolokotronis se fâcha : « Je ne laisserai pas les Turcs passer sans leur lâcher quelques coups de fusil dans les fesses. Nous allons les surprendre, non sur la route de Tripolitza, mais sur la route de Corinthe. » Nikitaras se leva pour l'accompagner, suivi de l'imprévisible Papa Flessas. Les autres l'accablèrent de sarcasmes et d'insultes, et Petro Bey prononça de sa voix suave : « Kolokotronis part dans les montagnes pour reprendre sa vie de klephte. » Cette fois-ci je ne demandai pas à Kolokotronis la permission de l'accompagner. J'arrachai à un klephte les rênes de son cheval et l'enfourchai malgré ses protestations. Puis je partis au galop derrière lui.

Chapitre 19

Ce fut une chevauchée épuisante, exaltante, folle. Nous contournâmes les positions de l'ennemi et nous atteignîmes Dervinakia, un défilé très long, très étroit, très sinueux, unique lieu de passage entre Argos et Corinthe. Des lauriers-roses bordent ses gorges profondes. D'énormes rochers aux formes étranges les bornent, entre lesquels poussent les caroubiers et les lentisques. « Ici avec nos deux mille hommes, nous pourrons arrêter quarante mille Turcs. » Kolokotronis prit à peine dix cavaliers et partit établir son poste de commandement sur une hauteur d'où l'on dominait toute la région. Il n'avait pas fait la moindre remarque sur ma présence, mais je sentais qu'il l'appréciait. La nuit tomba, les heures s'écoulèrent dans la tension, la chaleur. La lune presque pleine saupoudrait une lumière fantomatique sur la plaine étalée à nos pieds où rien ne bougeait.

J'étais étendue à côté de Kolokotronis sur un rocher plat qui gardait la chaleur de la journée. Je le retrouvais tel que je l'avais connu, tel qu'il était vraiment, un guerrier, un homme, un héros. Soudain la main de

Kolokotronis saisit mon sein, tandis que l'autre remontait sous ma jupe. Il émit des grognements qui n'étaient pas sans rappeler ceux d'un sanglier. Le désir m'enflamma comme il l'enflammait et nous avons fait l'amour à même le rocher sous la lune.

A cinq heures, Kolokotronis me réveilla et d'un geste du menton m'indiqua la direction du sud. Je clignai des yeux. Au fond de la plaine, l'armée turque quittait Argos. La main de Kolokotronis serra mon bras à le broyer. Le moment crucial approchait. Bientôt nous verrions la direction que prendrait Dramalis. Allait-il tourner à droite vers Tripolitza? Nous retînmes notre souffle. Il obliqua, vers Corinthe, vers Dervinakia, vers nous. Kolokotronis poussa un immense soupir de soulagement.

L'armée turque constituait un interminable serpent multicolore qui s'étirait sur dix lieues entre Argos et Dervinakia. L'avant-garde s'engagea dans les défilés, alors que l'arrière-garde n'avait pas encore quitté la ville. Kolokotronis voulait les laisser s'engager le plus possible avant d'attaquer. Dissimulés derrière les rochers, nous les vîmes passer non loin de nous, fantassins innombrables, janissaires invincibles, cavaliers enturbannés, le yatagan pendu à leur selle. La musique aigre et entraînante de leurs orchestres militaires les accompagnait. A côté de Kolokotronis, je me sentais invincible.

A quatre heures de l'après-midi, il restait encore des milliers de soldats turcs dans la plaine qui ne s'étaient pas encore engagés dans le défilé. Nous entendîmes quelques coups de feu venus de la direction du nord. En un instant les Turcs furent sur le qui-vive, prêts à rebrousser chemin. Alors Kolokotronis donna le signal. La fusillade éclata, soudaine, puissante, précise.

La nuit était tombée que l'on se battait encore. Ce fut un massacre. Les milliers de Turcs qui voulurent s'enfuir vers Nauplie furent arrêtés par Nikitaras et Papa Flessas qui les attendaient. Ils furent hachés sur place. Longtemps après cette mémorable journée, je fredonnais la chanson que le peuple avait spontanément composée :

Les beys de Roumélie et les agas de Morée
A Dervinakia gisent corps sans tête
Comme matelas ils ont la terre noire, comme oreiller une
[pierre
Et au-dessus d'eux comme couverture la brillance de la
[lune
Un oiseau passa et ils lui demandèrent à nouveau
Oiseau comment va la guerre et le fusil des klephtes
En avant vient Nikitaras, derrière Kolokotronis
Et derrière Kolokotronis les Grecs le sabre à la main.

Kolokotronis ne s'attarda pas dans la région. Il coupa les lignes de ravitaillement de Nauplie puis repartit guerroyer là où il se savait plus utile. Les politiciens avaient exigé d'être débarqués. La menace disparue, ils avaient retrouvé leur superbe. Ils n'eurent pas un mot de reconnaissance. Seul Samuel Alexander vint me remercier. : « Ma mère n'approuverait peut-être pas votre tenue et votre langage, mais elle penserait sûrement que vous êtes une grande dame. » Ce devait être pour lui le plus grand des compliments.

J'étais une fois de plus chargée de bloquer Nauplie par mer. Les Turcs espéraient toujours être délivrés, et en attendant tâchaient de se faire ravitailler afin de tenir le plus longtemps possible. Ils attirèrent aussi des contrebandiers du monde entier qui se jetèrent avec enthousiasme sur ce gâteau plein d'or. J'avais forcé assez de blocus dans mon passé pour connaître toutes les méthodes, toutes les ficelles de cette intéressante profession. Seulement, cette fois-ci, je me retrouvais du côté de l'ordre et de l'autorité et je n'étais pas flattée d'avoir été réduite au rang de gabelou.

Mes marins et moi faisions le guet, quand nous vîmes un navire battant pavillon français qui s'avançait droit vers nous. Il ne prenait aucune précaution pour se dissimuler ou nous échapper. Cette insolence me parut suspecte et, fleur de lys ou pas, nous l'arraisonnâmes et j'envoyai mes hommes inspecter la cargaison. Ceux-ci revinrent me dire que le capitaine s'y opposait résolument, protestant de cette agression contre le drapeau français. D'ailleurs il les suivait à bord de sa propre chaloupe pour exiger réparation. Je crus à une hallucination en voyant apparaître sur la coursive le tricorne, puis le visage poupin, puis le torse gracile, puis le corps petit mais bien proportionné... du capitaine Justin de la Jaunais. Les ans ne l'altéraient pas et il gardait cette mine de chérubin fripon. « Un jour, capitaine de la Jaunais, vous m'arraisonniez en mer Adriatique. Je vous rends aujourd'hui la pareille. — Madame, vous n'avez pas le droit d'agir ainsi avec le pavillon français. — C'est vous, capitaine, qui n'avez pas le droit d'arborer le pavillon français. » Le regard souriant de Justin contredisait la sécheresse de son propos. Resté lui-même fort séduisant, je sentais qu'il me trouvait désirable. Malgré les années et les épreuves, ma silhouette avait peu changé, j'étais toujours souple, musclée et mon amour de la vie scintillait dans mes yeux.

Troublée et amusée par cette présence insolite, je

l'invitai à me suivre dans ma cabine. Il ne se fit pas prier et nous passâmes le plus exquis des après-midi. Le capitaine de la Jaunais avait le talent de me faire remonter dans le temps. Je vibrais. J'oubliais mes charges, mes soucis. Justin m'excitait, il me rendait heureuse. Nous étions avides de nous retrouver, de nous reconnaître. Entre deux étreintes il me racontait ses aventures en Amérique du Sud. Je l'écoutais avec avidité. Notre séparation, au sortir de la Crimée, paraissait désormais nulle et non avenue. Il éprouvait certes des sentiments sincères envers moi mais il était aussi en train de sauver sa cargaison. Il me proposa une association. Je me laissai tenter, ou plutôt je laissai la tentation me caresser. Je me levai la première alors qu'une lumière gris sale pénétrait dans la cabine. Je m'habillai et sortis sur le pont. En une nuit l'hiver était venu. Hier encore, c'étaient les douceurs et les jaunes pâles de l'automne, aujourd'hui un vent âpre bousculait les nuages ténébreux. Justin me rejoignit et côte à côte, nous contemplâmes Nauplie, notre but à tous les deux, mais un but si différent! Il ne songeait qu'au gain et, ce matin, la chape de mes responsabilités à nouveau pesait sur mes épaules. Justin sentit mon changement d'humeur : « Il vaut mieux nous séparer, Capetanissa. » Je ne protestai pas. Il voulut plaisanter, mais la légèreté de son ton recouvrait mal sa préoccupation : « J'espère que vous vous montrerez envers moi aussi généreuse qu'un jour je me suis montré envers vous. — Encore plus généreuse, capitaine, car je ne retiens rien de votre cargaison, je vous la rends en entier... à condition que vous ne la débarquiez pas à Nauplie. » Il fit la grimace puis regagna son bord, fit demi-tour et disparut à l'horizon.

299

Nauplie tomba avec l'arrivée de Kolokotronis. Nous y fîmes notre entrée côte à côte. Les Grecs, après avoir été si longtemps obligés de se terrer, se pressaient, ivres de joie, dans les rues. Malgré l'épuisement dû à ces longs mois de siège, ils puisaient une ardeur nouvelle pour acclamer le vainqueur de Nauplie. Ils mêlaient mon nom au sien car désormais pour eux, pour l'ennemi, lui et moi étions indissolublement liés. « Vive Kolokotronis, vive Bouboulina! » Le peuple m'avait inventé ce nom de guerre en féminisant familièrement le nom de mon second mari. « Vive Bouboulina. » Ce vivat poussé par des voix rendues rauques à force de crier me réchauffa le cœur.

Je m'empressai d'emménager dans la maison que m'avait fait attribuer Kolokotronis. Cette demeure patricienne qui avait appartenu à un riche Turc se dressait sur le quai. La vue devant moi s'étendait sur la mer d'où émergeait, piquée sur son rocher, la forteresse de Bourzi et sur les montagnes bleuâtres du Péloponnèse. En faisant le tour du propriétaire, je découvris un curieux laissé-pour-compte, un homme tout petit et tout rond. Il était crétois et s'appelait Mihali. Il commença par me raconter les souffrances qu'il avait endurées pendant le siège avec une mine réjouie. Mihali riait de partout, des lèvres, des yeux, de la voix. « Tu t'es bien débrouillé pendant le siège », lançai-je à ce grassouillet. Il tâcha de prendre une mine contrite et me supplia de le prendre à mon service. J'acceptai car il était difficile de résister à son effronterie. « Commence par trouver de quoi soulager notre dénuement », car ma maison avait été entièrement vidée. En quelques heures Mihali avait déniché des meubles, du linge, toute une vaisselle et les plus alléchantes victuailles. « C'est pour la Bouboulina », déclarait-il avant de réquisitionner et que les propriétaires n'aient le temps de protester. Tour à tour cuisinier, camériste, maître d'hôtel, couturier, secrétaire, sa virtuosité était aussi intarissable que son bavardage. A peine installée, je fis venir de Spetsai mon Eleni, la seule de mes filles à être toujours célibataire, dans l'espoir de lui trouver un mari. Elle apportait un peu de Spetsai avec elle et je la questionnai sans relâche sur tout et tous, les parents, les amis, les événements. Ses réponses emplirent mes narines du parfum de mon île et m'en rendirent nostalgique.

Eleni était devenue la grande beauté qu'elle promettait d'être dès l'enfance, ayant hérité des traits fins de ma mère et des yeux en amande de Bouboulis. Le nez à peine busqué, une carnation très blanche, une petite bouche vermeille lui donnaient un air aristocratique et mystérieux. Elle paraissait avoir oublié le ressentiment qu'elle avait éprouvé à mon égard depuis la mort de son père. Nous nous retrouvâmes en terrain neutre et nous nous entendions bien. Nous passâmes des heures au bazar à peine rouvert. Mihali se révéla indispensable pour dénicher les particuliers qui vendaient discrètement leurs possessions, étoffes, broderies, dentelles. Il savait marchander comme personne. Après plus de deux ans passés par monts et par vaux à guerroyer, je n'étais point mécontente de cette détente dans le confort, dans le luxe. J'y attirai même Kolokotronis. Perché dans le nid d'aigle de la forteresse de Palamides, il ne dédaignait pas en descendre pour passer quelque temps chez moi et grogner contre ces coûteuses inutilités. Il me grondait pour mes dépenses, mais il découvrait avec autant d'embarras que de curiosité un monde de luxe et de raffinement auquel ne l'avait pas habitué son existence. Tout d'abord il avait considéré Mihali avec mépris, ce petit gros visiblement incapable de tenir une arme, mais les compliments dont l'autre l'abreuva finirent par l'adoucir. Ce klephte, qui bien entendu n'avait jamais eu de serviteur, se laissa préparer sa pipe, apporter son café et même enlever ses bottes. Mihali l'avait apprivoisé.

Mon fils Yorgo arriva pour me rendre compte de mes affaires qu'il avait tenues en mon absence et surtout m'annoncer que j'étais au bord de la ruine. Pour satisfaire à mes demandes il avait puisé sans compter dans nos réserves; il convenait d'entretenir ma flotte sur pied de guerre. Yorgo avait pris sur lui de me prévenir, ce qui nécessitait pas mal de courage ou tout au moins d'abnégation. « Si c'était à refaire, je te préviens, je dépenserais une autre fortune. — Il faudrait tout d'abord que tu la trouves! » Ayant horreur, comme tous les Grecs, de recevoir des leçons, surtout si elles étaient méritées et à plus forte raison venant de mon propre fils, je l'accablai de reproches. Sans rien me dire, il était allé s'engager chez un armateur concurrent qui avait joint ses forces à la flotte de l'amiral Tombazi. Yorgo avait combattu vaillamment et s'était acquis l'estime de ses supérieurs. Au lieu d'applaudir son courage, je le houspillais. Il rougit jusqu'au blanc des yeux mais ne se défendit pas. Kolokotronis, présent à la discussion, le fit à sa place : « Tu grondes ce garçon alors que tu devrais le féliciter. Il n'a fait que son devoir. Il s'est comporté en vrai Grec. — Je ne veux pas avoir la mort d'un second fils sur la conscience. — Allons, Capetanissa, laisse ce garçon tranquille. » Et il recommença à tirer sur son tsimbouk. Le sourire que Yorgo lui dédia, la reconnaissance, l'amour que je lus dans ses yeux m'exaspérèrent et me touchèrent à la fois. Il fallait cependant trouver une solution. « Vendons quelques navires » proposa Yorgo. – Autant de moins pour notre révolution protestai-je. – Avec un seul *Agamemnom* tu seras encore plus forte que tous les autres. » Ce compliment de Kolokotronis m'honora plus que toutes les décorations du monde. Je renvoyai Yorgo à Spetsai, avec l'instruction de veiller plus que jamais à ce qui nous restait de fortune.

Chaque après-midi, Kolokotronis et moi sortions nous promener. Je découvrai avec étonnement que Nauplie était très différente des autres villes grecques. Avec ses avenues rectilignes bordées de maisons de pierre tirées au cordeau, ses places symétriques ornées de fontaines, elle rappelait l'Italie, l'Occident. Partout on nous reconnaissait. Kolokotronis se rengorgeait comme un coq, et moi j'étais touchée par les « yia sou [1] Bouboulina » que me lançaient des inconnus.

En ce début 1823, la Grèce indépendante jusqu'alors chancelante, commençait à tenir solidement debout. Les vagues de bataillons armés que le Sultan avait envoyés pour l'écraser tarissaient et elle commençait à se faire une place sur la scène internationale. D'insurgés dispersés, nous nous étions amalgamés en nation. Nous n'avions eu qu'un passé, désormais nous possédions un avenir. Des étrangers de tous acabits y accouraient et Nauplie, en particulier, en débordait. Non plus des militaires prêts à faire le coup de feu avec nous, ni des aventuriers désireux de s'engraisser sur notre dos, mais des entrepreneurs venus ouvrir des imprimeries, des écoles, des laboratoires. Nauplie,

1. Littéralement : à ta santé. Forme de salutation.

303

qu'on aurait pu croire achevée par le long siège, était devenue quelques semaines plus tard un caravansérail bourdonnant. Mais la Grèce avait besoin de nous, encore et encore. Nous n'avions fait que commencer, il nous fallait poursuivre. D'ailleurs, les temps avaient changé, et nous n'étions plus libres de prendre l'initiative. Il nous fallait l'adhésion des politiciens, réunis en congrès à Astros, de l'autre côté du golfe de Nauplie, et qui nous invitaient à les rejoindre.

En mars, nous quittâmes Nauplie à la tête de huit cents guerriers, des palikaria qui avaient participé à toutes ces batailles et toutes ces victoires, destinés à intimider les politiciens. Kolokotronis avait laissé la garde de Palamides à son fils Panos et j'avais confié ma maison à ma fille Eleni. Mihali promu à l'intendance suivait dans une antique carriole où s'empilaient les éléments indispensables, selon lui, à notre confort. Il fouettait à tour de bras la mule qui tirait l'engin. Kolokotronis s'était coiffé de son casque à poils et à plumes, souvenir de son passage dans l'armée anglaise. C'était sa mascotte de guerre. Après des semaines d'inactivité, j'étais heureuse de cette chevauchée. Le givre couvrait encore les champs qui commençaient à verdoyer, le soleil brillait et la bise me ravigotait. Nous passâmes en ces lieux où nous nous étions durement battus, nous traversâmes Milous, nous longeâmes vers le sud la côte du Péloponnèse jusqu'à la longue plage de sable blanc qui annonçait Astros. Le misérable bourg était bien trop exigu pour nous loger. Nous campâmes dans la plaine qui partait de la mer pour aller jusqu'aux collines couvertes d'oliviers. Un minuscule cours d'eau au débit inhabituellement abondant nous séparait du campement des politiciens. Eux aussi comptaient nous intimider, eux aussi étaient venus en force, amenant six mille soldats. Fallait-il qu'ils aient peur de nous?

Le congrès s'ouvrit... dans un antique verger. Des grands orangers nous protégeaient de leur sombre feuillage. Le soleil annonciateur du printemps rayonnait joyeusement telle une promesse. Les deux camps prirent place l'un en face de l'autre et se toisèrent. D'un côté les guerriers, vêtus de haillons brodés d'or, bardés d'armes, farouches et sales mais superbes, des hommes de Valtetsi, de Monemvasia, de Tripolitza, de Dervinakia, de Nauplie : des hommes d'action. De l'autre, les politiciens en tenue d'apparat, les tyrans de villages, les prélats oublieux de Dieu, les députés obséquieux et veules, tous matamores du verbe.

Kolokotronis parla. « Nous voulons simplement, dit-il, servir la patrie et la défendre. » Les politiciens répondirent dans un langage que ni le manque de culture de Kolokotronis ni mes connaissances ne nous permettaient de saisir. Ils ne disaient pas non mais ils ne disaient pas oui. Ils nous engluaient dans un déluge verbal confus et pompeux à la fois.

Un matin, au réveil, nous constatâmes que notre camp s'était réduit. Beaucoup de tentes manquaient. Pendant la nuit, Petro Bey, le chef des Maniates, avait franchi avec armes et bagages le cours d'eau pour passer dans le camp de nos adversaires. « Il a trahi tous ses serments. Nous avions pourtant juré, lui et moi, de toujours marcher la main dans la main. » Je ne regrettais pas cette baudruche que les politiciens n'avaient eu aucun mal à appâter par leurs fallacieuses promesses. Mais le lendemain Papa Flessas le suivit. Il avait toujours voulu en faire à sa tête, il se croyait à tort des talents supérieurs. Refusant l'autorité de Kolokotronis qu'il accusait d'étouffer son ambition, il reçut la juste récompense de sa trahison : les politiciens le nommèrent ministre de l'Intérieur. « Tant mieux si ce vromo papas [1] les a rejoints. Il les trahira tout autant », remarqua Mihali qui détestait également les politiciens et le clergé.

Chaque matin, nous trouvions des tentes vides et un ami en moins. Lorsque les politiciens nous eurent isolés et que nous vîmes nos amis de la veille assis parmi eux, alors ils frappèrent. L'un d'entre eux, le plus anonyme, se leva pour déclarer que le poste de général en chef était contraire à notre constitution et qu'il fallait le supprimer. Ils votèrent la motion à une grande majorité. Un autre proposa de nommer des généraux, pas moins de cinquante. Je bouillais de rage et si mes yeux avaient pu le faire, ils auraient transpercé ces vautours. Kolokotronis n'avait pas été mentionné une seule fois. Il perdait son poste et il était réduit à l'impuissance. J'espérais qu'il réagirait, protesterait, menacerait. Il ne dit rien et resta le visage fermé, l'expression absente.

Au soir de cette mémorable séance, j'allai marcher le long de la mer, seule, comme chaque fois que j'avais besoin de réfléchir. J'avais enlevé mes bottes et mes pieds s'enfonçaient dans le sable froid. Au loin Kolokotronis, assis sur un rocher, la tête dans les mains, contemplait la mer. Il ne bougea pas à mon approche. « Prends tes klephtes, lui dis-je de but en blanc, chassons les politiciens, et formons un gouvernement militaire. C'est la seule façon de sauver la Grèce. — Ce serait la guerre civile et il faut l'éviter à tout prix. Je ne veux pas en être l'initiateur. » Échauffé, il s'était levé.

_____

1. Sale prêtre.

Mon regard croisa le sien, je savais qu'il était inutile d'insister. Je lui tournai le dos et je repartis le long de la mer.

Cette nuit-là, je dormis dans ma tente et lui dans la sienne. Je n'avais aucune envie d'assister à la séance du lendemain, mais je n'eus pas le cœur de le laisser y aller seul. A leur mine chafouine, je réalisai que les politiciens triomphaient. Ils se crurent assez sûrs d'eux-mêmes pour offrir à Kolokotronis la vice-présidence du gouvernement. Après l'avoir dépouillé, ils lui jetaient en pâture un poste honorifique sans pouvoir réel qu'il refusa sèchement. Ils le prièrent, le supplièrent; ils pouvaient se le permettre puisqu'ils s'étaient arrogé tous les pouvoirs. Je sentis que Kolokotronis flanchait. Papa Flessas lui porta l'estocade finale, en l'invoquant par trois fois : « Kolokotronis, Kolokotronis, Kolokotronis, si tu t'unis à nous tu tiens entre tes mains la perte des Grecs ou leur libération. » Alors Kolokotronis céda et accepta.

Le congrès se sépara et nous revînmes lui et moi à Nauplie. Il déserta ma maison et se cloîtra dans la forteresse de Palamides. Il était malheureux, alors il m'échappait. Là-haut au moins il commandait. Je l'aimais assez pour escalader les huit cent cinquante-sept marches qui séparaient la ville de son nid d'aigle. Passé la monstrueuse épaisseur des fantastiques remparts qui dessinaient les angles les plus bizarres, j'arrivai à travers un dédale de redoutes, de tours, de magasins, de passages voûtés, dans la grande salle où avait officié le gouverneur turc. Près de la porte, ses soldats debout, moustachus, filtraient les quémandeurs. Sur trois côtés, assis sur les divans bas, ses collaborateurs, ses fidèles fumaient le narguilé. Kolokotronis retrouvait avec eux l'atmosphère à laquelle il était accoutumé et n'en voulait sortir.

Je me plantai devant lui et assez fort pour être entendue de ses klephtes, je lui lançai : « Quand donc te décideras-tu, général, à aller à Tripolitza taper du poing sur la table des politiciens et défendre ton droit et celui de la Grèce ? » Il ne devait pas renoncer, lui répétais-je, son prestige demeurait intact. Il avait loyalement joué le jeu que lui imposaient les politiciens, il était en droit de leur demander des comptes. Je le gênais et il m'en voulait, toutefois je savais que je ne devais pas lâcher prise mais au contraire insister. Inlassablement.

Chapitre 20

Un jour, au lieu du « Vieux de la Morée », comme on surnommait Kolokotronis, je trouvai Panos, son fils, qu'il avait nommé gardien de la forteresse. Le délicat, le raffiné, le cultivé Panos. Il m'accueillit avec une courtoisie presque incongrue dans ce cadre. Au milieu de ces hommes farouches j'eus la surprise de voir virevolter l'image même de la féminité et de la grâce fragile : des yeux immenses, des lèvres pulpeuses, une peau de soie, ma fille Eleni.

Panos paraissait hypnotisé par la jeune coquette. Elle courut vers moi en me voyant entrer : « Notre amour a pris feu dans les flammes de la guerre. » C'est ainsi qu'Eleni m'apprit ses fiançailles avec Panos. Elle avait dit cela d'une voix fraîche et spontanée mais la connaissant, je ne doutais pas qu'elle eût parfaitement calculé son coup. « Dans mes bras ma fille, dans mes bras mon fils. » Dans cette grisaille, rien ne pouvait me faire autant de plaisir qu'un mariage somptueux. Tant pis pour la dépense, oubliée la guerre. Nous avions tous besoin de fête. Ma famille accourut. C'est ainsi qu'après plus de deux ans je revis mes deux autres filles, Maro et Skevo. Je n'avais pas eu beaucoup le loisir de penser à elles. Toutes les deux respiraient la prospérité. Épouses et mères avant tout, elles représentaient la tradition que j'avais piétinée, mais elles avaient de qui tenir, elles étaient trempées dans de l'acier. Nos retrouvailles me rendirent sentimentale. Ils étaient tous venus, les frères, les fils, les sœurs, les neveux, les nièces de Kolokotronis. La vaste tribu avait quitté son repaire de Karitaina au centre du Péloponnèse, menée par la mère de Kolokotronis, une matriarche de quatre-vingts ans passés, inébranlable, indomptable, sans l'ombre d'un sourire, tout en noir, un roc encore plus solide que son fils. Elle avait assez entendu parler de moi pour être jalouse. Le visage buriné n'esquissa même pas un sourire lorsque je m'approchai pour la saluer mais je vis dans ses yeux petits et noirs une lueur de surprise devant ma tenue semi militaire et les armes dont j'étais bardée. « Mais tu es un vrai klephte », remarqua-t-elle en s'esclaffant. Kolokotronis, qui n'en menait pas large devant le redoutable auteur de ses jours, parut infiniment soulagé.

Pour l'occasion j'avais ouvert mes vieux coffres. J'en avais sorti des beaux habits qui ne servaient plus depuis si longtemps : jupes imprimées en soie de Lyon, boléros brodés d'or, chemises de dentelle, voiles en fil d'argent. Mes filles et moi nous nous étions partagé les bijoux qui me restaient du butin de Tripolitza, ceux que je n'avais pas vendus. Nous étions parées de diamants, d'émeraudes et de perles. Mais j'avais tout de même passé mes revolvers damasquinés d'or dans ma ceinture de brocart.

Dans la cathédrale, les klephtes groupés autour de

l'aïeule vêtue de noir faisaient face à la société spetsiote, dont les toilettes de fête étaient influencées par l'Occident. Pas un ne manquait, ni le vieux Mexis, ni mon demi-frère Théodose, l'ennemi de mon enfance. Mais le plus beau de tous était certainement mon cadet Yorgo, avec ses boucles châtains encadrant un visage aux traits réguliers.

A l'évêque de Nauplie j'avais préféré le Pater Gregori, le vieux curé de Spetsai que j'avais fait venir pour l'occasion et qui rayonnait dans ses ornements usés. Plusieurs fois il se trompa dans les prières comme dans les prénoms des mariés, à la joie de l'assistance. Des milliers de cierges éclairaient la très grande iconostase dorée, des nuages d'encens montaient vers les coupoles peintes à fresques et une chorale chantait les hymnes. Ce mariage me comblait car l'union de nos enfants établissait entre Kolokotronis et moi un lien indissoluble. Je le savais ému. Pour une fois, il était allé jusqu'à faire un semblant de toilette, et sa foustanelle rouge était impeccable. Il avait astiqué son casque de guerre, et même peigné ses moustaches et sa longue chevelure. Et en ce jour, je sentis que nous nous épousions secrètement, hors de l'Église mais devant Dieu.

Les jeunes mariés m'avaient demandé d'être leur cumbara [1]. Je croisai donc sur leurs têtes les couronnes nuptiales et leur passai l'anneau au doigt avant d'être bombardée avec eux de grains de riz et de pétales de roses dans cette promenade autour de l'autel appelée le mariage d'Isaï. Tout Nauplie nous attendait à la sortie de l'église. Les guerriers de Kolokotronis, mes marins, les familles grecques de la ville, et même les familles turques qui y vivaient encore. Il y eut des applaudisse-

1. Témoin de mariage.

311

ments, des vivats, des pétards, des coups de feu tirés en l'air. Mes salons étaient trop petits pour tout le monde et le banquet eut lieu sur le quai devant la maison. Des torches au mur, des lampions multicolores suspendus en guirlandes entre des poteaux peints de toutes les couleurs éclairaient les longues tables. On servit des moutons et des cochons de lait farcis, des montagnes de pilafs, des successions de mézé, toutes les variétés possibles de gâteaux aux amandes, au miel, au lait, au sirop, une profusion de tonneaux de résinés et des caves entières de vin de France.

Au bras de Kolokotronis, je fis le tour des tables pour trinquer avec chacun. « A ta santé », lançai-je à un homme en bonnet rouge dont je ne voyais que le dos. Il se retourna, c'était Samuel Alexander. « Qu'est-ce qu'il fait là celui-là ? » gronda Kolokotronis visiblement furieux. « J'ai été invité », se défendit l'Américain. Invité à la grecque, c'est-à-dire que les amis des amis de quelqu'un qui devait vaguement nous connaître l'avaient assuré qu'il serait le bienvenu. Pour la première fois l'élégance aristocratique qui se dégageait naturellement de son personnage me fascina. Des crépitements et des détonations nous attirèrent au bord du quai. Les premières fusées tirées de la forteresse de Bourzi piquée au milieu de la mer montaient vers le ciel. Nous en avions trouvé des caisses entières dans une cave de Palamides. Elles embrasèrent le ciel pour retomber sur nous en étincelles multicolores au milieu des hurlements de joie et des cris de peur de quelques femmes.

Un de mes neveux, Lazarou, qui était doué pour la musique, avait réussi à constituer un orchestre. Il commença par chanter de sa belle voix de basse une de

312

ces mélancoliques complaintes orientales. Comme je m'étonnais de son choix : « Nous vivons aujourd'hui, me répondit-il, savons-nous ce que nous deviendrons demain. Jouissons du dernier moment qui nous reste peut-être à vivre. » Ce ne fut pas l'avenir mais le passé qui s'imposa à moi. Je revis le visage de Yanno. Mon neveu sentit ma tristesse et attaqua avec son orchestre le plus entraînant tzamiko [1]. Pour chasser le sombre nuage, je me levai, j'allai chercher Kolokotronis et nous menâmes la farandole à laquelle se joignirent des dizaines de danseurs et de danseuses. J'avais conservé ma souplesse, et lui, le Vieux de Morée, gardait la sveltesse d'un jeune homme. Ce fut un triomphe salué par les acclamations des spectateurs, les éclats de rire, les sifflements et les salves d'honneur tirées dans toutes les directions par des klephtes ivres morts. Par miracle il n'y eut pas d'accident. Lorsque l'orchestre s'arrêta, essoufflée et radieuse, je me tournai vers Kolokotronis, et le regardai avec toute l'intensité de mon amour. Il comprit ma demande, mon attente et l'évita : « Je vais me coucher, je dois me lever tôt demain pour aller à Tripolitza. — Bravo. Enfin tu te décides. A quelle heure partons-nous ? — Toi tu restes ici. La politique ce n'est pas pour les femmes. » Pas d'explications. Pas d'excuses. Il s'éloigna sans prendre congé et je restai seule au milieu des convives qui s'étaient rassis. Je croisai un regard, un seul, celui de Samuel Alexander. Lui n'était pas comme les autres, il n'avait pas bu, il avait tout compris. L'alcool m'avait rendue sentimentale, l'alcool me rend effrontée. Je marchai droit sur l'Américain, tirai un de mes revolvers, le pointai sur lui : « Suis-moi. — Pour quoi faire ? — Pour faire

1. Danse nationale grecque.

313

l'amour. » Je dus paraître suffisamment décidée pour qu'il prît ma menace au sérieux. Il se leva. Notre sortie fut très remarquée.

Mes filles avaient laissé ma chambre dans un désordre grandiose. Des pièces de vêtements, des étoffes froissées jonchaient les meubles et les tapis. Samuel regardait avec effarement ce champ de bataille de la frivolité. Je pensai fugitivement à Kolokotronis et les larmes me vinrent aux yeux. Alors je me jetai sur l'Américain et avec rage je lui arrachai ses vêtements. Avant que je ne tombe dans un sommeil lourd et agité, j'entendis un chœur aviné, groupé sous mon balcon, entonner la chanson composée en mon honneur :

Et Nauplie répondait
Et pourquoi donc me réjouirais-je?
Et pourquoi donc jouerais-je?
Par terre me tient Kolokotronis et par mer Bouboulina...

Je ne m'étendrai pas sur cette aventure où le désir de revanche remplaçait la sincérité. Il était beau. C'était le seul étranger à pouvoir porter sans ridicule la foustanelle. Samuel Alexander était un amant inexpérimenté. Le puritanisme n'est pas bonne école d'amour. Je lui fis découvrir des plaisirs qu'il ne soupçonnait même pas. Il tomba amoureux de mon expérience plus que de moi-même. Mais l'épuisement d'amant comblé ne l'empêchait jamais de rejoindre dès l'aurore la clinique qu'il avait ouverte en ville, la première montée en Grèce sur le modèle occidental. Je lui rendais visite chaque jour, m'extasiant sur l'ordre, la propreté, l'efficacité qui y régnaient. Mes fréquentes apparitions à la clinique et le fait qu'il habitât chez moi faisaient jaser. C'était exactement ce que j'attendais, dans l'espoir de répandre le bruit de cette liaison jusqu'à Tripolitza et de rendre Kolokotronis jaloux. Eleni, ma fille, me fit des remontrances sur mon inconduite. Panos, lui, comprenait. Il avait assez subi son père pour savoir qu'il méritait une leçon. J'avais un jeune amant, je ne pensais pas au lendemain, mais Kolokotronis ne quittait ni mon cœur ni mon esprit.

Il s'était effectivement rendu à Tripolitza, notre capitale provisoire, avait tapé du poing sur la table des politiciens et leur avait fait si peur que la moitié d'entre eux s'étaient enfuis. Ils avaient créé un nouvel État, formé un nouveau gouvernement. Ma malheureuse Grèce, qui n'avait encore réussi qu'à libérer une modeste partie de son territoire, se retrouva avec deux pouvoirs, deux Parlements.

Le chagrin me fit tomber malade. J'eus des crampes d'estomac, des douleurs si violentes que je me tordais sur place. Comme traitement, je mangeai, je bus encore plus que d'habitude. Ma guérison, c'eût été de revoir Kolokotronis. Je voulais le rejoindre mais Panos, avec sa patience, sa douceur, m'arrêtait. Son père n'avait pas voulu de ma présence lorsqu'il commençait sa difficile partie, il voudrait encore moins de moi alors qu'il subissait un échec.

Dépossédée de mon amour, je maltraitais mon amant. Dès son réveil je lui faisais des reproches. J'allais même le relancer à l'hôpital pour interrompre son travail, pour critiquer, pour exiger. Je traînais avec des camarades de combat et, plus il s'impatientait, plus je le faisais attendre. Un Grec m'eût donné deux gifles que je lui aurais d'ailleurs rendues. Parce que j'étais malheureuse, je voulais le rendre malheureux...

315

A tel point qu'un soir il se rebiffa. Nous nous trouvions dans une taverne de Nauplie en la pire compagnie que j'eusse pu dénicher. Je m'étais considérablement enivrée et lorsque je me levai, j'oscillai dangereusement. Je lui intimai de me suivre, indiquant clairement ce que j'attendais de lui. Il refusa. Je me moquai de lui, l'accusai d'impuissance. Il pâlit et sortit. On dut me porter jusqu'à chez moi.

Le lendemain Samuel apparut, frais et souriant, son sac de voyage à la main. Il avait trouvé passage sur un navire napolitain et repartait pour l'Amérique. Il ne fit pas le moindre reproche ni la plus petite allusion à la veille. Il loua l'expérience qu'il avait acquise parmi nous. Ce qu'il avait appris en travaillant ici lui serait considérablement utile pour fonder un hôpital à Kansas City. Il était pressé de rentrer pour retrouver sa fiancée, impatiente de le revoir. Il décrivit sa beauté, ses vertus, s'émut des lettres qu'il avait reçues d'elle où elle se languissait de lui. Une violente migraine m'empêchait de réagir. Il finit par me remercier chaudement pour mon hospitalité et mes bontés, il effleura mon front d'un baiser et disparut de ma vie. Pas de scène, pas de drame, tout cela net et propre, sectionné par un chirurgien excellent.

Alors je noyai ma solitude dans la boisson. Le jour je dormais, ce qui m'évitait d'être consciente. La nuit je traînais de bouge en bouge. Les voyous dont je payais les tournées m'acclamaient et m'entouraient avec des démonstrations d'affection et je faisais semblant de croire en leur sincérité. Bou-bou-li-na, criaient-ils lorsque j'entreprenais un concours de verres de raki avec l'un d'entre eux, Bou-bou-li-na, criaient-ils lorsque j'entrais dans leurs danses sauvages avant de m'effondrer. Je n'avais pas l'énergie d'empêcher Mihali de me suivre. Il craignait ce qui pourrait m'arriver, il m'accompagnait, s'asseyait dans un coin, ne touchait pas à un seul verre, et évitait de me regarder ; il attendait souvent jusqu'à l'aube. « Vous allez vous tuer », eut-il le courage de me lancer. Je fis le geste de le battre puis baissai le bras. « Laisse-moi vivre ou mourir comme je l'entends » bredouillai-je. Je ne finissais jamais la soirée seule. Je pointais un de mes pistolets sur un homme, n'importe lequel, et lui ordonnais de me suivre. Il simulait la peur, et nous sortions au milieu des acclamations et des rires. Je titubais, il fanfaronnait, et les lazzi de ses compagnons nous accompagnaient. Même ceux avec qui je n'avais pas couché se vantaient d'avoir passé la nuit avec moi.

La « fameuse héroïne » continuait à soulever l'intérêt. Lorsque je sortais, c'était entourée de mes gardes spetsiotes et portant ma tenue guerrière en l'honneur du passé. Des visiteurs demandaient à me voir que je n'avais pas le courage de repousser. Pour me donner du cœur au ventre avant de les recevoir, je buvais au point de devenir incompréhensible. Les membres de ma famille, horrifiés de mon état, ne s'attardaient pas. Eleni, ma fille, avait honte de moi. Elle ne me rendait que de courtes visites mais elle évitait de me recevoir. Seul son mari ne m'abandonna pas. Plusieurs fois Panos eut le courage de me soutenir alors que j'étais incapable de marcher droit et il eut la bravoure de traverser la foule à mon bras.

Ce fut au cours du séjour de Bebeka, une de mes demi-sœurs Lazarou, qu'un peintre belge, arrivé à Nauplie, se présenta à la maison. Mihali vint m'annoncer qu'il demandait à faire le portrait de l'« illustre Laskarina Bouboulina ». J'eus le courage de me regarder dans le miroir et je découvris une sorte de folle au teint gris, aux cheveux mal entretenus et aux yeux injectés de sang. Je n'eus pas trop de mal à convaincre ma sœur de poser à ma place. Le peintre n'y vit que du feu. Revenu en Europe il devait graver ce portrait et le tirer à des milliers d'exemplaires. Les amateurs de légende n'avaient pas le droit de voir Bouboulina dans sa déchéance. Le portrait de Bouboulina n'est pas celui d'une alcoolique. Il n'est pas celui d'une guerrière. C'est le portrait d'une grosse dame comme il faut qui ne me ressemble pas du tout : ma sœur.

Certains soirs, dégoûtée de moi-même bien plus que des autres, je restais seule chez moi. Le désespoir remplaçait la fausse gaieté des bas-fonds, et je buvais tout autant sinon plus. Alors j'ouvrais mon coffret et j'en sortais les bijoux qui me restaient. Palper les minéraux durs, froids et scintillants rétablissait le lien avec celle que j'avais été. Je mettais mes girandoles en diamants, mon plastron en émeraudes, mes broches en forme d'oiseaux, de fleurs, de croissants de lune, d'étoiles, mes torsades de grosses perles qui avaient appartenu aux femmes de Kurchid Pacha. Ainsi parée je ne voyais plus les cernes violacés sous mes yeux, les rides qui encadraient une bouche amère. Je redevenais jeune, désirable. « Viens, Kolokotronis, je me suis faite belle pour toi, je t'attends... » Mihali me retrouvait, pantin hoquetant de sanglots au milieu de mes joyaux.

Un matin, au début 1824, je trouvai une proclamation affichée sur ma porte. Le gouvernement légal de la Grèce traiterait en rebelles tous ceux qui ne reconnaîtraient pas son autorité. Panos Kolokotronis, pour avoir refusé de remettre Nauplie à ses représentants, était déclaré « hors-la-loi et ennemi de la nation grecque ». C'était signé Georges Koundouriotis. J'arrachai ce torchon dont plusieurs exemplaires s'étaient répandus en ville. Panos n'y répondit pas. Nauplie fidèle à Kolokotronis ne bougea pas. Furieux, Koundouriotis envoya quelques régiments entreprendre le siège de la ville. Les assiégeants n'étaient pas assez forts pour la prendre et les assiégés étaient trop faibles pour les repousser. C'était la première fois que je voyais des Grecs en guerre contre des Grecs. Ce spectacle me révolta suffisamment pour me sortir du long cauchemar où j'étais embourbée. Panos fit partir ma fille Eleni et les femmes de la famille sur un de mes navires en direction de Milous. De là, elles se réfugieraient à Tripolitza chez Kolokotronis. Panos ne bougea plus de la forteresse de Palamides. Au bout d'une semaine je montai l'y voir.

Le printemps était en retard, comme s'il refusait de fleurir dans une Grèce livrée à l'anarchie. Il tombait une pluie fine qui me mouillait jusqu'à l'âme. Les marches creusées dans le roc glissaient. J'attendais le réconfort de la chaleureuse bienvenue des gardes. « Salut, Capetanissa », me crieraient-ils en me reconnaissant de loin. Ce jour-là, silence ! Au portail, deux sentinelles pointèrent leur fusil sur moi et m'interdirent l'entrée de la forteresse. « Appelez-moi Panos Kolokotronis, grondai-je furieuse. — Il ne commande plus ici », me répondit l'un d'eux. La surprise passée, je leur souris. Délicatement je pris avec les doigts le canon de leurs fusils, je le détournai sans qu'ils s'y opposassent et je passai tranquillement. Je ne vis aucun garde sur les chemins de ronde ni au sommet

319

des tours. Sur l'aire principale je comptai à peine une vingtaine de soldats déguenillés massés dans un coin. Ils me tournaient le dos, vociféraient, levaient le poing. Ils ne firent pas attention à moi. Je ne croisai personne dans les couloirs. Je poussais la porte de la grande salle. Cinq ou six soldats tenaient en joue Panos Kolokotronis que j'entendis dire : « Je vous répète que je n'ai plus rien, fouillez-moi si vous le voulez. » Ils se retournèrent à mon approche. Je m'adressai à celui qui paraissait le chef : « Qu'est-ce que tu lui veux ? — Nous n'avons pas été payés depuis six mois. — Toi et les autres décampez, foi de Bouboulina, vous serez payés bientôt. » Le plus étonnant fut qu'ils avalèrent cette promesse que j'étais bien incapable de tenir. Peut-être n'avais-je pas encore réussi à ternir complètement ma réputation. Ils grommelèrent mais se retirèrent. Resté seul avec moi, Panos donna libre cours à son amertume : « Je préfère lorsqu'ils désertent que lorsqu'ils se mutinent, c'est moins dangereux. — Ils désertent ? — Chaque nuit, par paquets. Ton ami Papa Flessas a monté des réseaux dans Nauplie même pour débaucher mes officiers. — Comment ? Il a rejoint les traîtres de Koundouriotis ? — Cela t'étonne ? — Mais où trouve-t-il l'argent ? — L'Angleterre a accordé un prêt à la Grèce que Koundouriotis s'est empressé de détourner pour s'acheter des partisans. »

Nous allâmes délivrer de la pièce où ils avaient été enfermés par les mutins les quelques klephtes que son père avait laissés à Panos. Nous dûmes les retenir d'aller égorger sur l'heure leurs geôliers. Panos sourit : « Ceux-là, non seulement ils n'ont pas été payés, mais il y a plusieurs jours qu'ils n'ont rien mangé et ils restent fidèles. — Tu en es à ce point ? » Il me désigna, jetés dans un coin de la grande salle, quelques sacs de fèves : « C'est tout ce qu'il me reste pour nourrir une armée. » Cette situation sans issue n'avait rien enlevé de sa détermination : « Me rendre? Pas question, je tiendrai. Quelques hommes suffisent pour tenir Palamides. » Il m'entraîna à la fenêtre. Je distinguai au loin le campement des soldats de Koundouriotis. « Tous les jours je les bombarde un peu, pour leur rappeler que j'existe. » Il y avait de la gravité mais aussi de la gaieté dans sa voix. Il me rappelait Yanno. « Donne-moi quelques jours et tu auras tout l'argent que tu veux. » Panos sourit. Il ne me croyait pas. Une fois de plus j'avais pris un engagement sans savoir comment le tenir.

Si, pourtant. Un souvenir me revenait.

Un visage apparut dans ma mémoire. Je donnais des bribes d'indication à Mihali qui, en vingt-quatre heures, me fournit le nom, l'adresse. Dans le quartier le plus pauvre de Nauplie, je trouvai la maison. Elle était si basse, si enfoncée qu'il fallait descendre plusieurs marches pour atteindre la porte. Je frappai. Un homme au teint olivâtre m'ouvrit. Je demandai à parler à Duz Oglou. « Il n'est pas là, que lui voulez-vous? — Je voudrais lui donner du travail. — Entrez, c'est moi. »

Je pénétrai dans un minuscule intérieur encombré jusqu'au plafond d'un invraisemblable bric-à-brac parmi lequel beaucoup de croix et d'icônes. L'homme était arménien. Il me regardait avec méfiance. « Vous avez été employé à la Monnaie du Sultan à Constantinople. » Tout de suite, je sentis la peur. « Je voudrais que vous battiez monnaie pour moi. » Il ne s'étonna pas, mais fut tout de suite pratique : « Je n'ai aucun

321

instrument pour le faire. – Je sais. Vous devrez inventer tout à partir de rien. » Il réfléchit, dubitatif. Je lui offris une grosse somme. Il se rebiffa. « Un créateur comme moi travaille pour l'Art. » J'avais trouvé la perle rare, mais comme tous les artistes, il était incroyablement tatillon.

Les jours suivants, ses exigences manquèrent me rendre folle. Nous nous étions installés dans un bâtiment désaffecté de Palamides.

Il réussit avec l'aide de Dieu et avec les éléments les plus hétéroclites à reconstituer les machines nécessaires. Je lui amenai les quelques lingots d'argent qui nous restaient. Il prit un air dégoûté. « Il y aura à peine de quoi remplir un tout petit sac. – Mais il y a les canons de bronze, ces beaux canons turcs ornés de la tughra du Sultan que vous avez servi. » Il avait compris. Il ne posa pas de questions. Les canons furent hissés dans notre atelier. Je regardais se fondre les deux métaux selon un dosage inventé par mon sorcier. Le métal en fusion pénétrait dans le moule avant de se transformer en drachmes couleur d'argent malgré une forte teneur en bronze, portant fièrement l'inscription « État grec ». J'avais dans ma vie pratiqué pas mal de métiers, mais jamais encore celui de faux-monnayeur. J'y pris goût. Panos me fit un compliment qui me récompensa amplement : « Grâce à toi, Capetanissa, Nauplie peut tenir indéfiniment. »

Chapitre 21

Les canons et les mercenaires de Koundouriotis s'essoufflaient en vain, mais une simple lettre adressée à Panos faillit faire tomber les remparts de Nauplie. Son père lui ordonnait de remettre la ville aux assiégeants, pour ne pas aggraver les divisions entre les Grecs. J'imaginai sans peine ce qui s'était passé. Kolokotronis, après avoir tapé du poing, s'était enlisé dans les intrigues de Tripolitza. Il aurait écrasé cent mille Turcs, mais un seul politicien le rendait incapable de se défendre. J'étais aussi effondrée que Panos : « Remettre Nauplie, c'est suffisamment affaiblir la Grèce pour permettre aux Turcs de la reprendre. » De la terrasse où nous nous trouvions, la lumière transparente permettait de voir jusqu'aux moindres détails des montagnes lointaines. Le bref printemps grec répandait sur la plaine ses couleurs les plus vives et les plus gaies. « J'irai voir Kolokotronis. » Tant pis si hier il ne voulait pas de moi, au moins aurai-je tout tenté. Je vis un brin d'espoir dans les yeux de Panos : « Dépêche-toi, Capetanissa, et surtout réussis. »

En entrant dans Tripolitza, je ne reconnus pas la

ville. En trois ans, elle avait été reconstruite, repeuplée. L'animation de ses rues, la prospérité visible de ses habitants, l'abondance de ses bazars remplaçaient les terribles images que j'avais gardées de ces lieux. La tribu Kolokotronis logeait dans une belle et grande maison de pierre récemment achevée. Je montai tout d'abord à l'étage saluer sa vieille mère. Masse noire et immobile, elle trônait au milieu de son gynécée composé de ses filles et de ses nièces, aussi sombrement vêtues qu'elle, parmi lesquelles seule tranchait ma fille Eleni habillée à la mode de Spetsai. Elle répondit à peine à mon salut. Alors que j'allais me retirer, ses yeux noirs et durs se portèrent sur ma fille et elle siffla entre ses dents « putana ». Je crus avoir mal entendu et n'insistai pas.

Lorsque j'apparus dans la salle où se tenait Kolokotronis, toutes les têtes se tournèrent vers moi. Kolokotronis me cria un « Bienvenue, Capetanissa » rassurant. Mieux encore, il me fit place à côté de lui sur le divan. La fumée des tsimbouks rendait l'air de la pièce quasi irrespirable. A travers un nuage je distinguai les conseillers, les compagnons d'armes de Kolokotronis, des intermédiaires, des politiciens, des négociateurs, des porteurs de nouvelles qui entraient et sortaient. Tous parlaient à la fois et aucun n'écoutait l'autre. Je remarquai un inconnu silencieux au regard féroce et au visage en lame de couteau. Kolokotronis me le présenta : « Voilà Théodore Grivas, un révolutionnaire de la première heure. Il a longtemps combattu en Grèce occidentale. Il vient de nous rejoindre et je salue cette recrue de choix. » L'intéressé, insensible à ce compliment, se leva brusquement et quitta la pièce. Un propos me fit dresser l'oreille : « Rendre Nauplie, c'est faire l'unité de tous les Grecs. » La rage m'emporta et je hurlai plus fort que toutes ces voix mâles : « Rendre Nauplie à Koundouriotis, c'est encourager l'illégalité et la division. » Un autre, un jeune se précipita vers moi, paraissant aussi furieux que moi : « Des armées privées comme celles de Kolokotronis sont illégales, la Grèce ne peut plus le supporter. — C'est le gouvernement Koundouriotis qui est illégal », lui balançai-je et lui pour un peu m'aurait balancé son poing dans la figure. La discussion s'éternisa, tout aussi orageuse qu'inutile. Kolokotronis n'intervint que pour me jeter les lettres de Panos. Elles dataient de plusieurs semaines, elles décrivaient la mutinerie, les désertions, le manque d'argent. Dans le tohu-bohu j'expliquai à Kolokotronis que Panos avait désormais de l'argent à ne savoir qu'en faire, que ses troupes ayant retrouvé leur enthousiasme ne se rendraient jamais. Il était distrait, il ne m'écoutait pas. Je demandai à lui parler en particulier. « Je n'ai pas le temps », me rétorqua-t-il. Il gardait cette animalité superbe et invincible qui m'attirait tellement. Il impressionnait même ceux qui l'insultaient et je le sentais las.

Plus tard, je sortis dans les rues. Mes pas me portèrent vers le palais de Kurchid Pacha. De tous les bâtiments de la ville, c'était le seul qui avait été laissé à l'abandon. Je ne reconnaissais plus rien dans ces pièces sans fenêtres ni portes, ces couloirs aux dalles défoncées, et pourtant je parvins jusqu'au harem. Je me dirigeai vers le hammam où, lors de la chute de Tripolitza, j'avais trouvé les odalisques de Kurchid Pacha tremblantes de peur serrées derrière Anastase et Firuz Hanoum. Soudain j'entendis un rire perlé de femme.

J'entrai sur la pointe des pieds et je découvris Grivas, le nouveau venu, le rapace au nez crochu tenant tendrement enlacée ma fille Eleni. Leur attitude indiquait clairement la nature de leurs relations. Je mis plusieurs minutes à réaliser, à admettre ce que je voyais. Ni l'un ni l'autre ne parurent gênés d'être surpris. « N'as-tu pas honte, Eleni? » Une furie me répondit : « Honte de qui? De moi? Pas du tout. C'est de toi, mère, que j'ai honte. » Elle me lança à la tête les moindres détails de mes débauches à Nauplie avant de passer sans transition aux reproches, aux accusations. A l'entendre, je ne m'étais jamais occupée d'elle, je l'avais constamment abandonnée pour voyager. A cause de moi elle avait connu la solitude, la souffrance. Grivas, son amant, les bras croisés, roulait des yeux féroces comme s'il allait me dévorer. Les parois de marbre du hammam avaient été depuis longtemps arrachées, et les murs lépreux suintaient l'humidité. Au lieu des parfums exquis que j'y avais respiré avec Firuz Hanoum, une odeur de latrine m'empestait pendant que l'avalanche d'Eleni continuait à tomber sur moi. Seul son père avait su l'aimer et je l'avais envoyé à la mort. J'ouvris la bouche pour protester, elle me la cloua par un : « En fait, tu ne m'as jamais aimée. » Le remords qu'elle semait en moi arrêta ma réplique. Le plus doucement je lui dis : « Maintenant c'est assez. Allez-vous-en et laissez-moi seule. » Je crus qu'un serpent l'avait piquée : « C'est à toi de sortir, nous, nous restons. — Est-ce ainsi que tu parles à ta mère? — Tu n'es plus ma mère, je te renie. » Je n'eus pas le courage d'affronter Kolokotronis, d'ailleurs je n'avais plus rien à faire à Tripolitza. Je partis sur l'heure et pris de nuit la route du retour.

Jamais l'ascension de Palamides ne me sembla plus fatigante. Je ne sais pas comment j'eus le front de regarder Panos en face. « J'ai compris », murmura-t-il après m'avoir dévisagée. Il eut un sourire en coin, ironique, triste et fit un geste de résignation. Ma visite précéda de peu l'ordre impératif de son père de remettre Nauplie. Il quitta la ville à la tête de ses troupes avec armes et bagages. Ses étendards fièrement brandis claquaient au vent et son orchestre militaire jouait les refrains les plus entraînants. Il s'inclinait mais n'avait pas été vaincu.

Quelques jours plus tard les piètres « vainqueurs » voulurent faire une entrée triomphale. Je fis fermer tous les volets de la maison pour éviter de les voir. Je me bouchai les oreilles mais j'entendis les acclamations, les « vive Koundouriotis » auxquels se mêlaient les « vive Papa Flessas » qui me firent encore plus mal. C'était probablement les mêmes qui, un an plus tôt, criaient « vive Kokolotronis, vive Bouboulina ».

Koundouriotis s'empressa de s'installer à Palamides. Le lendemain de son arrivée, Mihali m'annonça que deux hommes me demandaient. Dans le vestibule attendaient mon demi-frère Théodose, ennemi de mon enfance, et Botaris, mari de la cousine Maria, que j'avais fait expulser de Spetsai. Koundouriotis avait bien choisi ses émissaires. Je ne les saluai pas, je ne leur tendis pas la main. Je restai debout sur la dernière marche de l'escalier. « Le président Koundouriotis vous fait dire... – Quel président? – Le président Koundouriotis t'accorde vingt-quatre heures pour quitter Nauplie. – Je n'ai pas d'ordres à recevoir d'un gouvernement illégitime. » Théodose sourit mielleusement : « Nous voulons simplement te protéger et te donner le temps de disparaître avant d'être arrêtée pour fabrication de fausse monnaie. » A vrai dire, je ne m'attendais pas à ce coup-là. Désarçonnée, je bredouillais : « Quel conte inventez-vous là ? — Nous avons arrêté Duz Oglou. — Vous l'avez bien sûr torturé pour lui faire avouer n'importe quoi. » Botaris jubilait : « Nous avons réuni assez de preuves pour t'envoyer en prison. — Nous avons fait la révolution et vous en êtes les fossoyeurs. Messieurs, vous pouvez vous retirer. » Ils claquèrent la porte, furieux. Ma décision fut rapidement prise. Je tenais à garder ma liberté pour pouvoir agir.

Je partis le lendemain, moi aussi avec armes et bagages, mes serviteurs, mes gardes spetsiotes, mes malles. Pas un habitant de Nauplie ne vint me saluer avant mon départ. Les rats installés à Palamides leur faisaient peur. Je montai à bord de l'*Agamemnon*, fis lever l'ancre et hisser les voiles. Tenant la barre je me dirigeai vers la forteresse. Arrivée le plus près possible, je découvris mes batteries et ordonnai à mes canonniers de tirer sur Palamides. Sur mes instructions ils avaient visé le pavillon personnel de Koundouriotis qui flottait sur une tour. Ils le pulvérisèrent et réussirent même à ébrécher quelques créneaux. Je n'avais pas pu résister à cette modeste vengeance avant de mettre le cap sur Spetsai.

J'étais partie de Spetsai en avril 1821. J'y revenais un jour de juin 1825. Entre-temps, un siècle s'était écoulé. Ce fut avec une profonde émotion que je reconnus les lieux familiers. Les Spetsiotes m'accueillirent avec chaleur mais aussi avec cette réserve qui caractérise les Arvanites. Mes enfants m'attendaient sur le quai de la Dapia. Maro et Skevo poussaient vers moi une marmaille, mes petits-enfants que je n'avais encore jamais vus. Les jours suivants, curieuse de les découvrir, je les rassurai à coups de sucreries. Je les laissai toucher à mes affaires, monter sur moi, tirer sur mon voile brodé. Mes filles, ravies de me voir assagie, ronronnaient. Mais était-ce le moment de se laisser engourdir alors qu'il fallait réorganiser la lutte? Mon rôle de grand-mère pouvait attendre, je n'étais pas encore mûre pour l'assumer.

Je convoquai mon fils Yorgo dans le bureau de Bouboulis où pendant des années j'avais dirigé mes affaires. Depuis sa visite à Nauplie, ma situation financière s'était encore considérablement dégradée. J'étais pratiquement ruinée. Pendant qu'il détaillait mes comptes, je le regardais debout devant moi. Sa beauté avait perdu ce qu'elle avait de mollesse, ses joues s'étaient creusées. Seul Yorgo me restait et j'éprouvais soudain pour lui tout l'amour violent que je n'avais pas exprimé jusqu'alors. Je souris au souvenir de la prédiction que m'avait faite une gitane dans je ne sais plus quel port de la mer Noire : « Ton fils le cadet sera cause de ta mort. » J'avais probablement dû ne pas payer assez la sorcière, car Yorgo m'aimait bien trop pour me vouloir le moindre mal. L'affection qu'il me portait était aussi visible que sincère. La situation catastrophique qu'il décrivait ne l'abattait pas un instant. Avec optimisme, presque avec entrain, il échafaudait des solutions pas toujours honnêtes mais qui avaient l'avantage d'être radicales. « Trouve-toi une femme riche », conclus-je en plaisantant.

Je constatai que Spetsai n'avait pas changé. Notre indépendance acquise et le danger passé, les mêmes convives donnaient les mêmes banquets en tenant les

329

mêmes propos et en offrant les mêmes menus. Ils étaient riches, je ne l'étais plus. Ils étaient rassurés, repus, je bouillais d'impatience. Je les évitai donc tout autant qu'autrefois. Alors, je commençai à rédiger ces Mémoires, tant pour tromper le temps que pour laisser le meilleur de moi-même à mes descendants. Je n'avais pas eu le loisir de leur faire de présent, mais ma vie serait le plus beau cadeau que je puisse leur offrir. Je menai donc la vie retirée qui convenait à mes ennemis, car ceux qui m'avaient chassée de Nauplie me surveillaient étroitement. Koundouriotis avait des partisans à Spetsai et Théodose ou Botaris devaient employer pas mal d'espions pour décortiquer mes moindres faits et gestes. Je savais qu'à la moindre incartade ils mettraient leur menace à exécution et me traîneraient devant les tribunaux. Il m'était impossible de correspondre ou de recevoir qui je voulais. Le café était ma source d'informations. Je n'avais qu'à siroter mon raki dans un coin et tendre l'oreille.

L'espoir renaissait en moi lorsque Yorgo vint me surprendre pendant que j'écrivais. Il paraissait décomposé. « Personne n'a le courage de te le dire, mère, mais il faut que tu saches. – Un malheur ? » Il baissa la tête. « Kolokotronis ? » Il fit une grimace. « Écoute d'abord l'histoire, mère. »

Il s'appelait Yannis Gourounis [1], un nom prédestiné. Il appartenait aux « gouvernementaux » de Koundouriotis et on lui avait promis comme aux autres une récompense pour chaque rebelle abattu. Il savait que les troupes de Kolokotronis avaient été dispersées et que seuls cinq ou six de ses hommes

1. Gourouni signifie cochon.

l'accompagnaient. Il avait tendu une embuscade, caché derrière un rocher. Alors que la nuit allait tomber, il perçut enfin le galop des chevaux. Il posa délicatement le canon de son fusil sur la mousse du rocher. Le premier à apparaître dans le tournant devait certainement être l'officier. Yannis Gourounis visa à la tête et tira. L'homme tomba de cheval. Ses compagnons s'enfuirent et disparurent. Gourounis s'approcha du rebelle. Il était mort. Alors, il le dénuda dans l'intention de s'approprier ses dépouilles. Lorsqu'il passa la veste du mort inconnu, il sentit dans sa poche un papier. Il le tira. C'était une lettre qui commençait : « Mon cher fils... » Il lut la signature et sursauta. Le cadavre nu étendu à ses côtés sur les aiguilles de sapin, l'homme qu'il avait tué s'appelait Panos Kolokotronis.

« Je pars, annonçai-je à Yorgo, tant pis si je suis arrêtée plus tard, mais je veux retrouver Kolokotronis. — C'est inutile, il ne te recevra pas, il ne veut voir personne. — Comment le sais-tu ? — Eleni m'a écrit. » Mon expression dut indiquer clairement ce que je pensais de ma fille car Yorgo expliqua : « C'est ma sœur, mère... D'ailleurs Kolokotronis lui a sauvé la vie. Le soir où ils ont appris la mort de Panos, Kolokotronis est allé la trouver. Il lui a annoncé que les frères de Panos et ses partisans la cherchaient pour la tuer, car aucun ne lui pardonnait d'avoir trompé son mari. Kolokotronis l'a fait sortir par-derrière et l'a menée lui-même jusqu'à un lieu sûr. » Je savais que Kolokotronis l'avait fait pour moi. « Tu n'as aucune chance, mère. Il n'a même pas eu le courage d'aller à l'enterrement de Panos. Il s'est enfermé tout seul et depuis n'est pas sorti. Il se désintéresse de tout. Laisse-le à sa solitude, mère, c'est le mieux que tu puisses faire. »

J'allai dans la petite église du Pater Gregori. J'allumai devant l'icône de la Vierge une bougie comme on le fait toujours lorsqu'un marin meurt et sous les yeux compatissants de la mère de Dieu je pleurai tout mon saoul. Il me semblait qu'on m'arrachait mon Yanno pour la seconde fois. Et pourtant il m'était impossible d'imaginer Panos mort. Je l'avais vu si vivant, je l'imaginais si bien dans cette église à côté de moi, sa haute et fine silhouette penchée vers moi pour me murmurer : « Allons, Capetanissa, un homme comme toi ne pleure pas! » Pour Panos, je portais le deuil que je n'avais pu porter pour Yanno. Pour la première fois j'abandonnai ma tenue guerrière et m'habillai de noir. Et noirs furent mes jours et mes nuits.

Plusieurs semaines s'écoulèrent jusqu'à ce jour de décembre où revint ma fille Eleni, accompagnée de son amant, Grivas. J'eus assez d'empire sur moi-même pour ne rien manifester. Eleni me dit simplement : « Nous sommes mariés. » Sans mot dire, je m'effaçai pour les laisser entrer. Kolokotronis avait sauvé la femme qui avait trompé son fils. Je ne pouvais me montrer plus sévère que lui. J'avais si peu fait naguère pour elle que je devais désormais taire mon ressentiment. Je les installai donc dans le plus bel appartement de la maison où Grivas se conduisit comme s'il était le maître des lieux. A tel point que plusieurs fois Yorgo faillit en venir aux mains avec lui. « Mais que sont-ils donc venus faire ici? me demandait Yorgo. — Je n'en sais pas plus que toi, mon fils. » Je n'eus pas longtemps à attendre pour l'apprendre. Un jour où Yorgo était absent de la maison, Grivas vint me trouver dans mon bureau où je m'étais réfugiée. Il me réclama brutalement la dot que j'avais accordée à Eleni lors de son mariage avec Panos. J'éclatai de rire : « Je ne peux tout de même pas donner deux fois la même dot, d'ailleurs je suis ruinée. – Et ce qu'il y a dans la maison? – Il reste très peu de choses et ce peu est ma propriété et non celle d'Eleni. » Il se contint et sortit en claquant la porte.

Pour oublier ce dégoût qui me montait aux lèvres, je partis en promenade. J'avais tant besoin de marcher et de m'aérer que j'atteignis mon endroit préféré de l'île, la crique d'Aghia Paraskevi. Je marchai de long en large sur la plage bordée de très grands pins dans lesquels sifflait le vent. Je laissais les vagues me lécher les pieds et je me grisais d'air marin. La solitude et l'air du large me lavaient des souillures des hommes. A mon retour le nid était vide. Le jeune couple avait déguerpi en emportant tout ce qui me restait, les quelques pièces d'argenterie et de porcelaine, les tapis et les meubles que je n'avais pas vendus aux enchères. Ils avaient même emporté le seul témoin de mon ancienne splendeur que j'avais tenu à garder, mon piano girafe dont j'étais si fière. Mihali en pâmoison ne s'en remettait pas : « Ce malfaiteur a pointé son pistolet sur moi pendant tout le temps que votre propre fille vous volait. Je suis sûr qu'il aurait tiré si j'avais bougé. J'en ai encore des palpitations. » Yorgo était hors de lui. Il voulait les poursuivre, les arrêter, les traîner en justice. Je le calmai : « Inutile de cracher feu et flamme pour la perte de quelques babioles. » Je

333

m'étonnai de ma propre indifférence. Je fermai à clef les pièces de réception vides et je ne gardai pour notre usage que quelques chambres à l'étage. Un jour, Eleni m'avait déclaré que je n'étais plus sa mère, désormais elle n'était plus ma fille. Il me restait Maro et Skevo, et surtout j'avais une autre fille que je préférais à tous mes enfants, une fille que j'avais vue naître et grandir avec émotion, la Grèce.

Chapitre 22

J'étais au café au milieu des habitués lorsque l'épicier fit irruption : « Ils ont arrêté Kolokotronis. » Je bondis : « Comment, où, par qui, pourquoi? — Mon cousin de Hydra vient d'arriver. Il y a vu Kolokotronis débarquer enchaîné entre les gardes. Il paraît qu'ils l'ont enfermé tout en haut de l'île au monastère du Profitis Illias. » L'épicier sachant qu'il tenait son auditoire y alla de son récit : « On dit que ça chauffe en Arcadie. Koundouriotis a envoyé une nouvelle expédition pour ramener les paysans à l'ordre, mais Koundouriotis a eu peur que Kolokotronis ne sorte de son deuil et n'aille les secourir. Il lui a fait porter un message disant qu'il voulait discuter avec lui. Kolokotronis a accepté. A peine a-t-il quitté son refuge qu'il a été arrêté. Koundouriotis l'avait fait tomber dans un piège. — Ce sont les Turcs qui vont être contents », commentai-je.

Ce dimanche-là, l'église de la Sainte-Trinité était comble. Le service touchait à sa fin et le prêtre entouré de ses diacres sortait par la porte royale [1] de l'ico-

---

1. Porte centrale réservée au clergé et naguère au basileus byzantin.

335

nostase pour bénir l'assemblée lorsqu'un gamin fit irruption dans le sanctuaire : « Les Turcs, les Turcs, les Turcs ont débarqué. » Ce fut comme si on avait renversé une fourmilière. Les fidèles s'éparpillèrent dans toutes les directions, laissant le clergé en ornements de brocart aligné sur les marches de marbre. Évidemment les Turcs n'avaient pas débarqué à Spetsai, on les aurait vus venir. Chacun courait aux nouvelles là où il croyait apprendre les plus fraîches. Je me dépêchai d'aller trouver le vieux Mexis toujours admirablement informé. Bien entendu il était au courant. Ce n'étaient pas les Turcs qui avaient débarqué mais les Égyptiens, ou plutôt les Arabes au service du pacha d'Égypte. Le Sultan ayant appris l'arrestation de Kolokotronis comprenait que le seul obstacle à sa vengeance avait été éliminé. Il avait saisi l'occasion au vol et avait fait appel à son vassal égyptien qui possédait l'armée la plus moderne, la mieux entraînée, la mieux équipée. Le Pacha dépêchait sous le commandement de son fils Ibrahim Bey une armada vers nos côtes transportant quinze mille soldats autrement plus redoutables que les janissaires dégénérés du Sultan. Ils venaient de débarquer au sud-ouest du Péloponnèse, à Metoni. Il n'y avait aucun obstacle pour s'opposer à leur avance. Bientôt ils auraient repris tout le Péloponnèse, bientôt même ils seraient à Spetsai.

Alors la panique envahit les Spetsiotes. Seul Yorgo était enchanté à la perspective de se battre. Je décidai de retourner à Nauplie pour tâcher d'intervenir auprès du « gouvernement » de Koundouriotis, mais je refusai d'emmener Yorgo. Si je devais être jetée en prison, je ne voulais pas qu'il partageât mon sort. Je m'attendais à être accueillie par des menaces ou par un ordre d'expulsion. A la place, j'essuyai l'humiliation. On ne me considérait plus comme une ennemie dangereuse, on me traitait en quantité négligeable. Je demandai audience à Papa Flessas, toujours ministre de l'Intérieur. On me fit attendre trois jours avant que je puisse pénétrer dans l'imposante maison en pierre de taille qui servait de ministère. Là, on me fit de nouveau attendre, dans une antichambre bondée de solliciteurs. J'entendis mon nom voler de bouche en bouche lorsque j'y pénétrai. Ils ne pouvaient en croire leurs yeux, on laissait attendre la Bouboulina! Ils s'écartèrent pour me faire place. Je fus la dernière appelée. Papa Flessas ne me reçut même pas, il laissa ce soin à un petit fonctionnaire. Je tâchai de faire comprendre à celui-ci que la situation était gravissime, qu'il fallait libérer Kolokotronis, que lui seul pourrait arrêter l'armée d'Ibrahim Bey. Le petit fonctionnaire me fit entendre que mes conseils étaient mal venus, et mieux encore qu'ils comptaient pour rien : « Le gouvernement a pris toutes les mesures, vous n'avez pas à vous inquiéter. — J'ai apporté une rançon pour libérer Kolokotronis. » Et j'ouvris le coffret contenant mes derniers bijoux. Je vis les yeux du petit fonctionnaire briller, mais le plaisir de me mortifier fut le plus fort : « Le gouvernement grec n'accepte pas de cadeaux de particuliers. D'autre part, le général Skourpi a été nommé commandant en chef. » Il se leva pour me signifier que l'audience était terminée. Ce dindon me fit sortir hors de mes gonds. Je lui mis mes deux revolvers sous le nez : « Va prévenir ton patron que je veux le voir immédiatement, sinon il n'aura plus qu'à t'enterrer. » La baudruche se dégonfla en une seconde, devint verdâtre et parut se ratatiner derrière son bureau. Il avait tellement peur qu'il était incapable de se lever. A ce moment même, la porte s'ouvrit et Papa Flessas entra en coup de vent. Je fus certaine qu'il avait tout écouté derrière la porte. « Comment, toi ici, Capetanissa, personne ne m'avait prévenu, sinon je t'aurais reçue tout de suite. Pourquoi ne m'as-tu rien dit ? », reprocha-t-il au petit fonctionnaire au bord de la décomposition. Bien entendu, Papa Flessas mentait, et sa cordialité suintait la fausseté. La gêne aussi. Je sentais qu'il redoutait mes critiques, mes exigences. « Il faut nous voir, Capetanissa, mais pas maintenant. Je suis pressé. » Je le retins par le pan de sa veste brodée car il avait définitivement abandonné la soutane pour le costume militaire : « Une seule chose, curé, laisse-moi le voir. – Qui ? – Kolokotronis. – Mais tu n'as pas besoin de mon autorisation pour entrer dans la prison ! Devant Bouboulina toutes les portes s'ouvrent... »

Je lui demandai cependant de me fournir cette autorisation par écrit. Il bredouilla quelque instruction au petit fonctionnaire et me serra sur sa large poitrine, pressant sa longue barbe contre mes joues : « Tu n'as pas changé, toujours jeune et désirable. » Puis il courut plus qu'il ne marcha vers la porte de peur que je le retinsse à nouveau. Avant de sortir, il se retourna vers moi : « Ibrahim Bey, tu verras, on l'aura. Ne t'inquiète pas. » Par la porte restée ouverte, je le vis bénir à tour de bras les solliciteurs qui de nouveau avaient rempli son antichambre. Je ne revins pas avec les mains tout à fait vides puisque j'avais en poche l'autorisation de rendre visite à Kolokotronis.

Hydra avait toujours été pour moi associée à des mauvais souvenirs et ce n'était pas de gaieté de cœur que j'y revenais. Le monastère du Profitis Illias est perché au sommet de la plus haute montagne de l'île et la montée pour y accéder fut exténuante. Je n'avais trouvé qu'une mule rétive, qui ne cessa de ruer, de glisser sur les pierres du chemin et de côtoyer dangereusement le précipice. Yorgo, que j'avais convoqué, marchait vaillamment à mon côté. L'inquiétude me rongeait. « Comment me trouves-tu? Sois sincère, Yorgo. » Il éclata d'un rire joyeux : « Dangereusement jeune! » Nous grimpions raide. Les maisons de la ville, et même le palais de Koundouriotis apparaissaient comme des jouets et les habitants qui se pressaient dans les rues n'étaient pas plus grands que des fourmis. Le printemps commençait à peine et pourtant nous transpirions comme en plein été. Là-haut il n'y avait plus un arbre, plus un buisson, seulement le roc. Devant moi grandissaient les murs aveuglants de blancheur du monastère. Passé le portail, j'entrai dans la beauté et la fraîcheur. En face de moi, la porte de la petite chapelle était ouverte et je voyais scintiller les bougies allumées devant les icônes. Des arcades entouraient la cour, plantée d'immenses cyprès au pied desquels s'enroulait du jasmin. Le vieux puits était couvert de roses grimpantes encore en boutons. Les moines, quoique furieux de voir leur asile transformé en prison, ne pouvaient rien refuser à Koundouriotis, leur bienfaiteur. Mon laissez-passer rendit les gardes dociles. Deux d'entre eux me menèrent jusque devant une porte qui avait dû être celle d'une cellule monacale. Ils l'ouvrirent. « Une visite, général. » Ils lui avaient donné du « général » à lui le proscrit, la bête noire. Tout de suite je remarquai le respect avec lequel ils le traitaient. Œil de feu encore plus enfoncé dans l'orbite, les cheveux beaucoup plus longs et blancs, il portait la trace des épreuves subies. Il avait vieilli et paraissait encore plus farouche.

Nous nous dévisageâmes en silence pendant plusieurs minutes, puis il aboya un « Laissez-nous », auquel les gardes et même Yorgo s'empressèrent d'obéir. Seuls, nous nous jetâmes dans les bras l'un de l'autre. J'étais enfin arrivée à bon port. Il devait éprouver la même impression car lui aussi se laissa aller. Je pensais à mon fils, il pensait au sien. « J'avais voulu qu'il soit tout ce que je n'étais pas, murmura-t-il, je lui avais fait donner l'éducation, la connaissance, j'avais voulu qu'il apprenne les belles lettres, les langues. » Une sorte de sanglot rauque l'interrompit. L'indomptable Kolokotronis pleurait devant moi. « Donne-moi des nouvelles », grogna-t-il pour échapper à l'émotion. Quelles nouvelles pouvais-je lui donner? Elles étaient désastreuses. Ibrahim Bey avait emporté Koyoni. Ibrahim Bey s'était emparé de Navara. L'expression de Kolokotronis devint terrible avant qu'il dise : « Mais pourtant je connais des places où on aurait pu l'arrêter, des terrains où nous aurions pu battre cette cavalerie arabe soi-disant invincible. Sais-tu que j'ai offert deux de mes fils survivants en otages pourvu qu'" ils " me laissent aller me battre contre Ibrahim Bey. " Ils " ont refusé. — Arrête, Kolokotronis, la victoire, nous ne l'obtiendrons pas sur le champ de bataille mais avec l'union des Grecs. — Et aussi en nommant les hommes expérimentés aux postes responsables. » Il tira de sa poche un komboloï [1] d'ambre. Jamais auparavant je ne l'avais vu en égrener. Il avait dû le prendre sur un cadavre turc. Il le serra comme s'il avait voulu réduire en poudre les boules précieuses. Je lui pris la main et

---

1. Chapelet servant de passe-temps.

l'entraînai vers l'étroite fenêtre de la cellule. La mer Égée scintillait d'un bleu profond. Au loin se découpaient les îles rocheuses, grises, telles des promesses pâles. En vérité les Grecs nous avaient fait pleurer mais la Grèce valait la peine qu'on souffre pour elle. Je caressai son poignet gauche : « Tu as une nouvelle cicatrice, Kolokotronis. — Elle m'a été faite par un mascaras [1] de Papa Flessas. » Je croisai son regard et j'y lus une expression que je connaissais bien. Je reculai : « Tu n'as pas honte, vieux cochon », mais déjà il m'étreignait, m'embrassait. Et dans cette cellule de couvent, perchée tout en haut de Hydra, j'eus à nouveau l'occasion de retrouver sur son corps la carte des cicatrices dont je connaissais chaque détour. Le coup de sabre sur le poignet droit, la trace de balle sur le sein gauche, l'estafilade sur l'estomac, l'entaille sur le mollet droit... Lorsque nous nous sommes relevés, il me claqua les reins d'un geste affectueux et il ajouta : « Tu es rudement bien conservée pour une grand-mère. — Comme je constate que tu gardes toute ta vigueur... il nous reste à te faire évader. » Aussitôt en alerte, il évalua, il jaugea. « Lorsque tu seras libre, poursuivis-je, nous lèverons à tous les deux une armée. Ce ne sera pas difficile à Kolokotronis de réunir des volontaires et, malgré Koundouriotis et sa bande, nous irons arrêter Ibrahim Bey — Pour l'amour de Dieu dépêche-toi. » Lorsque je sortis de la cellule, les gardes me regardèrent avec une sorte d'admiration, et celui qui me raccompagna me glissa : « Portez-vous bien, Capetanissa, et que lui aussi il se porte bien. »

Alors que nous redescendions vers le port, Yorgo,

1. Personnage grotesque.

amusé et presque attendri, glissa une allusion : « Le Vieux de la Morée en pince toujours pour toi. » Je rougis comme une écolière. J'avais emmené Yorgo pour qu'il observe les défenses du monastère et évalue la garnison. « Le gouvernement actuel est trop occupé pour se méfier, lui expliquai-je, les gardes de Profitis Illias seront ravis de voir s'échapper leur prisonnier. Nous débarquerons du côté inhabité de Hydra, il faudra escalader le rocher de nuit, s'emparer du monastère le plus silencieusement possible pour ne pas alerter la ville. » Mais une telle opération était onéreuse. « Nous emprunterons, proposa Yorgo. — Non, nous vendrons. — Nous n'avons plus rien à vendre. — Si, l'*Agamemnon*. » Yorgo n'en crut pas ses oreilles : « Tu vendrais l'*Agamemnon*! — Oui, mon fils, pour la Grèce, pour Kolokotronis, je vendrais l'*Agamemnon*. » Au moment où j'annonçai cela, nous voguions à bord de ce même *Agamemnon* en direction de Spetsai. Je « sentais » mon navire comme s'il avait été un être humain. Ma gorge se serra à l'idée de me séparer de ce compagnon fidèle et magnifique. C'était le dernier voyage que nous ferions ensemble. Je chargeai Yorgo d'organiser l'opération, de vendre l'*Agamemnon* et de recruter des hommes.

Nous n'étions revenus à Spetsai que depuis quelques jours lorsque je croisai dans la rue Christodoulos Koutsis, le beau-père de mon frère Théodose. Depuis le temps lointain où, poussé par mon frère, il avait voulu me créer des ennuis lors de la succession de ma mère, nous nous ignorions, et lorsque nous nous rencontrions, nous feignions de ne pas nous voir. Pourtant ce jour-là, il vint vers moi et s'adressa à moi d'un air rogue : « Dis à ton fils Yorgo de laisser tranquille ma fille Eugenia. » J'ignorais de quoi il voulait parler, cependant je le pris de haut et mis les poings sur les hanches : « Et que fait-il donc à ton Eugenia ? – Il lui fait les yeux doux, or elle est fiancée au fils Mexis. De toute façon, je ne voudrais pas d'un pêcheur pour gendre. – C'est ton âme, Koutsis, qui sent le poisson pourri. »

A la maison, je forçai Yorgo à tout avouer : « Tu m'avais dit de trouver une riche épouse », se défendit-il. Je ne savais trop quoi dire. Yorgo n'était pas un Bouboulis millionnaire, mais un pauvre Yanouzas, un « pêcheur » comme l'avait dit Koutsis, et Eugenia avait une superbe dot. « L'aimes-tu, au moins ? » Il se sentit comme libéré par cette question et parla de sa passion. Ils s'aimaient à la folie et cela faisait des mois que ça durait. Eugenia était désespérée du mariage arrangé par son père et ne voulait à aucun prix d'une union avec le fils Mexis. Elle n'accepterait jamais aucun autre époux que Yorgo... Je n'allais tout de même pas conseiller à mon fils de l'enlever, et dans les circonstances présentes nous avions d'autres impératifs. Les amours de mon fils devraient attendre un peu.

Justement je reçus une lettre de Papa Flessas : « Mon vœu le plus cher est de voir Kolokotronis libéré. Lui seul peut arrêter Ibrahim Bey. Je m'active pour le faire sortir de prison. Garde espoir, bientôt tu reverras ton Vieux de la Morée. » Les événements se précipitaient, la situation évoluait, je bouillais d'impatience.

Quelques jours plus tard je fus convoquée par le vieux Mexis. Il me reçut dans la grande salle où nous avions tenu tant de conseils de la Philiki Etairia : « J'ai de mauvaises nouvelles. Papa Flessas est parti avec deux mille soldats arrêter Ibrahim. » Ainsi donc sa lettre n'avait été que mensonge pour m'endormir. Prévoyant que Kolokotronis serait un jour ou l'autre libéré, il avait tout simplement voulu lui couper la victoire sous les pieds... « Il y a pire, poursuivit Mexis, Papa Flessas a décidé d'attendre Ibrahim Bey à Maniaki. C'est une position indéfendable. Ses officiers l'ont supplié d'abandonner, il a refusé. Ils se sont fait écraser. Papa Flessas s'est battu héroïquement. Sa vie, il l'a chèrement défendue avant de mourir. Les Turcs ont coupé sa tête et l'ont apportée à Ibrahim. Alors celui-ci a ordonné que le cadavre soit attaché debout à un tronc d'arbre. Il a lui-même replacé la tête coupée, après avoir lavé la barbe souillée de sang. Il paraît que Papa Flessas paraissait encore vivant. Ibrahim Bey l'a montré à ses soldats en disant : « Voilà un homme courageux. »

Il était donc mort, celui que j'avais cru increvable, le curé bouffon, le tombeur de femmes, le voleur, l'intrigant, le traître. Il avait aimé la Grèce et il était mort en héros pour elle. Je regrettais amèrement que son ambition nous eût séparés. Mexis était soucieux : « Ibrahim va être incessamment sur nous... ce que tu dois faire, Capetanissa, fais-le le plus vite possible. » Il n'ignorait donc rien de mes préparatifs pour délivrer Kolokotronis. Avec sa bénédiction, je les accélérai.

Yorgo avait réussi à vendre l'*Agamemnon* au seul acheteur possible, le « gouvernement », c'est-à-dire Koundouriotis et sa clique. Mais pour réussir j'aurais fait des affaires avec le diable. Je demandai à Yorgo de réunir les marins qu'il avait recrutés, tous des anciens de ma flotte de commerce. Ma maison étant trop voyante, trop visée, nous la quittâmes, Yorgo et moi, après le dîner. Dans la nuit chaude et lumineuse de mai, nous nous dirigeâmes vers le Vieux Port. Une quarantaine d'hommes m'attendaient dans un hangar. Leurs sourires, les regards qu'ils posèrent sur moi en me voyant entrer me firent monter les larmes aux yeux. Je les dévisageai l'un après l'autre. Certains avaient vieilli, d'autres n'avaient pas changé. Sur les uns, je mis des noms, j'avais oublié ceux des autres, mais je les reconnus tous, mes marins, mes compagnons. L'équipage était de nouveau soudé, prêt à repartir à l'aventure, comme au temps où nous étions pirates. L'opération était prévue pour le lendemain soir.

Brusquement la porte s'ouvrit sur un inconnu. Étions-nous surpris par les sbires de Koundouriotis? Non, car l'homme paraissait en proie à une indescriptible excitation : « Enfin je te trouve, Capetanissa, Kolokotronis a été libéré ce matin. Le gouvernement a cédé à la pression populaire. C'est lui qui m'envoie t'annoncer la nouvelle. Il est déjà parti à la rencontre d'Ibrahim Bey et il te demande de le rejoindre. » Impossible de décrire la stupéfaction puis la joie qui nous emporta tous, les vivats qui fusèrent, les cris, les rires. On s'était précipités sur le messager, on le serrait, on l'embrassait, on le bombardait de questions auxquelles il ne pouvait répondre. Je réclamai le silence : « Mes amis, vous étiez chargés de délivrer Kolokotronis, à partir de cet instant vous êtes le noyau de sa nouvelle armée. Nous partons. »

Les heures se chevauchèrent dans la fièvre des préparatifs. Je fis mon maigre bagage. J'étais impatiente, j'étais heureuse. Haletant, Yorgo fit irruption dans ma chambre : « Ils la forcent à se marier, mère. La cérémonie est fixée pour dimanche, dans trois jours. » Il tenait la nouvelle de Mihali, qui la tenait lui-même de la servante d'Eugenia. Mon fils était décomposé. Bouleversé. Il parlait de se tuer, la tuer, tuer les Koutsis, tuer les Mexis, il s'enfuirait avec elle, partirait à l'étranger. Je ne l'avais jamais vu dans un tel état. Mon Yorgo coureur de jupons était désespéré. Touchée par sa détresse, je décidai de l'aider. « Débrouille-toi pour amener Eugenia à minuit à la chapelle de Pater Gregori. » Il me regarda, ébahi. « Dépêche-toi. Il n'y a pas de temps à perdre. »

J'aurais certainement tous les Koutsis de la « mauvaise branche » à dos, mais grâce à mon demi-frère Théodose, ils étaient déjà montés contre moi. Je me mettrais probablement la tribu des Mexis à dos aussi. Tant pis. Les Mexis lui en voudraient mais je serais déjà en train de chevaucher aux côtés de Kolokotronis vers la victoire. Car victoire il y aurait, cela ne faisait pas de doute. Alors que m'importait le ressentiment des uns ou des autres, une fois la patrie délivrée? Au milieu de la nuit, j'allai frapper à la porte de la petite maison de Pater Gregori. Ce ne fut pas une mince affaire que de lui faire comprendre ce que j'attendais de lui. Arrivés dans sa paroisse, nous allumâmes quelques bougies. Mihali s'affaira, l'aida à enfiler ses ornements que les ans élimaient de plus en plus, puis nous attendîmes, assis dans les hautes stalles grossièrement sculptées. Pater Gregori se rendormit aussitôt et se mit à ronfler. Je rêvais. Les flammes mobiles des quelques bougies animaient les fresques qui couvraient le mur. Saints et saintes se mettaient en mouvement. D'autres personnages apparaissaient et se mêlaient à eux, ma mère, Yanouzas, Bouboulis, Panos, Yanno. Je passai ainsi en revue mon passé tumultueux. J'eus la certitude qu'une nouvelle existence m'attendait, bien plus belle que la précédente. En vérité, la Bouboulina n'avait pas fini de faire parler d'elle.

Ils arrivèrent à minuit passé : Yorgo soutenait Eugenia. Il l'avait enlevée selon la meilleure tradition grecque, grâce à une échelle légère appliquée contre le mur jusqu'à la fenêtre de la belle, et grâce à la complicité de la cameriste, l'amie de Mihali. Pater Gregori procéda au mariage. Il ne comprenait toujours pas très bien ce qu'il faisait; cela n'avait aucune importance, car Mihali, armé d'un énorme missel, soufflait les prières. Et cette fois-là, je lui dictai le nom des fiancés. Je leur servis de témoin, et signai dans le registre de la paroisse. « Soyez heureux, vivez », leur souhaitai-je. Ils s'envolèrent vers le refuge que je leur avais préparé, la maison où j'avais vécu avec Yanouzas. Yorgo me rejoindrait plus tard. En attendant, ils boiraient à la source de l'amour puisqu'ils avaient eu la chance de le découvrir. Je veillerais sur eux. Je restai sur le seuil de la petite église. La lune dessinait des taches blafardes entre les ombres noires des pins. Dans quelques heures je partirais. Je retrouverais Kolokotronis et ensemble nous connaîtrions à nouveau l'existence intense, les dangers, les aventures, les désirs qui nous lient indéfectiblement. Avant de prendre mon envol, je suis revenue tracer ces paroles d'espoir et joyeusement j'inscris la devise que je m'étais forgée : « Toujours plus loin, toujours plus fort... »

Extrait du procès de Yannis Koutsis, qui eut lieu à Spetsai en juillet 1825. Déposition de l'accusé alors âgé de dix-sept ans : « Ce 22 mai, très tôt le matin, nous avons constaté que ma sœur Eugenia avait disparu de la maison. Son lit n'était pas défait et ses armoires étaient vides. Nous avons interrogé sa camériste, qui a éclaté en sanglots. Elle a avoué qu'Eugenia avait été enlevée par Yorgo Yanouzas. Mon père Christodoulos Koutsis est entré en fureur. Il a déclaré qu'une telle insulte devait être lavée dans le sang. Il voulait retrouver et reprendre Eugenia qu'il avait promise au fils Mexis. Il nous a réunis, nous ses fils, ainsi que son gendre Théodose Lazarou et ses hommes d'armes. Mon père a tout de suite pensé à la maison que Yorgo Yanouzas avait héritée de son père à Kastelli, mais où personne n'habitait. Nous y sommes allés. Nous étions plus de cinquante hommes en armes, décidés à nous venger et à mettre la main sur Eugenia. Nous sommes arrivés près de la maison. Les volets fermés, les loquets mis, elle semblait déserte. Les voisins à notre approche s'étaient terrés chez eux mais nous en avons trouvé un qui sous la menace de nos fusils a avoué avoir perçu du mouvement quelques heures plus tôt. Nous avons alors sauté le mur et nous avons envahi le petit jardin. « Montre-toi, Yorgo Yanouzas, si tu en as le courage », a hurlé mon père. Nos hommes ont commencé à tirer, cassant les vitres. D'autres cherchaient à enfoncer les portes. Alors la grande fenêtre du premier étage s'est ouverte, et sur le balcon est sortie la mère de Yorgo Yanouzas. Nous devions apprendre plus tard qu'alertée par son factotum, elle avait voulu ainsi donner le temps à son fils et à ma sœur Eugenia de s'enfuir par une petite porte de derrière. Mon père cria : « Rends-moi ma fille, Bouboulina », et du haut du balcon elle répondit dans un éclat de rire : " Elle n'est plus ta fille, Koutsis. Elle est devenue ma fille. " Elle signifiait ainsi que son fils avait défloré ma sœur. Alors la rage nous a tous saisis, nous avons pointé nos armes vers elle. J'ai été le premier à tirer. Je voulais simplement l'effrayer, mais je l'ai atteinte au front, entre les deux yeux. Elle est tombée à la renverse, tuée sur le coup. Nous avons envahi la maison, elle était effectivement déserte. Nous avons trouvé Bouloulina à côté de ses bagages, preuve qu'elle s'apprêtait elle aussi à fuir. La blessure avait à peine saigné. Nous avons fouillé le cadavre, non pour dépouiller la morte mais parce que chacun de nous voulait emporter un souvenir de la Capetanissa. Mais elle n'avait, accroché à son cou, qu'un simple engolpion d'argent représentant d'un côté la Vierge Marie de l'autre saint Georges. Quelqu'un a dit qu'il avait appartenu à Yanno Yanouzas, le fils de la Bouboulina tué au début de la révolution. »

Le juge demanda alors à l'accusé s'il était certain que c'était bien sa balle qui avait tué Laskarina Bouboulina. L'accusé hésita. Il se retourna et parut chercher quelqu'un parmi les témoins. Son regard s'arrêta longuement sur son beau-frère Théodose Lazarou, comme s'il attendait de celui-ci la réponse à donner, puis il se reprit : « Nous avons été plusieurs à tirer en même temps. Je pense néanmoins que c'est moi qui ai tué Laskarina Bouboulina. »

L'accusé Yannis Koutsis fut acquitté.

Une semaine plus tard arrivait à Spetsai le décret signé par l'empereur de toutes les Russies nommant Laskarina Bouboulina amiral de la Flotte russe, en remerciement des services rendus par elle et par feu son mari Bouboulis à l'empire.

Yorgo Yanouzas et Eugenia Koutsis restèrent mariés. Ils vécurent fort heureux et eurent de nombreux enfants.

Postface

Ce récit ne se veut pas uniquement historique. Les grandes lignes des événements de la révolution grecque sont rigoureusement exactes, leur interprétation et l'approche des personnages restent personnelles. Il a été néanmoins constaté que l'intuition, guidée par l'Histoire, approche souvent plus de la vérité que la science la plus approfondie.

Je tiens à remercier tout d'abord Mme Françoise Xenakis qui m'a convaincu de m'intéresser à la Bouboulina. Je remercie aussi pour l'aide précieuse qu'ils m'ont apportée dans mes recherches M. Pandelis Bouboulis, Mme Bouboulis Demerzi, M. Philippe Bouboulis Demerzi, Mme Christina Kiriakopoulos, M. et Mme Adonis Kirou, Mme Lena Koutsis, Mme Zinia Papageorgiou, directrice de la Bibliothèque nationale, Mme Skazou, directrice du musée de Spetsai, M. Christo Zabounis, le professeur et Mlle Dimakopoulos, ainsi que mes fidèles chercheurs M. Dominique Patry et M. Charles Fuller.

Cet ouvrage a été réalisé par la
SOCIÉTÉ NOUVELLE FIRMIN-DIDOT (Mesnil-sur-l'Estrée)
pour le compte de LA LIBRAIRIE PLON
76, rue Bonaparte, 75006 Paris

Achevé d'imprimer en juin 1993

Imprimé en France
Dépôt légal : avril 1993
N° d'édition : 12285 - N° d'impression : 24325